EMBAUCHÉE À NOËL

UNE ROMANCE ENTRE UN PÈRE MILLIARDAIRE ET UNE NOUNOU

MAGGIE COLE

PULSE PRESS INC

DÉDICACE

Ce livre est dédié à mon père, qui serait très fier que j'aie écrit le livre n°50.

RIP, papa.

J'aimerais que nous puissions encore dîner aux étoiles près du lac, un feu de camp avec toi, entonnant des chansons à tue-tête, et t'entendre dire "Le rose, ça craint" tout en faisant une drôle de grimace.

Je t'aime toujours.

XOXO, Maggie

1

Alexander Cartwright

— *W*ilder ! Ace ! Allez vous nettoyer ! crié-je à travers le ranch, essuyant les perles de sueur sur mon front.

Il fait anormalement chaud pour un début de mois de novembre. Mes fils ont passé la matinée à monter à cheval pendant que mes trois frères, Sebastian, Mason et Jagger, débourraient les six nouveaux chevaux de course que nous avons achetés.

Wilder et Ace font courir leurs chevaux plus fort loin de l'étable.

Sebastian s'esclaffe.

— On dirait qu'ils ne t'ont pas entendu, Alexander.

— Tu parles ! grommelé-je, puis je porte les doigts à mes lèvres et siffle.

Ace, mon plus jeune fils, me lance un sourire malicieux, puis se concentre à nouveau sur Wilder et talonne son cheval pour le rattraper.

Je croise les bras sur ma poitrine.

— Je parie que Wilder lui donne de mauvaises habitudes.

— Il n'y a pas de différence par rapport à l'époque où nous étions des garçons, affirme Sebastian.

J'ignore son commentaire, siffle à nouveau, puis je hurle :

— Ne m'obligez pas à monter à cheval pour venir vous chercher tous les deux !

Mes autres frères se placent à côté de Sebastian et de moi. Ils trouvent tous marrant le fait que mes fils n'obéissent pas à mes ordres, mais cela ne m'amuse pas du tout.

Je m'emporte :

— Vous êtes contents que vos neveux deviennent des garçons irrespectueux ?

— C'est un peu fort, tu ne crois pas ? grogne Mason.

— Oui, ils veulent juste continuer à faire du cheval. Nous étions pareils quand nous étions enfants, insiste Jagger.

— Nous n'ignorions pas Papa lorsqu'il nous appelait, rétorqué-je.

— Ta mémoire s'efface, souffle Papa.

Je tourne la tête.

— Maman t'a gardé en ville toute la matinée ?

— Non. Nous sommes rentrés depuis un moment.

— Vous étiez à l'intérieur ?

— Ouais. Quelque chose passe sur son expression. Je ne peux pas dire ce que c'est, et il siffle avant que je puisse l'interroger. C'est aussi puissant que mon sifflement.

Mes garçons tournent autour d'un arbre et galopent vers nous.

— Petites merdes ! marmonné-je.

Sebastian ricane à nouveau et me donne une tape dans le dos.

Cela m'irrite encore plus. Mes garçons sont de bons enfants et m'ont toujours obéi. Pourtant, Wilder a repoussé les limites dernièrement, et Ace est trop heureux d'essayer tout ce que fait son grand frère.

Un nuage de poussière les suit, ils s'arrêtent à quelques mètres devant nous et sautent de cheval.

Mason ouvre le portail et les chevaux passent au trot devant la clôture.

— Tu dois te pencher dans les virages, dit Papa à Ace.

— Je le lui ai dit, lance Wilder.

— La prochaine fois que vous voudrez m'ignorer, vous sauterez le déjeuner et passerez le reste de la journée à faire des tâches ménagères. C'est compris ? les avertis-je.

Wilder et Ace se taisent.

— Alors ? insisté-je.

Papa intervient :

— Les garçons, répondez à votre père !

— Nous étions en train de terminer notre course, déclare Wilder.

— Ouais, confirme Ace.

Je les pointe du doigt.

— Ne poussez pas le bouchon trop loin, là !

Mes fils soupirent et répondent :

— Oui, monsieur.

Avant que je puisse ajouter quoi que ce soit d'autre, Papa s'interpose entre eux.

— Allons, il faut se laver ! dit-il en les tournant vers la maison et en les devançant.

— Incroyable ! grommelé-je.

— Calme-toi ! Ce ne sont que des enfants. Nous étions comme ça, nous aussi, me rappelle Jagger.

— Nous n'aurions pas ignoré Papa, répété-je.

— Bien sûr que si, grogne-t-il. Arrête d'insister sur le fait que nous ne l'avons pas fait ! Nous étions de sacrés garnements.

— Tu te trompes, insisté-je en me dirigeant vers la maison. La dernière chose que je vais supporter, c'est que mes fils se transforment en petits garnements irrespectueux.

— Georgia ! Je l'ai fait ! hurle Ace, s'éloignant de mon père avant de courir vers le porche.

Durant toute la journée, les femmes de ma famille ont enlevé les décorations d'Halloween et installé celles de Thanksgiving. De petites lumières oranges et dorées s'enroulent autour des poteaux et pendent des auvents, ainsi que des citrouilles et des dindes. Une énorme couronne automnale avec de la toile de jute, des glands, des pommes de pin, des baies rouge-orange et des feuilles d'automne multicolores pend à la porte d'entrée.

— Youpi ! félicite Georgia Ace, avant de lui ébouriffer les cheveux.

Je ne peux m'empêcher de sourire. Notre famille est tombée amoureuse de la femme de Sebastian, et mes fils n'ont pas été insensibles à sa personnalité rayonnante.

Elle s'écrie :

— Dépêchez-vous, les gars ! Le déjeuner est prêt.

— Nous arrivons, crie Sebastian.

Ace et Wilder disparaissent à l'intérieur avec Georgia, et le reste d'entre nous les suit. Nous enlevons nos bottes, puis nous nous lavons les mains à tour de rôle dans la cuisine.

Je suis le dernier à entrer dans l'immense salle à manger.

Il y a des années, mes parents ont fait fabriquer une table sur mesure pour que toute la famille puisse s'y attabler. Elle est dotée de plusieurs rallonges supplémentaires, ce qui lui permet de l'agrandir. Mes parents ont été prévoyants et ont anticipé le besoin de place pour les futurs partenaires et les petits-enfants. Mais même aujourd'hui, il nous arrive de devoir sortir les tables pour enfants. Aujourd'hui, nous n'en avons pas besoin, car seuls ma sœur Evelyn et ses deux enfants sont ici. Son mari et mes autres sœurs, Ava, Willow et Paisley, ne sont pas là.

Avant que je n'entre dans la pièce, une voix animée déclare :

— C'est magnifique, Mme Cartwright !

— S'il te plaît, ma chérie, je t'ai dit de m'appeler Ruby, insiste ma mère.

Je me fige devant la porte, jette un coup d'œil à l'intérieur, puis gémis intérieurement. Ma mère a la fâcheuse habitude de ramener des femmes à la maison et d'essayer de me caser avec elles. Elle a fait la même chose avec Sebastian, puis une fois qu'il a épousé Georgia, elle m'a sauté dessus avec ses talents d'entremetteuse.

Je lui ai dit un nombre incalculable de fois d'arrêter et de ne pas les amener auprès de mes fils. La dernière fois que cela est arrivé, elle a prétendu que toute femme avec laquelle je serais sérieux devrait être très bien avec mes fils.

Cela n'a fait que m'exaspérer. Nous avons eu une conversation animée, ce qui arrive rarement. J'ai répété que je ne voulais surtout pas remplacer la mère des garçons.

Elle m'a rappelé que ma femme était décédée huit ans plus tôt et que je ne devais pas rester seul pour toujours.

Chaque déclaration ravivait un peu plus mes blessures encore vives. J'ai donc riposté plus durement que jamais.

C'était il y a environ huit mois. Je pensais qu'elle avait retenu la leçon, mais elle recommence.

L'inconnue aux longs cheveux magenta, à l'anneau nasal en diamant et aux tatouages apparaissant au-dessus de son débardeur rose lance :

— Désolée, Ruby ! Je suppose que ce sont Ace et Wilder ?

Oh non, fais pas ça !

Je fais trois grandes enjambées et me plante devant ma chaise. Je lance un regard noir à ma mère et déclare :

— On ne va pas faire ça.

Maman me sourit.

— Assieds-toi, Alexander ! Nous avons des choses à nous dire.

— Comme l'enfer, nous en avons.

— Assieds-toi, mon fils ! intervient Papa fermement.

Je l'ignore et fixe mon regard sur l'inconnue. Elle porte assez de bijoux pour approvisionner un magasin entier. Elle se lève, et je distingue à peine des cœurs et les lettres D et A avant que son tatouage ne disparaisse.

Je me demande si *elle regrette déjà d'avoir gravé le nom d'un mec sur sa poitrine.*

Quel est son nom ? David ? Daryl ? Dannie boy ?

Peu importe, me dis-je.

Mon regard dérive sur ses seins rebondis, sur la partie bronzée de sa peau entre le haut de son jean moulant, et sur la déchirure révélant sa cuisse, exposant un autre tatouage que je n'arrive pas à distinguer.

Où cela mène-t-il ?

Je lève à nouveau mon regard vers le sien, constatant qu'elle n'a pas bronché sous mon regard fixe.

Maman s'est vraiment trompée cette fois. Cette femme n'est vraiment pas mon genre.

Elle fixe ses putains d'yeux bleus sur mon rictus et ricane :

— Enchantée de vous rencontrer. Je m'appelle Phoebe.

Super. Elle s'imagine avoir une chance.

— Je suis désolé que ma mère vous ait fait perdre votre temps. Elle délire parfois. Je pense qu'il vaut mieux que vous partiez maintenant, dis-je.

— Alexander ! gronde Evelyn, ma grande sœur autoritaire.

— Reste en dehors de ça ! lui intimé-je.

— Jacob ! lance Maman en implorant Papa d'intervenir.

La voix sévère de Papa traverse l'air.

— Alexander, assieds-toi !

J'inspire profondément, mes entrailles tremblent de colère. J'en ai assez que ma famille s'immisce dans ma vie. Rien ne dit que j'ai besoin d'une femme pour élever mes enfants. Ils sont entourés de grands-parents, d'oncles et de tantes, et de leurs cousins. J'imagine qu'il n'y a que peu de moments dans leur vie où ils ne ressentent pas d'amour.

Papa répète :

— Assieds-toi, nous avons des choses à discuter !

Je cède et prends place, puis me concentre à nouveau sur Phoebe.

— J'apprécie votre temps, mais ma mère a encore une fois dépassé les bornes. Je n'essaie pas d'être impoli avec vous. Je suis sûr que vous êtes une fille charmante, mais il vaut mieux que vous partiez.

Ses yeux s'écarquillent. Elle jette un coup d'œil à Maman et dit :

— Peut-être que ce n'est pas une bonne solution ?

— C'est absurde ! rétorque Maman lui tapotant la main. Elle braque son regard sur moi. Alexander, je viens d'engager Phoebe pour être la nounou des garçons.

Je lance la tête en arrière.

— Une nounou ?! Ils n'ont pas besoin de nounou.

— Juste pour deux mois, le temps que ton père et moi sommes absents.

Wilder demande :

— Où allez-vous ? Puis-je venir avec vous ?

— Je veux venir aussi ! s'exclame Ace.

Papa répond :

— Désolé, pas cette fois, les garçons. Votre grand-mère et moi partons en mission en Amérique du Sud pour quelques mois.

— En mission ? C'est quoi ça ? demande Ace.

— C'est là où on aide les gens qui ont moins de chance que vous, répond Maman.

— Vous partez pendant les fêtes ? demande Georgia, trahissant la surprise et la déception dans la voix.

Maman sourit.

— Nous prenons l'avion pour une partie de la semaine de Thanksgiving et pour la période du 23 décembre au 2 janvier.

— Mais vous manquerez beaucoup de choses amusantes, fait remarquer Wilder.

— D'accord. Pourquoi partiriez-vous pendant les fêtes ? s'intéresse Sebastian.

Les yeux de Maman s'illuminent.

— Ils avaient besoin de plus d'aide. Peu de gens veulent partir à cette époque de l'année, et ton père et moi avons toujours voulu aider. Maintenant qu'il est à la retraite...

— Semi-retraite, corrige Papa, qui n'aime toujours pas l'idée d'être à la retraite.

— Ils ne veulent pas y aller parce que justement c'est la meilleure période de l'année ! renchérit Isabella, la fille aînée d'Evelyn.

Maman glisse son bras autour d'Isabella et la rapproche d'elle.

— Oui, mais nous serons là pour les événements principaux, répond-elle.

Je me lève et me concentre sur Phoebe.

— Désolé, j'ai mal compris la raison de votre présence.

— Pour quelle raison pensiez-vous que j'étais ici ? demande-t-elle.

Evelyn répond avant que je puisse ouvrir la bouche.

— Il pensait que notre mère essayait de te brancher avec lui.

Une rougeur monte aux joues de Phoebe.

À ma grande surprise, ma bite se durcit. Cela n'a aucun sens. Cette femme à peine sortie de l'université n'est pas mon genre.

Faites-la sortir d'ici !

J'ignore ma bite, en espérant que personne ne la voit, et explique :

— Je suis désolé que ma mère vous ait fait perdre votre temps. Nous n'avons pas besoin de nounou.

— Si tu en as, insiste Maman.

— Non, ce n'est pas le cas, rétorqué-je.

— Alexander, assieds-toi ! Tu te ridiculises et tu es impoli avec notre invitée, gronde Papa.

— Nous n'avons pas besoin d'une nounou, répété-je.

— Assieds-toi ! ordonne-t-il en désignant ma chaise.

Je relâche un soupir de frustration et m'assois, objectant :

— Je peux m'occuper des garçons tout seul.

— Vraiment ? Qui va s'en occuper quand tu travailles ? s'intéresse Maman.

— Ils passent tout leur temps libre à l'extérieur, leur fais-je remarquer. Là où on peut les surveiller.

— Qui va les aider à faire leurs devoirs ?

— Moi.

— Tu travailles presque tous les soirs après la tombée de la nuit, grogne Maman.

Je me sens coupable. Je n'ai pas été le meilleur pour aider les garçons à faire leurs devoirs. Je détestais l'école quand j'avais leur âge. Et mes fils me ressemblent. Ils préfèrent être dans les pâturages à monter à cheval ou à jouer aux « Gendarmes et aux voleurs ». Ils se plaignent donc autant que moi. Cela me frustre. Mais ma mère est très douée pour les devoirs, alors j'ai accepté qu'elle s'en charge.

— Je vais le faire, insisté-je.

Evelyn ricane.

— Bien sûr !

— Ne t'en mêle pas ! lancé-je d'un ton sec.

— Ils doivent faire leurs devoirs, ajoute-t-elle. En plus, tu es horrible quand il s'agit de l'école.

— Je t'ai dit de ne pas fourrer ton nez !

— Elle a raison. Le travail scolaire des garçons ne doit pas en souffrir, déclare Papa.

— Je suis d'accord avec l'idée de ne pas faire les devoirs pendant votre absence. Sans vouloir te vexer, Phoebe, intervient Wilder, avant de lui offrir son sourire éblouissant.

— Ce n'est pas drôle ! préviens-je.

— Je n'ai pas besoin de faire mes devoirs non plus, proclame Ace.

Phoebe rit et répond :

— Vous ferez tous les deux vos devoirs. Mais ne vous inquiétez pas ! Nous ferons en sorte que ce soit amusant.

— Les devoirs ne sont jamais amusants, murmure Wilder.

— Ils le seront avec moi, affirme Phoebe.

Je serre la mâchoire, inspire par le nez, mon cœur s'accélère. J'évalue à nouveau Phoebe, me demandant comment ma mère a pu se tromper à ce point dans son jugement. Cette femme est sauvage, je peux le parier. Elle n'aura certainement pas une bonne influence sur mes garçons. Ils vont la pulvériser.

— Elle est très qualifiée, dit Maman, comme si elle lisait dans mes pensées.

— Comment ça ? posé-je la question, vraiment curieux de savoir comment cette étrangère pourrait s'occuper de mes fils, qui commencent à repousser les limites dès qu'ils en ont l'occasion.

La voix de Phoebe est assurée lorsqu'elle sourit et déclare :

— J'enseigne l'art depuis trois ans.

— Trois ans ! Et de l'art ! C'est toute une vie d'enseignement, répliqué-je avec sarcasme.

— Alexander ! me réprimande Maman.

— Quoi ? C'est une évaluation juste.

Phoebe redresse le dos et me regarde de travers en poursuivant :

— Pas vraiment. J'ai commencé à faire du baby-sitting à l'âge de douze ans. Pendant mes études, j'ai gardé une famille de cinq enfants dont les parents étaient absents.

— Je ne suis pas un père absent, répliqué-je.

Elle penche la tête.

— Je n'ai pas prétendu que vous l'étiez.

Je la fixe et la tension monte autour de la table, mais surtout entre nous deux.

Sebastian se racle la gorge.

— Pourquoi ne pas lui accorder une chance ?

Je penche la tête vers lui.

— Depuis quand mets-tu ton nez dans mes affaires ?

Il lève les mains.

— Maman et Papa l'ont interviewée, elle doit donc être surqualifiée.

La surprise m'envahit. Je me tourne vers Papa.

— Tu l'as interviewée ?

— Bien sûr.

Je demande à Sebastian :

— Comment le sais-tu ? Tu étais dehors avec nous.

La culpabilité emplit son expression.

Je jette un coup d'œil autour de la table. La colère m'envahit encore plus. Je réalise que je suis le seul à avoir été tenu dans l'ignorance à part les enfants.

— Vous le saviez tous ?!

Evelyn précise :

— Nous n'avions pas réalisé qu'ils partaient pendant les fêtes. Maman nous a dit que c'était censé se passer en février.

Maman l'interrompt :

— Ton père et moi ne savions pas à quel point ils avaient besoin d'un coup de main supplémentaire là-bas. Nous ne pouvions pas leur dire non.

Evelyn poursuit :

— Nous avons imaginé que tu essaierais de prétendre que tu peux tout gérer par toi-même.

— Je peux le faire. Ce sont mes enfants, après tout, lui rappelé-je.

Georgia pose sa main sur la mienne. Elle dit doucement :

— Hé !

Je la regarde.

Elle sourit et je me calme un peu. C'est difficile de lui en vouloir. C'est peut-être parce qu'elle n'a pas de liaison de sang avec nous, mais qu'elle a toujours traité mes enfants comme les siens depuis qu'elle les a rencontrés. Bien qu'elle fasse tout autant partie de notre famille maintenant, elle a un point de vue différent sur les choses, sans avoir l'habitude de m'agacer parfois, comme le reste de ma famille.

Elle suggère :

— Pourquoi ne pas demander à Phoebe de faire la nounou la semaine prochaine et décider ensuite si tu as besoin d'elle ?

J'inspire profondément, heureux que Georgia soit de mon côté. Ce n'est pas ce que je veux, mais elle vient de me donner le feu vert pour apprendre à ma famille que je suis plus que capable de tout gérer par moi-même. Je vais accepter, puis Phoebe pourra faire ses valises et partir une fois que tout le monde aura vu que les garçons et moi n'avons pas besoin d'elle.

Je me tourne à contrecœur vers Phoebe.

—Vous pouvez rester pour la semaine. Vendredi, nous réévaluerons la situation.

— Je dois d'abord rentrer chez moi et prendre mes affaires. Mon bail se termine dans trois jours, affirme-t-elle.

— Où c'est, chez vous ?

— En Californie.

Bien sûr, elle vient de Californie. Cela explique les piercings, les tatouages, les cheveux magenta et le bronzage.

Je me demande quels autres tatouages elle cache sous ce jean.

Qu'est-ce que je raconte, moi ?

— Laissez-moi deviner ! ricané-je. L.A. ? Ou est-ce San Francisco ?

Elle secoue la tête.

— Pismo Beach.

— Tu devrais nous emmener à la plage ! s'exclame Ace.

Phoebe lui sourit.

— J'ai vu que vous aviez un lac sur votre propriété.

— C'est vrai !

— Pourquoi ne pas faire une fête sur la plage quand vous aurez gagné vos étoiles cette semaine ?

Il plisse le front.

— Des étoiles ?!

Elle acquiesce.

— Tu peux gagner plein de trucs sympas avec mes étoiles.

— Comme quoi ? s'intéresse Wilder.

— Je veux des étoiles ! s'exclame Isabella.

Phoebe rit.

— Tu peux aussi en gagner.

— Il va bientôt faire froid, interviens-je.

Phoebe hausse les épaules, puis tourne à nouveau son regard vers les enfants.

— Alors ? On peut quand même faire une fête sur la plage, non ?

— Ouais ! crie Wilder levant le bras en l'air et les autres enfants suivent en scandant : Une fête sur la plage !

Mes frères et sœurs et mes parents semblent trouver cela drôle, mais moi, ça m'irrite. La dernière chose dont j'ai besoin, c'est que cette femme mette des idées dans la tête de mes enfants alors qu'elle ne sera pas là par la suite. Alors je marmonne :

— Il vaudrait mieux le faire cette semaine, alors.

La salle devient silencieuse et elle dit :

— Je peux être de retour mardi, si ça vous va ?

— Ça marche, répond Papa.

Les lèvres de Phoebe se pincent. Elle arque les sourcils et me demande : — Et pour vous ? De mardi jusqu'à lundi, cela vous laissera-t-il assez de temps pour votre évaluation ?

Je me demande pourquoi elle trouve ça drôle. La semaine prochaine, elle retournera en Californie, sans domicile fixe. Mais je réponds quand même :

— Ouais.

— Super. On peut manger maintenant ? J'ai faim, déclare Jaxon.

Des plateaux remplis de viande, de fromage et de pain sont distribués autour de la table. Suivent des bols contenant de la salade de pommes de terre, de la salade César et des fruits.

— C'est toi qui as préparé tout ça, Georgia ? demande Phoebe.

— Evelyn et les filles m'ont aidée. N'est-ce pas ? lance-t-elle vers Emma, la cadette d'Evelyn, qui semble collée à Georgia ces derniers temps.

— J'ai lavé la laitue et je l'ai coupée en morceaux ! s'exclame Emma, rayonnante.

— Tu as fait du bon travail toi aussi, dit Georgia, et elles se tapent les poings.

— Mmm, cette salade est incroyable ! déclare Phoebe en prenant une énorme bouchée et en souriant à Emma.

Emma dévore ses louanges et je gémis intérieurement.

Peut-être que l'idée de Georgia n'est pas si bonne que ça. Ces enfants vont s'attacher à Phoebe et j'aurai le rôle du méchant.

La conversation se poursuit, mais je l'entends à peine. Je goûte à peine ma nourriture également. Tout le monde autour de la table mange et fait l'éloge de Phoebe comme si elle était la personne la plus extraordinaire à avoir jamais séjourné chez nous. Cela ne fait que me convaincre davantage que cela va être un désastre. De toutes les choses que ma mère a faites, celle-ci sera la pire. On n'aura pas besoin de Phoebe, et ces enfants auront le cœur brisé quand elle partira.

Mieux vaut une semaine que deux mois.

Deux mois.

À quoi pouvaient donc penser mes parents ? Mes enfants n'ont pas besoin de s'attacher à une femme qui n'est pas de la famille.

Le crumble aux pommes chaud, recouvert de glace à la vanille, fait le tour de la table. C'est encore un dessert réussi par Georgia. Elle tient un commerce florissant de muffins, mais elle peut concocter n'importe quoi. Elle a même trouvé le moyen de faire goûter à mon frère, qui est terrifié à l'idée de devenir diabétique, des produits à faible teneur en sucre. Aujourd'hui, ce n'est pas différent. Elle a préparé pour lui la même chose, mais avec moins de sucre.

— Qui va faire des trucs de fêtes avec nous pendant que tu n'es pas là ? demande Isabella à ma mère.

Maman montre du doigt la table.

— Tout le monde ici, plus vos autres tantes et Phoebe.

— Phoebe n'est là que pour une semaine, rappelé-je à tout le monde.

— Alexander, tu vas donner à Phoebe une chance équitable, intime Papa.

Je fais grincer mes molaires. J'aime ma famille, mais c'est l'une de ces situations où j'aimerais qu'elle ne se mêle pas de mes affaires.

C'est ce qui m'arrive parce que je vis encore au ranch.

Je devrais peut-être déménager alors ?

Qu'est-ce que je dis, moi ? C'est notre maison et mes fils seraient dévastés.

Phoebe reprend la parole.

— Ce n'est pas grave. Je prouverai à Alexander que je peux apporter une vraie valeur ajoutée pendant votre absence. Elle me lance un sourire narquois.

Je la scrute fixement, la bouche sèche. Je ne sais pas trop pour qui cette femme se prend, mais si elle pense pouvoir m'amadouer, c'est qu'elle n'est pas au bout de ses peines.

Phoebe Love

— Merci encore. J'ai hâte de commencer, dis-je à Ruby.

Elle me serre dans ses bras et m'assure :

— Nous sommes ravis de t'avoir au ranch.

— Fête à la plage ! s'écrie Isabella, et les autres enfants recommencent à chanter. Je ris. Ils l'ont fait plusieurs fois au cours de la soirée.

Alexander secoue la tête, aussi agacé que les autres fois.

Ses parents m'ont prévenue qu'il serait réticent à l'idée d'une nounou, et ils ne plaisantaient pas. Pour l'instant, je ne sais pas si c'est le problème de la nounou ou s'il ne m'aime tout simplement pas.

— À bientôt, gamine ! dit Jacob en me serrant dans ses bras comme un père avant de se retirer. Il se tourne vers Alexander. Qu'est-ce que tu attends, fiston ? Emmène Phoebe à l'aéroport avant de la mettre en retard pour son vol ! Nous n'avons pas besoin d'une pénalité de retard.

Alexander plisse le front, rétrécit ses yeux bleus jusqu'à ce qu'ils s'assombrissent.

— Qu'est-ce que tu racontes ? Je n'irai pas à l'aéroport.

— Bien sûr que si. Et n'oublie pas tes bonnes manières ! Maintenant, vas-y ! ordonne Jacob d'un ton ferme.

Alexander serre la mâchoire, lui lance un regard noir, puis lâche lentement un soupir. Les rides autour de ses yeux se déplissent, il met son chapeau de cow-boy et ouvre la porte d'entrée d'un coup sec. Il force un sourire, me lorgne, et grogne :

— Je suppose donc que je t'emmène à l'aéroport. Tu es prête ?

J'ai des papillons dans l'estomac et la chaleur me monte aux joues, et je me reproche de me sentir comme une écolière surprise en train de fixer son premier coup de foudre. Cela n'a aucun sens. Il est grossier, ne veut pas que je m'approche de sa famille et m'a clairement fait comprendre qu'il s'était donné pour mission de me faire virer avant même que je ne commence. Pourtant, mon corps réagit de la même façon à chaque fois que le regard dédaigneux, colérique et frustré d'Alexander Cartwright se pose sur le mien. C'est presque comme si j'étais avide de sa désapprobation.

— Je veux venir aussi ! intervient Ace.

— Non, tu es de corvée d'étable pour le reste de l'après-midi, annonce Jacob.

Wilder ricane.

— Amuse-toi bien avec ça !

L'expression de Jacob est empreinte d'amusement. Il déclare :

— Je ne sais pas trop pourquoi tu penses que tu n'es pas sur la même corvée que lui.

— Quoi ?! Pourquoi ? se lamente Wilder.

Jacob fait un signe avec le doigt entre les deux garçons.

— Vous ne pensiez quand même pas vous en tirer en ne descendant pas de cheval lorsque votre père vous a appelés tout à l'heure ? Ou si ?!

Le visage d'Ace s'effondre. Il grogne :

— Nous sommes revenus.

— Oui, on vous a sifflés plusieurs fois pour que vous reveniez.

— N'ignore pas ton père, ou tu seras de corvée d'étable pour le reste du week-end ! prévient Jacob.

Les deux garçons se jettent un coup d'œil, puis soupirent.

— Allez-y ! intime Jacob en montrant du doigt.

Wilder grommelle :

— Allez, Ace ! Au revoir, Phoebe !

— Ouais, au revoir, suit Ace.

— À bientôt ! lancé-je leur donnant une petite tape et en dissimulant mon sourire alors qu'ils me dépassent et franchissent la porte en trottinant.

— Il est temps d'y aller, ordonne Alexander en me faisant signe de sortir.

Nous nous dirigeons tranquillement jusqu'à son pick-up. Il m'ouvre la portière du passager, ce qui me surprend.

Il grogne.

— Laissez-moi deviner ! Vous êtes une de ces femmes qui pensent qu'il est insultant pour un homme d'ouvrir la porte d'une femme ?

J'attrape la barre, me hisse sur le siège et secoue la tête.

— Non. Pourquoi penses-tu cela ?

— Tu t'es figée et tu as haussé les sourcils.

— Et alors ?

— Tu avais l'air contrariée.

— Non, juste surprise. Est-ce un péché ? posé-je la question.

Il marque une pause, puis acquiesce.

— Ah ! J'ai compris. Tu ne traînes qu'avec ces garçons californiens qui ne savent pas comment se comporter en gentleman.

— Euh... Je ferme la bouche, réfléchissant à sa déclaration.

Alexander secoue la tête.

— Je l'ai bien devinée celle-là.

— Non, ce n'est pas vrai. *Mais a-t-il raison ?*

— Vraiment ? lance-t-il en infiltrant encore plus profondément sa désapprobation dans mon corps.

J'ai la même réaction que précédemment et je me maudis.

Pourquoi me trouble-t-il autant ? C'est un connard.

Et qu'importe si mon petit ami Lance et les autres hommes que je côtoie ne tiennent pas ma portière ?

C'est plutôt agréable.

Pourquoi m'en soucié-je ? Je peux bien ouvrir la portière moi-même.

Il détache son regard du mien et ferme la portière. En quelques secondes, il se trouve dans le véhicule à côté de moi. Son odeur de musc, de sueur et d'air frais remplit la cabine, et c'est comme un aphrodisiaque. Je l'inspire profondément, mon cœur s'accélère.

Il démarre le pick-up et nous fait descendre la longue allée du ranch, avant de franchir les magnifiques portes en fer forgé.

— Votre ranch est vraiment magnifique, lui dis-je.

Il jette un coup d'œil à travers la cabine et répond sèchement :

— Merci. Il est dans ma famille depuis plusieurs générations. Je suppose que tu n'as jamais vécu dans un ranch auparavant ?

Mes barrières de défense se dressent.

— Non, mais cela ne veut pas dire que je n'aime pas la nature ou les animaux.

Il serre les lèvres.

— Bien sûr. Il focalise à nouveau son attention sur la route.

Quel connard arrogant !

Je baisse le regard et me fige, mon pouls s'accélère.

Le jean d'Alexander se tend sur ses cuisses. Le renflement entre ses deux jambes est tout aussi séduisant.

Le véhicule rebondit et il murmure :

— Désolé. Ce chemin de terre est un peu dur en ce moment.

Je détache mon regard du bas de son corps et fixe la vitre.

— Pas de souci.

La cabine reste silencieuse pendant plusieurs minutes. La journée exceptionnellement ensoleillée s'intensifie, réchauffant l'intérieur du pick-up. Le parfum enivrant d'Alexander s'intensifie jusqu'à ce que ma tête tourne et que mon cœur batte si fort que je me demande s'il peut l'entendre.

Qu'est-ce qui ne va pas chez moi ?

J'ai un petit ami.

Pas pour longtemps.

Qu'est-ce que je veux dire ?! Lance et moi avons seulement besoin d'espace. Ensuite, nous serons à nouveau bien ensemble.

Il va péter les plombs quand il va apprendre que je déménage au Texas pour deux mois.

La culpabilité me ronge. Je n'ai pas dit à Lance que je venais ici pour un entretien d'embauche. Il pense que je suis venue rendre visite à une amie de l'université.

Ma culpabilité se transforme alors en colère.

Lance n'a jamais demandé le nom de mon amie, ni d'où je la connaissais, ni quoi que ce soit sur mon voyage. Il a à peine écouté quand je lui ai dit que je serais absente seulement deux jours.

D'une certaine manière, cela ne m'a pas surprise. Il n'a pas été très attentif depuis la première année où nous avons commencé à sortir ensemble, et encore moins l'année dernière. Si cela n'a pas de rapport avec ses amis, sa carrière ou les matchs de tennis au country club, il n'est pas intéressé.

Mes amis ne l'aiment pas non plus. Au début, ils sont restés discrets, gardant leurs opinions pour eux, mais depuis peu, ils expriment leur dédain. Il n'a jamais été très amical, alors ils ont arrêté de fournir des efforts. C'est une dispute constante avec eux qui me disent que je mérite mieux et moi qui essaie de les convaincre qu'ils ne le connaissent pas.

Le même débat s'engage dans ma tête.

Quand Lance et moi sommes seuls, c'est différent.

Enfin, c'était le cas avant. Depuis un an, tout semble différent.

Je suppose que je n'aurais pas dû être surprise lorsque Lance n'a pas posé beaucoup de questions concernant mon voyage. Peut-être qu'une partie de moi en était soulagée, en fait. Je n'ai pas eu à mentir puisque mon amie Alicia a déménagé au Texas et que je l'ai vue hier soir. Tout ce que j'ai fait, c'est omettre quelques détails.

Maintenant que les Cartwright m'ont engagée, je vais devoir tout avouer. Je ne sais pas comment Lance réagira quand je le lui dirai, mais je crois de tout mon être que nous avons besoin d'un peu d'espace. Je lui manquerai, il se rendra compte de tout ce que je fais pour lui, et les choses pourront redevenir ce qu'elles étaient au début de notre relation.

Ou bien je ne lui manquerai pas du tout, et cela me donnera le courage de rompre avec lui.

Mon cœur se serre à cette idée. Nous sommes ensemble depuis que nous nous sommes rencontrés à la remise des diplômes de mon université, il y a quatre ans. Son frère était dans ma classe. Nous ne nous étions jamais rencontrés, mais j'ai littéralement croisé Lance à la sortie de l'auditorium. Il n'a pas perdu de temps pour obtenir mon numéro de téléphone et, le lendemain soir, nous sommes sortis ensemble. Les quatre dernières années ont laissé de bons et de mauvais souvenirs, mais je me rappelle que toute relation comporte les deux. Et je déteste l'idée de ne plus en connaître de bons avec lui.

— Tu sais que mes fils vont repousser toutes les limites qu'ils peuvent, n'est-ce pas ? m'avertit Alexander, me tirant de mes pensées.

Et nous revenons à un entretien d'embauche.

Je respire profondément son odeur, je souris et me tourne vers lui.

— Bien sûr, comme je l'ai dit, je connais très bien les enfants.

— Ça ne veut pas dire que tu connais mes deux garçons, grogne-t-il.

— Je ne l'ai pas prétendu, rétorqué-je en me retournant et en posant mon genou sur le siège.

Ses yeux se baissent. Il fixe ma jambe un instant, puis me lance un regard dédaigneux.

— N'est-ce pas ?

J'ignore le sang qui coule dans mes veines et qui s'échauffe à chaque seconde où il continue à me provoquer.

— Oui, je connais les enfants. Wilder et Ace ont tous deux leur propre personnalité, et bien sûr, je ne les connais pas encore. Cependant, je sais comment les enfants essaient de repousser les limites, surtout les garçons de leur âge.

Il fait grincer ses molaires, se concentrant sur la route.

Même si je ne suis pas très confiante dans le fait qu'il ne me renverra pas après la période d'essai, je fais semblant, en ajoutant :

— Quand je reviendrai, tu constateras que je suis tout à fait capable de m'occuper de tes garçons.

— Je n'ai besoin de personne pour prendre soin d'eux.

— Ta famille semble penser que tu as besoin d'aide, rétorqué-je.

— C'est pas vrai. Tu verras.

— D'accord. Pourquoi ne pas faire un pari, alors ?

Alexander penche la tête vers moi.

— Tu es donc une joueuse ?

— Non !

— Tu viens de dire que tu voulais faire un pari.

Mes joues s'échauffent et je bégaie :

— Euh... ouais. C'est une expression.

— Une expression utilisée par les joueurs.

— Je ne suis pas une joueuse, insisté-je.

Il plante son regard si fort dans le mien que j'essaie de ne pas me recroqueviller sur mon siège. Mais je dois aussi serrer les cuisses.

Jésus ! Qu'est-ce qui se passe avec moi ? Ce type est un vrai crétin.

Il lance :

— Je ne veux pas que mes garçons apprennent ce qu'est le jeu.

Je me passe les mains sur le visage en gémissant. Je soupire, puis baisse mes mains et me force à le regarder en insistant :

— Je peux t'assurer que je ne leur apprendrai pas à parier. Parce que je ne joue pas à ça.

Son expression se durcit et il serre le volant plus fort. Ses épaules se tendent et le tissu de son tee-shirt s'étire sur ses biceps. Il affirme :

— Les jeux d'argent irresponsables ruinent la vie des gens.

Je le regarde fixement.

Il poursuit :

— J'élève mes garçons pour qu'ils deviennent de bons êtres humains et de futurs adultes responsables.

Ce type est-il sérieux ?

Quel hypocrite !

Incapable de me retenir, je lui fais remarquer :

— Vous n'entraînez pas des chevaux de course, au ranch ?

Il tressaille, mais c'est si rapide que je me demande si je l'ai vraiment vu. Il répond :

— Oui, mais cela ne veut pas dire que je suis d'accord avec les jeux d'argent irresponsables.

— Qu'est-ce que le jeu responsable ? répliqua-je en inclinant la tête et en plissant les yeux.

Ses jointures deviennent blanches. Il répond :

— Avoir des limites. Savoir quand arrêter et s'éloigner. Ne pas être dépendant.

Je ricane.

— Mais tu entraînes des chevaux sur lesquels les parieurs responsables et irresponsables peuvent parier ?

Soudain, son visage se vide de toute couleur. Il grogne :

— Si tu as un problème avec la façon dont ma famille gagne son argent, inutile de revenir.

Je lève les mains en l'air.

— Je n'ai aucun problème avec ça. Je réponds simplement à ton attaque.

Il fronce les sourcils.

— Mon attaque ?!

— Tu supposes que je vais apprendre à tes enfants à parier, ce que je n'ai jamais fait d'ailleurs, admets-je.

— Tu n'as jamais joué à des jeux d'argent ? demande-t-il.

Je croise les bras sur ma poitrine.

— Non. Je suis enseignante, tu te souviens ?

— Et alors ?

Je lève les yeux au ciel.

— Nous ne gagnons pas beaucoup d'argent. Ce serait fou pour moi de risquer de perdre tout ce que je gagne.

Il demeure silencieux pendant près d'un kilomètre, puis demande :

— Alors, quel pari voulais-tu faire ?

Sérieusement ?!

— Vas-y, raconte-moi !

Je me demande si je dois lui dire que j'ai oublié ou lui répondre.

— Ne me laisse pas languir ! insiste-t-il.

— D'accord, finis-je par répondre. Si à la fin de ma période d'essai, tu te rends compte que tu as eu tort et que tu avais besoin d'une nounou, alors tu me dois une faveur.

— Une faveur ?!

— Ouais.

— Quel genre de faveur ?

Je hausse les épaules.

— Je ne sais pas, juste quelque chose dans le futur si j'en ai besoin.

La méfiance emplit à nouveau son expression.

— Très bien. Si tu as peur de ce que je pourrais te demander de faire, alors nous n'avons pas à parier, murmuré-je, avant de lever les yeux au ciel et de me détourner.

Il s'exclame :

— Qu'est-ce que j'obtiens si j'ai raison ?

Je réfléchis un instant, puis je réponds :

— La même chose. Une faveur.

— Mais tu ne seras pas là pour m'accorder cette faveur, ricane-t-il.

La colère m'envahit. Sa supposition que je ne réussirai pas la période d'essai est insultante.

— Oublie ce que j'ai dit !

Il prend à droite et se gare dans l'aéroport privé. Il se gare près de la passerelle du jet et sort.

Le temps qu'il arrive à ma portière, j'ai déjà sauté hors du véhicule, ne sachant pas trop pourquoi j'accepte de revenir ici.

Parce que j'ai besoin d'un job.

Parce que Lance et moi avons besoin d'une pause.

Parce que je n'ai plus d'argent.

— On se voit dans quelques jours, dis-je en me dirigeant vers l'avion.

Il se place devant moi.

— Attends !

Je me fige, détestant la chaleur qui me monte aux joues, et je lève lentement les yeux vers lui.

Il me domine. Une rafale de vent passe à côté de nous et son odeur m'emplit les narines, accélérant mes palpitations. Son chapeau de cow-boy crée une ombre sur son visage, mais je pourrais parier qu'il mate le tatouage qui dépasse de mon débardeur.

Peut-être que c'est un pervers et qu'il regarde ma poitrine.

Il déclare :

— Pari accepté.

Je pose ma main sur ma hanche.

— Je croyais que tu t'inquiétais de récupérer ton gain.

Ses lèvres se tordent.

— Non. Je ne prends que des paris que je peux gagner, mais je trouverai une solution.

Je ris de manière sarcastique.

— Alors tu entraînes des chevaux de course et tu joues, mais tu t'inquiètes que je puisse influencer tes garçons ?

Une pointe d'amusement se dégage de son expression. Il acquiesce :

— Ouais, comme je l'ai dit, je sais ce qu'est le jeu responsable. Et apparemment, ce n'est pas ton cas.

Je soupire, puis redresse les épaules. Je tends la main.

— D'accord, Alexander. C'est parti.

Sa grande main bronzée se tend vers moi. Ses doigts s'enroulent autour des miens.

L'électricité me parcourt le dos. Je halète, surprise par l'intensité du choc.

La noirceur de son regard s'accentue. Il me regarde dans les yeux jusqu'à ce que je me sente prête à fondre en une flaque d'eau à ses pieds. Sa voix bourrue déclare :

— J'ai hâte de gagner.

Tout ce qui concerne sa déclaration et ce qu'elle provoque en moi, me trouble. Elle accentue une douleur que je n'avais pas ressentie depuis que j'ai commencé à sortir avec Lance. Cela donne une nouvelle étincelle à la colère qui brûle en moi. Et cela me rend plus déterminée que jamais à passer son test et à gagner ce pari.

Je me force à répondre :

— De même. Je le contourne et gravis les marches du jet.

Ne te retourne pas !

Il me regarde.

Ne lui donne pas cette satisfaction !

J'entre sans me retourner dans le jet des Cartwright, j'entends à peine l'hôtesse me saluer et m'assois dans le luxueux siège en cuir souple, en jetant un coup d'œil par le hublot.

Alexander ne perd pas de temps, il saute dans son pick-up et s'en va.

— Champagne ? Autre chose ? demande l'hôtesse.

Je secoue la tête.

— Non, ça va. Merci.

Elle disparaît, et nous décollons avant même de m'en rendre compte. Mes pensées concernant Alexander, la question de savoir si je devrais même retourner au ranch et ma situation avec Lance se chamboulent dans ma tête.

Le pilote annonce que nous sommes à dix minutes de l'atterrissage, m'arrachant à mes rêveries. Je regarde par le hublot jusqu'à l'atterrissage, puis sors de l'avion.

Je traverse la piste, entre dans le petit bâtiment et sors par la porte, m'attendant à voir Lance et sa voiture.

La route est vide. Je sors mon téléphone de mon sac, l'allume et l'appelle.

Après deux sonneries, sa boîte vocale se déclenche.

Je raccroche et lui envoie un texto.

> Moi : Hé, j'ai atterri. Tu es dans le coin ?

Plusieurs minutes s'écoulent.

J'essaie d'appeler à nouveau, mais sa boîte vocale se déclenche après trois sonneries.

Je raccroche et renvoie un texto.

> Moi : Tu viens toujours me chercher ?

J'attends cinq minutes, je rappelle et tombe à nouveau sur la boîte vocale. La rage et la douleur m'envahissent.

J'abandonne finalement et commande un Uber. Je lui envoie un nouveau texto.

> Moi : Peux-tu au moins me confirmer que tu vas bien ?

La voiture arrive, je monte à l'intérieur et mon téléphone sonne.

Lance : Désolé. J'ai oublié que tu revenais ce soir. Il vaut mieux que tu commandes une voiture.

Mes entrailles tremblent. Le chemin du retour vers mon appartement est flou, car mes émotions continuent de s'emballer.

Lorsque j'entre chez moi, je suis déterminée à en finir avec Lance. J'ouvre la porte du placard, en sors tous les cartons que j'ai stockés ces dernières semaines et je trouve mon pistolet à ruban adhésif. Je rassemble les cartons et passe des heures à tout emballer dans mon appartement.

Je termine vers trois heures du matin. Seules mes affaires de toilette, plusieurs tenues pour les prochains jours et ma literie ne sont pas emballées. J'envoie un message à Lance.

Moi : J'ai accepté un job temporaire au Texas. Je reviendrai dans quelques mois. Je pense qu'il vaut mieux faire une pause pendant mon absence.

Mon téléphone sonne. Le nom et le visage de Lance apparaissent sur l'écran. Je réponds avec colère :

— Tu m'appelles maintenant ?

Des voix et de la musique retentissent en arrière-plan. Je l'entends à peine bredouiller :

— Comment ça, tu pars au Texas ?

— C'est ce que j'ai écrit. Et merci d'être venu me chercher, lancé-je en me glissant sous mes couvertures, furieuse qu'il ait choisi de faire la fête au lieu de venir me chercher à l'aéroport.

Je suis partie depuis plusieurs jours. Il est évident que je ne lui ai pas manqué. De plus, nous avions convenu avant mon départ qu'il viendrait me chercher.

— Je t'ai dit que j'avais oublié. Ce n'est pas grave, se plaint-il, juste au moment où une voix de fille coupe la ligne en disant : Lance, c'est ton tour. Tourne-le !

Mon cœur bat plus fort. Je demande :

— Tourner quoi ?

Il ignore ma question, puis déclare :

— Je dois y aller. Nous en discuterons plus tard, mais ne dramatise pas, Phoebe ! Ta place est ici, avec moi, pas au Texas.

— Ici avec toi ? ricané-je. Tu ne peux même pas venir me chercher à l'aéroport !

Il gémit.

— Jésus, femme ! Arrête de dramatiser ! Ce n'est pas grave. En plus, c'est toi qui as voulu t'enfuir au Texas et me laisser tout le week-end. Que voulais-tu que je fasse ? Que je reste seul à la maison, que tu me manques ? Ce n'est pas juste, n'est-ce pas ?

Je lui ai donc manqué ?

Ce n'est pas grand-chose s'il ne vient pas m'accueillir.

Suis-je vraiment injuste envers lui ?

Il ajoute :

— Tu ne sais pas ce que c'était tout le week-end sans toi.

Un sentiment de culpabilité m'envahit. Lance a toujours une façon de faire naître des émotions contradictoires en moi, et ce soir n'est pas différent.

Avant que je puisse dire un mot de plus, il continue :

— Je vais me faire pardonner de ne pas avoir été venu à l'aéroport. Dors, et je te verrai demain ! Il raccroche avant que je puisse répondre.

Bouleversée, je tente de le rappeler, mais je tombe sur la boîte vocale, ce qui ne fait que m'énerver davantage. Je hurle dans mon oreiller, me sentant un peu folle, et jette mon téléphone sur la table de chevet.

Il n'a jamais été aussi clair que Lance et moi avons vraiment besoin d'une pause. Le Texas m'apparaît de plus en plus comme une meilleure idée à chaque minute qui passe. Tous les doutes que j'ai eus à propos d'Alexander et des maux de tête qu'il ne manquera pas de créer finissent par disparaitre.

3

Alexander

Trois jours plus tard

Maman s'écrie :

— Alexander, c'est l'heure d'aller chercher Phoebe !

La colère refait surface et je grogne. Je pointe vers Calypso, le cheval que j'ai entraîné ces dernières semaines, et ordonne à Jagger :

— Fais-le courir à nouveau !

— Amuse-toi bien pendant ta petite excursion ! se moque-t-il.

— Amuse-toi tant que tu peux, petit frère ! Maman va se concentrer sur toi ensuite.

— Pas question ! marmonne-t-il.

— Elle le fera. Ton jour viendra, préviens-je, sachant que mes frères célibataires seront les prochains sur la liste. Si ma mère n'en faisait

36

qu'à sa tête, chacun de ses huit enfants serait marié et aurait une douzaine de gosses.

De plus, Mason a trente ans et Jagger vingt-huit. Connaissant ma mère, elle ne tardera pas à s'intéresser à eux, tentant sans relâche de les caser avec n'importe quelle fille du coin. Bientôt, elle me lâchera les baskets et se rendra compte que je dis la vérité : je peux m'occuper des garçons tout seul. Je n'ai pas besoin d'une femme ou d'une nounou.

Le visage de Clara me revient à l'esprit et je grimace intérieurement. Cela fait huit ans, et ça fait encore mal. La douleur s'est estompée, mais les souvenirs des traitements anticancéreux et le fait de contempler avec horreur la seule femme que je n'aie jamais aimée – la mère de mes enfants – se réduire progressivement à une peau sur des os me hantent encore.

Les images de mes jeunes garçons envahissent mon esprit, en particulier Wilder, qui n'avait que deux ans et qui a vu sa mère dépérir. Il était petit, mais il s'en souvient encore.

Ace n'était qu'un nourrisson. Toutes les craintes et le chagrin que j'ai éprouvés en le berçant pour l'endormir les nuits où ma mère et mes sœurs n'étaient pas là, réapparaissent.

Je me répète : *Je ne me marierai plus jamais.*

Jagger ricane.

— Tu ferais mieux d'y aller.

Je ravale la boule dans ma gorge, détestant la façon dont les mauvais souvenirs me rattrapent à des moments étranges. Je marmonne :

— Je m'en souviendrai quand Maman dirigera son attention sur toi.

Je me retourne et me dirige vers le pick-up.

— Attends-moi ! s'écrie ma sœur Willow, âgée de vingt-cinq ans, se précipitant par la porte d'entrée avant de sauter du côté passager du véhicule. Je m'approche du siège du conducteur, ouvre la portière d'un coup sec et déclare :

— Tu ne viendras pas. Sors de là !

Elle ricane.

— Maman m'a dit de venir avec toi. Demande-moi pourquoi !

— Je m'en fiche. Sors ! ordonné-je à nouveau.

— Non.

Willow boucle sa ceinture de sécurité.

Je gémis et démarre le pick-up.

— J'en ai assez que personne ne m'obéisse jamais !

— Désolée, gazouille-t-elle.

Je l'ignore pendant quelques minutes, puis lui demande :

— Tu ne devrais pas courir après un cavalier de rodéo ou quelque chose du genre ?

Elle rit.

— C'est ce que tu crois que je fais toute la journée ? Courir après ça ?

Je hausse les épaules et ricane.

— Ouais.

— Je te signale qu'*ils* font la queue pour *me* voir. Je n'ai pas à courir après eux, raille-t-elle.

— Je n'en doute pas, répliqué-je avec dédain.

Willow a obtenu son diplôme de droit et a décidé de devenir agente pour les cavaliers de rodéo. Elle a toujours été obsédée par eux. Mon père, mes frères et moi avons eu beau lui dire de ne pas s'en approcher, elle ne nous a jamais écoutés. Au fil des ans, elle est sortie avec plusieurs gars du coin. Maintenant, elle représente n'importe quel cavalier qu'elle pense avoir le talent pour gagner, et les vannes des hommes turbulents et arrogants sont encore plus ouvertes dans sa direction.

À mes yeux, c'est un cauchemar qui se prépare à devenir réalité. Plusieurs de ses clients sont ses anciens amants. Chaque fois que je les regarde interagir, il est clair que Willow est passée à autre chose, mais ils ont toujours un faible pour elle dans leur cœur. Et je ne peux pas leur en vouloir.

Willow est belle, a une personnalité pétillante et peut tourner en bourrique la plupart des gens. Elle a le sens des affaires, comme Sebastian, et est aussi intelligente que lui, sinon plus, et elle n'a peur de rien.

C'est une recette pour provoquer des drames, et je ne veux rien avoir à faire avec ça. À un moment donné, sa bulle de naïveté va bien finir par éclater. Elle devra alors faire face à des hommes jaloux qui se nourrissent de testostérone et de victoire. Et quand cela arrivera, mes frères et moi aurons du mal à ne pas dire « On te l'avait bien dit ».

Willow se rapproche et déclare :

— J'espère que tu seras gentil avec Phoebe. J'ai entendu dire que tu avais été méchant la dernière fois qu'elle est venue.

— Je n'ai pas été méchant, prétends-je, mais je culpabilise un peu.

Ce n'est pas la faute de Phoebe si ma famille l'a poussée vers l'échec. Ils devraient savoir que je peux gérer mes fils tout seul. Mais c'est ce qui arrive quand ils mettent leur nez dans mes affaires. Des personnes innocentes, comme Phoebe, sont inévitablement impactées.

— Ce n'est pas ce que j'ai entendu, affirme Willow.

— Pourquoi es-tu là ? demandé-je à nouveau, agacé qu'elle s'immisce dans cette situation.

Elle ricane.

— Il faut bien que quelqu'un soit gentille avec cette pauvre fille pour qu'elle apprenne à se débrouiller avec toi. Maman a dit qu'on s'entendrait très bien aussi.

— Tu as l'air de délirer, tout comme le reste de notre famille, grogné-je. Phoebe n'est là que pour la semaine. Ensuite, elle repartira d'où elle est venue.

— Bien sûr. Comme tu dis, mon frère. Willow me tape sur l'épaule.

Je m'éloigne d'elle d'un coup sec, souhaitant ne pas être agacé.

Nous avons tous d'excellentes relations avec nos frères et sœurs. Même Evelyn, qui s'immisce beaucoup trop, ne me dérange pas. Donc, normalement, Willow et moi n'aurions aucun problème.

Mais j'en ai assez que ma famille insiste pour que les garçons aient une nounou. Cette femme, Phoebe, n'est pas capable de les garder sur les rails de toute façon, et je doute qu'elle soit capable de leur inculquer le moindre sens de la discipline.

Je connais mes fils mieux que quiconque, et ils vont l'écraser. Elle regrettera bientôt d'avoir accepté ce poste. Une fois qu'elle sera partie, ma famille devra accepter que je suis le Papa des garçons et que je sais ce qui est le mieux pour eux.

Je me gare à l'aéroport et suis les panneaux indiquant le tarmac. Je m'arrête à côté du jet et sa porte s'ouvre. La passerelle se stabilise et Phoebe apparaît en haut.

— Elle est magnifique ! s'exclame Willow.

Je ne dis rien. Phoebe n'est pas mon genre, mais j'aimerais pouvoir nier les propos de Willow. Les cheveux magenta de Phoebe flottent dans la brise. Ses jambes bronzées, révélées par son short en jean échancré, sont aussi parfaites que je l'imaginais. Un pull mauve surdimensionné touche le haut des ourlets effilochés. Le côté droit de sa cuisse est orné d'une série de cœurs et de fleurs. Je distingue à peine les lettres M-A-R.

Ma bouche s'assèche soudain. Ma bite se heurte à ma fermeture éclair et je me maudis.

Elle a tatoué le prénom d'un autre homme sur son corps.

Quel est son prénom ? Mark ? Martin ? Marcello ?

Willow ouvre la portière et bondit hors du véhicule, se précipitant vers les marches et appelant :

— Phoebe !

Je les quitte des yeux et me dirige vers l'arrière de l'avion. Dale, l'employé de la piste, a chargé des cartons sur un chariot. Il les transporte jusqu'au pick-up et je l'aide à les mettre dans la benne.

— Et tu as déjà rencontré mon drôle de frère, n'est-ce pas ? gazouille Willow.

Je lui lance un regard tueur.

— Bien sûr. Comment vas-tu, Alexander ? demande Phoebe en croisant mon regard.

Je me force à être poli.

—Laisse-moi t'aider à décharger le reste de tes cartons et nous partirons.

— C'est tout ce qu'il y a, déclare Dale.

Je jette un coup d'œil à la poignée de cartons et je pose la question :

— Tu as mis le reste dans un box à louer ?

Phoebe secoue la tête.

— Non. Ce sont toutes mes affaires.

J'arque les sourcils. Depuis quand les femmes n'ont-elles pas trop de possessions personnelles comme ça ?

Phoebe déclare :

— Je suis une minimaliste. Je n'aime pas le désordre.

— Très californien de ta part, taquiné-je, mais cela semble grossier.

— Alexander ! Comporte-toi convenablement ! me réprimande Willow.

La culpabilité m'envahit, mais je ne veux rien concéder à ma sœur.

— C'était une blague. Phoebe le sait, n'est-ce pas ?

Je ne sais pas pourquoi je m'attends à ce qu'elle me soutienne, et pendant un moment, je suis sûr qu'elle va me contredire. Mais elle ne le fait pas.

Elle redresse les épaules, lève le menton et sourit. Ses yeux bleus s'illu-minent. Elle répond :

— Bien sûr.

— Tu vois ? lancé-je à Willow, puis j'ouvre la portière du passager. Partons d'ici !

— Tu peux monter devant, dit Willow à Phoebe, alors qu'elle va à l'arrière.

Phoebe saisit la barre d'appui, se hisse sur le siège et demande :

— Y a-t-il une chance qu'on s'arrête d'abord en ville ? Elle croise les jambes et la lettre I apparaît à côté du M-A-R.

Je la fixe, une boule se formant dans ma gorge.

Pas Mark. Quel type s'appelle M-A-R-I ?

— Est-ce que ça va ? questionne Phoebe.

Je sors de ma transe, lève les yeux et réalise qu'elle m'a surpris en train de regarder sa cuisse.

Ses lèvres se contractent et du rose se répand sur ses joues.

— Très bien, réponds-je rapidement, puis je ferme la portière et fais le tour du véhicule en me réprimandant. La dernière chose dont j'ai besoin, c'est que la nounou pense qu'elle m'intéresse.

Je démarre le pick-up, sors de l'aéroport et pose la question :

— Où dois-tu aller en ville ?

— N'importe quel magasin d'art fera l'affaire. Je veux acheter des aquarelles pour les enfants.

— Oh ! Allons au Lilac sur Main Street ! Ils ont des objets d'art mais aussi d'autres objets d'artisanat, déclare Willow.

Je m'empresse de dire :

— Willow, ce n'est pas pour une séance de shopping. Ça ne me dérange pas de m'arrêter, mais je dois retourner au travail.

— Oh, chut ! Jagger et Mason contrôlent la situation, réplique Willow.

— Parce que je ne fais rien de la journée ? m'empressé-je de rétorquer.

Ma sœur rit.

— Tu sais qu'ils peuvent se débrouiller quand tu n'es pas là.

— Willow, j'ai beaucoup de choses à faire. Je n'ai pas toute la journée pour attendre que tu dépenses de l'argent.

— Je préfère quand tu es drôle, Alexander, rétorque-t-elle.

Je gémis.

Phoebe reprend :

— En fait, si nous pouvons entrer et sortir en vitesse, je pense que c'est mieux. Je veux déballer mes affaires avant que les garçons ne rentrent de l'école. On peut aller faire du shopping un autre jour, si ça te va ?

Une fois de plus, je suis surpris qu'elle ait l'air de me soutenir, mais je me rappelle qu'il ne faut pas la laisser me berner. Elle veut rester deux mois, et je n'ai pas besoin d'elle.

— Si c'est ce que tu veux, répond Willow.

Phoebe acquiesce.

— C'est mieux. Mais je veux vraiment qu'on remette à plus tard la sortie shopping.

— D'accord, confirme ma sœur.

Je me concentre sur la conduite, en essayant de ne pas étudier les jambes toniques et ensoleillées de Phoebe, mais c'est difficile. Quelques fois, elle me surprend. Je le sais à cause de son rougissement.

Je serre le volant plus fort et m'arrête devant le magasin. Je mets le levier de vitesse au point mort pour me garer et supplie :

— S'il vous plaît, ne prenez pas toute la journée !

Willow grogne.

Phoebe croise mon regard.

— Je serai rapide.

— Merci.

— Avec plaisir, dit-elle doucement. Elle ouvre la bouche, comme si elle voulait en dire plus, puis la referme.

Je veux lui demander ce qu'elle veut dire, mais elle saute du pick-up. Je reste dans la cabine, fixant l'arrière de ses mollets de tueuse et le tatouage de ses cuisses.

Il s'appelle peut-être Mario.

Est-elle toujours avec lui ? Ou est-elle avec le gars D ?

Peut-être qu'elle les a largués tous les deux.

J'essaie de trouver d'autres noms masculins M-A-R-I, quand elle sort du magasin. Elle porte un gros sac de courses et Willow la suit.

— C'était rapide, la félicité-je.

— Je suis connue pour être parfois très concentrée, affirme-t-elle.

— C'est un bon trait de caractère, admets-je.

Willow ferme sa portière et déclare :

— Pourquoi ne pas revenir ce week-end ?

Phoebe se tourne et répond :

— On verra comment ça se passe si ça ne te dérange pas. Je veux m'assurer que les garçons ont toute mon attention.

— Alexander n'est pas un tyran. Tu n'es pas obligée de travailler 24 heures sur 24, 7 jours sur 7, l'informe Willow.

Je lance à ma sœur un regard noir dans le miroir. Même si Phoebe n'a pas besoin d'être ici, elle est là pour un travail. Au moins, ses priorités semblent être au bon endroit – mes fils.

Phoebe s'exclame :

— Je pense qu'il est important que les garçons sachent qu'ils peuvent compter sur moi. Pourquoi ne pas envisager d'y aller dans quelques semaines ?

Bonne réponse.

Mais tu ne seras plus là dans quelques semaines.

Willow soupire.

— D'accord. Mais il faut que tu gardes la soirée de samedi ouverte. Il y a un énorme rodéo. Je peux te présenter à tous les cavaliers de rodéo.

Mon pouls s'accélère. J'imagine tous les cavaliers s'agglutiner autour de Phoebe comme s'il s'agissait de chair fraîche. Je lance un regard noir à ma sœur à travers le rétroviseur et serre le volant si fort que je vois des étoiles.

Phoebe dit :

— Je ne suis jamais allée à un rodéo.

— Vraiment ? Oh mon Dieu, tu vas adorer ! Prépare-toi à gérer beaucoup de rendez-vous potentiels ! s'extasie Willow.

Pourquoi ma sœur ne peut-elle pas la fermer ?

Phoebe se balance d'un côté à l'autre sur son siège. Elle annonce :

— En fait je suis dans une relation, en quelque sorte.

— En quelque sorte ? réplique-t-elle, incapable de s'abstenir. Je la regarde, me demandant si elle est comme Willow, si elle se faufile entre les hommes comme un canard dans l'eau.

Phoebe rougit à nouveau. Elle se lèche lentement les lèvres et ma bite essaie de sortir de ma fermeture éclair. Mon cœur s'accélère alors qu'elle répond :

— Mon petit ami et moi faisons une pause.

— Qu'est-ce que ça veut dire ? m'empressé-je de questionner.

— C'est une pause. Tu ne sais pas ce que c'est ? intervient Willow.

Je suis encore plus agacé.

Phoebe articule plus vite et déclare :

— Nous sommes ensemble depuis quatre ans et je pense que nous avons besoin d'une pause.

— Vous avez rompu ? m'intéressé-je.

Elle secoue la tête.

— Pas exactement.

— Désolé. Je suis encore confus. Qu'est-ce que ça veut dire ?

Willow ajoute :

— Cela signifie qu'elle a encore des sentiments pour lui, mais qu'elle sait que c'est fini. Elle n'est pas prête à le laisser tomber. Oh, et elle est prête à voir ce qu'il y a d'autre sans le lâcher complètement.

— C'est donc une façon de le faire marcher, conclus-je avec dégoût.

Le visage de Phoebe devient rouge cramoisi. Elle ouvre la bouche, la ferme, puis secoue la tête.

— Oh, mon Dieu ! Tu es tellement déconnecté, Alexander, ajoute Willow.

— Ou peut-être que tu traites les hommes comme s'ils étaient jetables et ne méritaient pas un minimum de respect ? provoqué-je.

— Tu délires, ricane Willow.

— Qui parle ? La reine du délire, rétorqué-je.

— Peu importe. Alors, Phoebe, tu es libre de venir avec moi samedi soir, n'est-ce pas ? demande Willow en se penchant vers nous.

— Euh... hésite Phoebe se déplaçant sur son siège.

Ma sœur insiste.

— Dis simplement oui !

— Les garçons n'auront pas besoin de moi samedi soir ?

Je lui dis presque si pour que les cavaliers gardent leur bave dans la bouche.

— Dis-lui qu'elle est libre de s'amuser, Alexander ! intime Willow.

Elle n'est là que pour une semaine.

— Alexander !

Je cède et agite la main en l'air.

— Non. Va t'amuser avec Willow !

— Youpi ! s'exclame ma sœur.

— D'accord, mais je ne suis pas sur le marché, annonce Phoebe.

Je suis soulagé, mais c'est de courte durée.

Elle a toujours un petit ami.

Pourquoi est-ce que je pense à ça ? Cette femme n'est pas là pour sortir avec quelqu'un, et elle n'est pas non plus mon genre.

Je me concentre à nouveau sur la route, entendant à peine le reste de la conversation, essayant de ne pas imaginer Phoebe avec un Californien arrogant ou l'un des cavaliers. Les deux situations m'irritent.

Je me fiche de savoir avec qui elle est, à moins que cela n'affecte mes enfants. Puisqu'elle ne reste qu'une semaine, ses fréquentations ne les gêneront jamais, me dis-je en franchissant les portails du ranch.

— Vous vous habituez à ces choses-là ? demande Phoebe.

— Aux portails ?

Elle fixe le rétroviseur.

— Oui. Ils sont si grands et si beaux. Êtes-vous encore impressionnés dans la famille, ou est-ce que cela s'est estompé ?

— Ils ont toujours été là, alors je pense qu'aucun d'entre nous n'a jamais été impressionné, admets-je.

— C'est dommage, déclare-t-elle.

Curieux, je lui jette un coup d'œil.

— Pourquoi cela ?

Elle sourit doucement.

— La beauté doit être appréciée, n'est-ce pas ?

Je réfléchis à sa déclaration, puis hausse les épaules.

— J'imagine.

Son sourire s'élargit.

— Je connais mon premier projet avec les garçons.

J'arque les sourcils.

— Oh ?! C'est quoi ?

Son regard se dirige vers le ranch et elle annonce :

— Nous allons trouver la beauté dans les endroits qu'ils considèrent comme acquis. Ainsi, ils auront une perspective différente sur le ranch.

— Comment vas-tu faire ça ? demande Willow.

L'expression de Phoebe s'éclaire davantage. Elle répond avec assurance : — Je n'en suis pas encore sûre, mais je trouverai un moyen.

Je gare le pick-up et coupe le moteur, me demandant si Phoebe ne serait finalement pas en mesure de garder les garçons, mais j'écarte rapidement cette idée.

Ma famille me sous-estime. Je suis tout à fait capable de m'occuper seul de mes enfants. Si je ne leur prouve pas qu'ils ont tort, ils ne cesseront jamais de s'immiscer dans ma vie. Avant que je m'en rende compte, Maman invitera à nouveau toutes les femmes célibataires à la maison pour essayer de me caser.

Je sors du véhicule et en fais le tour pour ouvrir la portière de Phoebe, mais elle saute avant que je ne l'atteigne. Un sentiment étrange m'envahit et je réalise qu'il s'agit d'une déception.

Qu'est-ce qui m'arrive avec cette femme ?

C'est juste sa portière.

Elle devrait me laisser l'ouvrir pour elle.

Peu importe, me dis-je.

Ma famille apparaît comme par magie et j'ignore toutes les discussions. Je saisis une boîte en carton et me dirige vers la maison principale.

Papa m'arrête et me demande :

— Qu'est-ce que tu fais ?

— J'emmène les affaires de Phoebe dans la chambre d'amis. De quoi ça a l'air ?

Il secoue la tête.

— Sa chambre n'est pas ici. Elle est dans ta maison.

Ma poitrine se serre.

— Pourquoi serait-elle là-bas ?

— Les garçons sont là-bas.

— Et alors ?

— Tu n'as toujours pas assimilé qu'elle était leur nounou ?

Je secoue la tête.

— Elle n'a pas besoin d'habiter chez moi. Elle peut rester ici et continuer à effectuer son travail.

— Pas nécessairement. Maintenant, apporte ses affaires dans ta chambre d'amis !

Je le fixe, sans bouger.

— Tu ne m'as pas entendu ? questionne-t-il.

— Vous dépassez les bornes, rétorqué-je.

Il croise les bras.

— Peut-être, mais c'est toujours mon ranch. Je suis le chef de cette famille. Donc quiconque s'y trouve y vit selon mes règles. Maintenant, emmène ses boîtes-là chez toi !

Je ne bouge toujours pas. Il est rare que mon père joue cette carte, surtout depuis que j'ai trente-cinq ans et que je suis parent.

Mason m'ôte la boîte des mains et me lance :

— Je m'en occupe.

— Reste en dehors de... Je me retourne et me fige.

Jagger et quelques ouvriers du ranch ont déjà déchargé le pick-up, et les cartons sont soigneusement empilés sous mon porche.

Je jette un coup d'œil à Phoebe, entourée de ma famille, qui s'intègre déjà comme si elle était à sa place. Ses cheveux magenta flottent au vent, et je me demande comment je vais faire pour surmonter cette épreuve. Non seulement cette jeune femme insouciante et sûrement sauvage s'occupera de mes enfants, mais elle vit maintenant dans la chambre voisine de la mienne.

Je n'ai aucun moyen de m'en sortir, si ce n'est de me résigner pour la semaine.

4

Phoebe

lexander me précède avec nervosité. Il ouvre une porte et déclare prudemment :

— Voici ta chambre ! Il me fait signe d'entrer en premier.

Je passe devant lui, inhalant le même parfum enivrant que le premier jour où je l'ai rencontré, me demandant comment un homme peut sentir aussi bon après avoir travaillé dans un ranch pendant des heures. Je pose mon sac à main sur le lit et jette un coup d'œil à l'espace décoré de façon neutre, qui correspond à ce que j'ai vu du reste de la maison.

Cet endroit a besoin de couleurs.

— Est-ce à la hauteur de tes espérances ? demande Alexander.

Je souris et réponds :

— C'est une grande pièce.

Il désigne le mur.

— Je suis heureux que cela te convienne. La salle de bains est à côté, et la lingerie se trouve dans le couloir. Je vais te chercher un jeu de serviettes, mais si tu en as besoin de nouvelles cette semaine, sers-toi !

— D'accord.

Il disparaît momentanément pour réapparaître avec un ensemble de serviettes brunes. Il les pose sur le bureau, se retourne dans ma direction et me fixe du regard.

Mes papillons se déchaînent. J'ouvre la bouche, puis la ferme.

— Y a-t-il quelque chose que tu voulais dire ? questionné-je.

— Non, ça va.

— Tu es sûre ? Parce que tu as ouvert la bouche, puis tu l'as refermée. Mon instinct me dit que tu avais quelque chose en tête. Il vaut mieux que tu le dises, comme ça je pourrai répondre à toutes tes questions, informe-t-il d'un ton bourru.

— Est-ce que je t'ai bien entendu dire que tu pensais que j'habitais dans la maison de tes parents ? lâché-je.

Il serre la mâchoire, soupire, puis avoue :

— Oui.

— Oh, désolée !

Ses yeux se transforment en fentes.

— Tu n'as pas été surprise d'habiter ici plutôt que là-bas ?

Je secoue la tête.

— Non. Ta mère m'a montré ta maison quand j'étais ici la première fois.

Il ferme les yeux et secoue la tête.

— Bien sûr.

Pour une raison ou une autre, je me sens mal pour Alexander. Je sais qu'il ne veut pas de moi ici, mais il semble que ce soit sa famille qui décide. Pourtant, l'impression qu'il me donne, c'est qu'il a l'habitude de tout contrôler.

— Je suis désolée que tu n'étais pas au courant. Je veillerai à t'informer des choses qu'ils pourraient te cacher. Je ne pense pas qu'il y aura d'autres choses... mais si c'est le cas...

Il se crispe.

Son expression me rend nerveuse. C'est comme s'il se demandait s'il devait me croire ou non.

— Je le ferai, promis-je.

Il acquiesce lentement.

— Ce serait bien, surtout pour ce qui concerne mes fils ou ma maison.

— Compris. Euh... Mon pouls s'accélère.

— Quoi ?

— Puis-je être franche ?

— Tu ne l'as pas été jusque-là ?

— Ah ? répliqué-je, me demandant si je l'ai été vraiment.

— Ouais.

— Désolée.

Son regard s'intensifie jusqu'à ce que j'aie l'impression que mes cellules sont en feu. Il demande :

— Pourquoi es-tu désolée ? Je ne suis pas un magicien capable de lire dans les pensées. Je préfère la franchise à tout type de jeu, et à n'importe quel moment.

— C'est une bonne chose. Je ne joue qu'avec des enfants, ou alors lors de soirées jeux en famille. Je ris nerveusement.

Il reste silencieux, son regard intense fixé sur moi.

— Je ne jouerai donc pas avec toi, ajouté-je.

Il fait grincer ses molaires et inspire une grande bouffée d'air.

— À moins que tu ne veuilles que je le fasse ? poursuivis-je en riant à nouveau, tapotant mes doigts sur ma cuisse.

Pourquoi ai-je dit ça ?!

Ses yeux se dirigent vers mes jambes. Ce n'est pas la première fois que je le surprends à les fixer aujourd'hui. Je ne sais pas trop quoi en penser. Ses parents m'ont dit de m'habiller de façon décontractée au ranch, y compris pour l'entretien. Comme il fait encore anormalement chaud à cette époque de l'année, j'ai mis mon short. Je me demande s'il désapprouve.

Il demande sèchement :

— Combien de tatouages as-tu ?

L'anxiété me prend aux tripes.

— Plusieurs.

— Ce n'est pas une réponse claire.

— Le mystère ne fait-il pas partie de mon étonnant magnétisme ? taquiné-je.

— Puisque je ne te déshabillerai pas, une réponse serait appréciée.

Je me réprimande, réalisant que ma déclaration a l'air d'un flirt.

Je ne flirte pas avec lui.

Si.

Non !

La chaleur me monte aux joues.

— Je suis désolée. Je ne voulais pas dire ça.

— Comment ça ?

— Comme si je suggérais quoi que ce soit, admets-je en rougissant. Je me mords la lèvre, toujours sous son regard qui s'assombrit.

Il cligne deux fois des yeux, son visage se durcit et il se redresse, me dominant. Il affirme :

— C'est bon à savoir.

Mon pouls bat entre mes deux oreilles. Je jette un coup d'œil à son biceps bombé, tendu contre la manche, comme s'il risquait d'en rompre le tissu.

Arrête de regarder !

Mes yeux descendent le long du V de sa taille et de sa boucle de ceinture avec un C dessus.

Il m'extirpe de ma transe en me demandant :

— Alors, combien ?

Pour une raison ou une autre, je ne veux pas lui dire.

— Pourquoi veux-tu savoir ? Tu détestes les tatouages ?

— Non. J'en ai quelques-uns.

Surprise, j'arque les sourcils. Je pensais qu'Alexander était trop coincé pour faire tatouer son corps. Maintenant, je suis curieuse.

— Vraiment ? Où ça ? Et qu'est-ce que c'est ?

Ses lèvres tressaillent.

— Les dames d'abord.

— Non ! Je vais le dire seulement après, lancé-je en faisant semblant de fermer ma bouche et de jeter la clé.

Il croise les bras en signe de désapprobation.

Quelque chose me dit de ne pas céder. Mais je devrais peut-être le faire puisqu'il est mon patron et que c'est lui qui détermine si je garde mon emploi ou non. Je décide donc de changer de sujet et demande :

— À quelle heure les garçons rentrent-ils de l'école ?

Il ne bronche pas.

— Dans une heure environ.

Je souris.

— Je vais défaire ma valise, si ça ne te dérange pas ?

J'ouvre mon sac à main, le fouille et en sors un coupe-ongles. Je choisis le carton le plus proche et essaie de déchirer le ruban adhésif.

Alexander ricane, puis s'approche de moi. Il sort un couteau de poche et déclare :

— Laisse-moi t'aider !

— C'est chevaleresque de ta part, taquiné-je.

— Tu ne sais pas ce qu'est la galanterie, tu te souviens ? rétorque-t-il, et c'est la première fois que je le vois sourire. Il fait glisser le tranchant de son couteau sur le ruban adhésif.

— Qu'est-ce qu'il y a entre toi et la galanterie ?

Il passe à la boîte suivante, qu'il déchire tout aussi facilement. Il se retourne et lance :

— Y a-t-il quelque chose de mal à traiter une femme comme une femme ?

— Est-ce que j'ai dit ça ?

Il me scrute un moment, puis répond :

— Non, mais j'essaie de savoir si tu es habituée aux garçons qui seront toujours des garçons ou si tu es une de ces féministes qui refusent de laisser un homme entrer dans son rôle.

— Son rôle ?!

Alexander acquiesce.

— Oui, son rôle dans la vie.

Confuse, je demande :

— Lequel ?

— Le rôle d'un homme est de s'occuper de sa femme et de sa famille, grogne-t-il.

— Et cela se fait en ouvrant des portières ?

— C'est un signe de respect pour une femme.

— Est-ce le cas ? insisté-je, non pas parce que je suis d'un avis ou d'un autre, mais parce que je ne suis pas au courant de ces points de vue. Lance ne m'a jamais ouvert la porte, pas plus que les autres hommes que j'ai fréquentés avant lui.

Très catégorique, il déclare :

— Oui, c'est le cas.

Je me balance d'un pied sur l'autre, me sentant naïve. C'est rare, mais là, je me sens ignorante. J'ouvre le carton, en sors quelques vêtements et lâche :

— D'accord, c'est bon à savoir.

Il fixe ma main et je jette un coup d'œil à la lingerie en dentelle noire. Ma bouche devient sèche. Je me dirige rapidement vers la commode, ouvre un tiroir, les jette à l'intérieur et le referme. Je tourne sur moi-même et gazouille :

— Je devrais vraiment défaire mes bagages.

Il acquiesce, finit de couper le ruban adhésif des boîtes et sort de la pièce. Puis il se retourne et déclare :

— Il y a une chose que tu dois savoir sur moi, Phoebe.

Ma poitrine se serre. Je le taquine :

— Tu as des licornes tatouées sur les fesses ?

Il s'immobilise, puis se fend d'un sourire.

— Non. Pourquoi suggérer quelque chose d'aussi ridicule ?

Je hausse les épaules.

— Tu entraînes les chevaux. Peut-être que tu penses qu'ils sont magiques ou quelque chose comme ça. Je ne sais pas, moi.

Son sourire s'agrandit.

— Les chevaux sont magiques, mais sans fausse corne sur la tête.

— C'est bon à savoir. Je m'en souviendrai si jamais je décide de me mettre à l'équitation.

Il fait semblant d'être en état de choc, la bouche ouverte.

Je demande :

— Quoi ?

Comme si j'avais commis un crime, il me questionne :

— Tu n'as jamais monté à cheval ?

— Non.

— Et ma famille t'a engagée ?

Ma nervosité réapparaît en force. J'avoue :

— Cela n'a pas été évoqué lors de l'entretien d'embauche.

— Comment est-ce possible ?

— Je... Je ne sais pas. Je fronce les sourcils.

Super. Je vais me faire virer avant la fin de la semaine à cause de mon manque de compétences en équitation.

— Mes garçons montent à cheval, dit-il.

— Oui, je sais.

— Je suppose que tu vas avoir besoin d'un cours accéléré d'équitation si tu veux faire ton travail cette semaine, déclare-t-il.

J'ouvre la bouche et secoue la tête.

— Non. Euh... ça va. Je ferai mon travail depuis le sol.

Il revient dans la pièce et croise les bras, ce qui a pour effet d'augmenter la tension de ses biceps sur le tee-shirt. D'un ton à la fois taquin et sévère, il pose la question :

— Phoebe Love, as-tu peur de monter à cheval ?

Je me demande si je dois avouer ma peur.

Son expression est empreinte d'amusement.

— C'est ça, n'est-ce pas ?

Je reste silencieuse.

Il pince les lèvres et tourne sur lui-même, sortant de la pièce en lançant :

— Déballe tes affaires ! Les cours commenceront dès que les garçons seront rentrés.

Je me précipite vers la porte.

— Alexander, c'est bon ! Je peux faire mon job sans monter à cheval.

Il se retourne.

— Mes garçons vont parcourir tout le ranch à cheval. Si tu veux t'occuper d'eux, tu dois monter à cheval pour les accompagner. Mais nous pouvons mettre fin à la semaine d'essai dès maintenant si tu n'es pas prête à relever le défi.

Mon cœur bat à tout rompre dans ma cage thoracique.

Alexander attend quelques instants, puis déclare :

— D'accord. Ta décision est prise. Je vais chercher du ruban adhésif pour tes boîtes.

— Non ! Je vais... Mon estomac se retourne.

Il arque les sourcils.

Je relâche une respiration anxieuse.

— J'apprendrai à monter à cheval.

Qu'est-ce que je raconte ?!

Son expression montre à la fois de la surprise et de l'approbation.

— Très bien. Je vais seller Coco.

— Tu ne dois pas retourner au travail ? questionné-je, en essayant de trouver un moyen de me soustraire à cette exigence soudaine.

Il secoue la tête.

— Non. J'ai toujours le temps de m'assurer que mes garçons disposent des ressources nécessaires pour assurer leur surveillance.

Je ne m'en sortirai pas.

Je vais me blesser, peut-être même devenir paralysée.

Comme s'il pouvait lire dans mes pensées, il ajoute :

— Tu peux arrêter de paniquer. Il n'y a personne de mieux placé que moi pour t'enseigner comment monter à cheval.

— Je ne peux pas monter autre chose ? demandé-je.

Amusé, il questionne :

— Comme quoi ?

— Je ne sais pas moi. Quelqu'un ou quelque chose d'autre qu'un cheval ?

— Quelqu'un ?! Il arque les sourcils.

Mortifiée par la réalisation de ce que je viens de dire, je le regarde bouche bée. Il s'esclaffe, puis dit :

— Restons-en à Coco !

— Coco ?! marmonné-je, encore gênée.

— Oui, c'est notre cheval le plus rapide.

— Quoi ?! m'écrié-je.

Il s'esclaffe.

— Je plaisante. Ne t'inquiète pas, Coco ne te fera pas de mal ! C'est notre cheval le plus doux et il est parfait pour une cavalière débutante.

Je devrais me sentir mieux, mais cela ne calme pas mes craintes.

Alexander montre mes jambes.

— Je te suggère d'enfiler un jean.

Je réponds docilement :

— D'accord.

— On se voit dehors ! déclare-t-il joyeusement avant de disparaître.

Je reste figée pendant un moment, puis je me force à déballer, incapable d'arrêter de penser à la façon dont je vais performer dans l'équitation. Je défais le dernier carton quand les enfants rentrent à la maison.

— Phoebe ! crie Ace.

Je sors de la pièce et il se jette sur moi.

— Wow ! Je ris en le serrant dans mes bras.

— Hé, Phoebe ! salue Wilder en faisant un signe de la main depuis la porte.

— Bonjour ! réponds-je.

Ace s'éloigne et s'exclame :

— Papa a dit qu'on allait t'apprendre à monter à cheval ?

Mes tripes plongent.

— C'est ce que j'ai entendu.

— Il dit que tu as peur, ajoute Wilder.

— C'est gentil de sa part, répliqué-je.

Ace insiste :

— Pas de quoi avoir peur. Les chevaux ne seront pas méchants avec toi si tu ne l'es pas avec eux.

— C'est vrai ?

— En plus, Papa nous a appris tous les trucs pour qu'ils fassent ce qu'on veut. On va te montrer ! s'enthousiasme Ace.

Je force un sourire.

— Très bien. Vous voulez un en-cas ?

— Oui, je suis affamé, répond Wilder.

— D'accord. Voyons ce qu'il y a dans la cuisine !

— Nous n'en avons pas beaucoup ici. La plupart des bonnes choses à manger se trouvent dans la maison principale, m'informe Ace.

— J'en jugerai, répliqué-je, en me rendant dans la cuisine avec les garçons. J'ouvre le réfrigérateur, mais il ne contient que du lait frais, de la gelée, du fromage, du jus d'orange et trois bouteilles de bière.

— Nous prenons presque tous nos repas chez grand-mère et grand-père. De toute façon, tout le monde cuisine mieux que Papa, déclare Wilder.

— Je vois. Mais qu'est-ce qu'il y a là-dedans ? J'ouvre le garde-manger. Il y a quelques boîtes de céréales, un pot de beurre de cacahuètes, une demi-miche de pain et quelques crackers.

— Tu vois, on te l'avait bien dit, lance Wilder.

Je ferme le garde-manger et prends note mentalement qu'il faut aller chercher de la nourriture pour la maison. Je dis aux garçons :

— Je suppose que nous allons dans la maison principale, alors. Ouvrez la voie !

Ace et Wilder me guident jusqu'à la maison de leurs grands-parents. Alexander est avec ses frères, faisant tourner les chevaux en cercle à l'intérieur du corral. Il crie des ordres et la sueur trempe le dos de son tee-shirt.

— Je me demandais quand je vous verrais tous, lance la voix de Ruby, détournant mon regard de son fils.

— Il n'y a pas beaucoup de nourriture à la maison, avoué-je.

— Oui, je sais, ma chère, dit-elle en souriant. Puis elle me tape sur l'épaule et suggère : Peut-être pourrais-tu les aider à remplir leur garde-manger et leur réfrigérateur avec des produits de base ?

J'acquiesce.

— Bien sûr.

Nous allons tous dans la cuisine. Un bol de fruits mélangés, de morceaux de fromage et de noix trône sur la table. Les garçons en prennent quelques bouchées.

— Vous êtes-vous lavés les mains ? posé-je la question.

Ils se figent.

Je montre l'évier.

— Allez-y !

Ils obéissent et Ruby me lance un regard satisfait. Elle dit :

— Sers-toi de tout ce qui se trouve dans notre maison, Phoebe ! Nos affaires sont les tiennes, alors n'hésite pas à manger ou à utiliser ce dont tu as besoin. D'accord ?

— Merci, réponds-je, reconnaissante.

Dès que je l'ai rencontrée, je l'ai appréciée. Elle est gentille et c'est une femme très forte. Je sais qu'elle se soucie beaucoup de sa famille.

Les garçons finissent de se laver les mains et je prends leur place à l'évier. Je me lave, me sèche, puis prends quelques framboises et des amandes.

Nous mangeons en silence jusqu'à ce que Ruby déclare :

— J'ai entendu dire que tu allais apprendre à monter à cheval aujourd'hui ?

Mon appréhension réapparaît.

— Est-ce vraiment une exigence du poste ?

Ses lèvres forment un sourire crispé. Elle me fixe.

— C'est vrai ?

Elle secoue la tête.

— Non, ce n'est pas une obligation. En tout cas, pas pour moi.

— Mais ça l'est pour Alexander, n'est-ce pas ?

Ace ajoute :

— Tu n'as pas à avoir peur.

— Oui, l'équitation, c'est génial ! déclare Wilder.

Ruby me regarde fixement, puis dit :

— Les garçons, allez voir ce que font votre père et vos oncles ! Phoebe va bientôt arriver.

Ils ne protestent pas et sortent de la maison en courant.

Quand la porte se referme, Ruby poursuit :

— Tu sais que je t'ai dit qu'Alexander te pousserait à voir de quoi tu es capable ?

Mon estomac se retourne.

— Oui.

— C'est l'une de ces fois-là.

Le silence s'installe entre nous.

Elle continue :

— Et tu te souviens que je t'ai dit que c'est toujours ton choix de te faire pousser ou de refuser ?

— Oui.

— Tu as toujours le choix, ma chère.

Je la regarde fixement, puis avoue finalement :

— Je ne comprends pas comment je peux m'opposer à cette décision. Il tient absolument à ce que je monte à cheval pour m'occuper des garçons.

— Pourquoi est-il si catégorique à ce sujet ? Réponds à cette question et la solution viendra !

Je me creuse la tête, mais rien ne me vient.

Ruby s'avance devant la fenêtre et dit :

— Viens ici, Phoebe !

Je fais ce qu'elle me demande.

— Pourquoi a-t-il exigé que tu devais apprendre à monter à cheval ?

— Pour surveiller les enfants puisqu'ils seront partout dans le ranch à cheval.

— D'accord, quel est le problème et quelle est la solution ? C'est-à-dire, si tu n'es pas prête à apprendre à monter à cheval ?

Je réfléchis un instant, puis je claque des doigts et je réponds :

— Je dois trouver un moyen de suivre les garçons, mais pas sur un cheval.

Elle acquiesce en souriant.

— En effet. Alors, trouve une solution, mais je te conseille de le faire avant de sortir. Parce qu'une fois que tu l'auras fait, tous ces hommes et mes petits-fils essaieront par tous les moyens de te faire monter sur Coco. Elle pointe vers le cheval qu'Alexander conduit à travers la cour et vers le corral.

Mon pouls s'accélère. Le magnifique cheval blanc se déplace avec assurance et beauté. Cela ne calme pas mes nerfs. Au contraire, cela me rend encore plus anxieuse.

Ruby se penche à mon oreille et me dit :

— Tout est devant toi. J'ai confiance en toi, tu trouveras la solution. Elle me tape sur l'épaule et quitte la pièce.

Je scrute le ranch, essayant de me calmer. Aucune solution ne me vient à l'esprit. Puis Alexander me surprend en train de le fixer et fait un geste du doigt pour m'indiquer d'y venir.

— Oh merde ! murmuré-je en serrant les cuisses.

Qu'est-ce qui ne va pas chez moi ?

Cet homme veut que je monte à cheval, alors que je suis pétrifiée.

Il est sexy.

Non, il ne l'est pas !

Je m'éloigne de la fenêtre.

Qu'est-ce que je vais bien pouvoir faire ?

Je jette un coup d'œil par l'autre fenêtre, inquiète, puis la solution me vient. Mais je dois m'assurer que j'interprète correctement les propos de Ruby.

Je quitte la cuisine, traverse la maison et j'appelle :

— Ruby !

— Dans le salon ! répond-elle.

J'entre et demande :

— Quand tu as dit que je pouvais me servir de tout, est-ce que ça inclut tout ce qui se trouve dans le ranch, ou est-ce qu'il y a quelque chose d'interdit ?

Elle sourit.

— Ah, tu as trouvé ta solution !

— Ouais !

— Super ! Tu peux utiliser ce que tu veux tant que la sécurité de personne n'est menacée.

— C'est drôle que tu dises ça alors qu'ils veulent tous que je monte à cheval, répliqué-je.

Elle éclate de rire.

— Phoebe, je suis sûre que tu apprendras à monter à cheval à un moment ou à un autre pendant ton séjour dans notre ranch.

— Non, je ne crois pas.

— Nous verrons bien...

— D'accord, mais je peux utiliser n'importe quoi tant que c'est sûr, n'est-ce pas ?

— Tout est à ta disposition, chante-t-elle en fronçant les sourcils.

— Parfait. Je sors de la pièce et retourne dans la cuisine. Je sors par la porte latérale et me dirige vers un quad. Comme je m'en doutais, les clés sont sur le tableau de bord. Je monte dessus, démarre et enclenche la vitesse.

Quand je tourne le coin de la maison, tout le monde s'arrête et me regarde. Je m'arrête devant le corral et gare le quad.

— Qu'est-ce que tu fais là-dessus ? demande Alexander.

Je rayonne en lui répondant :

— Ta mère m'a dit que je pouvais utiliser n'importe quoi au ranch. Alors, pas besoin d'apprendre à monter à cheval. Je peux surveiller les garçons avec ça.

L'expression d'Alexander révèle un mélange d'émotions contradictoires. Si je ne me trompe pas, c'est de la déception mais aussi de l'approbation. Pourtant, plus il me fixe, plus son approbation s'estompe. Ses yeux s'assombrissent, se rétrécissent sous l'ombre de son chapeau de cow-boy.

Sentant qu'il est temps de s'échapper, je me tourne vers les garçons.

— Pourquoi ne me feriez-vous pas visiter le ranch ?

5

Alexander

Je jette un coup d'œil à ma montre et marmonne :

— Super ! Puis je me précipite vers la maison. J'ouvre la porte d'un coup sec et cours vers les chambres.

Phoebe sort de la salle de bains à ce moment précis. Une serviette recouvre ses cheveux, une autre enveloppe son corps. Sa peau rosée semble briller davantage dans la lumière terne.

— Oups ! Désolé, dis-je.

Elle sourit.

— Il y a le feu ?

Mon cœur bat plus fort.

— Je dois réveiller les garçons.

— Je l'ai déjà fait. Ils sont dans la cuisine, en train de manger des céréales, déclare-t-elle.

La déception m'envahit. Je m'écrie :

— C'est moi qui les réveille le matin.

Elle arque les sourcils.

— Oh, je suis désolée ! Je n'avais pas l'intention de dépasser les bornes. Tu as dit qu'ils devaient se lever à six heures et demie, et je t'ai vu dehors. J'ai pensé que tu voudrais que je les réveille pour que tu puisses travailler.

— Tu me surveillais ?

Le rose remonte le long de son cou et s'insinue dans ses joues. Elle secoue la tête.

— Je... Je ne dirais pas « surveiller ».

Je ris, mais ça fait bizarre.

— Je plaisantais.

— D'accord, dit-elle en souriant.

Je suis vraiment un idiot.

Un moment de silence s'installe entre nous.

Elle penche la tête et déclare :

— Il est sept heures cinq en ce moment.

— Oui, je suis au courant, rétorqué-je, plus bourru que je n'en avais l'intention.

La douleur apparaît brièvement dans son expression, mais elle demande rapidement d'un ton confus :

— À l'avenir, tu ne veux pas que je réveille les garçons si tu n'es pas là ?

— Non... Oui... Non. C'est mon job, baragouiné-je.

Pourquoi ai-je l'air de ne pas pouvoir former une phrase cohérente ce matin ?

Elle lève les mains en l'air et dit :

— Je suis désolée. Je n'avais pas l'intention de dépasser les bornes.

Je prends trois grandes respirations, réalisant que j'ai l'air d'un crétin. J'ajoute :

— J'aurais dû regarder ma montre.

Ses lèvres se courbent en un léger sourire, et l'espace encore disponible sous ma ceinture disparaît. Elle dit :

— Des choses ne manquent pas d'arriver quand on est occupé à travailler. Et c'est pour ça que je suis ici, n'est-ce pas ?

Je gémis intérieurement. La dernière chose que je veux faire est d'admettre à Phoebe que j'ai besoin d'elle ici.

Je n'ai pas besoin d'elle ici.

Je déclare :

— J'ai oublié de régler l'alarme de ma montre. Cela ne se reproduira plus.

— D'accord... Elle me regarde fixement, et je suis sûr qu'elle veut ajouter quelque chose.

— Ne me laisse pas languir ! Crache ce que tu meurs d'envie de dire ! ordonné-je en prenant une fois de plus un air dur alors que j'ai l'intention d'être drôle.

Elle répond :

— Si par hasard tu es en retard, veux-tu que je les réveille ?

— Je ne serai plus jamais en retard.

— Mais si c'est le cas...

— Je ne le serai pas, en fais-je le serment à elle et à moi-même.

L'incrédulité emplit son expression, mais je vais lui prouver qu'elle a tort. Elle acquiesce lentement.

— D'accord. Tu es le seul de corvée pour le réveil, alors. Elle sourit et se gratte légèrement la clavicule.

Mes yeux se posent sur le haut de sa serviette. Son décolleté et une partie de ce maudit tatouage sont exposés, ce qui me fait mal dans le bas-ventre. Et je me déteste de réagir ainsi.

Cette femme est trop jeune, ce n'est pas mon genre, et elle ne sera plus là après ce lundi, me dis-je. Puis je m'ordonne d'arrêter de la fixer, mais n'y parviens pas.

Le D et le A de son tatouage sont clairs comme l'eau de roche.

Elle affirme :

— J'ai dû prendre une douche parce que Wilder est entré dans la salle de bains vers six heures et n'en est ressorti que vingt minutes plus tard. Il s'est ensuite recroquevillé dans son lit, et c'était un cauchemar de le réveiller. Je vais devoir me lever plus tôt pour me doucher afin d'être mieux préparée.

Je me balance d'un pied sur l'autre, mais n'arrive pas à saisir ses mots. Il n'y a qu'une seule chose qui me traverse l'esprit, et ça me rend dingue. Je pose finalement la question :

— Quel nom de mec as-tu tatoué sur ta poitrine ? Danny Boy ? David ? Damon ?

Son expression se remplit d'amusement. Elle taquine :

— N'avons-nous pas déjà parlé du fait que je ne peux pas te le dire ?

Je devrais laisser tomber, mais une fois de plus, je n'arrive pas à contrôler ma bouche.

— C'est ton petit ami actuel ou ton ex ?

Elle cache à peine son sourire.

— Pourquoi penses-tu que c'est un petit ami ?

Une nouvelle pensée me traverse l'esprit. Je la regarde attentivement, me demandant comment j'ai pu me tromper à ce point, et une nouvelle vague de déception m'envahit.

Elle a un petit ami, mais elle doit aimer les hommes et les femmes.

Embarrassé, je m'excuse.

— Oh, merde ! Je suis désolé de faire des suppositions. C'est le nom de ta petite amie ?

Son expression est choquée, puis elle éclate de rire.

— Qu'y a-t-il de si drôle ? posé-je la question.

Elle essuie quelques larmes qui coulent sur sa joue, puis reprend le contrôle et déclare :

— Je ne sors pas avec des femmes.

— Eh bien, c'est une bonne chose, répliqué-je, alors que le soulagement remplace ma déception.

— Pourquoi ça ?

— Oh, je ne voulais pas dire qu'il y avait quelque chose de mal si tu aimais les femmes. Je voulais juste dire... Je m'arrête, la langue pendante, réalisant que j'ai l'air d'un idiot en parlant de qui elle fréquente ou pas.

Le rose réapparaît sur ses joues, plus foncé qu'avant, et ma bite s'enflamme carrément.

Qu'est-ce que cette femme me fait ?!

Elle est l'ennemie.

Qu'elle quitte le ranch et qu'elle reparte d'où elle est venue !

— Il faut que je m'habille, déclare-t-elle.

— Oh... d'accord. Je m'écarte et elle disparaît dans sa chambre.

Je ferme les yeux et secoue la tête, me demandant pourquoi j'agis comme un écolier qui a le béguin, surtout pour une femme qui est tout sauf bonne pour moi. Après m'être torturé un peu, j'inspire profondément et me rends dans la cuisine, juste à temps pour entendre Wilder et Ace se disputer.

— Bonjour ! explosé-je, avant de les embrasser tous les deux sur la tête.

— Papa, dis à Wilder que je peux faire courir mon cheval aussi vite qu'il peut faire avec le sien, se plaint Ace.

— La même discussion au petit-déjeuner ne devient-elle pas lassante au bout d'un moment ? gémis-je.

Wilder s'assoit sur sa chaise, un sourire arrogant sur l'expression. Il me rappelle toujours Jagger. Ils ont beaucoup de traits communs. Wilder adore se mettre Ace à dos et sait toujours comment s'y prendre. Il déclare :

— C'est normal d'admettre que je suis meilleur cavalier que toi.

— Tu ne l'es pas ! affirme Ace.

— N'est-ce pas une question facile à tester ? intervient Phoebe en entrant dans la cuisine, vêtue d'un jean moulant, d'un débardeur et d'une flanelle.

— Comment ça ? demande Ace.

— Nous pouvons faire une course après l'école, répond-elle.

— C'est une bonne idée. Comme ça, on pourra mettre fin à cette dispute et je n'aurai plus à l'entendre tous les matins, grommelé-je.

Wilder croise les bras.

— Je l'ai déjà prouvé.

— Non, ce n'est pas vrai ! s'écrie Ace.

— Bien sûr que si, affirme Wilder.

Phoebe ricane doucement.

Nous la regardons tous fixement.

— Qu'y a-t-il de si drôle ? questionné-je.

Elle fixe Wilder et lui pose la question suivante :

— As-tu peur de faire la course avec ton frère ?

— Non !

— Si ! Chat effarouché ! accuse Ace.

— Je n'ai pas peur !

Phoebe dit calmement :

— Alors nous ferons une course de plus. Nous la ferons après l'école pour pouvoir résoudre cette question de savoir qui est le plus rapide. Mais après ça, vous n'aurez plus le droit de vous disputer à ce sujet. Le perdant de la course ne peut défier à nouveau le gagnant qu'une fois par mois, et c'est la seule fois où vous aurez le droit de vous disputer à ce sujet. Le vainqueur ne peut pas non plus se vanter. C'est compris ?

— Je le battrai, déclare Wilder.

— Non, tu ne me battras pas, rétorque Ace.

Phoebe continue :

— On se serre la main pour sceller l'accord. On ne parle plus de ce sujet, à moins que ce ne soit une fois par mois pour le remettre en question. Et si l'un d'entre vous enfreint la règle, votre père lui donnera la punition, qui sera... Elle me regarde.

Choqué de n'y avoir jamais pensé, et heureux de ne pas avoir à les entendre se disputer tous les matins, je réponds :

— La grange à nettoyer pendant une semaine.

— Une semaine ?! s'exclame Wilder.

— Deux, c'est mieux ? répliqué-je.

Il souffle.

— D'accord. Une semaine.

— Très bien. Problème résolu. Allez vous brosser les dents pour arriver à l'heure à l'école ! ordonne Phoebe.

Les garçons obéissent.

— C'est une bonne idée, lui dis-je, impressionné par sa rapidité d'esprit.

Elle se réjouit.

— Je me suis dit qu'un débat une fois par mois valait mieux qu'un débat tous les jours.

— En effet, grogné-je.

Elle plisse le front et jette un coup d'œil dans la pièce.

— Il n'y a pas grand-chose dans la cuisine pour préparer les déjeuners des garçons.

Je me sens coupable. Je compte trop sur mes parents, mais je n'ai pas le temps de faire les courses, alors j'avoue :

— C'est ma mère qui les fait pour eux.

— Ah ! Je vois.

J'essaie de me justifier.

— Je travaille toute la journée, et quand je vais en ville, c'est généralement pour le travail, donc l'épicerie n'est pas une priorité puisque mes enfants ne mourront pas de faim car mes parents habitent juste à côté.

Phoebe acquiesce.

— J'ai compris.

Je continue à bafouiller.

— Ils ont toute la nourriture dont ils ont besoin. Je t'assure que je n'affame pas mes enfants.

— Non, ils ne sont certainement pas mal nourris.

— Ma mère est une bien meilleure cuisinière de toute façon. Je suis doué avec les chevaux, pas avec la cuisine et autres trucs du genre. Enfin, sauf si tu veux vérifier mes compétences en matière de micro-ondes. J'ai un talent fou pour les micro-ondes.

Qu'est-ce qui ne va pas chez moi ?

Ferme-la !

J'enlève mon chapeau de cow-boy et me gratte la tête.

L'humour envahit l'expression de Phoebe.

— Je m'en souviendrai la prochaine fois que j'aurai besoin de popcorn. Mais comme ta mère ne sera pas là dans les prochains mois, puis-je faire quelques courses en les déposant aujourd'hui à l'école ?

— Tu n'es là que pour une semaine, lui rappelé-je.

Son visage se décompose.

Un sentiment de culpabilité me frappe aussitôt. D'habitude, je n'essaie pas d'être un connard peu importe les circonstances. Et ce n'est pas la faute de Phoebe si ma famille se trompe à mon sujet.

Elle se reprend rapidement avec un sourire et gazouille :

— J'aimerais quand même faire quelques courses, et je peux aussi en congeler.

Je la fixe.

Elle se penche plus près et baisse la voix.

— Je te montrerai même l'astuce pour réchauffer quelque chose au four.

Je ris.

— Je ne suis pas mauvais à ce point.

— C'est bon à savoir. J'ai le feu vert pour faire les courses, alors ? demande-t-elle.

La partie têtue de moi veut dire non, mais il est agréable d'avoir une cuisine pleine de nourriture. Cela fait plusieurs mois que je n'ai pas pu faire de courses. Alors je cède.

— Si tu veux. Laisse-moi te donner une carte de crédit !

— Parfait ! s'exclame-t-elle.

Je sors mon portefeuille et ma carte de crédit. Je la tends en prévenant :

— C'est seulement pour les courses. Ce n'est pas pour faire du shopping avec Willow.

C'était censé être une blague, mais elle semble aussi maladroite que tout ce que je dis en sa présence.

Son expression change. D'un ton sévère, elle répond :

— Ce serait du vol. Je n'ai jamais été une voleuse et je n'ai pas l'intention de commencer de sitôt.

J'avoue timidement :

— C'était une blague puisque Willow voulait aller faire du shopping. Je ne voulais pas t'offenser.

Elle me regarde fixement, puis relâche son souffle et sourit.

— D'accord. Désolée de m'être sentie offensée.

— C'est bon. Désolé, tout ce que je dis ne semble pas sortir comme il faut.

— Ah, bon ? réplique-t-elle.

Une façon de m'enfoncer un peu plus dans le trou !

J'ignore sa question et déclare :

— Je ferais mieux de retourner au travail. Ma mère te retrouvera près de sa jeep. Je sors de la maison avant qu'elle ne puisse répondre.

Je me précipite vers le corral où Mason et Jagger font courir deux chevaux. Un petit nuage de poussière envahit la zone.

Jagger m'adresse le même sourire arrogant que Wilder tout à l'heure.

— Comment ça se passe avec ta copine ?

Je lui donne une claque derrière la tête.

— Attention ! prévient-il.

— Ce n'est pas mon amie, rétorqué-je.

— Je la ferais mienne si Maman me la tendait sur un plateau d'argent, ajoute Mason.

Ma main se dirige automatiquement vers sa tête, mais il s'esquive en riant.

Jagger siffle.

— Elle a même l'air bien avec les cheveux mouillés.

Je tourne et la regarde marcher avec les garçons vers le pick-up. Maman attend près du véhicule avec deux paniers-repas.

La culpabilité me ronge à nouveau.

Je devrais préparer ces repas-là.

Je dois m'améliorer au cours des deux prochains mois.

Une fois que Phoebe aura fait les courses à la maison, il sera plus facile de se réapprovisionner, me dis-je, sachant que mes habitudes de travail ne me permettront pas de respecter mes intentions.

Mason ajoute :

— Je me demande si elle a besoin d'aide pour se savonner.

Je me retourne et lui donne un bon coup de poing. Son chapeau de cow-boy s'envole.

— Jésus ! s'écrie-t-il.

Je l'attrape par la chemise et le tire vers moi en le menaçant :

— Ne manque pas de respect à la nounou des garçons !

— Alors tu la gardes ? s'intéresse Jagger.

Je relâche Mason et réponds :

— Non. Elle est là pour la semaine. Mais quoi qu'il en soit, c'est la nounou des garçons, pas une pouffiasse qu'on ramasserait en ville. Vous la respecterez, compris ?

— Tu as l'air d'avoir un faible pour elle maintenant, se moque Mason.

— Non, ce n'est pas le cas. Tu devrais savoir qu'il ne faut pas manquer de respect à la personne qui s'occupe de tes neveux, le réprimandé-je.

Le moteur du pick-up démarre et je me tourne vers lui.

Les garçons et Phoebe saluent alors qu'ils s'éloignent de la maison.

Je lui réponds par un signe de la main et les regarde disparaître à travers les grilles.

Jagger ricane :

— Tu as le béguin pour ta nounou.

— Taisez-vous, bande d'idiots ! ordonné-je avant de m'éloigner d'eux à grands pas. Je pénètre dans la grange et l'odeur du foin me brûle les narines. Je saisis un poteau en bois et inspire profondément, essayant de me calmer.

— Idiots immatures ! marmonné-je, puis j'ouvre le portail.

— Salut, toi ! dis-je en attrapant la bride de Calypso. Il me caresse l'épaule, ce qui me détend.

Je passe quelques minutes avec lui, puis le conduis hors de l'étable, l'emmenant dans l'autre corral pour ne pas avoir à gérer mes frères.

Comme toujours, je me perds dans mon travail. À un moment de la journée, j'aperçois Phoebe en train de porter des courses. À d'autres moments, elle est avec Maman. Je fais gaffe à ne pas lui prêter attention.

Lorsque les garçons arrivent à la maison, ils se précipitent à l'étable et sellent leurs chevaux.

Phoebe apparaît et se tient entre deux piquets autour desquels sont enroulés des T-shirts rouges. Elle tient un grand bâton qu'elle traîne dans le sable.

Les garçons viennent à cheval et je rejoins Phoebe.

Elle montre du doigt un bouleau de trente pieds de haut.

— Galopez jusqu'à l'arbre, contournez-le avec votre cheval, puis revenez ici au plus vite ! Le premier à franchir cette ligne est le gagnant. Compris ?

— Facile, affirme Wilder avec le même sourire arrogant que celui qu'il arborait au petit-déjeuner.

L'expression d'Ace devient sérieuse. Il se penche en avant sur son cheval et murmure :

— Mange la poussière, Wilder !

Phoebe arque ses sourcils vers moi, dissimulant son sourire. Puis elle demande :

— Sais-tu siffler ?

Je ricane.

— Peut-on vraiment être un cow-boy si on ne sait pas siffler ?

Elle rit.

— C'est une règle ?

— Ouais.

Son sourire s'élargit.

— C'est bon à savoir. Les garçons, vous pourrez commencer quand votre père sifflera à trois. Vous êtes prêts ?

— Toujours prêt ! s'écrie Wilder en plaçant son cheval à côté de Phoebe.

— Compte à rebours ! intime Ace en faisant avancer son cheval jusqu'à la ligne, puis se concentrant sur l'arbre d'arrivée.

Phoebe capte mon regard, recule et compte.

— Trois. Deux. Un.

Je siffle le plus fort possible, et ça déchire l'air.

Les garçons s'élancent, leurs chevaux au coude à coude.

Phoebe demande :

— Qui va gagner ?

— Je n'en suis pas sûr, avoué-je, sans quitter les garçons des yeux.

Ils arrivent à l'arbre et Wilder se penche dans son virage. Ace ne se penche pas assez et perd du terrain.

— Bon sang ! J'ai travaillé avec Ace sur ce virage, dis-je.

— Qu'a-t-il fait de mal ? s'intéresse-t-elle alors que Wilder fonce sur nous, Ace à un mètre derrière lui.

— Il doit se pencher davantage lorsqu'il fait le virage, réponds-je.

Wilder passe devant nous, et dans la seconde qui suit, Ace arrive.

Wilder fait tourner son cheval et s'arrête à côté de nous. Il lève le poing en l'air.

— J'ai gagné !

Un Ace déçu s'approche de nous en trottinant.

— Tu ne t'es pas assez penché dans ton virage, lui fais-je remarquer.

— Ha ! Je t'avais bien dit que je gagnerais ! s'exclame Wilder.

Phoebe intervient :

— Tu t'es bien débrouillé, mais pas de vantardise, tu te souviens ? Ace, tu pourras le défier à nouveau dans un mois, d'accord ?

— Nous devons continuer à travailler sur ton virage. Tu aurais pu l'avoir, encouragé-je Ace.

— Mais il n'a pas réussi ! souligne Wilder.

Ace gémit.

— Tu es si ennuyeux.

— D'accord, les garçons. C'est l'heure du goûter et des devoirs ! intime Phoebe.

— Euh, allez quoi ! On vient tout juste de monter à cheval, se plaint Wilder.

Elle pointe du doigt l'autre côté de la cour.

— Désolée. Mais on ne monte plus à cheval tant que les devoirs ne sont pas finis. Maintenant, allez vous laver les mains ! J'ai mis votre goûter sur la table de pique-nique. Nous pourrons y faire vos devoirs pendant qu'il fait encore beau.

Wilder soupire et part sur son cheval en direction de la grange.

Ace suit lentement.

— Pauvre Ace ! marmonne Phoebe une fois qu'ils sont hors de portée de voix.

— Il doit se pencher dans ses virages, répété-je.

— Je me sens quand même mal pour lui.

— Ne le sois pas ! Une fois qu'il pigera, il dépassera Wilder, dis-je.

— Comment le sais-tu ?

Je m'esclaffe.

— Je connais mes garçons. Ace est plus avancé que Wilder ne l'était à son âge.

— Vraiment ?

— Ouais.

— D'accord. C'est bon à savoir.

Je la fixe un instant.

Elle prend une grande inspiration et acquiesce.

— En avant pour les devoirs !

— Je devrais les aider, lancé-je.

Elle me regarde fixement.

— C'est vraiment ce que tu veux faire ?

Pas du tout. Les devoirs, c'est nul.

Mais je dois faire un pas en avant et prouver qu'elle n'a pas besoin d'être ici.

Elle suggère :

— Pourquoi ne les mettrais-je pas sur les rails, et tu viendras quand tu seras libre ?

— Je suis libre maintenant, insisté-je.

— Très bien. Allons faire les devoirs ! lance-t-elle.

Je regrette immédiatement mes paroles et la suis jusqu'à la table de pique-nique.

Les garçons nous rejoignent et elle enlève le couvercle d'un bol en forme de dinde, révélant des pommes coupées et un peu de sauce.

Ace demande :

— Est-ce que c'est la sauce au fromage à la crème et au caramel de Georgia ?

— Oui. Ta grand-mère a dit que tu l'aimais, répond Phoebe.

— Youpi ! s'exclame Wilder, prenant une pomme et la trempant dedans.

Ace s'en empare d'une également.

Phoebe ouvre un classeur et en sort deux feuilles.

— Les maths d'abord.

Wilder gémit.

— Je déteste les maths.

— Je préfère ça à la lecture de livres stupides, affirme Ace.

— Les livres ne sont pas stupides, contredit Phoebe.

Wilder se plaint :

— Mon professeur rend les choses trop compliquées. Deux plus deux font quatre. Je n'ai pas besoin de le décomposer en plusieurs étapes. C'est stupide.

— D'accord, dis-je, incapable de me taire.

— Alors je n'ai pas besoin de le faire ? réplique Wilder avec de l'espoir dans les yeux.

Une fois de plus, je regrette mes paroles.

— Non, bien sûr que tu dois le faire.

Wilder insiste :

— Mais tu viens de dire...

— Ton père veut dire qu'il est d'accord que deux plus deux font quatre, n'est-ce pas ? intervient Phoebe fermement, verrouillant son regard avec le mien.

— Euh... ouais, confirmé-je me sentant comme un gosse pris la main dans le sac, mais aussi heureux qu'elle ait couvert ma gaffe.

Phoebe touche les pages en disant :

— Plus vite nous aurons terminé, plus vite nous pourrons nous amuser. En plus, si vous travaillez dur, je vous donnerai une étoile pour notre fête sur la plage.

Les garçons mettent quelques instants à s'installer, mais ils finissent par le faire. Phoebe commence à leur donner des instructions, et je sais que je devrais intervenir, mais je ne le fais pas.

Je ne peux pas.

Je ne comprends pas les connaissances et compétences essentielles du TEKS (*Texas Essential Knowledge and Skills*), qui sont les nouvelles normes en matière de mathématiques. On m'a dit que c'était similaire aux mathématiques du Corps Commun. Je n'y comprends rien non plus. Je pense donc la même chose que Wilder. Deux plus deux égalent quatre. C'est simple. Je n'ai pas besoin qu'on me l'explique.

Phoebe s'en sort bien, expliquant les choses pour que les garçons comprennent, mais je suis toujours perdu.

Je déteste cela. Je fais tout le temps des calculs pour mon entreprise, mais je n'arrive pas à me concentrer sur les devoirs de mes enfants. Je me sens stupide et inutile.

Plus je regarde Phoebe en action, plus la panique me gagne.

J'ai une semaine pour apprendre tout ce que je peux sur la façon d'aider mes garçons à faire leurs devoirs.

Et je n'ai aucune idée de la façon dont je vais m'y prendre.

6

Phoebe

Quelques jours plus tard

— **O**ù es-tu, Phoebe ? demande Lance pour la cinquième fois.

— Tu veux le savoir maintenant ? répliqué-je, énervée.

Je n'ai pas eu de nouvelles de lui depuis la nuit où je suis retournée en Californie.

Comme s'il était normal de disparaître pendant des jours, il affirme :

— Je t'avais dit que j'étais occupé.

Énervée et blessée, j'explose :

— Occupé ! Depuis combien de jours ? Soyons réalistes ! Tu n'as pas pensé à moi une seule fois. Maintenant que tu as dessaoulé et que je ne suis pas là, tu veux savoir où je suis ?

Il gémit.

— Arrête de dramatiser ! Je suis sorti et j'avais des choses à faire. Maintenant, arrête de jouer ! Dis-moi où tu te caches !

Je secoue la tête en faisant les cent pas dans ma chambre.

— Je t'ai dit que j'étais au Texas. J'ai accepté un nouveau travail.

— Ouais, c'est ça !

Furieuse, je grogne :

— Qu'est-ce que tu veux dire par « ouais, c'est ça » ?

— Pourquoi diable irais-tu au Texas et quitterais-tu la Californie ? ricane-t-il. C'est la chose la plus ridicule que j'aie jamais entendue.

Une vague de colère envahit mon estomac.

— Il n'y a rien de mal au Texas.

Il renifle et affirme :

— Il n'y a rien de mieux que la Californie. Quiconque envisage de la quitter est un imbécile.

Je passe la main dans mes cheveux en jetant un coup d'œil par la fenêtre. C'est une belle journée ensoleillée. L'air s'est rafraîchi il y a quelques jours, mais le temps est encore agréable. Et je préfère être dehors plutôt que d'avoir cette conversation qui ne mène nulle part. Alors je dis :

— Je dois y aller, Lance.

— Attends ! s'écrie-t-il.

Je marque une pause, mon cœur battant la chamade.

Il baisse la voix et cela me serre le cœur, comme toujours lorsqu'il utilise ce ton. Il poursuit :

— Phoebe, où es-tu ? Allez, ne joue pas à ça ! Tu me manques.

Je ferme les yeux en soupirant. Il fait toujours ça. Il fait des conneries, puis avoue ses sentiments pour moi. Chaque fois qu'il le fait, je cède et enterre ce qu'il m'a fait subir dans une tombe remplie de déceptions.

Il ne va pas me manipuler cette fois-ci.

Il a disparu pendant des jours !

Il répète :

— Phoebe, où es-tu ?

— Je te l'ai dit, je suis au Texas, répété-je plus doucement, détestant la façon dont il arrive à adoucir le ton de ma voix.

— Où ça ?

— Au ranch Cartwright.

Un moment de silence s'installe entre nous. Lance finit par marmonner :

— Les Cartwright ?

— Oui, confirmé-je.

— Pourquoi es-tu au ranch des Cartwright ? questionne-t-il. Tu ne connais rien à la vie à la campagne, ajoute-t-il.

Je ne sais pas pourquoi son commentaire me choque. C'est vrai, j'en sais plus que lui sur les océans et la vie en montagne. Mais la façon dont Lance le dit me fait penser que je ne sais rien, mais j'en sais quand même quelque chose. Je sais me débrouiller. Je suis au ranch depuis quelques jours et il n'y a rien ici que je n'aime pas.

Je lui réponds :

— Je t'ai dit que j'avais un job.

— Quel genre de job ? demande-t-il.

— Comme nounou.

— Nounou ?! Tu as un diplôme, pour l'amour de Dieu, dit-il, comme si le fait d'être nounou était indigne de moi.

— Ouais, en effet. Et alors ? Cela ne fait pas de moi une personne non qualifiée.

— Tu es censée enseigner l'art. Pourquoi ne le fais-tu pas, Phoebe ?

Je grimace intérieurement. C'est toujours la même accusation qu'il assène.

Lance n'a jamais compris la dynamique à laquelle j'ai été confrontée en travaillant pour le système scolaire. Je l'ai fait pendant quelques années, mais je n'en pouvais plus.

Plusieurs enfants ont menacé de me frapper en classe. Ils m'insultaient et ne faisaient pas leurs devoirs, et je ne pouvais rien y faire. L'administration ne soutenait pas les enseignants. Les parents étaient encore pires, absents la plupart du temps lorsque j'essayais de les contacter.

J'ai donc passé la dernière année à tenter d'intégrer un meilleur établissement scolaire, mais personne ne quittait son poste, surtout pas les professeurs d'art, une discipline en voie de disparition dans de nombreux quartiers.

Lance sait tout ce que j'ai vécu dans l'enseignement. Je ne lui ai rien caché, mais il n'arrive pas à me témoigner de la compassion ni à réaliser à quel point l'environnement dans lequel j'ai travaillé m'a affectée.

La dernière chose que je veux faire, c'est ressasser ces choses-là avec lui. Il n'essaiera jamais de comprendre ce que je ressens vraiment. Il pensera toujours que je dois être professeure d'art dans une école, et rien d'autre.

Il ajoute :

— Ou nous pouvons nous marier, et tu n'auras plus à travailler. C'est idiot que tu aies même pensé que tu devais trouver un autre job. Tu sais que tu seras ma femme un jour, et j'ai de l'argent.

Je ravale la boule qui se forme dans ma gorge. Quand j'ai rencontré Lance, j'ai imaginé notre avenir ensemble. Et c'est ce que je voulais. Maintenant, je n'en suis plus si sûre.

Il parlait toujours de mariage, mais n'a jamais fait de demande officielle. Je ne sais pas ce que je dirais s'il s'agenouillait devant moi et m'offrait une alliance.

Il baisse la voix et se lamente :

— Phoebe, allez, chérie ! Il est temps d'arrêter ces enfantillages et de retourner en Californie. Je m'occuperai de toi. Tu n'as pas à t'inquiéter de ces bêtises de nounou ou de trouver un emploi. Je pense qu'il est temps de commencer notre vie ensemble de toute façon.

Mon pouls monte en flèche et je devrais être heureuse qu'il veuille enfin s'engager. Mais je ne lui fais pas confiance. En ce moment, je ne me fais pas vraiment confiance pour prendre la bonne décision non plus. Alors, je rassemble tout mon courage et lui dis ce que je voulais lui dire en personne avant de quitter la Californie, mais que je n'ai pas pu faire parce qu'il était introuvable.

— Lance, nous sommes ensemble depuis longtemps.

— En effet, c'est certain. Alors arrête de dramatiser ! Tu sais que je t'aime. Personne ne t'aimera jamais comme moi non plus, affirme-t-il catégoriquement.

La peur m'envahit. C'est toujours le cas lorsqu'il déclare cela, et je me dis généralement que je suis reconnaissante qu'il m'aime. Je pourrais être seule, mais Lance me traite bien, généralement.

Et si c'était vrai, et que personne ne m'aimerait jamais plus que lui ?

Et si je le quitte et que je me retrouve seule dans la vie ?

Mes entrailles frémissent. Une version plus ancienne de moi-même, seule et mal aimée, envahit soudain mon esprit.

— Admets que j'ai raison ! insiste-t-il.

Non, il a tort.

Vraiment ?

Je rassemble mon courage et déclare :

— Si nous voulons survivre à cette situation, nous devons prendre le temps de réfléchir à ce qui est important pour nous deux. Ensuite, nous pourrons prendre la décision de continuer à avancer ou non.

— Survivre à quoi ? questionne-t-il.

Je soupire et explique :

— Je t'aime, Lance. Mais les choses ne vont pas bien entre nous depuis un moment. Je pense que c'est mieux si nous faisons une pause. Ainsi, nous aurons un peu d'espace pour réfléchir. Nous ne voudrions pas prendre une mauvaise décision et rester ensemble juste parce que nous sommes ensemble depuis si longtemps.

— Ne sois pas bête ! Il n'y a aucune raison de faire une pause. Arrête de jouer avec moi, Phoebe ! exige-t-il.

— Je ne joue pas. J'ai essayé de te parler, mais tu ne m'écoutes pas. Je voulais te parler de ça avant de partir...

— Alors tu t'enfuis au Texas et tu me balances ça par téléphone, s'exclame-t-il.

— Je voulais te parler en tête-à-tête, mais où étais-tu ? Hein ? Et j'attends toujours que tu me dises où tu étais ces derniers jours !

Il ignore ma question et réplique :

— Je ne joue pas à ce jeu-là, Phoebe.

— Ce n'est pas un jeu ! Nous faisons une pause. Un peu d'espace entre nous nous fera du bien, et quand mon job sera terminé, nous pourrons parler et décider de ce que nous voulons faire à l'avenir, répété-je catégoriquement.

— Et quand est-ce que ce job se termine exactement ? rétorque-t-il.

— Dans deux mois.

— Deux mois ? Tu es sérieuse, Phoebe ? Tu crois que je vais laisser ma vie en suspens pendant deux mois pendant que tu fais ce que tu fais dans ce ranch ? s'emporte-t-il.

Je ferme à nouveau les yeux en m'accrochant au rebord de la fenêtre. Sa voix prend le ton que je déteste. Il a tendance à devenir moche et me donne envie de me cacher dans un trou pour ne plus en sortir. Alors j'intime gentiment :

— Calme-toi, Lance !

— Ne me dis pas de me calmer ! réplique-t-il.

Je grimace, puis lève le menton, redresse les épaules et contemple le ranch.

Nous sommes samedi. Les garçons courent dans l'enclos. Alexander et ses frères sont dans le corral, en train de faire travailler leurs chevaux. Les poteaux et les clôtures sont entourés de lumières, de toile de jute et de pommes de pin.

Normalement, cette vue me rend heureuse, mais en ce moment, rien ne calme les tremblements de mes tripes. Et je me rends compte que j'ai envie d'être dehors, pas de me disputer avec Lance. Alors je lâche :

— Je raccroche maintenant. Nous pourrons en parler plus tard. Peut-être dans quelques jours ?

Il s'exclame :

— Quelques jours ?!

Ma colère atteint d'un coup son paroxysme. Elle me gifle, dépassant tout le chagrin d'amour et la déception que je commençais à ressentir de nouveau. Je fulmine :

— Oui, Lance, dans quelques jours. Ça devrait aller puisque tu sais comment disparaître et ne pas me dire où tu es. N'est-ce pas ?

— N'ose pas...

— Je raccroche, l'informé-je, puis j'appuie sur le bouton et jette mon téléphone sur le lit. Beurk ! lâché-je, en m'appuyant contre le mur et en regardant le plafond, respirant profondément, essayant de ralentir mon cœur qui s'emballe. Je ne sais pas combien de temps il m'a fallu pour me calmer et sortir de ma chambre.

Je suis à mi-chemin de la maison quand je tombe sur Willow.

Elle gazouille :

— Hé, je venais justement te chercher !

Je souris. J'aime beaucoup Willow. Depuis le premier jour, elle se fait un devoir, chaque soir, de venir me parler et d'essayer de passer du temps avec moi. Nous sommes en train de devenir amies, ce à quoi je ne m'attendais pas quand j'ai accepté ce travail.

Nous n'avons qu'un an d'écart. Nous avons beaucoup de choses en commun, mais elle est aussi une bouffée d'air frais pour moi, car son monde est si différent du mien.

— Ok, donc tu vas quand même venir avec moi ce soir, n'est-ce pas ? demande-t-elle, les yeux brûlants d'excitation.

J'éclate de rire.

— J'en serais ravie. Mais tu es sûre que ça ne dérangera pas que je ne m'occupe pas des enfants ? m'intéressé-je, toujours inquiète que les garçons aient besoin de moi.

— Ouais, bien sûr, ricane-t-elle. Alexander et les garçons seront là-bas de toute façon. En fait, toute notre famille y sera aussi.

J'arque les sourcils.

— C'est vrai ?

Elle acquiesce.

— Oui. Ce soir, c'est un événement caritatif pour la fête de Thanksgiving. Tout l'argent récolté ira à la banque alimentaire pour nourrir les familles dans le besoin pendant les fêtes.

— C'est très bien, dis-je.

Elle hoche la tête.

— Il y a beaucoup d'événements différents au cours des prochains mois, car nous entrons dans la période des fêtes. Mais le rodéo est l'un des événements les plus importants. La banque alimentaire dépend vraiment de l'argent qui sera récolté ce soir.

— Nous avions beaucoup de programmes différents à l'école dans lesquels la banque alimentaire était impliquée.

— J'en suis sûre. Mais nous devrions parler de la partie la plus importante.

— Laquelle ?

Elle fronce les sourcils.

— Je dois te présenter à tous les cavaliers de rodéo.

Je gémis mais ne peux m'empêcher de sourire.

— Willow ! Je croyais qu'on en avait déjà parlé.

Elle rit.

— Nous l'avons fait, mais tu es en pause avec ton petit ami, n'est-ce pas ?

La conversation avec Lance envahit mon esprit. Mes entrailles frémissent à nouveau.

Elle pose sa main sur mon avant-bras.

— Hé, qu'est-ce qui ne va pas ? Je t'ai contrariée ?

Je secoue la tête.

— Non. J'ai juste eu une conversation avec Lance. C'est tout.

Son expression est empreinte d'inquiétude.

— Je suis désolée. Veux-tu en parler ?

Je force un sourire et réponds :

— Non. Je ne préfère pas, si tu veux bien ?

Elle m'étudie attentivement, puis acquiesce.

— D'accord. Mais je suis toujours là pour parler si tu as besoin de quelqu'un.

— Merci, répliqué-je avec gratitude, avant d'ajouter : Et merci d'avoir été si gentille avec moi. Je ne m'attendais pas à rencontrer si vite quelqu'une que je pourrais appeler mon amie.

Elle sourit et bafouille :

— Eh bien, tant mieux. Ma maman m'a dit que nous serions de bonnes amies. Elle a généralement raison pour ce genre de choses. Elle est terrible lorsqu'il s'agit de choisir des femmes pour mes frères ou des hommes pour moi et mes sœurs. Mais elle est douée pour les amitiés.

— Ta maman est une femme formidable.

— Elle l'est. Et je n'arrive toujours pas à croire qu'ils partent en mission pendant les fêtes. C'est la meilleure période de l'année, et notre famille fait la fête comme personne d'autre.

Le bonheur m'envahit. J'ai toujours aimé les fêtes, mais je ne les ai jamais passées ailleurs qu'en Californie. J'ai hâte de voir comment les Cartwright passent Thanksgiving, Noël et le Nouvel An. Le simple fait d'être au ranch avec toutes les décorations montre qu'ils aiment faire la fête. Je n'ose même pas imaginer à quoi vont ressembler Noël et le Nouvel An.

Ils semblent également être une famille très proche, mais ils ne cachent pas lorsqu'ils n'aiment pas quelque chose que quelqu'un fait. Je respecte la façon dont ils interagissent les uns avec les autres. Ils mettent tout sur la table, mais d'une manière qui leur permet de continuer à s'aimer.

De plus, je n'ai jamais été entourée d'une famille nombreuse. J'ai une sœur qui a eu un accident de voiture. Elle vit dans un foyer parce qu'elle ne peut pas subvenir à ses besoins et est handicapée mentalement et physiquement. J'essaie de lui rendre visite aussi souvent que possible, mais elle ne sait plus qui je suis.

Huit ans se sont écoulés depuis cet accident, et cela fait toujours aussi mal. Ma sœur et moi étions très proches avant que cela n'arrive. Ma mère et mon père avaient divorcé depuis longtemps déjà, et nous étions toujours là l'une pour l'autre. L'accident a tout changé dans ma famille.

Ma mère souffre de dépression. Elle conduisait la voiture et la culpabilité qu'elle ressentait à cause de cela a fini par la submerger. Il y a plusieurs années, j'ai dû la placer dans un établissement parce qu'elle n'est plus capable de s'occuper d'elle-même. J'essaie de lui rendre visite, mais c'est difficile. Ma sœur et ma mère sont toutes deux dans des établissements financés par l'État et se trouvent éloignées, à plusieurs heures de route dans des directions opposées.

Mon père a disparu peu après l'accident. Je n'ai aucune idée de l'endroit où il vit, ni de ce qui lui est arrivé.

J'ai passé les fêtes seule. L'année suivante, j'ai rencontré Lance et depuis, je suis avec sa famille.

C'est peut-être une autre raison pour laquelle je me sens liée à lui et pourquoi je continue à essayer de faire en sorte que ça marche. C'est peut-être la raison pour laquelle il m'est plus difficile de rompre définitivement avec lui, même si je suis soulagée de ne pas avoir à rencontrer sa famille pendant les fêtes de cette année.

Étrangement, je me sens plus à l'aise avec les Cartwright après quelques jours passés avec eux que je ne l'ai jamais été avec la famille de Lance. Mais je ne me serais jamais plainte d'eux. J'ai toujours été reconnaissante d'avoir un endroit où aller pendant cette période particulière de l'année.

Willow penche la tête.

— Désolée. Est-ce que j'ai dit quelque chose d'autre qui t'a fâchée ?

Je secoue la tête.

— Non, tout va bien. Je suis juste très heureuse d'être ici.

— Nous sommes heureux que tu sois là aussi.

— J'espère juste que ton frère décidera de me garder, ajouté-je en essayant de faire une blague, mais la peur dans ma voix fait surface.

En réalité, si Alexander ne me permet pas de rester, je ne sais pas ce que je ferai. Je ne veux pas avoir à retourner vivre avec Lance. Nous avons vraiment besoin d'espace pour régler les choses entre nous. Si nous vivons ensemble à l'avenir, je veux que ce soit notre choix, pas une nécessité parce que je suis fauchée et que je n'ai nulle part où aller.

Pourtant, chaque jour, Alexander me fait comprendre que mon temps ici est limité. Le lundi arrive bientôt, et j'ai beau lui montrer que je peux l'aider avec les garçons, il est déterminé à ne pas me laisser rester.

Willow gémit et lève les yeux au ciel, déclarant :

— Mon frère est un crétin. Ne t'inquiète pas ! Tu resteras.

— Comment le sais-tu ? Il semble déterminé à faire en sorte que je parte lundi.

Elle agite la main devant nous.

— Non, il te laissera rester. Ne t'inquiète pas !

— Il ne semble pas être du genre à changer d'avis très facilement. Je fais de mon mieux, mais...

— Oh, nous savons que tu essaies, ricane-t-elle. Mais ne t'inquiète pas ! Tout le monde peut constater à quel point tu es bonne pour les garçons et pour lui.

— Pour lui ?! répété-je, la chaleur me montant aux joues, ce que je déteste.

— Oui, il a aussi besoin d'aide. Tu es bonne pour lui. Mais de toute façon, parlons de choses importantes ! Elle se penche plus près, baisse la voix et annonce : Il y a deux cavaliers de rodéo que je pense que tu vas apprécier ce soir.

Je soupire et déclare :

— Willow, je ne veux pas m'engager dans une relation pour l'instant. J'ai besoin de temps pour savoir si je veux encore de Lance dans ma vie ou non.

Elle hausse les épaules.

— Oui, mais vous faites une pause. Cela signifie que tu peux aller voir ce qu'il y a dehors. N'est-ce pas ? Ses yeux s'illuminent.

Je ne sais pas comment répondre à sa question. L'idée que Lance puisse voir ce qu'il y a d'autre sur le marché me fait mal. Et je ne pense pas qu'il soit juste de lui faire ça parce que je ne voudrais pas qu'il voie quelqu'une d'autre.

Un nouvel éclair de panique me frappe.

Le fera-t-il ?

Non, je ne pense pas.

Comment saurais-je ?

Il l'a peut-être déjà fait, pensé-je, le sentiment de malaise dans mes tripes réapparaissant après toutes les nuits que j'ai passées à me demander s'il était fidèle.

Les yeux de Willow se transforment en fentes.

— Pourquoi as-tu encore l'air triste ?

— Aucune raison. C'est juste que je ne pense pas être prête à sortir avec quelqu'un, avoué-je.

Elle passe son bras autour du mien et m'entraîne dans la maison.

— Ce n'est pas grave. Tu n'es pas obligée de sortir avec eux. Tu peux juste t'amuser un peu.

Je reste silencieuse.

— Je dis ça, je dis rien, lance-t-elle en me donnant un coup de coude avec un clin d'œil.

Je ris en disant :

— Bien que cela semble très attrayant, je ne sais pas…

Nous sortons sous le porche. Une rafale de vent me frappe et je croise les bras sur ma poitrine, me demandant si je ne devrais pas prendre une veste.

Willow ajoute :

— Je vais te dire comment on va faire : pourquoi ne te présenterais-je pas à eux, et ensuite, ce qui se passera, c'est toi qui le décideras ?

Je la fixe intensément.

— Tu ne me pousseras pas à faire quoi que ce soit ?

Elle lève les mains en l'air.

— Non. Parole de scout !

— Promis ?

— Promis, chante-t-elle.

Je cède.

— D'accord, très bien. Tu peux me les présenter.

Elle applaudit et me regarde en souriant.

— Super ! Maintenant, parlons de ce que tu vas porter ce soir ! J'ai quelques cadeaux pour toi.

Alexander

— Où sont-ils ? questionné-je les garçons, agacé. Mais c'est normal. Chaque fois que Willow est impliquée, nous sommes en retard.

Debout près du véhicule, je mets ma main sur ma hanche et fixe la porte d'entrée. Elle s'ouvre et ma sœur, accompagnée de Phoebe, en sortent.

Mon cœur s'arrête presque. Phoebe porte un jean moulant et un haut turquoise à manches longues avec des touches de jaune et d'orange. Elle porte une veste beige par-dessus, des bottes de cow-boy en daim marron et turquoise et un chapeau assorti. Ses longs cheveux magenta sont bouclés et ses lèvres sont couvertes de rouge.

Elles s'avancent vers moi et mon sang ne fait qu'un tour. Le même parfum floral que j'ai senti toute la semaine m'envahit les narines. Je retiens un gémissement. C'est la chose la plus enivrante que j'aie jamais sentie, et ça me rend dingue.

Ma sœur s'exclame :

— Elle est pas mal, n'est-ce pas ?

J'affiche un air agacé, souhaitant que Willow ne vienne pas avec nous. Le reste de ma famille est déjà parti pour le rodéo, mais Willow semble s'être donné pour mission de devenir la meilleure amie de Phoebe. Normalement, je ne m'en soucierais pas, mais Willow a l'intention de faire parader Phoebe devant tous les cavaliers de rodéo.

Je m'en fiche.

C'est vrai.

Non, c'est faux.

De toute façon, elle n'est là que jusqu'à lundi, me dis-je.

— Ces cow-boys ne vont pas savoir ce qui les attend quand ils te verront, dit Willow à Phoebe, en la regardant fixement et en continuant à m'agacer.

Je me dirige vers la portière du passager et l'ouvre.

— Allons-y ! intimé-je. Ça sonne un peu méchant.

Phoebe croise mon regard et me dit :

— Désolée d'avoir été si longue.

— C'est bon. Allons-y avant de rater tout le rodéo ! répliqué-je.

Elle monte à l'avant, et Willow grimpe à l'arrière à côté de ses neveux. Je ferme la portière, fais le tour et me glisse sur le siège du conducteur. Je démarre le moteur et franchis le portail, écoutant à peine ma sœur papoter avec mes fils et Phoebe. Je me concentre sur la route, en souhaitant que son odeur n'embaume pas la cabine.

Je ne dis mot pendant tout le trajet vers la ville. Et avant même que je m'en aperçoive, Willow tire Phoebe à travers la foule, et mon malaise grandit.

— Papa, on peut aller avec tante Willow ? demande Wilder.

— Non, dis-je, sachant qu'elle emmène Phoebe là où les cavaliers de rodéo se retrouvent. C'est un salon VIP, et il n'est pas loin de notre zone VIP, mais je n'aime pas ça. Je dirige mes enfants vers la salle où se trouve déjà ma famille et je me place à côté de mes frères.

— Où est Sebastian ? m'intéressé-je.

— Il vient d'appeler. Georgia et lui sont en retard. Ils devraient arriver d'une minute à l'autre, répond Mason.

Je hoche la tête. Je dois parler à Sebastian de certaines affaires, et j'ai toujours préféré faire les choses en face-à-face. J'aimerais qu'il revienne vivre au ranch, mais je sais aussi que quelqu'un doit rester à Dallas. De plus, c'est là que Georgia et lui s'épanouissent. Leurs carrières se déroulent là-bas. Mon frère est brillant lorsqu'il s'agit de gérer l'aspect commercial de nos entreprises et d'accomplir toutes les tâches dont je ne voudrais jamais m'occuper à Dallas. Et la franchise de muffins de Georgia est en train de décoller.

Comme à l'accoutumée, mon frère s'écrie :

— Qu'est-ce que vous attendez tous ? Où est mon verre ?

Je me tourne vers sa voix.

Georgia rit en secouant la tête. Tout le monde les accueille avec des accolades et des baisers.

Georgia m'embrasse.

— Où en sont les plans de la nouvelle pâtisserie ? demandé-je.

Son visage s'illumine.

— C'est génial. J'adore nos nouveaux franchisés. Ils vont bien se débrouiller.

Je souris.

— C'est une excellente nouvelle. Je suis vraiment fier de toi ! la félicité-je, ravi que ses rêves se réalisent.

— Merci. Je n'aurais pas pu le faire sans Sebastian.

— Eh ! grogné-je. Ce n'est pas vrai. Tu y serais arrivée toute seule.

Sebastian nous rejoint et déclare :

— Je n'arrête pas de le lui dire. Mais elle n'écoute pas. Il tend une canette d'eau de Seltz à Georgia, puis boit une longue gorgée de sa bière.

Elle avale une gorgée et demande :

— Alors, comment ça se passe avec Phoebe ?

Phoebe. Je l'ai oubliée pendant une courte minute.

Je hausse les épaules.

— Très bien. Mais elle sera partie lundi.

L'expression de Georgia est empreinte d'amusement. Ses lèvres tressaillent. Elle penche la tête et questionne :

— Vraiment ?! Elle ne vaut rien ?

La question me fait culpabiliser, surtout quand Georgia me regarde comme ça, mais je réponds :

— Non.

La voix de Georgia devient sévère.

— Alexander, tu ne trouves aucune valeur en Phoebe ? Rien de ce qu'elle a fait n'a été utile ?

— Non, je n'ai pas dit ça.

Elle continue à pousser.

— C'est ce que je pensais. Alors dis-moi les choses qu'elle a faites et que tu considères comme précieuses !

Les poils de mes bras se dressent. Je suis tombé dans un piège. Je ne pensais pas que Georgia me ferait ça, mais c'est le cas. J'ignore sa question et rétorque :

— Alors, tu es aussi de leur côté ?

Elle secoue la tête.

— Je ne suis du côté de personne. Je suis de votre côté à tous. Alors dis-moi quelle valeur elle a ajoutée !

— Tu ne peux pas être du côté de tout le monde, répliqué-je en ignorant à nouveau sa question.

— Eh bien, si ! Je vous aime tous et je veux ce qu'il y a de mieux pour vous. Mais j'aimerais savoir quelle valeur tu accordes à Phoebe. Parce que je sais qu'elle vaut bien plus que ce que tu lui accordes.

Je soupire.

— Je n'ai pas dit qu'elle ne valait rien. J'admets qu'elle a fait des choses précieuses.

— D'accord. Comme quoi ? Elle arque les sourcils, en attendant.

— Elle m'a aidé pour les devoirs des garçons, surtout pour ces conneries de maths du TEKS, avoué-je. Tu sais que je déteste ce genre de choses.

Georgia acquiesce.

— Oui, j'ai entendu dire que la plupart des parents n'aimaient pas ça.

Je grogne.

— C'est la chose la plus inutile que j'aie jamais vue. Pourquoi n'enseignent-ils pas aux enfants de façon normale ?

Georgia hausse les épaules.

— Je n'en sais rien. Mais c'est bien que Phoebe comprenne ça, surtout que tes enfants doivent l'apprendre. Y a-t-il autre chose ?

Je me creuse la tête, ne voulant pas répondre, mais une liste de choses défile.

— Allez, crache le morceau ! Phoebe a dû accomplir plus de bonnes choses que de simples devoirs.

En soupirant, je cède et réponds :

— Elle a fait des courses pour ma maison. Je reconnais que c'est bien pour que les enfants ou moi puissions prendre un en-cas. Et l'autre soir, elle a cuisiné. Ça m'a fait plaisir de manger à la maison plutôt que chez Papa et Maman.

— Est-elle une bonne cuisinière ? s'intéresse Georgia.

J'hésite mais finis par avouer :

— Elle a préparé de sacrés tacos.

L'expression de Georgia est amusée. Elle taquine :

— Eh bien, Alexander, je pense qu'une fille de Californie qui peut faire des tacos au Texas est une gagnante.

— Mmm… répliqué-je, ne voulant pas en dire davantage.

— Y a-t-il d'autres choses qu'elle a faites et qui ont une valeur ajoutée ?

Je pense à toutes les choses que Phoebe a faites ces derniers jours, mais je ne veux pas les révéler à Georgia.

Je suis sauvé par Mason, qui crie de façon taquine :

— Éloigne-toi d'elle ! Tu n'en es pas digne !

Je me retourne et serre les poings le long de mon corps.

L'un des cavaliers, Jericho, que je n'ai jamais aimé et qui essaie toujours de sortir avec Willow, parle à Phoebe. Avant que je puisse réfléchir, je fonce vers eux.

Au moment où j'arrive, je l'entends dire :

— Allez, donne-moi ton numéro ! Ce n'est pas si difficile. En plus, je ne suis pas un psychopathe.

— Si, il l'est, interviens-je en lui jetant un regard noir.

Il renvoie la tête en arrière.

— Mec, pourquoi tu te mêles de mes affaires ?

— Les affaires de Phoebe sont mes affaires, dis-je.

— Oh ?! s'exclame-t-elle avec surprise.

Jericho se moque.

— Ouais ? Comment ça ? Il jette un coup d'œil à Phoebe, puis ajoute : Elle n'a pas l'air d'être d'accord avec ta déclaration, mec.

Je croise le regard de Phoebe.

Un rougissement remonte le long de son cou jusqu'à ses joues.

Dirigeant ma désapprobation vers Jericho, je déclare :

— Elle ne sort pas avec quelqu'un. Elle a un petit ami, alors tu dégages !

La surprise envahit son expression. Il demande à Phoebe :

— C'est vrai ? Tu es prise ? Willow a dit que tu ne l'étais pas.

Elle s'éloigne de moi et de Jericho.

J'ignore son expression et affirme :

— Elle l'est. Elle fait une pause avec son petit ami, mais ce n'est qu'une pause. Ils prennent juste un peu d'espace l'un par rapport à l'autre, dis-je, comme si je comprenais leur stupide arrangement.

Jericho lève les mains.

— D'accord, mec. Phoebe, fais-moi savoir quand tu en auras fini avec ce type, et on échangera nos numéros ! Il s'en va.

Phoebe me regarde fixement.

Je ne sais pas si elle est mécontente ou contente que je sois intervenu, mais je me sens soudain stupide.

— C'est le plus grand crétin ici, lâché-je. Tu vaux mieux que ça.

Elle m'étudie un instant, puis explose :

— Penses-tu pouvoir garder mes affaires pour toi-même ?

Je me fige, mon cœur bat plus vite.

Elle poursuit :

— Je peux décider avec qui je veux partager ma vie personnelle, mais c'est ma décision, pas la tienne. Et je lui ai déjà dit que je ne voulais pas de son numéro. Il n'y avait aucune raison pour que tu interviennes et que tu cries mes problèmes personnels sur tous les toits.

— Il n'acceptait pas de réponse négative. Je connais ce salaud.

Elle met sa main sur sa hanche.

— Nous sommes dans un lieu public. Il m'a demandé mon numéro. Je suis tout à fait capable de lui répondre et de décider si je veux le lui donner ou non.

— Eh bien, quel est l'intérêt ? Tu n'es là que jusqu'à lundi, lui rappelé-je, avant de le regretter aussitôt.

La colère monte à ses joues et elle me lance un regard noir.

Toutes les fois où je lui ai dit cela cette semaine, je ne l'ai jamais vue en colère, mais je me rends compte qu'elle l'est, et peut-être que je l'ai dit trop souvent et que je l'ai poussée trop loin.

Elle inspire profondément. D'un ton calme et en serrant les dents, elle demande :

— Pourquoi ne me le rappelles-tu pas encore une fois ?

Je me sens immédiatement mal. En réalité, ma vie serait beaucoup plus facile si je gardais Phoebe ici. Elle est précieuse et je le reconnais. Ma vie a été facile cette semaine parce qu'elle m'a beaucoup aidé et que les garçons l'adorent. Les autres enfants aussi. Toute ma famille l'aime.

Je dois leur prouver que je peux m'occuper de mes enfants, avec ou sans la présence de mes parents.

Avant que je puisse m'excuser d'avoir été aussi con, elle se retourne et se dirige vers Willow. Pour le reste de la soirée, elle ne m'adresse pas la parole.

J'essaie de penser à ce que je pourrais lui dire pour qu'elle revienne à mes côtés ou au moins qu'elle ne soit pas en colère contre moi, mais rien ne me vient à l'esprit. Toute la soirée, je l'observe, ne saisissant presque rien du rodéo et n'entendant pas les conversations qui se déroulent autour de moi.

Même lorsque Sebastian essaie de me parler de plusieurs affaires dont nous devons discuter, je n'arrive pas à me concentrer. Il n'y a qu'une seule chose qui me préoccupe, et c'est de savoir comment revenir dans ses bonnes grâces.

Tout cela me perturbe. Je ne comprends même pas pourquoi je me soucie de ses sentiments, mais chaque fois qu'elle se promène dans notre zone VIP, je me sens coupable. Elle interagit avec les enfants, les poursuit lorsqu'ils courent entre les manèges de taureaux. Ma famille se soucie d'elle, et pour tout le monde, nous avons l'air d'aller bien.

Je sais que ce n'est pas le cas.

Elle m'en veut toujours, et chaque fois que Willow la pousse à travers le rodéo jusqu'à la zone des cavaliers, mes tripes se retournent.

À la fin de la soirée, nous montons dans le pick-up. Elle s'assoit à l'arrière avec les garçons, et Willow sur le siège passager. Mon esprit s'emballe pendant tout le trajet. Nous arrivons au ranch, et il y a une voiture de sport devant le portail avec ses phares allumés.

Je baisse la vitre et demande au gardien :

— Qui est dans la voiture de sport ?

Il répond :

— Le gars dit qu'il est le petit ami de Phoebe en Californie. Il s'appelle Lance.

Mes entrailles se resserrent. Je jette un coup d'œil à Phoebe.

— Tu attends de la visite ?

Elle secoue la tête et répond :

— Non. Je ne sais pas ce qu'il fait ici.

Je veux lui dire de se débarrasser de lui, mais elle saute du véhicule et se dirige vers lui avant que je puisse en dire plus.

Il sort de sa voiture et je grimace. Il a l'air aussi Californien que possible avec ses cheveux blonds de surfeur, ébouriffés. Mais il a aussi un style BCBG. On dirait un gars du country club.

Il la domine, mais il n'est pas aussi grand que moi. Il l'attrape, la serre si fort qu'il la soulève de ses pieds.

Je serre le volant jusqu'à ce que mes articulations en deviennent blanches.

Elle proteste :

— Lance, pose-moi !

Je sors du pick-up au moment où mes parents arrivent.

Papa baisse sa vitre.

— Qu'est-ce qui se passe ici ?

— Hum... Je... Euh... balbutie Phoebe, essayant de trouver ses mots.

Lance se dirige vers la voiture de mon père et tend la main.

— Je suis le petit ami de Phoebe, Lance. J'espère que ça ne vous dérange pas que je sois venu ici pour la surprendre.

— Bien sûr que non, déclare Papa, et je le regarde avec un air renfrogné, détestant tout ce qui se passe sous mes yeux. La seule chose que j'apprécie, c'est que Phoebe a l'air choquée et pas tout à fait contente qu'il soit là.

Maman dit :

— Eh bien, vous allez devoir rester le week-end. Vous pouvez prendre la maison d'hôtes pour que vous ayez votre intimité tous les deux.

Je me crispe.

Non. Ce n'est pas possible. Elle ne peut pas rester avec ce connard.

Je m'empresse d'ajouter :

— Je suis sûr qu'il serait plus à l'aise à l'hôtel.

Lance se retourne et m'observe.

— Désolé, qui êtes-vous ?

Je déteste tout ce qui concerne ce type.

Pour qui se prend-il, à m'interroger sur ma propriété ?

Phoebe intervient rapidement.

— C'est mon patron, Alexander. Je m'occupe de ses garçons, Wilder et Ace.

— Oh, ravi de te rencontrer ! Lance me tend la main, mais il ne m'aime pas plus que je ne l'aime. Je la prends et la serre aussi fort que possible.

Ses yeux s'écarquillent. Je la garde plus longtemps que je ne le devrais, jusqu'à ce que je la relâche enfin.

Il retire sa main et se renfrogne.

— Ne restez pas ici toute la nuit ! Passons tous les portails ! dit Maman.

Phoebe saisit la portière du pick-up et Lance questionne :

— Tu ne viens pas avec moi ?

Elle se fige, croise mon regard, puis se tourne vers lui. Elle soupire.

— D'accord, je viens avec toi.

J'ai envie de protester, mais je ne le fais pas. Ce qui ajoute à mon dédain, c'est son incompétence à être un gentleman et à lui ouvrir la portière.

Elle monte dans sa voiture et tout le monde franchit les portails. Je les suis du regard, essayant de calmer mon pouls qui monte en flèche.

— Papa, allons-y ! ordonne Wilder.

— Oui, qu'est-ce que tu fais ? demande Willow.

Je monte à contrecœur dans le pick-up et me gare devant la maison.

Maman est déjà en train de serrer Lance dans ses bras, ce qui ne fait que m'irriter davantage.

Je m'approche de Phoebe et déclare :

— Je n'avais pas réalisé que nous allions avoir de la compagnie.

Elle secoue la tête.

— Je ne l'ai pas invité.

— Tu veux que je me débarrasse de lui ? lui soufflé-je doucement.

Les coins de ses lèvres se retroussent, et je pense presque qu'elle va dire oui jusqu'à ce que ma mère s'interpose entre nous.

— Phoebe, chérie, veux-tu la maison d'hôtes du papillon ou de l'étalon ?

Phoebe ne répond pas.

Maman continue :

— Tu te rappelles lequel est lequel ?

Je gémis, souhaitant que ma mère se taise et n'intervienne pas.

Phoebe répond :

— L'un ou l'autre, c'est bien, mais honnêtement, il peut rester à l'hôtel. Je ne veux pas vous mettre sans cette situation, surtout sans préavis.

— C'est absurde. Tu choisis la maison d'hôtes que tu veux, puis tu vas chercher tes affaires dans ta chambre, ordonne Maman.

— Des objets de ma chambre ?!

— Oui. Tu auras besoin de certaines choses pour ne pas avoir à faire des allers-retours tout le week-end, n'est-ce pas ? poursuit Maman.

Mes tripes se retournent. *Elle ne peut pas rester avec cet idiot tout le week-end.*

— Les garçons n'ont pas besoin de moi ? demande Phoebe.

Maman fait un signe de la main et répond :

— Non.

En même temps, je lance :

— Si !

Ma mère et Phoebe me regardent avec surprise.

Oh, merde ! Qu'est-ce que j'ai dit ?

L'expression de Maman est désapprobatrice. D'une voix sévère, elle déclare :

— Je pense que tu peux t'en occuper pour une nuit, Alexander. N'est-ce pas ? Elle me lance un regard plein de défi.

Mes entrailles tremblent. Pris entre le marteau et l'enclume, j'avoue :

— Oui, bien sûr que je peux.

— C'est bien ce que je pensais, réplique Maman, puis elle donne une tape sur le bras de Phoebe. Alors, ma chérie, tu veux la maison d'hôtes du papillon ou de l'étalon ?

Ma poitrine se serre et je ne bouge pas d'un poil. J'essaie de trouver un moyen de faire en sorte que Phoebe reste chez moi et pas avec son crétin de petit ami.

Il doit quitter le Texas rapidement. S'il ne le fait pas, je vais devoir le foutre dehors.

8

Phoebe

Cela ne devrait pas me surprendre que Lance ait ignoré mon besoin d'espace et se soit présenté au ranch, pourtant c'est bien le cas. Il fait toujours ce qu'il veut, mais je suis choquée qu'il ait fait tout ce chemin pour me voir.

Pourquoi est-il ici ?

Il va saboter mes chances de garder mon emploi.

Je fais les cent pas dans ma chambre, puis j'attrape mon sac de voyage dans le placard. J'y jette quelques affaires au hasard, paniquée.

J'ai deux jours. Eh bien, peut-être deux jours complets. Qui sait quand Alexander va me jeter hors du ranch. Le temps qu'il me reste est crucial pour prouver qu'il a besoin de me garder comme nounou des garçons. Maintenant, Lance va tout gâcher.

Il ne peut pas me faire ça.

Je dois l'obliger à partir demain matin à la première heure.

Cela ressemble tellement à Lance. Il disparaît, n'assume aucune responsabilité et ne tient aucun compte de mes souhaits. Puis, quand je m'y attends le moins, il fait un grand geste qui est censé me faire oublier tout ce qui s'est passé.

Je ne tomberai pas dans le panneau cette fois-ci.

Plus déterminée que jamais à prendre l'espace et le temps dont nous avons besoin, je sors de la chambre.

Alexander et Lance se trouvent dans le salon familial. D'un ton arrogant, Lance demande :

— Alors, vous faites de vrais trucs de cow-boys ici, hein ?

Alexander répond avec désapprobation :

— Oui, quelque chose comme ça. Je suppose que tu ne sais rien à ce sujet.

Lance grogne.

— Je n'en ai pas besoin.

Je dois le faire sortir d'ici avant qu'il ne gâche tout ce pour quoi j'ai travaillé si dur.

— Et que fais-tu exactement ? insiste Alexander.

Lance hausse les épaules.

— Je m'occupe des affaires de ma famille de temps en temps.

Les yeux d'Alexander se transforment en fentes.

— De temps en temps ?!

Oh non ! Ça va vite devenir moche !

D'après ce que j'ai vu cette semaine, les Cartwright valorisent le travail acharné et le fait de se salir les mains. Peu importe l'argent dont ils disposent. Chaque jour, ils se lèvent et travaillent. Lance n'a pas les mêmes valeurs ni la même éthique professionnelle. J'évite donc de regarder Alexander et me dirige vers la porte en demandant :

— Prêt, Lance ?

— Passez une bonne soirée ! J'apprécie que votre famille nous laisse, à Phoebe et à moi, notre espace privé, dit Lance.

— L'espace. C'est un mot à la mode ces derniers temps. Alexander se renfrogne.

Mes entrailles frémissent. Il pense que je mène Lance par le bout du nez, mais ce n'est pas le cas. Tout ce que je veux, c'est nous donner le temps et l'espace nécessaires pour réaliser ce que nous voulons tous les deux, afin que nous puissions aller de l'avant. Et j'ai toujours l'intention d'être avec Lance une fois que nous aurons pris nos distances.

Du moins, je pense que c'est ce que je veux encore.

Peu importe ce qui se passe entre Lance et moi, c'est un point de plus pour qu'Alexander me jette hors du ranch lundi.

Je ne réponds pas et franchis la porte d'entrée. La porte claque derrière moi et je tourne la tête, jetant un regard à Lance.

— Tu n'as pas à manquer de respect à leur propriété, lui lancé-je.

— Manquer de respect à leur propriété ? De quoi parles-tu ?

— En claquant leurs portes.

— Je n'ai pas fait ça, affirme-t-il.

— Si, tu l'as fait.

Il va de son côté de la voiture, et je me rends compte que j'ai pris l'habitude qu'Alexander m'ouvre la portière du passager. C'est étrange, car cela ne me dérangeait pas auparavant. Pourtant, c'est une lumière rouge qui clignote, me rappelant une autre chose que Lance ne fait pas pour moi.

Pourquoi suis-je avec lui ?

Nous avons trop d'histoire derrière nous pour ne pas prendre le temps d'y réfléchir.

Qui se soucie qu'il ouvre ma portière ? Il ne l'a jamais fait auparavant.

Nous avons juste besoin d'espace, me dis-je.

Lance démarre la voiture, puis se penche vers moi. Il met sa main derrière ma tête et me rapproche de lui pour m'embrasser, mais je recule.

— Pas de baiser pour moi ? Tu n'es pas contente de me voir alors que j'ai fait tout ce chemin ? accuse-t-il.

— Je t'ai dit que nous avions besoin d'espace. C'est mon environnement de travail. Je n'ai que jusqu'à lundi pour prouver que je peux faire une différence positive ici, et je dois me concentrer pour gagner ma place.

Ses yeux s'écarquillent.

— Lundi ? Je croyais que tu avais dit que tu seras ici pendant deux mois.

Je me reproche de lui avoir avoué ma situation. C'est encore une chose que je dois expliquer, et il ne comprendra pas.

— Eh bien, c'est quoi alors ? insiste-t-il.

Je l'assure en toute confiance :

— Je serai ici pendant deux mois.

Ses yeux se rétrécissent.

— Alors pourquoi as-tu dit lundi ?

Je ravale la boule dans ma gorge. Tout cela va dans la mauvaise direction. Je n'ai pas besoin de ça en ce moment.

— Phoebe, réponds à ma question ! exige-t-il.

Ma poitrine se serre. J'avoue :

— Je suis pendant la période d'essai. La famille veut s'assurer que je suis la meilleure personne pour ce job. Je suis venue ici quelques jours pour leur montrer comment je me comporterais avec les enfants et que je savais ce que je faisais.

Il grogne.

— Alors tu perds ton temps ?

— Non ! protesté-je, regrettant d'avoir parlé. Je veux rester au ranch plus que tout. Je veux prouver à tout le monde que j'ai ma place ici et que je suis qualifiée pour prendre soin de Wilder et Ace. De plus, j'aime vraiment tout le monde, les enfants et toute la famille.

— L'idée que tu puisses vivre comme les bouseux est amusante, dit Lance d'un ton insultant.

— Les Cartwright ne sont pas des bouseux ! De plus, ils ont été très accueillants et cela me change un peu de la Californie.

Lance grogne.

— Tu as dû inhaler trop de bouse de vache. Tu seras de retour chez toi lundi, et j'ai fait tout ce chemin pour rien. Tu aurais dû être honnête avec moi, Phoebe.

Insultée, je lui lance un regard furieux :

— Comment oses-tu me dire ça ?

Il éclate de rire.

— Bon sang ! Quand es-tu devenue si coincée ? Il continue dans l'allée.

Je ne lui réponds pas, plus irritée par lui que je ne l'étais en quittant la Californie. Je secoue la tête, tourne mes doigts sur mes genoux et tente de me calmer.

Il tourne dans une autre allée. La lueur orange des lumières sur les clôtures est magnifique, mais je ne peux même pas l'apprécier maintenant. Il murmure :

— Où est la maison ? Comment peut-on vivre dans un endroit aussi isolé ?

La maison d'hôtes apparaît, les fenêtres éclairées par les lumières intérieures et le porche d'entrée aussi décoré que la maison principale. Pourtant, je suis tellement en colère que je ne me souviens plus dans quelle maison d'hôtes ils nous ont placés. Je lui dis :

— C'est juste là.

Il s'arrête devant la maison, et la Maison de l'Etalon apparait sur l'enseigne éclairée au-dessus du porche.

Lance se moque en disant :

— Bon sang, c'est tout droit sorti de *La petite maison dans la prairie* !

— Pourquoi es-tu ici, Lance ? explosé-je, vexée qu'il soit impoli à l'égard des Cartwright et de leur propriété. Le ranch et la maison d'hôtes n'ont rien de démodé ou de simpliste.

— Je t'ai dit je suis venu te chercher. C'est absolument ridicule. Je sais que tu veux de l'attention, alors je t'en donne.

Je le regarde bouche bée.

Il ajoute :

— Il est temps de mettre fin à ce jeu.

Ma rage est à son comble.

— De quoi parles-tu ? m'écrié-je. Je n'ai pas besoin d'attention. J'ai besoin d'espace. Nous devons travailler sur des choses. Nous devons réfléchir à ce que nous voulons et à ce dont nous avons besoin. Ensuite, nous pourrons décider de ce que nous voulons faire.

— Ce qui veut dire… ?

— Si nous voulons toujours être ensemble !

La tension monte tandis que Lance me lorgne. Mes entrailles frémissent plus fort. J'ai enfin dit ce que je craignais.

Il affirme :

— Je n'ai pas besoin de temps ni d'espace, Phoebe. Nous sommes faits pour être ensemble, et tu le sais. Alors demain, tu iras chercher tes affaires, on prendra l'avion et on retournera à Pismo. On se mariera. Tu n'as pas à t'inquiéter de travailler. Tout ira bien. Il gare la voiture et sort, se dirigeant directement vers la maison.

Une fois de plus, je me rappelle qu'il ne m'a jamais ouvert la portière. Non pas que je ne puisse pas le faire moi-même, mais je n'avais pas réalisé à quel point il était agréable qu'un homme pense suffisamment à vous pour le faire – même lorsque je ne suis que la nounou.

J'ouvre ma portière et sors en emportant mon sac qui ne contient presque rien. J'entre dans la maison d'hôtes.

Des murs en pin noueux, des meubles en cuir marron, un vase de fleurs d'automne fraîches et un énorme ensemble de cornes de taureau ornent l'espace.

Il ricane.

— Mec, c'est le genre de déco qu'on peut avoir par ici, n'est-ce pas ?

— Qu'est-ce qui ne va pas chez toi ? grondé-je.

— Il n'y a rien qui cloche chez moi. Qu'est-ce qui ne va pas chez toi ? Tu es ici depuis quelques jours et tu as oublié tes racines, rétorque-t-il avec mépris.

Toute la douleur et la colère qui m'habitent se déchaînent. Je rugis :

— Je n'ai rien oublié ! Je n'ai pas oublié comment tu disparaissais pendant des jours ! Et je n'ai pas oublié que tu voulais passer du temps avec moi, et que tu ne le veux plus !

— J'ai traversé le pays pour venir te chercher.

— Tu n'as pas traversé le pays, ricané-je. Soyons honnêtes, tu as juste survolé quelques États !

— Tu es une ingrate, Phoebe. Tu ne me reconnais pas le mérite d'avoir arrangé les choses entre nous et tu agis comme si tu étais parfaite.

— Ne me blâme pas pour ça ! Je ne suis pas restée dehors pendant d'innombrables jours et je n'ai pas joué aux fantômes !

— Oh, plains-toi encore un peu ! Et pour l'amour de Dieu, grandis un peu ! aboie-t-il.

Je prends plusieurs grandes inspirations, essayant d'arrêter de trembler.

— Tu réagis de manière excessive, comme tu le fais toujours, déclare-t-il.

Je réfléchis à sa déclaration. *Est-ce que je réagis de manière excessive ?* Ne devrais-je pas lui reconnaître le mérite d'avoir fait tout ce chemin ?

Lance me regarde avec des yeux de chien battu et baisse la voix.

— Est-ce que tu essaies de me dire que tu ne veux pas du tout être avec moi ?

Sa question et son expression me touchent au cœur.

Il ajoute :

— Vas-tu gâcher notre amour et toutes les années que nous avons passées ensemble ?

Je cligne des yeux. Je ne sais plus où j'en suis. Si Lance pouvait redevenir celui qu'il était auparavant, je répondrais non en un instant. Mais je me rappelle que je ne sais plus qui il est désormais.

Sa voix semble effrayée et chargée de douleur lorsqu'il pose la question :

— Tu ne veux plus qu'on soit ensemble ?

— Non, ce n'est pas ça, réponds-je, incertaine de ce que je veux mais tout aussi effrayée à l'idée d'opérer de grands changements.

Il arque les sourcils.

— Vraiment ? Il me semble que c'est le message que tu essayes de me faire passer en ce moment.

— Ce n'est pas le cas.

— Comment ça ? Il croise les bras, me lorgne, et c'est presque comme si je voyais des fumées sortir de ses oreilles.

J'essaie de ne pas faiblir sous le poids de son regard. D'habitude, c'est le cas. Dès qu'il me scrute, je recule. Mais peut-être que je suis en train de changer.

Je ferme les yeux et tente de ralentir les battements de mon cœur. Il se rapproche de moi, pose une main sur ma joue et l'autre autour de ma taille. Il me tire vers lui.

Son eau de Cologne coûteuse me brûle les narines. Je suis frappée par la différence avec le parfum d'Alexander. Je ne sais pas pourquoi je pense à lui ou à son odeur, mais quelque chose dans l'eau de Cologne de Lance est soudain trop sucré... trop BCBG... trop propret.

Qu'est-ce qui ne va pas chez moi ?

Pourquoi est-ce que je pense à ces choses-là ?

— Allez, Phoebe, tu sais que nous sommes faits l'un pour l'autre. Arrête de jouer à ce jeu !

— Je ne joue à aucun jeu.

Il colle ses lèvres aux miennes, mais je le repousse.

— Tu ne vas toujours pas m'embrasser ? demande-t-il avec incrédulité.

— Tu ne m'écoutes pas, m'écrié-je.

Il secoue la tête avec colère.

— Qu'est-ce que je n'écoute pas, Phoebe ? Il est clair que tu préfères être ici, à des centaines de kilomètres de moi, avec des étrangers.

— Il ne s'agit pas de cela. Je travaille, répliqué-je.

Il grogne.

— Tu fais la nounou, et c'est ridicule.

Je lui lance un regard noir.

— Pourquoi cela ?

— Les nounous sont des citoyennes de seconde zone.

Je secoue la tête en arrière.

— Pardon ?!

Il me pointe du doigt.

— Tu m'as bien entendu. Et tu n'as pas besoin de travailler. Tu auras ta propre nounou quand nous serons mariés et que nous aurons des enfants. Tu n'as pas besoin de faire la nounou.

— Qu'est-ce qui ne va pas avec le job de nounou ? rétorqué-je.

Il soupire, frustré.

— Oh, Phoebe ! Tu as toujours été si innocente et naïve. Tu es prête à faire des choses que tu n'as pas à faire, ce qui est comique.

Ses déclarations m'exaspèrent encore plus.

— Je ne vois pas ce que tu veux dire et il n'y a rien de mal à ce que je fasse la nounou. En plus, j'aime bien ces enfants. Ils sont gentils et doux, et j'aime bien les Cartwright. Ils me traitent très bien.

— Avant qu'ils ne te bottent le cul lundi prochain ? lance-t-il.

Je me fige. Je déteste que sa question puisse être vraie.

J'ai du mal à respirer et je serre les poings le long du corps. D'une manière ou d'une autre, je trouve néanmoins le courage de maintenir fermement ce que je veux, en ordonnant :

— Lance, tu dois partir demain matin.

— Oui, nous partirons. J'ai déjà acheté nos billets. On ne va certainement pas rester ici tout le week-end, répond-il.

Ma voix tremble quand je dis :

— *Tu* pars. *Je* reste.

— Arrête de dramatiser ! raille-t-il. Ce jeu est terminé, Phoebe. Il s'approche, met sa main sous mon menton et prend brutalement mon visage pour que je le regarde. Son autre bras se resserre autour de moi et je ne peux plus bouger. Pour la première fois depuis longtemps, j'ai peur.

— Aïe, tu me fais mal ! gémis-je, des flashbacks de la dernière fois où j'ai eu si peur qu'il devienne violent avec moi me reviennent subitement en mémoire.

Il fulmine :

— Tu m'obéiras. Demain matin, tu prendras l'avion avec moi. Nous retournons à Pismo. Nous allons nous marier et tu seras ma femme. Tu porteras mes enfants et tu feras ce que je te dis. Tu me comprends ?

— Tu me fais mal, répété-je, les larmes aux yeux et la nuque palpitante.

Il me fixe pendant une minute, puis me relâche.

— Ce jeu-là est terminé. Il entre dans la cuisine, ouvre le frigo et marmonne : Dieu merci, ils sont assez hospitaliers pour avoir des boissons ici. Il décapsule une bière et en boit la moitié.

Mon esprit s'emballe, je me demande encore une fois pourquoi je suis avec lui. Mais tous les souvenirs de la première année que nous avons passée ensemble ressurgissent. Je n'avais jamais été aussi heureuse, à un moment où j'avais besoin d'amour dans ma vie après tout ce qui s'était passé dans ma famille.

Je sais que cet homme est toujours là quelque part en lui.

N'est-ce pas ?

Peut-être que tout cela n'était qu'un spectacle.

Non, c'est ce qu'il est vraiment, me dis-je, en essayant de lui accorder le bénéfice du doute.

Il se retourne, fait les cent pas, puis ouvre une porte.

— La chambre n'est pas très grande, mais elle fera l'affaire pour la nuit.

Mon irritation grandit.

Il poursuit :

— Nous ne nous sommes pas vus depuis longtemps, et tu as été une mauvaise fille, alors viens ici ! Ta jolie petite bouche m'a manqué. Il déboucle sa ceinture et baisse son pantalon.

Mon estomac se retourne. Je secoue la tête.

— Tu es dégoûtant.

— Maintenant, je suis dégoûtant. Alors tu ne veux pas être avec moi ?

— Je n'ai pas dit ça, mais tu agis de façon dégoûtante. Je ne suis pas ta pute.

— Je n'ai pas dit que tu l'étais. Même si une pute me poserait moins de problèmes que toi.

Son commentaire est la goutte d'eau qui fait déborder le vase. Je lui lance un dernier regard noir et lui assène :

— Je ne vais pas te le répéter. J'ai besoin d'espace et c'est mon lieu de travail. Tu n'as pas le droit d'être ici si tu n'es pas invité. Demain matin, tu pars et je ne resterai pas ici ce soir. Je retourne effectuer le travail pour lequel j'ai été engagée. Un travail que j'aime. Et je vais rester ici pendant deux mois.

Il proclame :

— Non, tu ne feras pas ça. Tu vas te faire virer lundi. Tu viens de me le dire.

Ma colère contre lui s'enflamme.

— Pourquoi n'as-tu pas la moindre confiance en moi ?

— Tu n'es pas faite pour *être* une nounou, Phoebe, grogne-t-il. Tu es faite pour *avoir* une nounou. Maintenant, sors-toi ces idées ridicules de la tête, et passons à autre chose !

Je cligne des yeux, reste silencieuse et me dirige vers la porte.

— Phoebe ! crie-t-il.

— Au revoir, Lance. J'ouvre la porte et sors.

— Phoebe, ramène ton cul ici ! aboie-t-il.

Je ne lui obéis pas. Il fait nuit, mais je connais déjà mon chemin dans le ranch. Les lumières orange m'aident à me diriger sur la route et à retourner à la maison d'Alexander.

Lorsqu'elle est en vue, je me précipite vers elle, en espérant qu'Alexander a laissé la porte déverrouillée, ce qu'il fait habituelle-ment. Il m'a fallu un jour ou deux pour m'habituer au fait qu'ici, il n'est pas nécessaire de fermer les portes à clé. Le ranch est l'un des endroits les plus sûrs où je n'ai jamais séjourné. Mais j'espère quand même pouvoir entrer sans le réveiller.

Plus je me rapproche, plus je réalise que je n'aurai pas à le faire. Il est assis sous le porche, avec une bouteille de bière à la main. Le pack de six bouteilles gît sur la table à côté de lui.

Je monte les marches.

Il demande :

— Que fais-tu ici ?

Je ne peux pas dire s'il est en colère contre moi. Je me lance :

— Je suis désolée. Je ne l'ai pas invité. Je prends mon travail au sérieux. S'il te plaît, ne m'en veux pas !

Il m'observe pendant une seconde, et j'essaie de ne pas trembler, mais mes lèvres et mes entrailles ne s'arrêtent pas. Je pourrais m'effondrer et pleurer.

Son visage s'adoucit. Il prend une bouteille et demande :

— Tu veux une bière ?

Surprise, je réponds docilement :

— Bien sûr.

Il l'ouvre et ordonne :

— Tiens, prends-la !

Je m'avance prudemment et attrape la bouteille, puis je m'assois sur le siège à côté de lui.

D'un ton désapprobateur, il pose la question :

— C'est donc ton petit ami ?

— Oui. Non. Oui. Je ne sais pas, avoué-je.

— Pourquoi n'es-tu pas avec lui maintenant ?

Je hausse les épaules.

— C'est compliqué.

— Qu'est-ce qui est si compliqué ?

Un million de pensées me traversent l'esprit. Aucune phrase cohérente ne me vient à l'esprit, alors je réponds enfin :

— On peut ne pas en parler ? Peut-on juste... Je ne sais pas. Peut-on parler d'autre chose ?

Il braque son regard intense sur moi.

— S'il te plaît, le supplié-je.

Il hésite, puis dit :

— D'accord. Alors dis-moi pourquoi tu veux tant être ici ! On dirait que tu as une vie en Californie. Le Texas est très différent de là-bas.

J'avale une longue gorgée de bière, puis réponds :

— Je t'ai dit que je voulais continuer à être ta nounou. Les garçons sont géniaux, et ta famille aussi. En plus, je me sens bien ici.

Il ne dit rien.

Nous buvons notre bière en silence.

Après quelques instants, il demande :

— La Californie ne te manque pas ?

Je réfléchis brièvement à sa question et secoue la tête.

— Non.

— Pourquoi pas ?

— Je ne sais pas.

— Tu ne sais pas ?!

Pour une raison que j'ignore, je me mets à rire.

— Oui, je ne sais pas. Je ne peux pas te donner de raison. Tout ce que je sais, c'est que ça ne me manque pas et que je me plais ici.

Ma réponse semble l'apaiser. Nous n'en disons pas plus. Je finis ma bière et me lève.

— Où vas-tu ?

C'est à mon tour de le fixer, et tout ce que je peux penser, c'est à quel point il est différent de Lance.

— Je rentre me coucher. Je suis la nounou de tes enfants. Et même si tu me renvoies du ranch lundi, je ferai mon travail tant que je serai là.

Le dédain tourbillonne dans son ton lorsqu'il lance :

— Et ton petit ami ?

Je lève le menton et redresse les épaules en répondant :

— Il partira demain matin. S'il ne le fait pas, il n'y aura qu'à l'expulser du ranch.

Je rentre dans la maison, laissant Alexander choqué sous le porche.

Alors que j'essaie de m'endormir, un mélange de culpabilité, de soulagement et de confusion plus grande que jamais concernant notre situation à Lance et à moi commence à me hanter.

9

Alexander

— **P**etit déjeuner ! hurle Paisley en tapant sur une cloche de vache.

Je regarde vers la maison principale, et mon estomac se serre.

Lance se précipite à l'intérieur, me lançant un regard hautain par-dessus son épaule.

Que fait-il maintenant ?

Je dois le faire partir de ce ranch.

Phoebe m'a dit que je pouvais le virer.

C'est ce que je vais faire. Je le laisserai manger son dernier repas, puis je le traînerai hors d'ici.

— Ferme la porte ! ordonne Mason, me tirant de mes pensées.

Je ferme le loquet et suis mes frères dans la maison de mes parents. Phoebe, Wilder et Ace sont à quelques mètres devant nous.

Le malaise auquel je ne parviens pas à échapper réapparaît. Je me lave à mon tour, puis entre dans la salle à manger.

— Assieds-toi, Phoebe ! dit Maman en montrant la chaise à côté de Lance.

Il sourit.

— Ouais, assieds-toi, bébé !

Les lèvres de Phoebe se tordent en un sourire crispé. Elle obéit aux ordres de Maman et Lance passe son bras autour de ses épaules.

Je fais plusieurs grands pas vers la chaise vide de l'autre côté de Phoebe, mais Wilder s'y glisse. Je manque de lui dire de se lever, mais je me suis rendu compte de l'effet que cela aurait eu. J'évalue donc rapidement la situation et m'assois sur la chaise située juste en face de Lance.

Il ricane.

— As-tu fini de faire du rodéo avec ces chevaux ce matin ?

— Du rodéo ?

Il raille et hausse les épaules.

— Je ne sais pas comment vous appelez ça. Je ne connais pas grand-chose à la vie à la campagne, dit-il en faisant un signe de tête à mon père.

Normalement, mon père ne serait pas tombé dans le panneau de Lance, mais il laisse passer son commentaire et déclare :

— C'est compréhensible. Alors, tu es aussi de Pismo Beach ?

Lance acquiesce.

— Je suis né et j'ai été élevé là-bas. On peut dire que je fais partie de la famille royale. Pas vrai, Phoebe ? Il sourit et pose sa main sur sa cuisse.

Mes entrailles s'agitent. Je serre le poing sous la table jusqu'à ce que mes jointures deviennent blanches.

Les joues de Phoebe rosissent.

— Tu es arrogant, le réprimande-t-elle.

Il se plaint :

— Je plaisante, Phoebe. Détends-toi ! Allez !

Un silence gênant s'ensuit, mais il ne dure pas très longtemps. Il y a trop d'enfants et d'autres membres de la famille autour de nous.

C'est toujours comme ça. Normalement, j'accepte tout, mais ce connard doit dégager de mon ranch.

Maman gazouille :

— La maison d'hôtes était bien pour vous deux ?

— C'était bien pour moi. Et pour toi, Phoebe ? demande Lance en haussant les sourcils.

Je me mords la langue, j'ai envie de dire à tout le monde qu'elle n'est pas restée là-bas, mais ce n'est pas mon affaire.

Phoebe ne ment pas et répond :

— C'est gentil d'avoir hébergé Lance alors qu'il ne m'avait pas prévenue de sa venue.

— Bien sûr, ton petit ami est toujours le bienvenu ici, déclare Maman, ce qui m'exaspère encore davantage.

Ma poitrine se serre. Comment Maman peut-elle être aussi naïve ? Ce type est un vrai loser. À l'extérieur, il a l'air d'un gars bien, mais c'est vraiment un loser.

J'interviens en posant la question :

— Lance, à quelle heure est ton vol aujourd'hui ?

Il me fixe un instant, comme pour m'intimider, mais ce garçon n'a pas ce qu'il faut pour y parvenir.

Mon air renfrogné s'accentue.

Phoebe répond :

— Il part après le petit-déjeuner. J'ai vu qu'il y avait un vol à midi et qu'il restait plein de places.

Les yeux de Lance se rétrécissent. Il demande :

— Tu veux dire que *nous* partons.

— Non, dit-elle.

Ace s'écrie :

— Vous ne pouvez pas prendre Phoebe ! C'est notre nounou. Papa, dis-le-lui !

— Ouais, nous n'avons pas encore fait notre fête sur la plage, ajoute Isabella, les yeux écarquillés.

L'expression de Lance est empreinte d'arrogance. Il ajoute :

— Il ne semble pas logique qu'elle prenne l'avion seule demain.

— Demain ?! Papa, dis-lui qu'il ne peut pas prendre Phoebe ! s'insurge Wilder.

Je serre le poing plus fort. J'ai toujours su que ça allait arriver. J'avais préparé toutes sortes de choses à dire aux enfants quand il serait temps pour Phoebe de partir, mais je n'arrive pas à penser à une seule d'entre elles en ce moment. Je la regarde et mon cœur bat plus fort.

Elle fixe son assiette en se mordant la lèvre. Son anxiété alimente davantage ma haine contre l'homme assis à côté d'elle.

Lance annonce :

— Ton père la vire demain. Et je ne vois pas l'intérêt de la laisser vivre ça. Si elle vient avec moi, elle ne sera pas seule et bouleversée dans l'avion.

Avant de penser aux répercussions, je lâche :

— Qui a dit que je virais Phoebe ?

Lance arque ses sourcils, me défiant.

— Elle a dit que lundi, elle n'aurait plus de travail.

— Non, ce n'est pas ce que j'ai dit, proteste Phoebe en le regardant fixement, puis en dirigeant à nouveau son regard vers moi. Elle prend une grande inspiration, lève le menton et redresse les épaules en affirmant : Je reste jusqu'à demain, jusqu'à ce que tu prennes ta décision.

Willow dit :

— Décision ?! Quelle décision ? C'est une affirmation ridicule. Il n'y a pas de décision à prendre. Tu es parfaite pour les garçons et tu es une excellente nounou. Il n'y a aucune raison pour que tu partes. Alexander, rassure-la !

Je ne dis rien. Une boule se forme dans ma gorge et je déglutis difficilement.

— Papa, Phoebe ne peut pas s'en aller. Dis-lui qu'elle reste ! se plaint Ace.

— Oui, Papa. En plus de la fête sur la plage que nous n'avons pas encore organisée, qui va s'assurer que nous avons de la nourriture à la maison ? Je commence à m'y habituer, ajoute Wilder.

Lance lève les mains en l'air et déclare :

— C'est bon, les enfants. Phoebe n'a pas besoin de travailler de toute façon. Nous allons nous marier. J'ai beaucoup d'argent. Quand elle aura un bébé, elle aura sa propre nounou, n'est-ce pas, chérie ?

Une vague de chaleur inonde soudain mes veines jusqu'à me provoquer la nausée. Une image de Phoebe en robe de mariée disant « oui » à l'idiot en face de moi et ensuite avec un gros ventre, portant ses enfants, me tourmente.

Paisley gazouille :

— Tu vas te marier ?

— Oui, tu vas te marier ? s'intéresse Willow d'un air dubitatif, puis jette un coup d'œil à la main de Phoebe.

Phoebe secoue la tête.

— Non, nous ne nous marierons pas. Lance ne m'a jamais demandée de l'épouser.

Il affirme :

— J'en ai beaucoup parlé.

Papa plisse les yeux et demande :

— As-tu demandé sa main à son père, fiston ?

Lance se redresse sur sa chaise. Son expression devient solennelle. Il révèle :

— Le Papa de Phoebe n'est plus dans l'équation, de toute façon.

Les joues de Phoebe deviennent rouge vif. La honte et l'embarras traversent son expression, et cela me donne envie de tuer Lance. Je ne sais pas de quoi il s'agit, mais il est évident qu'elle est bouleversée.

Maman roucoule :

— Oh, ma chère ! Je suis désolée de l'apprendre.

Je veux lui demander ce qui est arrivé à son père, mais ce n'est pas le moment.

Willow penche la tête, les yeux rétrécis. Elle lance :

— Alors tu t'es agenouillé ? Tu lui as donné une bague ?

Pour une fois, je suis content que ma sœur soit dans la même pièce que Phoebe et moi. Elle n'aime pas plus Lance que moi. C'est clair comme de l'eau de roche.

Lance se racle la gorge.

— Non, pas encore. Je voulais donner à Phoebe le temps de vivre un peu pendant que nous sommes jeunes. N'est-ce pas, chérie ? Il passe son bras autour d'elle, l'attirant plus près.

Elle ne dit rien, reste bouche bée devant son assiette et respire profondément.

Je lance un regard furieux :

— Tu voulais lui donner à elle ou te donner le temps à toi de vivre un peu ?

— *Lui* donner à elle, bien sûr, lâche Lance en faisant grincer ses molaires tout en croisant mon regard.

— Il me semble qu'elle ne veut pas t'épouser.

Lance croise les bras. Il grogne :

— C'est étrange de la part d'un homme qui n'a rien à voir avec notre relation. Ou alors, je me trompe ?

Mon estomac se retourne. C'est ma faute si j'ai ouvert ma bouche. Il n'y a rien entre Phoebe et moi, mais je ne peux pas en vouloir à un homme de me le reprocher si je me mêle de ses affaires. Malgré tout, je m'enfonce un peu plus :

— C'est à dire ?

Il tente à nouveau de m'intimider avec un regard noir, puis boit une gorgée de café et hausse nonchalamment les épaules.

— Je demandais juste. Tu as l'air de l'apprécier pour un type qui va la virer.

— Je ne la renverrai pas, répété-je avant de penser aux conséquences.

— Youpi ! Ouais ! crie Wilder en levant le bras en l'air.

Isabella s'écrie :

— Nous allons faire la fête à la plage.

— C'est bien. Phoebe est bien meilleure pour les devoirs que grand-mère ou Papa. Sans vouloir t'offenser, Grand-mère, déclare Ace.

Un sourire se dessine sur le visage de Phoebe. Puis elle épingle son regard sur moi et me demande tranquillement :

— Tu ne me vireras pas demain ?

Maintenant, je suis entre le marteau et l'enclume. J'ai la bouche sèche. Il y a quelques minutes, je ne voyais aucune raison de ne pas garder Phoebe. Maintenant, tout ce qui me vient à l'esprit, c'est que je dois prouver à ma famille que je peux m'occuper des garçons tout seul.

— Bien sûr qu'il ne te renvoie pas. Il serait idiot de te laisser partir. Bon, parfois c'est un crétin, mais il n'est pas si idiot que ça, taquine Willow.

Je lui jette un coup d'œil, mon pouls s'accélère, souhaitant une fois de plus qu'elle s'occupe de ses affaires.

Phoebe se racle la gorge, puis demande :

— Alexander ? Me permets-tu de rester ?

Lance grogne, puis insiste :

— Il a déjà dit qu'il te virait, alors il te vire. Après avoir pris ce délicieux petit-déjeuner, nous prendrons l'avion et rentrerons chez nous.

Papa prend la parole. Cette fois, il n'est pas du côté de Lance.

— Attends une minute, jeune homme ! Phoebe a accepté un emploi dans notre famille, et je suis presque sûr qu'elle peut prendre ses propres décisions. Et mon fils a clairement dit qu'il ne la renverrait pas.

Lance jette un coup d'œil à Papa.

— Pourquoi devrait-elle rester dans un environnement où elle est constamment menacée de perdre son emploi ?

— Elle ne l'est pas, corrigé-je.

Il arque les sourcils.

— C'est une déclaration intéressante. Elle m'a dit au téléphone l'autre jour, et encore hier soir, qu'elle allait être virée lundi.

— Arrête de dire ça ! Tu n'as pas écouté ce que j'ai dit. Je t'ai dit que j'étais à l'essai et que lundi serait le jour décisif, corrige Phoebe.

— Cela ressemble à des menaces pour moi, ajoute Lance.

— Mon fils ne menace pas les femmes, déclare Papa.

Lance bouge sur son siège et soupire.

— Monsieur, je n'essaie pas de me disputer avec vous. J'essaie seulement de protéger ma femme.

Sa femme.

C'est une autre déclaration qui me donne envie de hurler. Il ne mérite pas Phoebe. Je ne le connais que depuis quelques heures, et il est clair qu'il ne mérite pas une minute de son temps ou de son attention.

Je croise le regard de Phoebe.

— Je pense qu'elle peut se faire sa propre opinion et décider seule si elle veut rester ou partir. N'est-ce pas ?

Elle affirme avec confiance :

— Oui, bien sûr que je le peux.

Gentille fille.

Je lance un regard suffisant à Lance, puis me retourne vers Phoebe. Je lui demande :

— Es-tu toujours intéressée pour rester au ranch en tant que nounou de mes enfants ? Ou es-tu prête à retourner à Pismo ? Ma poitrine se serre en attendant sa réponse.

Et si elle dit qu'elle veut retourner à Pismo avec M. Connard ?

En quoi cela me concerne-t-il ?

Mes enfants l'adorent. Il ne s'agit que de mes enfants.

De plus, je veux remettre Lance à sa place.

Non pas que Phoebe ne soit pas une bonne nounou ou qu'elle n'ait pas montré sa valeur, mais renvoyer cet idiot à Pismo et éloigner Phoebe de lui est soudain bien plus important que de prouver à ma famille que je n'ai pas besoin d'aide.

Elle me sourit.

— Bien sûr que je veux rester. J'adore cet endroit. Et j'aime vraiment aider les garçons.

Elle adore cet endroit.

Je souris en direction de Lance et le nargue :

— Tu vois, elle n'ira nulle part avec toi.

Il lui prend la main.

— Phoebe, ne sois pas ridicule !

Papa prévient :

— Attends, fiston ! Elle est venue ici pour effectuer un travail. Elle a clairement indiqué qu'elle voulait continuer à travailler. Et j'ajouterai que je pense qu'elle a une bonne situation ici. Mon fils la paie bien. Elle a un toit au-dessus de sa tête et de la nourriture dans son ventre. De plus, elle est très douée dans son job. Je pense donc qu'elle a pris sa décision et que tu dois la respecter.

Il s'emporte :

— Une embauche avec une épée de Damoclès au-dessus de sa tête jusqu'à ce que j'arrive ?

— Ce n'est pas vrai, protesté-je, même s'il n'a pas tout à fait tort.

L'aurais-je vraiment laissée partir ? Je réfléchis, puis repousse la question. Je me convaincs que certaines choses sont plus importantes que de prouver son point de vue, et c'est l'une d'entre elles.

— Excuse-moi, mais ce n'est pas comme ça que je vois les choses, rétorque Lance.

Phoebe supplie :

— Lance, s'il te plaît. Laisse tomber !

Il ne lâche pas l'affaire. Il secoue la tête et insiste :

— Ce n'est pas une situation dans laquelle elle devrait se trouver. Elle ne devrait pas toujours s'inquiéter de perdre son emploi.

J'acquiesce.

— En effet, je suis d'accord. Et c'est pourquoi elle n'aura pas à s'inquiéter de perdre son job. Je viens de te dire que je la garde. En fait, Phoebe, tu as réussi ton essai avec brio. Félicitations ! Nous sommes heureux de t'avoir ici pour les prochains mois. En fait, peut-être que lorsque ma mère et mon père reviendront, nous prolongerons ton emploi pour en faire un poste permanent.

Les yeux de Lance se transforment en fentes.

Jagger s'esclaffe, puis déclare :

— J'ai faim. Et cette conversation m'ennuie. Pouvons-nous parler d'autre chose et manger ?

— Je suis d'accord si Phoebe est satisfaite de son emploi ici et qu'elle continue ? réponds-je.

Elle acquiesce, le sourire plus grand encore.

— Oui, je suis heureuse. Merci de m'avoir gardée.

— Merci d'accomplir un si bon travail, répliqué-je, puis je prends ma fourchette et me mets à manger mes pommes de terre.

Lance baisse la voix et ordonne :

— Phoebe, il faut que je te parle. Seul à seule.

Elle pousse un soupir de frustration.

— Lance !

— Phoebe !

Elle soupire.

— Pouvez-vous tous nous excuser un instant ? Elle fait glisser sa chaise et se lève.

Maman répond :

— Bien sûr, ma chérie. Toi et Lance, prenez tout le temps dont vous avez besoin !

J'enfonce mes doigts si fort dans ma cuisse que ça me fait mal.

— Lance, fais-moi savoir quand tu voudras qu'on t'emmène à l'aéroport !

Il me lance un regard de tueur.

Wilder intervient :

— Il est arrivé en voiture ici, tu te souviens, Papa ?

— Ah, c'est vrai, mon fils !

Lance passe encore un moment à essayer de me fixer, puis se lève.

Phoebe le suit et ils disparaissent de la pièce.

— Il partira dès que le petit déjeuner sera terminé, marmonné-je, puis j'enfourne des pommes de terre dans ma bouche.

Maman gronde :

— Ce n'est pas ta décision. C'est celle de Phoebe. C'est son petit ami.

— Et alors ? En plus, ils sont en pause. Il devrait lui laisser l'espace dont elle a besoin, riposté-je, ne sachant toujours pas ce que cette expression signifie, mais c'est ce qu'elle a dit vouloir. C'est donc à lui de le faire. S'il est un homme, il doit respecter ses souhaits.

La salle s'enflamme pour une conversation animée sur Thanksgiving et tous les projets des fêtes pour les mois à venir, mais je n'y participe pas. Je goûte à peine mes œufs ou mon bacon. Je fais tourner mon toast dans le jaune d'œuf jusqu'à ce que l'image de la dinde sur l'assiette apparaisse, puis le jette.

Phoebe et Lance semblent rester là-bas pour une éternité.

Et si M. Connard la convainc de partir avec lui ?

Elle ne partira pas.

Et si c'est le cas ?

La porte s'ouvre et Phoebe entre dans la pièce. Elle se rassied sur son siège.

Willow demande :

— Où est Lance ?

Phoebe se racle la gorge et sourit. Elle pose sa serviette sur ses genoux et répond :

— Lance a décidé d'aller à l'aéroport maintenant. Il m'a dit de vous remercier pour votre hospitalité.

Bien sûr qu'il l'a fait.

Maman s'inquiète :

— Tout va bien, ma chérie ?

— Avec un peu de chance, tu l'as largué, marmonné-je dans ma barbe.

Les yeux bleus de Phoebe rencontrent les miens avec surprise.

Je ne bronche pas.

— Phoebe ? pose Maman la question avec douceur.

Phoebe détache son regard du mien et se concentre à nouveau sur Maman. Elle répond :

— Tout va bien, Ruby. Je suis heureuse de rester au ranch et de m'occuper des garçons. Il vaut mieux que Lance retourne à Pismo. Mais ne t'inquiète pas, je suis concentrée à cent pour cent sur mon travail.

C'est une déclaration qu'elle n'a pas à faire. Elle a prouvé qu'elle était douée pour ce qu'elle fait. Je lui fais déjà confiance pour mes garçons. Et cette prise de conscience me frappe comme une gifle.

Mes entrailles tremblent. Tout ce que je peux faire, c'est me demander comment une femme a fait pour que je lui confie mes enfants aussi rapidement.

C'est une nounou. C'est normal, me dis-je.

Mais est-ce vraiment le cas ?

Je n'en suis pas sûr. Je n'ai jamais eu de nounou auparavant. Ma famille m'a toujours aidé lorsque ma femme est tombée malade et est décédée.

Maman ne veut pas laisser tomber les problèmes relationnels de Phoebe. Elle poursuit :

— Bien sûr, tu es ici pour accomplir ton travail. Et tu es excellente dans ce domaine. Mais es-tu sûre... Est-ce que Lance va bien aussi ?

Qui en a quelque chose à foutre ? faillis-je lâcher le morceau, mais je réussis à le garder pour moi.

D'une voix joyeuse, Phoebe répond :

— Oui, il va bien. Nous allons nous en sortir.

« Nous allons nous en sortir ». Comme s'ils étaient toujours ensemble.

La panique s'installe, mon cœur s'emballe. Je me déplace sur mon siège.

Phoebe sourit et demande :

— Peut-on changer de sujet maintenant ?

— Bien sûr, ma chérie, répond Maman.

Isabella prend la parole :

— Phoebe, est-ce qu'on peut faire les dindes et les autres décorations aujourd'hui ?

— Bien sûr ! réplique-t-elle.

Le reste du repas est consacré à une conversation joyeuse et à d'autres discussions sur les fêtes de fin d'année. À la fin du petit-déjeuner, Lance est introuvable et il n'est plus question de lui.

Papa revient au corral avec moi, me tape dans le dos et déclare :

— Il était temps que tu admettes que tu avais besoin d'une nounou.

Je gémis, réalisant pour la première fois depuis le petit déjeuner tout ce qui vient de se passer.

10

Phoebe

Le lendemain

L a cuisine des Cartwright bourdonne d'excitation. Ruby, ses filles et Georgia aident à préparer les légumes et la viande pour la fête de la plage.

Après le départ de Lance, j'ai senti qu'on m'avait enlevé un poids de la poitrine. Peu après le petit-déjeuner, Ace a gagné la dernière étoile pour la fête de la plage, alors j'ai proposé que nous la fassions aujourd'hui.

Les enfants sautaient presque de joie. Cela a dû être contagieux, car Alexander m'a surprise en proposant à toute la famille d'y participer, d'autant plus que Ruby et Jacob partent en mission demain matin.

Ma petite fête sur la plage s'est rapidement transformée en un grand événement. En quelques heures, une tente avec des tables, des chaises et un système de sonorisation ont été montés près du lac. Alexander et

Sebastian ont retiré les cendres du foyer et l'ont rallumé pour le dîner au feu de camp que j'avais suggéré d'organiser. Georgia et Paisley sont allées au magasin et ont acheté tous les ingrédients que j'avais demandés. Willow, Evelyn et moi avons passé des heures avec les enfants à trouver ou à créer tout ce dont nous avions besoin pour les jeux et les décorations de la tente.

Georgia demande :

— Phoebe, comment ça marche ? Est-ce qu'on jette tout dans la boîte, ou est-ce qu'il y a un ordre précis ?

— D'abord la viande, puis les légumes, réponds-je. Ensuite, nous versons la bière et l'eau par-dessus. Les épis de maïs iront dans le panier encastrable.

— Compris.

Elle prend la saucisse fumée et l'ajoute. Nous complétons avec les choux vert et violet, les panais, les navets, les radis, les pommes de terre rouges et les carottes arc-en-ciel.

Paisley place le panier à vapeur rempli de maïs à l'intérieur de la boîte et déclare :

— Je n'arrive toujours pas à croire que nous n'ayons jamais entendu parler de cela.

Evelyn réagit :

— Je ne sais pas comment il est possible que Georgia n'en ait jamais entendu parler ! Elle sait toujours tout sur la cuisine.

Georgia rit.

— Pas tout !

— Ouais, c'est vrai, ajoute Ava.

Georgia hausse les épaules.

— Je n'ai jamais fait de camping, mais j'ai hâte de voir ce que ça va donner.

— Tu vas adorer, répliqué-je, nostalgique. Quand j'étais enfant, ma famille avait l'habitude de camper dans les montagnes. Mon père prenait toujours une poubelle en métal et nous la remplissions de toute la nourriture, que nous faisions cuire pendant des heures sur le feu. Je ne l'ai pas fait depuis l'âge de dix ans, mais l'idée m'est venue cette semaine, alors que je réfléchissais à ce que nous pourrions préparer pour la fête de la plage. Lorsque j'en ai parlé aux Cartwright, les enfants ont trouvé ça cool de cuisiner et de manger dans une poubelle, et les adultes se sont tous ralliés à l'idée.

Ruby dit :

— Je vais demander à quelqu'un de venir chercher ce récipient. Elle ouvre la porte arrière et crie : Alexander ! Mason ! Vous pouvez venir m'aider ?

Quelques minutes plus tard, ils entrent dans la cuisine. Alexander saisit une poignée, jette un coup d'œil dans la poubelle et dit :

— Je n'aurais jamais pensé que nous mangerions dans une poubelle.

— Ça va être délicieux ! affirmé-je.

— Je suppose que nous le découvrirons. Il me fait un sourire.

Mes papillons s'envolent. Depuis hier matin, il est plus détendu. C'est un changement agréable par rapport à son air renfrogné habituel, mais à chaque fois qu'il sourit, des papillons font la fête dans mon estomac.

— C'est lourd, dit Mason en grognant.

Alexander se moque :

— Tu veux que je la porte tout seul pour que tu ne te fasses pas mal aux muscles ?

— Ha ha ! ricane Mason, puis il se dirige vers la porte.

Ils sortent, et nous les suivons tous.

Ils placent le bidon sur la remorque qui est accrochée à un quad à deux places.

— Où sont les enfants ? posé-je la question en regardant le ranch.

— Jagger, Sebastian et Papa les ont emmenés au lac à cheval, m'informe Alexander.

— Ah ! Je jette un coup d'œil aux chevaux qui se trouvent à quelques mètres, attachés au poteau de la clôture. Chacun d'entre eux est équipé d'une selle et d'une bride, prêt à être monté.

Depuis le premier jour de mon arrivée, Alexander ne m'a pas poussée à nouveau à monter à cheval, mais je sens toujours que ça va venir.

Il me taquine :

— Ne t'inquiète pas ! Je te laisserai monter dans le quad avec moi.

J'arque les sourcils.

— Tu ne montes pas à cheval ?

Il hausse les épaules.

— Non, il y a beaucoup de choses sur cette remorque, et elle peut être difficile à manœuvrer dans les bois. Il vaut mieux que je ne t'y oblige pas. À moins que tu n'aies de l'expérience dans le transport d'une remorque ? Ses lèvres tressaillent.

Je secoue la tête.

— Non.

Il désigne le siège passager.

— Alors je conduis. Monte !

Je ne discute pas. Je me glisse sur le siège et il fait le tour du véhicule. Mason, Ruby et Willow sautent sur leurs chevaux. Paisley, Ava et Evelyn montent dans l'autre quad.

Nous nous frayons un chemin à travers la zone boisée jusqu'au lac. L'odeur d'Alexander flotte entre nous et je me demande si le jour où elle ne m'enivrera plus arrivera.

Nous passons en trombe devant des arbres. Puis il ralentit et ordonne :

— Accroche-toi, Phoebe ! Il y a des bosses.

J'attrape la barre latérale et il nous guide sur le chemin de terre. Il accélère encore et dirige le quad dans le dernier virage.

Le lac apparaît. Le soleil brille sur l'eau étincelante et le son de la musique country s'intensifie. Les enfants courent le long de la rive, se poursuivent et jouent au chat et à la souris.

— Ta famille sait vraiment comment s'y prendre pour organiser une petite fête, commenté-je, stupéfaite de voir comment les Cartwright ont pu mettre sur pied tout cela en si peu de temps.

Il me lance son sourire éblouissant et s'esclaffe en garant le quad.

— Une chose que nous savons faire, c'est faire la fête.

— J'en ai l'impression, dis-je, avant de descendre du véhicule.

Alexander ajoute :

— De plus, nous sommes au Texas. Notre devise est de faire les choses en grand ou de rentrer à la maison.

Je ris.

— Je ne pense pas que le Texas serait déçu par cette mise en place.

Les autres arrivent derrière nous. Alexander et Mason transportent la poubelle jusqu'à l'emplacement du feu. Ensuite, Alexander prend l'essence à briquet et arrose le bois. Il me tend une boîte d'allumettes.

— Ta fête, à toi l'honneur de mettre le feu !

Je prends les allumettes, j'ouvre la boîte et choisis un bâtonnet. Je le frotte le long de la paroi de la boîte et le jette dans la fosse.

Une flamme jaillit et il saisit une poignée de la boîte métallique. Mason saisit l'autre, et ils la placent sur la grille métallique.

Alexander demande :

— Et maintenant ?

— Maintenant, on va s'amuser, réponds-je, puis je crie : Qui veut jouer au lancer d'anneaux de citrouille ?

— Moi ! Je veux ! hurle Jacob Jr, l'enfant d'Evelyn âgé de cinq ans.

Les autres font l'écho de son excitation, en sautant de joie.

Je me dirige vers la première zone que j'ai installée plus tôt ce matin. Des citrouilles sont posées en quinconce sur le sable. Des panneaux indiquant 10, 25, 50, 75 et 100 se trouvent devant elles. Des cônes et des anneaux en plastique se trouvent derrière la ligne tracée sur le sol.

Les enfants accourent et je leur dis :

— Chacun a droit à dix anneaux. Vous pouvez lancer vos anneaux sur la citrouille de votre choix. Le chiffre devant la citrouille correspond au nombre de points que vous allez gagner. À la fin, vous devez additionner vos points. Celui qui a le plus de points gagne.

Isabella demande :

— Qu'est-ce qu'on gagne ?

Je montre la table de pique-nique.

— Tu pourras choisir ce que tu veux dans la boîte à prix.

Elle rayonne.

— D'accord, je vais gagner.

— C'est ça, rêve ! lance Wilder. Son expression est empreinte de détermination et il ramasse les anneaux rouges.

Elle lève les yeux au ciel.

— Tu verras.

Je ris.

— Soyons gentils les uns envers les autres !

— Bonne chance pour ça ! intervient Alexander en se plaçant à côté de moi et en croisant les bras. L'ombre de son chapeau de cow-boy masque la plupart de ses traits, mais je ne manque pas de voir ses lèvres tressaillir.

— Je veux le rose ! déclare Emma, en s'approchant des anneaux et en prenant l'un d'entre eux.

— Moi, l'orange ! affirme Ace.

— Rouge ! décide Wilder.

Jacob Jr. choisit un anneau vert et Isabella un anneau violet.

Alexander se penche plus près, en baissant la voix.

— Il te reste le jaune et le bleu, mais nous n'avons pas deux autres enfants.

Je hoche la tête et réponds :

— Il vaut mieux que tout le monde ait le choix plutôt que quelqu'un se plaigne de ne pas avoir pu choisir.

— C'est une bonne idée, félicite-t-il.

— Je m'avance et demande aux enfants :

— Vous êtes prêts ?

Ils crient tous :

— Oui !

— Un, deux, trois, lancez ! compté-je.

Les anneaux volent sur la plage. Certains touchent le sable tandis que d'autres visent les citrouilles. Chaque fois que l'un d'entre eux passe, des cris enthousiastes retentissent dans l'air.

Lorsque tous les anneaux ont été lancés, les enfants comptent leurs points et les crient.

Isabella saute de joie.

— J'ai réussi ! J'ai gagné ! Je te l'avais dit, Wilder !

Il hausse les épaules.

— La belle affaire !

Je ris et montre la boîte à prix.

— Bon travail. Vas-y, choisis quelque chose !

— Youpi ! Elle court vers la table et sort une feuille d'autocollants.

— Bon, qui est prêt à jouer au bowling à la pomme de pin ? demandé-je.

— Toujours prêt, déclare Ace, en se plaçant devant l'autre file d'attente et en ramassant les boules de bowling en plastique que j'ai achetées en ville la veille.

— Je suis prêt ! annonce Jacob Jr. s'installant à côté d'Ace.

Alexander s'intéresse :

— Où trouves-tu ces jeux ?

— Tu n'as jamais joué à ça avant ?

Il secoue la tête.

— Non.

— C'est choquant pour moi.

— Pourquoi est-ce choquant ?

Je fais remarquer :

— Ta famille a l'air d'aimer les fêtes.

— Nous aimons les fêtes.

— Alors comment se fait-il que tu n'aies jamais joué à ces jeux-là ? rétorqué-je d'un ton taquin, un peu abasourdie.

Il hausse les épaules.

— Je n'en suis pas sûr.

Willow crie :

— Mark, prépare-toi, vas-y !

Je me tourne à nouveau vers les enfants. Ils lancent les balles vers les pommes de pin.

Wilder est le premier à faire tomber ses pommes de pin. Il lève le poing en l'air en criant :

— Oui !

— D'accord, remettez vos pommes de pin en place ! intimé-je. Nous allons le faire pendant dix minutes et voir combien de fois vous pouvez les faire tomber.

Il fronce les sourcils.

— Quoi ?! Je ne gagne pas ?

Je secoue la tête.

— Non, à moins que tu ne sois le seul à faire tomber le plus grand nombre de pommes de pin. Maintenant, va les remettre en place !

— Bah ! grogne-t-il et se précipite pour installer ses pommes de pin.

Alexander glousse à côté de moi.

— Tu as mis fin à ses rêves.

Je ris.

— Désolée, mais pas désolée ?

Il rit à nouveau et se concentre sur les enfants.

À la fin du jeu avec les pommes de pin, c'est Ace qui remporte le plus de victoires. Il se moque de son frère :

— Tu vois, je t'ai battu !

Wilder réplique :

— Peu importe ! Je fais toujours mieux que toi pour monter à cheval.

— Hey ! Pas le droit de dire ça, lui rappelé-je.

— C'est vrai !

— Tu as envie de travailler dans la grange pendant une semaine ? avertit Alexander.

Wilder ferme rapidement la bouche.

— Il devrait faire sa corvée de grange. Il a enfreint les règles, affirme Ace.

Alexander suggère :

— Je pourrais vous demander de le faire ensemble pour que vous appreniez à ne plus vous disputer.

Ace proteste :

— Non !

J'interviens :

— Concentrons-nous sur la journée de la plage ! Ace, va chercher ton prix !

Il se précipite et sort un *slinky* de la boîte.

Je m'approche de la feuille de plastique blanche. Nous avons passé des heures à y peindre une énorme dinde, ainsi que des points rouges, bleus, jaunes et verts. Je demande :

— Qui veut jouer au Twister de la dinde ?

Les enfants courent tous vers le bord du plastique et les adultes les suivent.

Alexander déclare :

— J'étais le maître du Twister.

J'arque les sourcils.

— Ah oui vraiment ?!

Il acquiesce.

— Ouais ! Je pouvais battre tous mes frères et sœurs.

— Pourquoi ne jouerais-tu pas, alors ?

— Tu veux que je joue ?

— Ouais.

— Les jeux sont pour les enfants.

— Qui a dit que les adultes ne pouvaient pas jouer ?

— Laissons jouer les enfants d'abord, puis les adultes ! propose Evelyn.

Nous sommes d'accord. Après plusieurs jeux et des tonnes de rires, les enfants en ont finalement assez. À un moment donné, tous les enfants gagnent et reçoivent des prix.

Alexander me regarde.

— Prête à voir comment on gagne ?

Je ricane.

— Qui a dit que tu me battrais ?

— Je suppose que nous le découvrirons, dit-il en guise de défi.

Je le taquine :

— Devrais-je avoir peur ?

— On verra bien, raille-t-il. Il enlève son chapeau de cow-boy et le pose sur la table de pique-nique. Il m'attrape par la main et me tire devant le jeu, en ajoutant : Ne vous dégonflez pas, Mlle la Nounou !

Je retiens mon rire. Il ne m'avait jamais appelée ainsi auparavant. Je réalise à quel point j'aime le côté détendu d'Alexander. Il ne me l'a pas montré jusqu'à présent.

Paisley attrape la roue que nous avons fabriquée. Elle la fait tourner en criant :

— Bleu !

Alexander pose son pied gauche sur un point bleu. Je pose mon pied droit sur un point bleu.

Isabella fait tourner. Elle gazouille :

— Rouge !

Nous mettons tous les deux la main sur le rouge.

Les enfants tournent à tour de rôle et annoncent les couleurs jusqu'à ce que nos corps soient tordus et que je me retrouve sous Alexander.

— Tu vas tomber, Nounou, raille-t-il en passant sa main au-dessus de moi et en la déplaçant vers le vert.

— Tu rêves !

— Jaune ! hurle Jacob Jr.

Je bouge ma main, et Alexander déplace sa jambe au-dessus ma poitrine de façon que son corps se retrouve en V au-dessus de moi.

Son tee-shirt tombe vers son cou, révélant ses abdominaux... et une autre surprise.

Mon pouls bat entre mes deux oreilles. Je regarde le tatouage qui s'étend sur le côté droit du V de son torse. Une corde s'enroule entre les lettres s, t, a, l, l, i et o.

C'est quoi ce mot-là ?

— Rouge ! annonce Isabella.

Il bouge sa jambe et je pose mon pied sur une rangée. Je fixe son tatouage, puis je m'écrie :

— *Stallion…* Étalon !

Son corps se crispe, ce qui rend ses abdominaux encore plus attrayants.

— Jaune ! dit Ace.

Nous essayons d'ajuster nos corps, mais nous finissons par tomber. Il atterrit au-dessus de moi, retenant le poids de son corps pour ne pas m'écraser. Son visage et son souffle chaud sont à quelques centimètres du mien. Son expression s'enflamme et son regard se porte sur mes lèvres.

J'inspire vivement.

Il redirige lentement ses yeux vers les miens.

Sors vite de cette situation !

— Tu as tatoué le mot « étalon » sur ton V ?

Son regard enflammé affiche soudain l'horreur et il se crispe à nouveau.

Willow taquine :

— Il ne t'a pas parlé de son tatouage ?

Ava sourit et ajoute :

— C'est sa fierté et sa joie !

Il gémit, puis lance un :

— Tais-toi, Willow !

Ensuite, il se lève avec précaution.

Je me mets debout et répète :

— Tu as tatoué le mot « étalon » sur ton ventre ? C'est ton cheval préféré ?

Les frères et sœurs Cartwright éclatent de rire.

— Ai-je manqué un épisode ou quoi ? questionné-je.

Le visage d'Alexander rougit. Il déclare :

— C'était il y a longtemps. J'étais jeune.

Evelyn intervient :

— Phoebe, as-tu vu la flèche au bout de la corde ?

Il tourne la tête et dit en guise d'avertissement :

— Evelyn !

Je me mords la lèvre, ne quittant pas des yeux un Alexander humilié.

Willow rit et annonce :

— Il prétend que les cavaliers de rodéo sont arrogants, mais il n'a pas le droit de parler.

— Dommage qu'il ne soit pas un aussi grand étalon que moi ! affirme Jagger.

— Ferme-la ! murmure Alexander en serrant la mâchoire.

J'essaie de ne pas rire, mais c'est plus fort que moi. Je pose ma main sur la bouche.

— Tu devrais lui dire comment tu l'as obtenu, ajoute Evelyn.

Sebastian renchérit :

— Ouais, c'était une journée brillante en matière de prise de décision.

Alexander se passe la main sur le visage et gémit.

— Il faut que vous arrêtiez tous. Maintenant.

Ace tente de le protéger en affirmant :

— Il aime les chevaux qui gagnent ! N'est-ce pas, Papa ?

Alexander le regarde rapidement.

— Oui, c'est vrai.

Les adultes ricanent.

Mason insiste :

— Pourquoi ne racontes-tu pas l'histoire à Phoebe ?

— Sérieusement, arrêtez maintenant, ordonne Alexander.

— Oh non, je crois que je dois connaître cette histoire maintenant, dis-je en jetant un nouveau coup d'œil à son torse, même si sa chemise le recouvre. Mes papillons s'agitent plus fort.

— C'est juste un truc stupide que j'ai fait, répond-il.

Mason intervient :

— Il était ivre. Nous étions tous ivres. Ce n'était peut-être pas notre meilleur moment.

Amusée, je m'exclame :

— Oh ? Tu as un tatouage d'étalon avec une corde et des flèches ?

— Bah, ça a l'air si mauvais, pris comme ça ! marmonne Alexander.

Mason hausse les épaules et secoue la tête.

— Non, mes tatouages à moi sont mérités.

Alexander gémit.

— S'il te plaît, ferme-la !

— Les enfants, allez jouer une autre partie de bowling à la pomme de pin ! intime Ruby en montrant du doigt le jeu.

— On a déjà joué à ça, se plaint Emma.

— Oui, jouez à nouveau ! Le gagnant recevra un autre prix.

Ça marche et les enfants se précipitent dessus.

Sebastian insiste :

— Tu pourrais quand même lui raconter. Il vaut mieux que ce soit toi qui le lui dises plutôt que nous.

Le visage d'Alexander devient plus rouge. Il secoue la tête en direction de sa famille.

— Vous ne savez pas quand vous arrêter.

— Oh, allez, mon frère ! Tu es marqué à vie. Sois-en fier ! raille Sebastian, dont le sourire s'élargit encore.

Une nouvelle vague d'embarras envahit l'expression d'Alexander. Il déclare alors :

— Il n'y a rien à dire. Nous sommes sortis. Nous étions jeunes. Nous avons bu. C'était une erreur.

Jagger se moque :

— Oh ? Donc tu admets que tu n'es pas un étalon.

— Vous aimeriez avoir mes compétences, hein ? rétorque Alexander.

Mon sang se réchauffe davantage.

Mason taquine :

— Tu es sûr de ça ? Il y a probablement beaucoup de femmes qui diraient le contraire.

Alexander secoue la tête.

— Il est temps de changer de sujet.

Jagger continue :

— Alors, es-tu ou n'es-tu pas un étalon ?

— Jagger ! réprimande Ruby.

Il lève les mains en l'air.

— Quoi ? Il est juste de lui demander de clarifier cela.

Jacob rit fort et ajoute :

— Si un homme se tatoue cela sur lui-même, autant qu'il soit certain que c'est ce qu'il est.

L'horreur d'Alexander s'amplifie au fur et à mesure que les railleries se poursuivent.

Je décide finalement de l'aider. Je lui dis :

— Je suis contente qu'on ait mis les choses au clair. Je pense qu'il est temps de vérifier le dîner du feu de camp. Alexander, peux-tu m'aider à enlever la boîte en métal du feu ?

— Je t'en prie, dit-il, comme s'il était soulagé d'être tiré d'affaire.

Lorsque nous arrivons au foyer, il enfile des gants, ôte la boîte du feu et ouvre le couvercle.

— Peux-tu sortir le maïs un moment ? demandé-je.

— Bien sûr. Il l'enlève.

Je sors quelques morceaux de nourriture et les étudie, puis j'annonce :

— Il faut encore une heure.

— D'accord. Il couvre la boîte et la remet sur le feu.

Je ne peux pas m'en empêcher et le questionne tranquillement :

— Alors, l'étalon c'est ton grand tatouage secret ?

Il se passe la main sur le visage et gémit à nouveau.

Je ris.

Il se ressaisit et dit :

— Maintenant que tu connais le mien, tu dois me raconter ce que disent les tiens.

— Pas question ! rétorqué-je en faisant semblant de fermer les lèvres et de jeter la clé.

— Ce n'est que justice.

Je ris encore plus fort.

— Non. Ce n'est pas parce que j'ai aperçu le tien par accident que je vais te montrer le mien. Désolée.

— Est-ce qu'ils t'embarrassent ?

Mon visage se décompose.

— Non. Pas du tout.

Il m'observe.

— Alors pourquoi ne me le dis-tu pas ?

Avant que je ne puisse réfléchir à ce que je dis, je m'empresse d'ajouter : — Seuls les chanceux peuvent les voir. Peut-être qu'un jour ta chance viendra.

Il braque son regard enflammé sur moi.

Je me rends compte de ce que j'ai déclaré et de la façon dont cela sonne. Mes joues deviennent aussi chaudes que le feu.

— Vraiment ? questionne-t-il en me fixant d'un regard plein de défi.

J'ouvre la bouche, mais je la ferme, je m'éloigne rapidement et mets de la distance entre nous. Je fais semblant de vérifier la partie de bowling des enfants, mais je ne peux pas m'empêcher de me demander pourquoi j'ai dit quelque chose d'aussi déplacé à mon patron.

Une autre question me taraude.

Est-ce qu'il m'a regardée comme il l'a fait parce qu'il aimait ma suggestion, ou est-ce que tout cela était seulement dans mon imagination ?

Alexander

Phoebe reste assise loin de moi pendant le dîner, me regardant à peine. Dès que j'attire son attention, elle détourne le regard et entame une nouvelle conversation avec l'un des enfants ou mes frères et sœurs.

Je n'arrête pas de penser à la façon dont je pourrais la faire me montrer ses tatouages.

Quels prénoms a-t-elle inscrits sur son corps et pourquoi ?

Pense-t-elle à ces hommes tous les jours lorsqu'elle est nue et qu'elle se trouve devant le miroir ?

Ma bite me fait mal en pensant à elle, toute nue.

Jésus ! Je dois sortir la tête du caniveau.

Nous finissons de manger et la nuit tombe. Les enfants courent dans tous les sens, jouant à « Fantôme dans le cimetière ». J'ajoute des bûches au feu pendant que Phoebe sort d'un sac en toile des boîtes de fruits, du pain, des biscuits, du chocolat et un énorme sac de guimauves.

Je vais jusqu'au quad, attrape les bâtons à rôtir et les moules à tarte en métal et les pose sur la table.

— Le dîner était bon. C'était une bonne idée, la complimenté-je.

Elle me jette un coup d'œil.

— Tu as aimé ?

J'acquiesce.

— Oui. C'était vraiment créatif. Nous devrions en faire un événement annuel.

Elle sourit, mais ensuite son sourire s'efface.

— Peut-être que tu pourras m'inviter chaque année.

L'idée que Phoebe ne soit pas au ranch ne devrait pas me paraître étrange, mais c'est pourtant le cas. Ma poitrine se serre. Tout ce que je peux dire, c'est :

— Bien sûr.

Elle rayonne à nouveau.

— D'accord, alors je l'inscrirai dans mon calendrier chargé.

Je glousse.

Elle ajoute :

— En fait, cela fait longtemps que je n'ai pas fait ça. La dernière fois que ma famille est allée camper, je n'avais que dix ans. Elle s'arrête, comme si elle se souvenait de quelque chose, et son expression devient un peu triste.

— Tout va bien ?

Elle force un sourire et prend un ouvre-boîte. Elle l'appuie sur le couvercle de boite aux cerises et le tourne.

— Oui, tout va bien.

— C'était un souvenir ou quelque chose comme ça ?

Elle hésite.

— Pourquoi me demandes-tu ça ?

— Tu as eu l'air triste pendant un moment. C'était à cause de ton père ?

Même si je sais que ce n'est pas bien de fouiller dans sa vie, je veux savoir ce que Lance voulait dire à propos de l'absence de son père.

Pourquoi n'est-il plus dans l'équation ?

Elle est une bonne personne. Pourquoi ne voudrait-il pas faire partie de sa vie ?

Lui est-il arrivé quelque chose d'horrible ?

Elle ne répond pas tout de suite, se concentrant sur l'ouverture de la boîte.

J'ajoute :

— Désolé, je ne voulais pas être indiscret. Je suis juste curieux de connaître ta famille.

— Vraiment ?

Je hausse les épaules.

— Bien sûr. Tu connais la mienne. Il me semble que je devrais connaître la tienne.

Elle pose la canette ouverte sur le sol, en relâchant un soupir d'anxiété. Puis elle ajoute :

— Ma situation familiale est un peu compliquée.

— Oh ?! m'exclamé-je en espérant qu'elle m'en dise plus. Je ne sais pas pourquoi, mais tout à coup, je veux tout savoir sur elle. Je me dis que c'est parce qu'elle garde mes enfants et que c'est une personne intéressante. Elle est tellement différente de nous ou de toutes les personnes que j'ai rencontrées, et je trouve cela rafraîchissant.

Sa voix est triste lorsqu'elle révèle :

— Ma mère et ma sœur ont eu un accident de voiture.

La chair de poule se répand sur ma peau.

— Je suis désolé de l'apprendre. Elles vont bien maintenant ?

Elle secoue la tête.

— Non, ma sœur est dans un foyer parce qu'elle ne peut pas s'occuper d'elle-même. Elle ne sait plus qui je suis. Et ma mère... Eh bien... Elle détourne le regard.

Je pose ma main sur son bras.

— Je suis désolé.

Elle prend une grande inspiration et se retourne vers moi.

— Ça va. Ça fait un moment. Il m'a fallu beaucoup de temps pour assimiler les choses et m'y habituer.

— Je suis sûr que c'est difficile pour toi.

Elle acquiesce et poursuit :

— Ma mère vit dans une institution psychiatrique. Après l'accident, elle n'a pas supporté la culpabilité. Elle conduisait la voiture. Un an après que ma sœur s'est rétablie, ma mère a fait une dépression si grave que je ne pouvais plus m'occuper d'elle. La dernière fois qu'elle... Phoebe baisse les yeux et cligne rapidement des paupières.

Je me rapproche encore plus, en baissant la voix.

— Je suis désolé.

Ses yeux brillent et elle essaye de faire bonne figure. Elle parle rapidement et déclare :

— C'est l'histoire de ma famille.

— C'est beaucoup à encaisser pour une jeune femme, dis-je.

Elle prend une autre boîte de conserve et y fixe l'ouvre-boîte.

— On n'a pas vraiment le choix quand quelqu'un qu'on aime est malade ou blessé.

— Non, c'est vrai. Et ça craint vraiment. Je ravale la boule dans ma gorge.

Elle se fige, puis se tourne vers moi.

— Je suis désolée. Tes parents m'ont dit ce qui était arrivé à ta femme. Je suis sûre que ça a été dur pour toi.

Mon cœur bat plus fort.

— Disons que c'était une période super merdique !

Son expression change, mais elle n'est pas comme celle des autres. Elle est compatissante, mais je ne vois pas de pitié, ce qui est normalement le cas lorsque les gens apprennent que ma femme est morte. Au contraire, il y a un élément de compréhension dans son silence.

Au bout d'un moment, j'ajoute :

— Je suis vraiment désolé d'apprendre ce qui est arrivé à ta mère et à ta sœur. Mais où est ton père dans tout ça ?

Elle retourne à sa boîte, coupe le couvercle et répond :

— Mes parents ont divorcé quand j'avais onze ans. C'est pourquoi mon dernier voyage en camping remonte à mes dix ans. Mais après l'accident, il a disparu. C'est comme s'il s'était volatilisé.

C'est une réalité insondable pour elle. Je ne peux pas imaginer quitter mes fils, surtout après la mort de leur mère. Phoebe a pratiquement perdu sa mère et sa sœur, alors la disparition de son père est inhumaine pour moi.

Choqué, je lâche :

— Tu n'as donc aucune idée de l'endroit où il se trouve ?

Elle contrôle ses expressions, en gazouillant :

— Ben oui, voilà, c'est mon histoire ! Enfin, tu aimes les tartes aux cerises ou aux pommes ?

Je jette un coup d'œil sur les boîtes de conserve.

— L'une ou l'autre.

Elle penche la tête et me regarde de plus près, me taquinant :

— Pourquoi, Alexander Cartwright, me dis-tu que tu n'as pas de préférence entre la cerise et la pomme ?

Je ris.

— Tu m'as eu. Cerise.

Elle rayonne.

— C'est un bon choix. C'est aussi mon fruit préféré.

— Vraiment ?!

Elle acquiesce.

— Oui, mais il n'y a rien de tel qu'un plat fait maison, n'est-ce pas ?

— Je suis d'accord. Mais on ne peut pas dire qu'on a goûté une tarte avant d'avoir goûté celle de Georgia. Attends la fête de Thanksgiving ! Et c'est dommage que tu n'aies pas été là l'été dernier. Elle a préparé les meilleures tartes qui existent. Elle a même emmené les enfants cueillir les cerises.

Phoebe repousse ses cheveux derrière son oreille et dit :

— Je parie qu'elles étaient bonnes. Elle a beaucoup de talent.

— Oui, c'est vrai. Mais tu as aussi beaucoup de talent.

Ses lèvres s'arrondissent.

— Vraiment ?

— Oui. Tu es formidable avec les enfants et tu es super créative. Bien plus créative que moi.

— Eh bien, tu as été assez créatif pour choisir ton tatouage, réplique-t-elle en guise de taquinerie.

Je gémis et me passe la main sur le visage.

— Je ne vais jamais me débarrasser de ça, n'est-ce pas ?

Elle rit.

— Ce n'est pas grave. Parfois, on fait des choses qu'on aimerait ne pas faire, n'est-ce pas ?

— On parle encore de tes tatouages ?

Elle secoue la tête.

— Non, je suis d'accord avec ce que j'ai tatoué sur mon corps.

— Et qu'est-ce que c'est, déjà ?

Elle agite son doigt.

— Nan, nan, nan ! Je ne te le dirai pas.

— Et si on faisait un pari ?

Elle me regarde, bouche bée.

— Quoi ? posé-je la question.

— Un pari ? Je pense que vous devenez un joueur irresponsable, Alexander Cartwright.

— Pourquoi cela ?

Elle se tourne un peu plus vers moi et répond :

— Parce que tu as perdu notre dernier pari. En fait, tu me dois une faveur.

Je me fige. J'avais oublié ce pari et c'était une erreur stupide. Je ne perds pas souvent quand je joue. Je prends toujours des risques calculés. Mais je dois lui donner raison. Elle a raison. Je lui dois une faveur. Je croise donc les bras et propose :

— Pourquoi ne pas faire un autre pari ?

Elle raille :

— Es-tu en train de devenir un joueur irresponsable ?

— Non, je peux t'assurer que je suis un joueur très responsable, affirmé-je.

Elle se moque.

— Je ne vois pas comment tu peux prétendre cela.

— Crois-moi, c'est le cas !

Elle ne dit mot, se contentant de me fixer.

— Voilà ce que je propose ! Tu peux demander tout ce que tu veux, mais si je gagne, j'obtiendrai deux choses.

— Comme quoi ?

Mon sang se réchauffe, se précipite dans mes veines. Je déclare :

— Je dois voir tes tatouages.

Le rouge monte de son cou et s'étale sur ses joues.

Ma bite se durcit. L'image d'elle et de ce à quoi je pense qu'elle pourrait ressembler nue apparaît dans mon esprit. Je devrais arrêter tout ça avant que ça n'aille plus loin, mais je n'y arrive pas. Elle est rapidement devenue la personne la plus intéressante que je connaisse.

Elle demande :

— Quelle est la deuxième chose ?

— Tu me laisse t'apprendre à monter à cheval.

Ses yeux s'écarquillent.

— On en revient à cette folie des chevaux maintenant ?

Je m'esclaffe.

— Oui. Tu es dans le ranch des Cartwright. C'est un péché de ne pas savoir monter à cheval.

— C'est vrai ?

— Ouais. La pure vérité de Dieu.

Elle soupire.

— Je ne veux pas monter à cheval. C'est effrayant.

— Pourquoi as-tu si peur ? Des tonnes de gens montent à cheval tous les jours, fais-je remarquer.

— Les gens tombent et meurent ou sont paralysés.

Je ricane.

— Tout le monde autour de toi dans ce ranch monte à cheval. Tu n'auras jamais de meilleur professeur que moi. Je te l'assure.

— Oh, je ne doute pas que tu sois un bon professeur. C'est au cheval que je ne fais pas confiance.

Je souris.

— Alors tu me fais confiance ?

Elle se fige et me regarde de plus près.

Mon pouls bat entre mes deux oreilles. Je ne la connais que depuis une semaine, mais je meurs d'envie de l'entendre admettre qu'elle me fait confiance. Je sais qu'elle ne fait pas confiance à cet abruti de Lance.

Elle a un petit ami.

Non, elle en a fini avec lui.

Non, pas encore. Ils ne font que « prendre de l'espace », quoi que cela signifie, me le rappelé-je.

— Je crois que je te fais confiance, avoue-t-elle.

Même si elle a un petit ami, mon ego monte en flèche.

— Bien. Et je ne te mettrais jamais en danger. Je ne te mettrais donc jamais sur un cheval auquel je ne confierais pas mes enfants.

— Tes enfants savent monter à cheval, souligne-t-elle.

— Oui, parce que je leur ai enseigné et que je peux te l'enseigner aussi, fais-je remarquer.

Elle rit nerveusement.

— Tu veux vraiment que j'apprenne, n'est-ce pas ?

J'acquiesce.

— En effet.

— Pourquoi ? s'intéresse-t-elle.

Je hausse les épaules.

— Parce que j'aime ça et que je pense que tu aimeras aussi.

Elle me regarde fixement.

Ma poitrine se serre. Je veux savoir ce qu'elle pense, mais je n'arrive pas à lire dans ses pensées. Je pose finalement la question :

— Alors, qu'est-ce que tu veux si tu gagnes le pari ?

Elle penche la tête.

— Je pensais que tu ne faisais que des paris que tu pouvais gagner.

Je ricane.

— C'est vrai. Mais, allez, fais-moi plaisir !

Elle hausse les épaules.

— Je n'ai pas eu le temps d'y réfléchir.

— Il doit y avoir quelque chose que tu veux.

Elle réfléchit un instant, puis claque des doigts.

— D'accord, je l'ai.

— Que veux-tu ?

— Promets-moi que tu ne te mettras pas en colère.

— Pourquoi me mettrais-je en colère contre toi ?

Elle se mord la lèvre, hésite.

— Vas-y ! Quoi qu'il en soit, tu peux le dire.

— Tu ne vas pas m'en vouloir ? demande-t-elle.

— Non.

— Je ne vais pas t'insulter ?

— Je ne sais pas, c'est le cas ? la taquiné-je.

Elle arque les sourcils et se mord la lèvre plus fort.

— Je plaisantais. Tu ne vas pas m'insulter. Je suis un dur à cuire, précisé-je.

Un autre moment s'écoule.

— Allez, Mlle Nounou ! l'encouragé-je. Vous pouvez me le dire.

Elle cède lentement et dit :

— Si je gagne, nous pourrons peindre ta maison.

Je recule ma tête.

— Peindre ma maison ?!

— Ouais, ajouter de la couleur.

— Tu n'aimes pas ma maison ?

— Je n'ai pas dit ça. Je t'assure que ce n'est pas ce que je voulais dire. J'aime ta maison. Elle est vraiment belle.

Je m'esclaffe.

— D'accord, mais tu veux la repeindre ?

— Oui, un peu de couleur serait bien.

— Donc tu penses qu'elle est ennuyeuse.

Elle grimace et plisse le nez.

— Ça sonne mal comme ça, n'est-ce pas ?

Je glousse.

— Ce n'est pas grave. Je n'ai pas de problème pour repeindre la maison.

Surprise, elle s'exclame :

— Ah non ?!

Je secoue la tête.

— Non. Je ne suis pas vraiment un décorateur et je suis nul pour choisir les couleurs de peinture. Si tu veux redécorer, fais ce que tu veux. Mais pas de murs roses, d'accord ?

Elle fait semblant d'être offensée.

— Qu'as-tu contre le rose ?

Je gémis.

— Le rose pue.

— Non, ce n'est pas vrai.

— Si, c'est vrai. Demande à mes nièces ! C'est ce que je leur dis tout le temps, avoué-je.

Elle rit.

— D'accord. Pas de rose.

— Ok, alors qu'est-ce que tu veux d'autre ?

— Tu veux vraiment que je choisisse deux choses ?

— Oui.

Elle réfléchit quelques instants, puis secoue la tête.

— Je ne peux vraiment pas penser à autre chose, Alexander. Repeindre ta maison est un gros projet, alors ça ne me dérange pas.

— Vraiment ?!

— Ouais.

— Cela ne me semble pas juste.

— Non ?!

— Nan, réponds-je. Je te laisse donc réfléchir à la deuxième chose et tu me le diras plus tard, d'accord ?

— Est-ce juste ? questionne-t-elle.

— Je suis un homme. Je pourrai m'en occuper.

Son expression est empreinte d'amusement. Elle demande finalement :

— D'accord. Alors, sur quoi allons-nous parier ?

Je n'hésite pas. Ça sort de ma bouche avant même que je n'y pense. Et c'est étrange parce que je ne l'avais pas en tête au départ. Je me lance :

— Samedi prochain, il y a une course à l'hippodrome. Nous irons sur place et nous parierons chacun sur le cheval que nous pensons voir gagner.

Elle me regarde comme si j'étais fou, puis déclare :

— Je ne connais rien aux chevaux ni aux paris. Et je n'ai pas d'argent à risquer de perdre.

— Ne t'inquiète pas pour l'argent ! Je te le donnerai, dis-je.

Elle souffle.

— Ce n'est pas juste.

— Ça va. Tu choisis ton cheval et je choisis le mien. Si tu gagnes, tu gardes les gains aussi.

— Et si aucun de nos chevaux ne gagne ?

— Ne t'inquiète pas, mon cheval va gagner ! déclaré-je avec arrogance.

Elle rit.

— Et te revoilà, si sûr de toi !

— Ouais.

Elle penche la tête et demande :

— C'est donc ta version du jeu responsable ?

— Ouais. Alors, tu es partante ?

Elle prend quelques grandes inspirations, puis demande :

— Tu es sûr que je n'aurai pas à verser d'argent ?

— Non. Ne t'inquiète pas ! Je te donnerai mille dollars pour ton pari.

— Mille dollars ?! C'est beaucoup d'argent !

Amusé, j'essaie de ne pas éclater de rire. Je me rends compte qu'elle n'est pas dans la même situation financière que moi. J'aurais peut-être dû dire cent dollars, mais j'ai l'habitude de parier dix-mille dollars. Je décide donc qu'il vaut mieux garder ce détail pour moi.

Ses yeux sont écarquillés par le choc et elle me regarde.

— Donc, partante ?

Elle tend finalement la main.

— D'accord. Pari tenu. Nous nous serrons la main juste au moment où les enfants courent vers nous. Wilder crie :

— C'est l'heure des tartes !

En quelques minutes, toute ma famille nous encercle. Nous passons l'heure suivante à faire des *s'mores* et des tartes au-dessus du feu.

Maman dit :

— Jacob, nous devrions y aller. Nous devons partir demain matin.

Il acquiesce.

— D'accord.

Nous nettoyons et tout le monde disparaît lentement. Evelyn et son mari, ainsi que Sebastian et Georgia, ramènent les enfants à la maison.

Willow annonce :

— Je m'en vais. Je dois me préparer pour mon rendez-vous.

Je gémis.

— Avec quel idiot tu sors ce soir ?

— Ça ne te regarde pas. Elle ricane, puis se tourne vers Phoebe en fronçant les sourcils. Tu es sûre de ne pas vouloir venir ? Je peux demander à mon cavalier d'amener un de ses amis.

Mes tripes se retournent.

N'y va pas !

N'y va pas !

N'y va pas !

Phoebe secoue la tête.

— Non, ça va. Mais merci. Passe une bonne soirée !

Je suis soulagé.

Willow se plaint :

— Bah, tu es une rabat-joie !

— Désolée ! gazouille Phoebe.

— Très bien. Mais un de ces jours, il faudra que tu viennes avec moi et que tu déchires !

— D'accord. On remet ça à plus tard, alors, réplique Phoebe.

Mon estomac se retourne à cette idée.

— Je vais t'accompagner, propose Paisley à Willow.

— D'accord ! Je vais demander à Chase d'amener Tyler.

Paisley s'illumine.

— Génial !

Je gémis.

— Ce sont tous les deux des idiots.

— Non, pas du tout, rétorque Willow.

Jagger demande :

— Mason, es-tu prêt à y aller aussi ?

— Ouais. Dans quel bar allez-vous les filles ? s'intéresse Mason.

Paisley se moque.

— Comme si nous allions vous le dire !

Willow ordonne :

— Arrêtez d'essayer d'interférer avec nos vies personnelles !

— Alors ne nous donnez pas l'occasion de le faire, alors ! déclare Mason.

Je m'esclaffe.

— Amusez-vous bien !

— Nous sommes sérieuses, prévient Paisley.

— Alors, comportez-vous comme il faut ! À plus tard, dit Jagger, et Mason et lui enfourchent leurs chevaux.

Willow, Ava et Paisley prennent un quad et disparaissent.

— Prête ? demandé-je à Phoebe.

— Bien sûr.

Je décroche la remorque avant de monter dans la cabine du conducteur.

— Tu ne retires pas ce que tu as dit ? s'intéresse-t-elle.

— Non, je peux l'avoir demain. Je voudrais te montrer quelque chose, si tu es d'accord ?

— Qu'est-ce que c'est ?

— Je ne te le dirai pas. Tu dois juste le voir.

— D'accord, répond-elle nerveusement.

— Je suis sûr que tu vas adorer, affirmé-je en démarrant le quad et en me penchant près d'elle. Ne t'inquiète pas, tu ne finiras pas retrouvée au fond du lac ou quoi que ce soit du genre !

Elle s'esclaffe.

— Eh bien, je n'ai pas pensé à ce scénario-là.

— Non ?!

Elle plisse les yeux et demande :

— Dois-je m'inquiéter de ce genre de situation ?

Je ricane.

— Non. Accroche-toi !

Elle s'accroche à la barre latérale et nous décollons. La lune est pleine et le lac scintille. Nous nous enfonçons dans les bois, en contournant des arbres et en traversant plusieurs zones accidentées.

— Où m'emmènes-tu ? s'intéresse Phoebe après plusieurs minutes.

— Ici, réponds-je en sortant le quad hors des bois et en le garant. Je mets mes doigts sur les lèvres de Phoebe et murmure : Garde le silence !

Son souffle chaud touche mes doigts et des picotements me parcourent l'échine. Elle lève les yeux vers moi et acquiesce.

Les ouaouarons coassent tout autour du lac et un hibou hulule bruyamment dans le ciel.

J'attrape le pistolet dans le compartiment latéral.

Les yeux de Phoebe s'écarquillent.

Je pose à nouveau mon doigt sur ses lèvres pour lui rappeler de se taire.

Nous restons là quelques instants, jusqu'à ce que les faibles jappements et hurlements des coyotes se fassent plus forts.

Phoebe se rapproche de moi.

Je me retiens d'éclater de rire, passe mon bras autour d'elle et murmure :

— Ne t'inquiète pas ! Contente-toi de regarder !

Elle prend une respiration anxieuse. Puis son regard traverse le champ et revient vers moi.

Je la serre plus fort contre moi et la rassure :

— C'est bon, je ne laisserai rien t'arriver.

Elle s'enfonce davantage contre moi et pose sa tête sur mon épaule.

Une meute de coyotes déboule de l'autre côté de la forêt dans le champ. Ils s'encerclent les uns les autres dans la zone ouverte.

Je garde mon arme à la main, les yeux attentifs à toute menace, et j'observe l'émerveillement de Phoebe aussi attentivement que possible. J'inspire profondément son parfum floral, souhaitant que ma bite cesse de me narguer comme ça.

Les bruits des coyotes s'amplifient et le chef de la meute se détache du cercle. Il entraîne le reste des animaux le long du lac et ils disparaissent tous dans les bois près de la plage.

— Wow ! s'exclame Phoebe alors qu'on entend à peine leurs voix.

— J'ai pensé que cela te plairait, dis-je.

Elle lève les yeux.

— En effet. Ses yeux dérivent vers ma bouche.

Je baisse mon regard sur ses lèvres, mon cœur battant plus fort, et déclare :

— Content d'avoir pu t'amuser. Je me rapproche, et la sonnerie de mon téléphone retentit soudain dans l'air.

Elle se dégage de mon emprise d'un coup sec. Elle rougit et semble plus belle que jamais à la lumière de la lune.

Je reste figé.

Le téléphone continue de sonner.

Elle me dit :

— Tu devrais décrocher.

Qu'est-ce que je suis en train de faire ?

— D'accord. Je sors mon téléphone de ma poche et réponds :

— Salut !

Sebastian s'exclame à l'autre bout du fil :

— Ace a de la fièvre. Tu reviens bientôt ?

J'ai les tripes qui lâchent.

— J'arrive. Je range mon arme dans le compartiment latéral et enclenche la vitesse du quad, quand une vague de déception m'envahit soudain.

12

Phoebe

La pleine lune éclaire le sentier entre les arbres. Alexander y pénètre à toute allure, se faufilant avec aisance sur la piste, m'avertissant de temps à autre : « Tiens bon ! », lorsque nous passons sur des bosses.

Mon pouls ne se calme jamais, et la déception ne s'estompe pas alors qu'une dispute se déroule dans ma tête.

Je voulais qu'il m'embrasse.

Non, je ne voulais pas. Je suis toujours avec Lance.

Le suis-je vraiment ?

Alexander est mon patron.

Et alors ?

Ce n'est pas bien, tout ça.

Alexander sort des bois, traverse la cour et gare le quad à côté du porche.

Nous sautons et nous nous précipitons à l'intérieur.

Sebastian grimace. Sa chemise est mouillée. Il se débarrasse de quelque chose de dégoûtant sur sa poitrine et le jette dans la corbeille à papier.

— Est-ce que c'est ce que je pense ? demande Alexander.

Sebastian fronce le nez.

— Le gamin a dégobé un méchant projectile.

Alexander gémit.

— Oui, il le fait toujours. Il passe en trombe devant Sebastian et se dirige vers la salle de bains.

Georgia se tient près de la porte et déclare :

— Il n'a pas voulu me laisser entrer après avoir vomi. Il est dans la baignoire, mais il dit que je ne peux pas le voir tout nu. Un petit air amusé illumine son visage.

— Merci, Georgia, dit Alexander en ouvrant la porte. Hé, mon pote ! Qu'est-ce qui se passe ?

Sebastian se plaint :

— Georgia, peux-tu venir ici et essayer de m'enlever ça avant que je ne gerbe ?

Elle me jette un coup d'œil, cache son sourire et étouffe un rire. Elle s'approche de lui.

Je m'inquiète :

— Pourquoi est-il tombé malade ? Il avait l'air d'aller bien toute la journée.

Sebastian hausse les épaules.

— Ta supposition est aussi bonne que la mienne. Il a peut-être trop mangé. Mais c'est de moi qu'il faut s'inquiéter. Georgia, s'il te plaît ! Il tend la serviette, détourne le visage et émet un bruit de dégoût.

Elle lève les yeux au ciel et secoue la tête.

— Bon sang, Sebastian ! Depuis quand es-tu devenu la reine du drame ? Tu ne vas pas en mourir.

Je ne peux pas m'en empêcher et pose ma main sur la bouche pour m'empêcher de ricaner.

Il arque les sourcils vers moi.

— Tu trouves ça drôle, Phoebe ?

— Désolée. Ce n'est pas drôle qu'Ace soit malade, mais bon, ça...

— Il n'y a rien de drôle là-dedans. Il fronce à nouveau les sourcils.

Georgia ordonne :

— Tourne-toi !

Il se retourne.

Elle fait rouler le bas de sa chemise et lui intime :

— Baisse-toi un peu !

Il obéit, en se plaignant :

— C'est dégoûtant, s'il te plaît, ne m'en mets pas sur le visage !

Elle fait passer le dos de sa chemise par-dessus sa tête et se place devant lui. Elle fronce le devant et le fait glisser avec précaution sur ses bras.

— Dieu merci ! Allons-y ! J'ai besoin d'une douche, annonce-t-il en se dirigeant vers la porte.

— Heureusement que nous n'avons pas encore de bébé. Je serais toute seule à gérer ça, fait remarquer Georgia en levant les yeux au ciel.

Il affirme :

— Tu peux être de corvée « maladie » et je m'occupe du reste.

Elle grogne.

— Bien sûr ! Elle lui donne une tape sur les fesses et ordonne : Vas-y !
Au revoir, Phoebe ! Elle me sourit.

— À plus tard, Phoebe ! lance-t-il.

Je lui fais signe.

— Bye ! À plus tard !

Ils sortent par la porte. Je vais dans la chambre de Wilder. La porte est
entrouverte, j'y glisse la tête.

Il est allongé sur son lit, les mains sous la tête, fixant le plafond.

Je frappe.

Il jette un coup d'œil.

Je le taquine :

— Tu manques tout ce qui se passe là-bas.

Il fronce le visage et affirme :

— Je ne veux rien avoir à faire avec ça. C'était dégoûtant. Tu as vu
oncle Sebastian ?

Je garde un visage impassible et réponds :

— Oui, mais ça va aller. Il va prendre une douche. Tu te sens malade ?
Je m'assois sur le bord du lit à côté de lui, étudiant son visage à moitié
rougi.

Il affirme :

— Non ! Je vais bien. Pourquoi Ace est-il tombé malade ? Il allait bien
toute la journée.

Je hausse les épaules.

— Je n'en suis pas sûre. J'imagine qu'il n'est pas souvent malade ?

Wilder secoue la tête.

— Non, aucun d'entre nous n'est malade, surtout pas Papa. Tout le monde dans le ranch peut tomber malade, mais Papa jamais. Il a le système immunitaire d'un vautour.

Amusée, je répète :

— Un vautour ?!

Une expression sérieuse apparaît sur le visage de Wilder.

— Ils ne tombent jamais malades et mangent toutes les carcasses d'animaux en décomposition.

— Beurk ! C'est à mon tour de froncer le nez.

Wilder rit.

— C'est vrai.

Je touche son front. Il est normal, mais je demande quand même :

— Et tu es sûr que tu te sens bien ?

— Oui, mais je ne m'approcherai pas d'Ace.

— C'est une bonne idée. Au moins jusqu'à ce qu'il aille mieux, ajouté-je.

Wilder se redresse.

— C'était une fête amusante aujourd'hui.

Je rayonne.

— C'est vrai, n'est-ce pas ?

— Ouais. Est-ce qu'on peut avoir plus de fêtes sur la plage ?

— Bien sûr. Mais il semble que nous ayons beaucoup de fêtes de fin d'année à venir.

L'excitation disparaît de sa voix.

— C'est vrai.

— Pourquoi n'as-tu pas l'air enthousiaste à leur sujet ?

Il réfléchit à ma question, puis s'empresse de répondre :

— J'aime simplement faire de nouvelles choses. Tout ce que nous faisons est une tradition.

— Tu n'aimes pas les traditions ?

Il réfléchit encore un moment.

— Je ne dirais pas que je ne les aime pas, mais je pense que les nouvelles choses sont plus amusantes. Alors est-ce qu'on peut faire des choses différentes ?

— Comme quoi ?

— Je ne sais pas. C'est toi qui es la plus créative, et aujourd'hui, c'était vraiment amusant, affirme-t-il.

Mon cœur s'emballe.

— Je suis contente que tu aies passé un bon moment. Je me suis amusée, moi aussi.

Ses yeux s'illuminent.

— D'accord, alors on peut faire autre chose de spécial pour les fêtes ? Quelque chose qu'on ne ferait pas normalement ?

— Je vais devoir réfléchir à quelque chose.

— Oui, fais ça ! Tu es créative, déclare-t-il à nouveau.

Je lui fais remarquer :

— Toi aussi, tu es créatif.

— Non. Je ne suis pas comme toi. Je suis plutôt comme mon papa.

La vision du visage d'Alexander se rapprochant du mien et de son bras m'attirant près de lui défile devant moi. Son odeur me brûle les narines, comme s'il se tenait juste à côté de moi.

Wilder insiste :

— Donc, pourrons-nous faire quelque chose de différent ?

Je m'arrache de mes pensées.

— Je vais essayer de trouver un nouveau projet pour nous.

— Une chose amusante ?

— Ben ouais quoi ! réponds-je dramatiquement.

Wilder sourit et lève le bras en l'air.

— Génial !

— Phoebe ! appelle Alexander.

Je me lève.

— Le devoir m'appelle. Couche-toi !

Wilder grogne.

— D'accord. Il se glisse dans le lit.

Je tire les couvertures sur lui, puis je me penche sur lui et lui ébouriffe les cheveux.

— Bonne nuit !

— Bonne nuit, Phoebe !

J'arrive à la porte.

Il appelle :

— Phoebe !

Je me retourne vers lui.

— Oui ?

— Je suis vraiment content que tu sois là.

Mon cœur se gonfle.

— Merci. Je suis vraiment contente d'être là aussi.

— Bonne nuit !

— Bonne nuit, mon chéri ! J'éteins la lumière, je sors et ferme la porte.

Alexander sort de la salle de bains.

— Tout va bien ? m'inquiété-je.

Son expression est empreinte d'inquiétude.

— Ace a vomi de nouveau. Peux-tu aller dans ma chambre et dans l'armoire de la salle de bains ? Il y a une trousse de premiers soins avec un thermomètre. Je suis inquiet de sa fièvre.

Une nouvelle peur m'envahit.

— Bien sûr.

Je fais ce qu'il me demande et entre dans sa chambre.

C'est la première fois que j'entre dans sa chambre. Elle est comme le reste de la maison : des murs neutres, sans aucune couleur. Ça me frappe comme c'est triste.

Les Cartwright sont une famille tellement amusante, et la maison principale n'est pas ennuyeuse, mais quelque chose dans le fait que la maison d'Alexander n'ait pas de couleur, surtout quand il a deux garçons géniaux qui y vivent, me semble déprimant.

Je me dirige vers sa salle de bains et trouve la trousse de premiers soins. Je la sors et la pose sur la table. Je prends le thermomètre et le rapporte à Alexander.

Je frappe à la porte de la salle de bains, et un instant plus tard, Alexander l'ouvre. Ace est enveloppé d'une serviette. Son visage est tout rouge.

Je me précipite à l'intérieur et m'accroupis pour me trouver au niveau des yeux d'Ace. Je lui dis doucement :

— Oh, tu ne te sens pas bien, mon chéri ?

Il secoue la tête, puis passe ses bras autour de moi, se blottissant dans la courbe de mon cou. Il marmonne :

— Je me sens mal.

Je l'entoure de mes bras.

— Je suis désolée.

Alexander prévient :

— Ace, fais attention ! Nous ne voulons pas que Phoebe tombe malade.

— Ça va aller.

— Pas si tu tombes malade, affirme-t-il.

— Je ne tomberai pas malade.

Il grogne.

— Comment le sais-tu ?

— Je suis rarement malade.

Il arque les sourcils.

— Moi aussi, c'est pareil.

— Wilder me l'a dit. Mais ne t'inquiète pas pour moi ! J'ai enseigné à beaucoup d'enfants. Mon système immunitaire est fort.

— Mmm, marmonne-t-il, puis il me prend le thermomètre. Tiens, Ace, ouvre et garde ça sous la langue !

Ace reste collé à moi et tourne la tête vers son père.

Alexander allume le thermomètre et le glisse dans sa bouche. Il ne faut pas longtemps pour que le thermomètre émette un bip. Il le retire et annonce : — 38,6°C.

— Ce n'est pas trop horrible, dis-je.

Alexander acquiesce.

— Je garderai un œil sur lui ce soir. Ace, allons te mettre au lit !

— Est-ce que Phoebe peut me mettre au lit aussi ? demande Ace, ses yeux bleus brillent.

— Bien sûr. Je peux venir.

— Bien. Il me serre plus fort dans ses bras, et mon cœur se brise presque.

— Je suis vraiment désolée que tu sois malade, lui dis-je en lui frottant le dos. Viens, on va te mettre au lit !

Nous l'installons dans sa chambre, puis je sors pour qu'Alexander l'aide à s'habiller en pyjama, et lorsqu'ils ont terminé, je retourne à l'intérieur. J'apporte une tasse d'eau, en disant :

— Prends une petite gorgée si tu veux.

Ace secoue la tête.

— Je ne pense pas que je puisse me retenir.

— D'accord, je le laisse ici au cas où tu te réveillerais au milieu de la nuit et que tu en aurais besoin. Je pose le verre sur la table de nuit.

Ace se glisse dans son lit.

Alexander déclare :

— Pourquoi n'essayes-tu pas de dormir un peu ? Je reviendrai te voir dans un petit moment. Il se penche et embrasse le front d'Ace. Puis il se relève et me regarde d'un air inquiet.

J'ébouriffe les cheveux d'Ace comme je l'ai fait pour Wilder.

— Repose-toi un peu !

Il ferme les yeux et nous quittons la pièce.

Nous laissons la porte entrouverte et Alexander va à la cuisine. Il prend le savon et ordonne :

— Tends les mains !

Je fais ce qu'on me dit et il met de la mousse dessus. Nous nous lavons les mains à l'évier, puis il va au réfrigérateur. Il prend deux bouteilles d'eau et m'en tend une, en disant :

— Eh bien, c'était une tournure inattendue des événements !

— J'espère que ce n'est qu'un ennui de vingt-quatre heures, répliqué-je.

— Je suis sûr que ce n'est que cela. En général, mes enfants se remettent assez vite, affirme-t-il.

— Wilder m'a dit que tu n'étais jamais malade.

Alexander acquiesce.

— C'est vrai. Je n'ai pas été malade depuis mon enfance.

— Vraiment ? Wow !

— J'espère que tu ne tomberas pas malade, dit-il avec une réelle inquiétude dans la voix.

— Ne t'inquiète pas, cela n'arrivera pas ! insisté-je et je m'assois sur un tabouret de bar.

Il tire celui qui se trouve à côté de moi et prend place également. Il m'étudie un instant.

Les papillons s'affolent dans mon estomac et la chaleur remonte le long de mon cou jusqu'à mes joues.

Il prononce lentement :

— C'était une journée sympa. Son regard se pose sur mes lèvres, puis revient rapidement vers mes yeux.

Mes palpitations me donnent le vertige.

J'ai imaginé ça.

Non, je ne l'ai pas imaginé.

Mais si.

Il s'éclaircit la voix et commence :

— Alors, de toute façon...

Une sonnerie stridente lui coupe la parole.

Je sursaute et réalise que c'est mon téléphone. Je plonge la main dans ma poche et réponds sans regarder.

— Allô ?

La voix tonitruante de Lance demande :

— Es-tu prête à rentrer à la maison ?

Je me rends bien compte qu'il a bu. Je ferme les yeux et relâche un soupir de frustration.

— Alors ?

Je me lève, pose le téléphone sur ma poitrine et je dis :

— Je reviens tout de suite.

Les yeux d'Alexander s'assombrissent.

Je vais dans ma chambre et ferme la porte. Je commence par dire :

— Lance...

— Pourquoi ne veux-tu plus de moi, Phoebe ? gémit-il, me coupant la parole.

La culpabilité m'envahit.

— Lance... répété-je.

Il me coupe à nouveau, accusateur :

— Admets-le ! Tu joues à des jeux...

— Lance, appelle-moi quand tu seras sobre ! Je n'ai pas envie d'être harcelée ! répliqué-je.

— Harcelée ? raille-t-il. T'appeler, c'est te harceler maintenant ?

— M'appeler quand tu es ivre et faire des insinuations c'est me harceler, oui.

— Des insinuations ? Qu'est-ce que j'insinue ? rétorque-t-il.

Je m'assieds sur le lit et ferme les yeux. Mon cœur s'accélère, mais ce n'est plus de l'anticipation ou de l'excitation. C'est de l'agacement.

Il poursuit avec plus de dédain dans sa voix.

— Alors, qu'as-tu fait avec les Cartwright ?

— Je ne veux pas avoir cette conversation avec toi en ce moment, réponds-je.

— Ah non ? Alors quand vas-tu daigner me parler ? Tu ne veux pas que je sois là avec toi. Tu dis qu'on est toujours ensemble, mais c'est loin d'être le cas, et puis je t'appelle et tu ne veux même pas me parler, accuse-t-il.

Je grimace. Tout ce qu'il dit est vrai. Je ne peux pas le nier, mais ça semble pire que ce que je ressens dans ma tête.

Lance baisse la voix et adopte un ton plus doux.

— Je ne te manque pas du tout ?

Un autre tiraillement se fait sentir dans mon cœur, se mêlant à ma colère. Je n'ai pas pensé à lui depuis qu'il est parti. Et nous ne nous sommes pas quittés en bons termes.

Il demande :

— Quel est l'intérêt de faire une pause si je ne te manque même pas
?

— Tu me manques, prétends-je, même si au fond de moi, je sais que
c'est un mensonge. Je sais qu'il ne m'a pas manqué.

C'est parce que je suis très occupée.

Non, ce n'est pas ça.

Si.

— C'est vrai Phoebe ? demande-t-il plus doucement, enflammant
encore plus la culpabilité.

— Oui, bien sûr, le rassuré-je.

— Alors parle avec moi ! Si tu ne m'as jamais aimé, parle-moi ! S'il te
plaît.

J'inspire profondément. Le désespoir dans sa voix est quelque chose
de nouveau. Je ne sais pas comment gérer ça.

Il continue :

— Dis-moi ce que tu as fait toute la soirée !

— Nous avons fait la fête sur la plage.

— Ce n'était pas trop froid pour se baigner ? s'intéresse-t-il.

— Si, mais nous n'avons pas nagé. Nous avons cuisiné au feu de camp
et les enfants ont joué à des jeux.

— Et tu t'es amusée ?

— Oui.

— C'est bien, dit-il, et pendant un bref instant, je me souviens du
Lance que j'ai rencontré pour la première fois.

— Qu'as-tu...

— Lance ! crie une femme au moment où une musique forte envahit la ligne.

Il déclare en vitesse, d'une voix normale :

— Ok, Phoebe, je dois y aller. Je voulais juste prendre des nouvelles.

— Je te manque tellement que tu ne m'as appelée seulement pour parler jusqu'à ce que ta fête commence ? accusé-je.

Il gémit.

— Et voilà que tu recommences à dramatiser ! On se parle plus tard. Au revoir ! Il raccroche.

Je fixe le téléphone, puis je fais les cent pas dans la pièce, en essayant de me calmer. Mais je n'y arrive pas. Je pose la main sur la poignée de la porte, puis m'arrête.

Je suis trop en colère pour quitter la pièce. Je dois d'abord me calmer. Je vais donc m'asseoir sur mon lit et essaye les techniques que mon instructeur m'a enseignées en cours de méditation.

Au bout d'une minute, ça ne marche pas. Alors je me repositionne sur le lit et ferme les yeux en respirant profondément. En un rien de temps, je m'endors.

Lorsque j'ouvre les yeux, les chiffres lumineux du réveil m'indiquent qu'il est cinq heures du matin.

Je me redresse rapidement. J'ai laissé Alexander tout seul toute la nuit pendant qu'Ace était malade. Je quitte ma chambre pour aller le voir, mais j'entends un gémissement dans la chambre d'Alexander. J'entre prudemment et j'appelle :

— Alexander !

La lumière de la salle de bains est allumée. Un bruit de vomi emplit l'air.

Je me précipite vers la porte et me fige à l'entrée.

Le visage d'Alexander est au-dessus des toilettes. Il finit de vomir, puis s'adosse au mur. Il s'essuie la bouche.

Je me précipite vers lui et m'accroupis.

— Oh mon Dieu ! Tu es malade.

Ses yeux injectés de sang fixent les miens. Il déclare faiblement :

— Ça ira.

Je pose ma main sur son front.

— Tu es brûlant.

— Je vais m'en sortir, insiste-t-il.

Je mets la douche en marche.

— Entre sous la douche. Essaie de te rafraîchir ! Je sors de la salle de bains pour aller chercher le thermomètre. Puis je retourne dans la chambre et m'arrête sur le seuil de la porte.

Le contour de son dos est à peine visible à travers le verre dépoli.

Mon cœur s'accélère.

Il s'appuie sur le mur avec ses avant-bras, la tête appuyée dessus.

Arrête de regarder !

J'appelle :

— J'ai le thermomètre. Je reviendrai quand tu auras fini ta douche.

Il ne répond pas.

Je vais voir Ace, mais il a l'air d'aller bien, il dort paisiblement. Je touche son front, et je suis presque sûre que sa fièvre a baissé. Le rouge qu'il avait tout à l'heure a quitté ses joues.

Puis je vérifie que Wilder va bien. Il a l'air d'aller bien aussi.

Je trouve un flacon de pilules anti-fièvre, j'attends dix minutes, puis rentre dans la chambre d'Alexander. Il est assis sur le côté du matelas, en caleçon.

Mon pouls monte en flèche. Je me force à détacher mes yeux de son tatouage et je dis :

— Tu es blême.

— Je m'en sortirai, répète-t-il.

— Non, ça ne va pas ! insisté-je et je lui tends le thermomètre. J'appuie sur le bouton, en ordonnant : Ouvre !

Il obéit et je glisse le thermomètre dans sa bouche.

Dès qu'il émet un bip, je le sors, le lis et m'inquiète :

— Il est à 39,1 !

— Ça va aller, répète-t-il faiblement.

— Je devrais peut-être t'emmener à l'hôpital.

Il me regarde comme si j'étais folle.

— Non, ça va aller.

— Mais tu es malade. Cette fièvre est dangereuse.

— Phoebe, ça va aller, affirme-t-il sévèrement.

Je le fixe un instant, ne sachant que faire.

Il adoucit son ton.

— J'ai juste besoin de me reposer.

— D'accord. Mais si ça empire, je t'emmène à l'hôpital.

Il grogne :

— D'accord.

Je tire les couvertures et il se glisse dans le lit. Je le recouvre d'un drap en précisant :

— Je ne mettrai pas le reste des couvertures tant que ta fièvre ne sera pas tombée.

— C'est bien. J'ai trop chaud.

Je vais dans la salle de bains, y trouve un gant de toilette et fais couler de l'eau glacée dessus. Je le plie en revenant à son chevet. Je le place sur sa nuque.

— Ne devrait-il pas être sur mon front ? s'intéresse-t-il.

Je secoue la tête.

— Non. Tu veux que la fièvre *s'éloigne de* ton cerveau, pas qu'*elle le traverse*.

Il arque les sourcils.

— C'est vrai, dis-je.

Une petite courbe se dessine sur ses lèvres.

— D'accord, si tu le dis.

J'agite un flacon de pilules et j'ordonne :

— Tu devrais prendre ça pour faire baisser ta fièvre. Je vais te chercher de l'eau.

Il ne proteste pas.

Je vais dans la cuisine, remplis le verre et le lui apporte. Je lui donne un comprimé et porte l'eau à ses lèvres.

Il l'avale et ferme les yeux.

— Merci.

J'hésite, puis je dis :

— De rien. Je reviendrai dans un petit moment pour voir si ta fièvre a baissé, d'accord ?

Il marmonne :

— Ça va aller.

— Je sais. Mais je reviendrai dans un petit moment, répété-je, quittant la chambre et faisant les cent pas pendant une demi-heure jusqu'à ce qu'il soit temps d'aller les voir, lui et les garçons.

13

Alexander

Une semaine plus tard

Ce qu'avait Ace m'a cloué sur place comme la peste. Je ne me souviens pas d'avoir été aussi malade, même quand j'étais enfant. Cela fait une semaine. Hier, j'espérais pouvoir me remettre au travail et me débarrasser de ce qui restait de cette saloperie, mais je n'ai tenu que deux heures. Ensuite, j'ai carrément eu l'impression que la mort était à ma porte. Je pouvais à peine tenir debout, alors j'ai fini par céder et je suis retourné dans ma chambre pour me reposer.

Phoebe a été extraordinaire en s'occupant des enfants et de moi. Chaque jour, ils me surprennent avec des cartes de vœux ou des dessins qu'ils ont faits, des fleurs en papier et d'autres travaux manuels. Elle s'est chargée d'autres tâches que celles d'une nounou, comme la lessive et la cuisine. Je me sens mal à l'aise qu'elle soit obligée de prendre en charge ces tâches-là, et je n'arrête pas de m'excuser, mais elle me fait toujours signe qu'il n'y a pas de problèmes.

Je n'ai pas l'habitude de me sentir aussi impuissant. Lorsque je me suis réveillé aujourd'hui en me sentant enfin plein d'énergie, j'ai été soulagé. En plus, c'est le jour de la course. Je n'ai pas oublié notre pari ni le temps que nous avons passé seuls sur le quad.

L'odeur des crêpes et du bacon flotte dans l'air. Mon estomac gargouille. C'est la première fois que j'ai faim de la semaine.

Je sors du lit, m'habille rapidement et rejoins les autres dans la cuisine.

Ace s'exclame :

— Papa, tu es debout !

— Tu vas mieux maintenant ? s'intéresse Wilder.

Phoebe retourne une crêpe et tourne la tête. Son beau sourire se dessine sur ses lèvres.

— Tu as l'air d'aller beaucoup mieux.

— Je me sens beaucoup mieux. Je me sers une tasse de café et je demande : Tu en veux ?

Elle jette un coup d'œil à sa tasse, puis dit :

— Ça va. Mais je ne sais toujours pas comment tu fais pour le boire noir.

— Les vrais hommes boivent du café noir, grogné-je.

Son expression est empreinte d'amusement.

— Les hommes ont tous les mêmes papilles gustatives ?

Je m'esclaffe.

— Les vrais hommes, oui. Je bois une autre gorgée et le liquide chaud glisse dans mon estomac.

Elle demande :

— Tu veux un petit-déjeuner ?

J'acquiesce.

— Oui, je suis affamé.

— Bien. Tu dois te sentir mieux, alors ? Elle prend une assiette et y ajoute du bacon, des œufs et des crêpes. Elle me la tend.

— Merci. Je me sens à nouveau normal. Je pose l'assiette sur la table et la pointe du doigt, en ajoutant : S'il te plaît, assieds-toi et mange ! Tu as tout fait toute la semaine.

Elle remplit une autre assiette et me la tend en souriant.

— D'accord.

Je tire la chaise et elle s'assoit. Je prends celle qui se trouve à côté d'elle.

Wilder demande :

— Papa, est-ce qu'on va faire quelque chose de cool ce soir ?

— Tante Evelyn vient avec les filles. Vous allez rester dans la maison principale ce soir.

— Pourquoi restons-nous là-bas ? intervient Ace.

— Phoebe et moi allons aux courses, leur annoncé-je.

Elle demande :

— On y va toujours ?

— Ouais, je me sens bien. Pourquoi ne pas le faire ? Sauf si tu n'es pas d'humeur à y aller, la provoqué-je.

Elle ricane.

— Ne t'inquiète pas, je ne te décevrai pas ! Mais ne viens pas pleurer si je gagne !

— Qu'est-ce que tu gagnes, Phoebe ? demande Ace.

Elle me jette un coup d'œil.

Je dis aux garçons :

— Nous avons tous les deux des idées différentes sur le cheval qui va gagner.

— Oh, sur qui vas-tu parier alors ? s'intéresse Wilder en se tournant vers Phoebe.

— Euh... euh...

J'interviens, réalisant qu'elle ne connaît pas le nom des chevaux :

— Les garçons, sur lequel pensez-vous que Phoebe va parier ?

Wilder et Ace s'écrient en même temps :

— *Sweetie Pie* !

Je secoue la tête en arrière.

— *Sweetie Pie* ? Pourquoi pensez-vous que *Sweetie Pie* va gagner ?

— Trop facile ! Elle va tout déchirer ce soir ! proclame Ace.

Wilder confirme :

— Ouais, elle a très bien couru. Elle a battu *Tycoon* toute la semaine.

— Pas possible, rétorqué-je, ayant du mal à le croire.

Je parie toujours sur *Tycoon*. C'est notre poule aux œufs d'or, il a gagné plus de courses que je ne peux en compter. J'ai entraîné *Sweetie Pie* de la même manière que *Tycoon*, mais elle est encore jeune et ne l'a jamais battu auparavant.

— Papa, *Sweetie Pie* va gagner, affirme Ace avec confiance.

— Tu penses que c'est le cas, hein ? demandé-je, en prenant une bouchée des crêpes. Le sirop au beurre éclate sur ma langue et je gémis. C'est tellement bon !

— C'est parce que tu as à peine mangé la semaine dernière, réagit Phoebe.

— Peut-être que tu es tout simplement une bonne cuisinière, répliqué-je avant de faire un clin d'œil.

Elle rit.

— Peut-être que j'ai récupéré quelques talents de Georgia.

— Ah, ce serait le rêve de tout homme ! Une femme qui pourrait cuisiner comme Georgia et faire de l'art comme toi, la taquiné-je.

Le rouge remonte le long de son cou jusqu'à ses joues et je réalise ce que je viens de dire. J'ajoute rapidement :

— Au sens figuré…

— D'accord. Elle boit une gorgée de café et se tourne vers les garçons. Donc, *Sweetie Pie* emporte mon pari !

— Oui ! s'écrie Wilder, le poing en l'air.

— *Tycoon* va tomber ce soir ! s'exclame Ace.

Je m'esclaffe.

— Doucement. Tu as toujours aimé *Tycoon*.

— Mais *Sweetie Pie* va gagner, insiste Ace.

— Oui, sans aucun doute, affirme Wilder, qui enfourne une nouvelle bouchée de nourriture dans sa bouche.

— Je pense que *Tycoon* vous prouvera à tous que vous avez tort, déclaré-je, confiant en ses capacités. Je trempe le bacon dans mon jaune d'œuf, puis j'en croque la moitié.

Les garçons se lèvent, apportent leurs assiettes à l'évier et les lavent.

Je me rapproche de Phoebe.

— Qu'as-tu fait à mes fils ?

Ses lèvres se contractent. Elle murmure :

— Ils gagnent des étoiles d'or.

— Ah ! Et que gagnent-ils maintenant ?

Elle hausse les épaules et avoue :

— Je leur ai dit que c'était une surprise. Elle jette un coup d'œil aux garçons, puis chuchote : Je dois trouver une solution. Son souffle chaud touche mon oreille, et des décharges électriques me parcourent l'échine.

Elle s'assoit, met son doigt sur ses lèvres et sourit.

La pièce s'illumine. Mon cœur s'accélère dans ma poitrine. Je ne sais pas ce qui m'arrive, mais à chaque fois qu'elle est entrée dans ma chambre cette semaine, j'ai senti quelque chose dans mes tripes. Je ne sais pas ce que c'est. J'essaie de repousser ça. Après tout, c'est la nounou de mes enfants et elle est bien plus jeune que moi.

Ma défunte femme et moi avions le même âge. Mais Phoebe a dix ans de moins que moi.

Je suis sûr qu'elle pense que je suis trop vieux pour elle.

Nous n'avons probablement rien en commun.

Pourquoi ai-je ces pensées-là ?!

Bon sang, il faut que je me ressaisisse !

Je me lève, place mon assiette dans l'eau savonneuse, puis j'attrape mon chapeau de cow-boy sur le crochet.

— Au travail ! m'écrié-je.

— Tu es sûr que ça va aller aujourd'hui ? s'intéresse Phoebe, le visage rempli d'inquiétude.

— Oui. Sois prête à partir vers cinq heures ce soir ! D'accord ?

Elle me fait un petit salut.

— À vos ordres, monsieur !

Je glousse et sors. Je respire profondément l'air frais.

C'est un vrai jour de novembre. L'air est vif, mais le soleil est là. Le vent s'est levé, mais je m'en réjouis. J'ai passé tellement de temps dans ma chambre cette semaine que j'ai cru que les murs allaient se refermer sur moi.

Durant les minutes qui suivent, je me consacre à mes tâches, essayant de rattraper le retard que j'ai accumulé. Ensuite, je passe plusieurs heures au corral, où je m'occupe des chevaux avec mes frères.

Mason déclare :

— Tu as rebondi rapidement par rapport à hier.

— Je me sens beaucoup mieux.

— Eh bien, on dirait que tu étais entre de bonnes mains ! Ses lèvres se tordent.

Mes tripes se retournent. Le visage de Phoebe apparaît dans mon esprit et mon sang se met à s'échauffer. Je le réprimande :

— Ne te fais pas d'idées !

Il s'esclaffe et se met à crier sur l'un des dresseurs.

— Tu ne te penches pas assez ! Allez, tu sais faire mieux que ça !

La journée passe vite mais aussi lentement. J'ai hâte d'aller aux courses ce soir. Je me dis que c'est uniquement pour le plaisir de voir mes chevaux concourir, mais c'est un mensonge. J'ai hâte de passer plus de temps seul avec Phoebe. C'est bien quand il n'y a que nous deux.

Nous deux.

L'idée que Phoebe et moi soyons ensemble me choque. Je ne sais pas pourquoi je pense à tout cela. Je continue à me rappeler qu'elle est la nounou de mes enfants et que ce n'est qu'un pari amical.

Je glousse en pensant à l'envie que j'ai de repeindre la maison. Toute la semaine, allongée dans mon lit, je n'ai pas pu m'empêcher de fixer les murs ternes, souhaitant qu'ils aient un peu plus de couleur. Je me disais que c'était parce que j'étais coincé à l'intérieur, mais tout avait l'air aussi nase que je me sentais.

À quatre heures et demie, je cueille une douzaine de fleurs dans le jardin et rentre dans la maison. Je les arrange dans un vase et me dirige vers le hall d'entrée.

Phoebe sort de la salle de bains, une serviette enroulée autour de son corps. Le D et le A encrés sur sa poitrine brillent sur sa peau humide.

Mon pouls bat entre mes deux oreilles.

Elle jette un coup d'œil aux fleurs.

— Elles sont magnifiques.

— Elles sont pour toi.

Ses yeux s'écarquillent.

— Oh ?!

Mon angoisse se resserre dans ma poitrine et je reste soudain sans voix. Mon regard se porte à nouveau sur son tatouage.

Elle demande prudemment :

— Elles sont vraiment pour moi ?

Pourquoi n'ai-je pas réfléchi à ce qu'il fallait lui dire ?

Je détache mon regard de sa poitrine.

Elle me regarde, interrogative.

J'acquiesce.

— Oui. J'ai pensé que tu voudrais un peu de couleur dans ta chambre.

Elle sourit et me les prend.

— Merci. Elles sont magnifiques.

Je jette un coup d'œil à son tatouage et m'empresse de demander :

— Est-ce que tu vas me dire ce qui est tatoué ?

Elle étouffe un rire.

— Non. Je t'avais dit qu'il ne resterait plus de mystère, alors.

Je secoue la tête mais je souris, à moitié agacé, à moitié amusé. J'ajoute : — Bon, il faut que je prenne une douche. On peut partir un peu plus tôt, si tu es prête ?

— Bien sûr. Je n'ai besoin que de cinq minutes supplémentaires. Je dois juste m'habiller.

Ou tu peux enlever cette serviette.

Pourquoi est-ce que je pense à ces choses-là ?

— Ça me paraît bien. Je ne serai pas trop long. Je passe devant elle et vais dans ma chambre. Je prends une douche, m'asperge de l'eau de Cologne, ce que je ne fais normalement pas quand je travaille, puis me fige soudain.

Pourquoi est-ce que j'agis comme si j'allais à un rendez-vous ?

Il s'agit d'un rendez-vous.

Non, pas du tout.

Je vais dans mon dressing et enfile un jean que je ne porte que lorsque je vais dans des endroits plus chics. Je rentre mon tee-shirt et attache la boucle de ma ceinture. Lorsque j'ai terminé, je sors dans le salon et m'arrête net.

Phoebe est au téléphone. Elle déclare :

— Je ne parlerai plus de ça.

Je recule discrètement dans le couloir et me colle dos au mur. Je ne devrais pas écouter sa conversation, mais je ne peux pas m'en empêcher.

Sa voix se fait de plus en plus frustrée.

— J'en ai déjà parlé avec toi. Mais tu ne m'écoutes pas.

M. Connard.

Que faut-il pour qu'elle se rende compte que ce garçon ne vaut pas une seconde de son temps ? Elle n'a rien à voir avec lui.

Mes tripes se retournent. Je déteste qu'elle lui parle encore.

Pourquoi lui parle-t-elle encore ?

Je jette un coup d'œil prudent au-delà du mur.

Elle se passe la main sur la nuque en regardant par la fenêtre. Elle finit par déclarer :

— Je suis occupée. Je te parlerai plus tard. Elle raccroche et soupire.

Je recule la tête, mon cœur s'accélérant. J'attends dix secondes, puis j'appelle en entrant dans le salon :

— Prête ?

Elle se tourne vers moi et force un sourire.

— Oui.

— Quelque chose ne va pas ? demandé-je, en me rapprochant.

Elle sourit davantage et secoue la tête.

— Non, tout va bien. J'ai hâte d'y aller, et j'ai hâte de gagner.

Je m'esclaffe.

— Très bien, alors. Sortons d'ici ! Je me dirige vers la porte et l'ouvre. Je lui fais signe de passer en disant : Les dames d'abord !

Son sourire reste sur son visage tandis qu'elle sort. Je pose ma main sur le bas de son dos et la conduis jusqu'à la voiture, en ouvrant sa portière.

Elle monte et je ferme la portière derrière elle.

Je fais le tour et me glisse dans le siège du conducteur. Je démarre le pick-up. Les haut-parleurs diffusent de la musique country.

— Bah ! Je baisse le volume. Désolé pour ça !

Elle éclate de rire.

— C'est bon.

— Sais-tu qui était dans mon pick-up la dernière fois ? posé-je la question.

Elle hésite, puis grimace.

— Je crois que c'était Jagger. Il a dû le déplacer pour une raison ou une autre.

— Euh... Je note mentalement qu'il faut que je parle à mon frère. Jagger aime sortir mon pick-up sans raison, et je l'engueule à chaque fois qu'il le fait.

Pendant tout le trajet, les nerfs dansent dans mon ventre. Nous parlons peu jusqu'à ce que nous arrivions à l'hippodrome. Je sors du pick-up, en fais le tour pour ouvrir sa portière et j'attrape sa main dès qu'elle sort. Je la dirige vers la zone des paris et la taquine :

— Tu es sûre que tu veux *Sweetie Pie* ? Je me sens un peu mal à l'idée de te battre et de détruire tous tes rêves en un instant.

— Oh non, ça n'arrivera pas ! C'est ma jument, et je m'en tiens à elle.

— C'est assez juste.

Je relâche sa main et sors mon portefeuille. Je sais déjà qu'il contient deux mille dollars. Je les dépose devant le bookmaker en disant :

— Mille sur *Tycoon* et mille sur *Sweetie Pie*.

Phoebe gigote à côté de moi. Elle a l'air mal à l'aise.

Je lui murmure à l'oreille :

— Arrête de t'inquiéter pour l'argent ! Tout va bien.

Elle laisse échapper un soupir anxieux. Elle relève lentement la tête, sa bouche n'est plus qu'à quelques centimètres de la mienne. Elle souffle :

— D'accord.

— Amusons-nous ! lui dis-je en la regardant dans les yeux.

Elle lève le menton et redresse les épaules.

— Tu as raison.

— Bien sûr que j'ai raison. Tu l'apprendras un jour. Je lui fais un clin d'œil.

Elle rit. Le bookmaker nous donne nos tickets, et je lui remets celui de *Sweetie Pie* en lui conseillant :

— Garde-le ! Si tu perds et qu'un miracle se produit et que tu gagnes – ce qui n'arrivera pas parce que *Tycoon* va gagner – tu en auras besoin de pour encaisser ton gain.

Elle lève les yeux au ciel.

— Tu es tellement confiant, mais l'arrogance ne fera pas avancer ton cheval plus vite.

— Nous verrons cela. Je connais mes chevaux. Mais je suis intrigué par le fait que mes deux garçons pensent que *Sweetie Pie* va gagner, avoué-je.

Tycoon ne sort pas toujours tout ce qu'il a pendant les entraînements, mais cela ne me dérange pas. Il le garde pour les jours de course. Je suis sûr qu'il est accro à l'adrénaline. Et je lui ai appris à connaître son rôle, alors je ne m'inquiète pas.

Phoebe demande :

— As-tu une couleur en tête ?

— Une couleur ? répété-je.

— Ouais. Pour ta chambre.

— Non. Je ne suis pas doué pour les couleurs. Je t'ai dit que c'est toi qui es la créative. C'est à toi de décider.

— Vraiment ? J'ai donc carte blanche si je gagne ?

— Ouais, tu auras les coudées franches. Je me penche plus près d'elle. Mais n'oublie pas que c'est mon cheval qui gagnera, pas le tien !

— Nous verrons bien. Elle me regarde dans les yeux.

J'attrape à nouveau sa main et la conduis à travers l'hippodrome jusqu'à la loge que possède ma famille. À l'intérieur, il y a un grand choix de nourriture, y compris des entrées, des plats principaux, des desserts et un bar complet.

— Que veux-tu boire ? m'intéressé-je.

— Une bière, c'est bien, répond-elle.

— Tu bois toujours de la bière ? Rien d'autre ? demandé-je.

Elle réfléchit à la question, puis avoue :

— Non. En général, je prends des martinis, des cosmos ou des margaritas. Lance n'aime pas que je boive de la bière.

Je me crispe.

— Sérieusement ?

Elle grimace.

— Est-ce que je viens de l'admettre à voix haute ? Je ne pense pas y avoir déjà pensé.

— Tu te rends compte que c'est vraiment n'importe quoi ? insisté-je.

Elle attend une minute, puis confirme :

— Ouais, en effet.

— Alors, que veut Phoebe ?

Elle jette un coup d'œil au bar plein à craquer, puis revient vers moi.

— Je veux juste une bière.

Je m'esclaffe.

— D'accord, va pour la bière !

Je nous apporte deux bouteilles, puis je la conduis jusqu'à la grande fenêtre qui donne sur la piste. Je tends ma bouteille.

— Que le meilleur cheval gagne !

— Ce sera *Sweetie Pie*, dit-elle en trinquant avec moi.

— Ne sois pas si sûre de toi !

— Oh, ne t'inquiète pas, je ne le suis pas ! Mais c'est amusant. Surtout que ce n'est pas mon argent que je perds, même si je m'en veux encore.

— Ne t'en veux pas !

— Pourtant... J'ai l'impression que ce n'est pas bien de risquer son argent durement gagné. Non pas que je vais perdre, corrige-t-elle.

Je grogne, prends une gorgée de ma bière, j'avale, puis ajoute :

— Ne parlons plus d'argent ! D'accord ?

Elle expire profondément.

— D'accord.

Je commence à lui expliquer les choses puisqu'elle n'est jamais allée aux courses. Je lui dis comment ça marche, puis le speaker annonce que c'est l'heure de la course.

Les chevaux s'alignent.

— Oh, c'est tellement excitant ! s'exclame Phoebe en se penchant plus près et en tapotant sa main sur sa cuisse.

Je l'attrape, en raillant :

— Tu n'es pas un peu nerveuse à l'idée d'avoir fait le mauvais pari, n'est-ce pas ?

Elle ricane.

— Non. Mange la poussière de *Sweetie Pie*, Alexander !

Je raille, puis je relâche sa main et la cloche retentit. Les chevaux décollent.

Nous nous approchons de la vitre. Les chevaux volent autour de la piste. Les cris de la foule s'amplifient.

J'ai l'habitude de ces courses, mais ce soir, tout est différent. Tycoon court bien, mais *Sweetie Pie* est juste derrière lui. Comme ce sont tous les deux des chevaux de Cartwright, cela me fait plaisir, mais je n'ai pas l'habitude d'être surpris pendant les courses. Comme je l'ai dit, je ne prends généralement que des risques calculés lorsque je parie. De plus, je connais bien mes chevaux.

Mais aussi rapide que soit la course, il devient évident qu'Ace et Wilder ont un excellent sens pour évaluer les chevaux. *Sweetie Pie* et *Tycoon* sont soudain au coude à coude.

Phoebe s'écrie :

— Allez, *Sweetie Pie* ! Vas-y !

Je détache mes yeux de la piste pour observer son excitation et sa joie, et cela me rend heureux.

— Allez, allez, allez ! Vas-y ! Encore un peu ! exhorte-t-elle.

Je jette un coup d'œil en arrière et m'exclame :

— *Tycoon*, bouge-toi ! crié-je, soudain inquiet qu'il ne gagne pas.

Sweetie Pie et *Tycoon* prennent le dernier virage, maintenant le rythme, laissant les autres chevaux loin derrière eux. À environ un mètre cinquante de la ligne d'arrivée, *Sweetie Pie* fait une petite lancée et franchit la ligne avec une tête de cheval d'avance sur *Tycoon*.

— Oui ! Oh mon Dieu ! Oui ! Oui ! Oui ! hurle Phoebe en applaudissant à tout rompre. Puis elle me surprend en sautant et en m'entourant de ses bras, en criant :

— Elle a gagné !

Je glisse mon bras autour d'elle, saisis sa fesse et plante mon autre paume à l'arrière de sa tête. Avant qu'elle ne puisse se dégager ou que je puisse y penser, je presse mes lèvres sur les siennes.

14

Phoebe

L e monde bascule et mes genoux se dérobent. Alexander me maintient collée à son corps chaud et musclé. Sa langue prend le contrôle de la mienne, me privant de mon souffle.

Mon sang s'enflamme, se transformant en une bouffée d'ivresse. Je glisse mes doigts sur son cou et dans les douces mèches de cheveux qui s'échappent de sous son chapeau de cow-boy.

Toute sa paume est plaquée sur l'arrière de ma tête. Son pouce passe derrière mon oreille, créant une vague de picotements qui éclate à son contact.

Un violent frisson me secoue jusqu'à ce que je tremble si fort que je suis sûre que s'il ne me retenait pas, je m'écroulerais au sol. Au lieu de me lâcher, il me serre plus fort contre lui.

Son érection se durcit contre mon ventre au point de faire palpiter ma chatte. Il me presse doucement les fesses.

Je gémis, fermant les yeux, me soumettant au rythme qu'il décide de jouer avec ma langue.

Il approfondit notre baiser, puis murmure contre mes lèvres :

— Gentille fille ! m'assaillant d'une nouvelle bouffée de désir.

Je me noie dans la foule qui nous entoure, perdue en lui, dévorée par sa domination, pressée contre lui, et j'en redemande.

Il recule d'un centimètre. J'essaie de me rapprocher, mais il me retient. J'ouvre les yeux et découvre ses yeux bleus, sombres et enflammés, qui m'étudient comme s'ils cherchaient quelque chose, mais je ne sais pas ce que c'est.

Je déglutis, tentant de reprendre mon souffle.

Il me donne un petit baiser sur les lèvres.

— Allons chercher tes gains ! Il me tourne, saisit la courbe de ma taille, me gardant près de lui, et me dirige vers la porte.

Il y a un monde fou à l'extérieur de la suite. Alexander nous fait traverser la foule, remerciant ceux qui le félicitent pour la victoire de *Sweetie Pie*, sans jamais s'arrêter pour converser davantage.

Nous arrivons au guichet du bookmaker, et il me dit :

— Donne-leur ton ticket, Pheebs !

Pheebs.

Mes palpitations s'intensifient à tel point que j'ai à nouveau des vertiges.

— Le ticket ? répète Alexander, m'arrachant de ma rêverie.

Troublée, je plonge la main dans ma poche et le sort, glissant le papier sous la vitre.

L'homme le lit et déclare :

— Félicitations ! C'est un bon pari.

— La chance de la débutante, taquine Alexander, avant de me faire un clin d'œil.

— Sept à deux, annonce l'homme en ramassant une pile de billets de cent dollars. Il les pose sur le comptoir en comptant à haute voix.

Je regarde Alexander interrogative.

Il explique :

— Pour deux mises sur *Sweetie Pie*, tu obtiens sept fois ce montant. Soit 4,50 dollars pour chaque dollar misé.

Je fais le calcul dans ma tête, puis je m'exclame :

— Ça fait 4 500 dollars !

Son expression est empreinte d'amusement.

— Ouais.

Je le regarde bouche bée.

Il ajoute :

— Dommage que ce ne soit pas du dix contre un ! Tu aurais eu onze fois au lieu de quatre fois et demie.

L'homme intervient :

— 4 500 dollars. Voulez-vous une enveloppe ?

Encore sous le choc, je balbutie :

— Euh... Oui, s'il vous plaît.

Il glisse la liasse de billets dans une enveloppe qu'il me tend.

— Bien joué !

Je le fixe.

Alexander s'esclaffe.

— Tu es censée prendre tes gains et t'enfuir, Pheebs.

J'attrape l'argent et le lui tend.

— C'est ton argent.

Il grogne.

— Pas question. Un pari, c'est un pari. Mets-le dans ton sac à main où il est en sécurité !

J'ouvre la bouche, mais il pose son doigt dessus. Des picotements réapparaissent, parcourant ma colonne vertébrale.

Il fait un signe de tête vers la foule et précise :

— Il y a une file d'attente derrière nous. Ce n'est pas l'endroit pour se disputer. Range ça, et nous pourrons sortir d'ici !

— Oh ! Désolée. Je glisse l'enveloppe dans mon sac à main.

Il reprend le contrôle, me protège et me fait passer à travers la frénésie des gens et me fait sortir par le portail.

Ce soir, il fait le plus froid de toute l'année et le vent hurle autour de nous. Je respire profondément, accueillant l'air frais, mes cheveux passant sur mon visage.

Alexander se place de l'autre côté de moi et passe son bras autour de mon épaule, me protégeant ainsi des bourrasques. Il me conduit rapidement à sa place de parking VIP et ouvre la portière côté passager.

J'attrape la barre et me hisse dans le pick-up.

Il ferme la portière et se dépêche de faire le tour du véhicule, puis se glisse à l'intérieur. Il met le moteur en marche et demande :

— Prête à rentrer ou veux-tu faire un tour en ville ?

Je ricane.

— Pourquoi, Alexander Cartwright, sortez-vous en ville vraiment pour vous amuser ?

— De temps en temps, répond-il en raillant, puis son visage se décompose. D'un ton sérieux, il demande : Est-ce que je t'ai donné l'impression d'être un ringard ?

— Euh... non. Je ne te décrirai pas comme ça...

— Mais comment... ? Il arque les sourcils.

Je me mords la lèvre, puis grimace.

Il gémit.

— Oui, tu penses que je suis un ringard.

Je ris doucement.

— Non ! Tu es juste sérieux. Mais tu as beaucoup de responsabilités, ajouté-je rapidement.

Il me fixe un instant.

— Je ne voulais pas dire ça méchamment, précisé-je en posant ma main sur la sienne.

Il la prend, en embrasse le dos, puis la relâche.

— C'est réglé. On va en ville. Il met le pick-up en marche.

J'applaudis.

— Youpi ! Où est-ce qu'on va ?

Il me jette un coup d'œil alors qu'il franchit les portails.

— Eh bien, Pheebs, cela dépend de toi.

— De moi ?

— Tu veux aller dans un bon vieux bar texan ou l'une des nouvelles boîtes de nuit branchées ?

Je pose la question :

— Les boîtes de nuit, c'est ton truc ?

Il garde une expression neutre.

— Je peux y aller.

— Mais tu n'aimes pas ça, n'est-ce pas ?

— Ce n'est pas mon premier choix, mais je peux y faire bonne figure, affirme-t-il, avant de poser sa main sur ma cuisse.

Je mets mon bras sur la console et me penche plus près.

— Es-tu un danseur de l'ombre ?

— C'est quoi ça ?

— Tu sais, quelqu'un qui surprend tout le monde et qui devient fou sur la techno ?

— La techno me donne mal à la tête, ricane-t-il.

— Même chose pour moi.

— C'est bien. Nous allons rayer la techno de la liste.

— Marché conclu. Donc es-tu amateur de hip-hop ?

Ses lèvres tressaillent.

— Je suis plutôt country ou hard-rock, mais je peux m'accommoder avec du hip-hop.

— Vraiment ?

— Sache que je suis un être humain très polyvalent.

Je lui donne une légère tape sur l'épaule.

— Ben ouais alors ! Je le savais déjà.

Sa voix redevient sérieuse.

— Tu le savais ? Il croise mon regard.

Mon visage se décompose. Je m'aligne sur son ton.

— Oui. Bien sûr.

Quelque chose passe dans son expression. Je pense que c'est du soulagement, mais je n'en suis pas sûre. Il se concentre à nouveau sur la route.

Je me rassieds mieux sur mon siège.

Il affirme :

— Choisis ton poison, Pheebs ! Tu veux vivre à la texane ou traîner comme à L.A. ?

Je penche la tête.

— L.A. ?!

Il hausse les épaules, ricanant.

— Ouais, il y a des tonnes de clubs comme à L.A.

Je gémis.

— Je ne suis pas une grande fan de L.A.

— Ah non ?

Je secoue la tête.

— Non ! Tu veux apprendre un autre secret ?

— S'il te plaît. Crache le morceau !

J'hésite, puis j'avoue :

— Les clubs, ce n'est pas vraiment mon truc.

Il s'emporte de façon dramatique.

— Ce n'est pas très californien de ta part !

Je me passe la main sur le visage et je gémis.

— Ne le dis à personne !

Il s'esclaffe.

— Ton secret est bien gardé. Mais heureusement que tu as dit ça, parce que j'irais bien me donner en spectacle dans un club si tu le voulais, mais je préférerais sortir dans un style texan.

Je penche la tête, je le regarde de plus près, je le défie :

— Tu irais si je le voulais, même si tu ne veux pas être là-bas ?

Il capte mon regard, puis affirme :

— Oui.

Toutes les fois où j'ai voulu aller dans une galerie d'art ou essayer un nouveau restaurant me reviennent en mémoire. Lance n'allait jamais nulle part où *il* ne voulait pas aller. Je devais toujours y aller seule ou avec des amis.

— Ai-je dit quelque chose de mal ? demande Alexander.

Je respire profondément et secoue la tête.

— Non.

Il serre ma cuisse, puis la relâche. Il saisit le volant et s'engage dans un parking.

— Alors allons-y, déchirons-le à la texane ! Il gare le pick-up, éteint le moteur et saute du véhicule. Il se dirige vers l'avant.

Je jette un coup d'œil à l'enseigne rose en néon qui indique *Boots*. De la musique country s'échappe du bâtiment. Une ligne se dessine autour des murs de briques.

Alexander ouvre ma portière. Il me tend la main.

— Prête à passer la nuit de ta vie ?

— Peux-tu me le garantir ? répliqué-je.

— Je ne suis pas du genre ringard, affirme-t-il.

Je prends sa main et descends.

— Je t'ai dit que ce n'était pas ce que je pensais.

Il s'esclaffe.

— Viens, Pheebs ! Il reprend sa position protectrice et me guide vers le bâtiment. Au lieu d'aller à l'arrière de la file d'attente, il s'avance devant le videur.

— Alexander ! Ça faisait longtemps, salue un homme énorme avec des tatouages sur tout le cou, en lui tendant la main.

Alexander tape dans sa main et répond :

— Ouais. Très occupé au ranch. Content de te voir, Matt.

Matt me jette un coup d'œil, puis revient vers Alexander :

— Et qui est-ce ?

Alexander me rapproche de lui.

— Voici Phoebe ! Phoebe, Matt.

— Enchanté, Phoebe, réplique Matt.

— Moi aussi, dis-je.

Matt décroche la corde noire et recule.

— Amusez-vous bien !

— Merci, mec, lance Alexander, et Matt lui donne une tape dans le dos alors que nous passons devant la file d'attente et entrons dans le bar.

Le bruit s'amplifie. L'énergie bourdonne autour de nous. Il y a un groupe qui joue en direct et qui termine la mélodie en cours en entamant une chanson rock. La piste de danse est remplie et il n'y a plus un seul siège vide dans la salle.

Alexander se faufile dans la foule et crie :

— Carter !

Un homme d'une vingtaine d'années, avec un bras tatoué, de grosses boucles d'oreilles et une chaîne en or, regarde la scène. Il sourit et se penche sur le bar. Il place ses deux mains entre deux personnes et crie : — Écartez-vous !

Les gens obéissent.

Alexander nous fait avancer en me gardant devant lui. Il hurle :

— Bière ou autre chose ?

— Bière, réponds-je.

Il lève deux doigts et pose l'argent.

Carter remplit deux pintes et les pose. Il tape dans la main d'Alexander, me fait un signe de tête, puis ramasse l'argent.

Alexander me tend une bière et prend l'autre. Puis il me guide vers une table haute ronde où se tiennent une petite brune et un homme trapu. Il pose son verre.

Leurs yeux s'illuminent. L'homme lance :

— Où te cachais-tu ?

Alexander répond :

— J'ai eu beaucoup de travail. Katie, c'est bon de te voir.

— Moi aussi, je suis contente ! rayonne-t-elle.

— Katie, Dean, voici Phoebe ! me présente Alexander. Ses doigts caressent mon dos.

Katie pose sa main sur mon bras.

— Enchantée de te rencontrer !

— Moi aussi.

— Phoebe ! lance Dean faisant un signe de tête.

Je lui souris et bois une gorgée de bière.

Alexander avale une gorgée de sa propre bière, puis me précise :

— Nous sommes allés à l'école tous les trois, ensemble.

Katie se penche près de moi. Ses yeux bruns pétillent et elle me taquine : — Oui, je sais tout sur Alexander, tous les ragots.

Je ris.

— Eh bien, vas-y je t'écoute !

— Et sur ce, je pense que nous allons reposer nos verres une minute, déclare Alexander, prenant une autre grande gorgée avant de m'attraper la main. Il nous fait traverser la foule jusqu'à ce que nous soyons sur la piste de danse.

Le groupe passe à une chanson rock bien connue des années 70, et le bar éclate en acclamations et en chants.

Alexander me fait tourner sur la piste de danse, me surprenant encore davantage.

Ce n'est pas un bon danseur, c'est un super danseur. Il me guide sur plusieurs chansons, si bien que je n'ai plus l'impression d'être aussi maladroite que d'habitude. Pour autant que je me rappelle, j'évite à tout prix les pistes de danse, mais nous dansons sur plusieurs chansons et je ne ressens aucune gêne.

Le chanteur du groupe déclare :

— Nous allons ralentir maintenant.

Alexander n'en démord pas et me rapproche de lui. L'atmosphère devient plus silencieuse et les lumières s'assombrissent. Mon corps se moule au sien et j'appuie ma joue sur son torse. Son cœur bat contre mon oreille et j'ai des papillons qui s'envolent dans l'estomac.

L'odeur aphrodisiaque du musc, de la sueur et de tout ce qui vient d'Alexander se répand autour de nous, se mélangeant à l'odeur de la bière et s'intensifiant sous l'effet de la chaleur. Je m'y plonge plus profondément, fermant les yeux, me fondant dans ce qui est tout le contraire de tout ce que j'ai connu jusqu'à présent.

Une autre chanson commence, et Alexander me tient dans ses bras, se balançant au rythme de la musique. Quand la musique redevient entrainante, il demande :

— On prend une boisson fraîche ?

J'acquiesce, et avant même de m'en rendre compte, nous voilà avec deux boissons fraîches dans les mains. Il me fait traverser le bar, sortir par la porte de derrière et entrer dans un petit patio.

Des guirlandes lumineuses brillent au-dessus de nous et des lampes chauffantes clignotent dans les coins. Il n'y a que deux tables, l'une avec des sièges et l'autre debout. Trois personnes sont assises sur les chaises et discutent.

Nous posons nos bières sur l'autre table.

Alexander déclare :

— On est bien ici.

— C'est vrai. Je bois une grande gorgée.

Le vent se lève et mes cheveux volent sur mon visage.

— Oh là ! Il se place de l'autre côté, me protégeant de la bourrasque.

— Merci ! Ce vent est féroce !

— De rien, réplique-t-il, avant de glisser un doigt sur ma joue et de rabattre une mèche de mes cheveux derrière mon oreille. Il fixe de ses yeux bleus les miens avant de les baisser vers mes lèvres.

Mon cœur s'accélère. Je suis presque sûre qu'il y a une piscine qui trempe ma culotte.

— Excusez-moi ! dit un homme.

Je détourne mon regard tandis qu'Alexander me rapproche du mur.

Les convives se lèvent et je le quitte des yeux. Ils ouvrent la porte pour retourner à l'intérieur, et la musique résonne autour de nous.

Les trois personnes disparaissent et la porte claque. Je me retourne, et le regard intense d'Alexander se pose à nouveau sur moi.

Cette fois, je romps le regard et jette un coup d'œil à ses lèvres. L'adrénaline se répand dans mes veines. J'inspire profondément, puis je croise lentement son regard.

Il me plaque de façon que mon dos se retrouve contre le mur de briques, glisse sa main dans mes cheveux et abaisse son visage vers le mien. Il s'arrête à quelques centimètres de ma bouche et son souffle chaud me chatouille le menton.

Ma poitrine se soulève et s'abaisse plus rapidement. J'ouvre la bouche, mais rien n'en sort.

Sa mâchoire se resserre. Il presse son corps contre le mien, pose sa paume sur ma joue et caresse mon menton avec son pouce. Des flammes bleues scintillent dans ses yeux, devenant de plus en plus chaudes à chaque seconde où il me regarde.

La musique retentit autour de nous. Des voix s'élèvent dans le patio.

Alexander tourne la tête. Une foule ivre remplit le minuscule patio.

— Excusez-moi ! crie une femme.

Son expression est empreinte d'agacement. Il se rapproche de moi pour qu'elle puisse passer, puis demande :

— Veux-tu retourner à l'intérieur ou es-tu prête à rentrer à la maison ?

— La maison, c'est bien, réponds-je, déçue d'avoir été interrompue et ne souhaitant rien d'autre que d'être seule avec Alexander.

Il ne perd pas de temps, me conduit dans le bar, se faufile dans la foule et m'amène en toute sécurité jusqu'au pick-up. Il m'ouvre la portière, je monte et il se précipite du côté du conducteur.

Nous ne disons rien sur le chemin du retour. Il garde sa paume sur ma cuisse. La musique country résonne à faible volume dans l'habitacle, et mes papillons palpitent plus fort encore à chaque seconde qui nous rapproche du ranch.

15

Alexander

Les lumières de Thanksgiving illuminent tout le pourtour du ranch, nous souhaitant la bienvenue. Je franchis le portail, ma bite dure et douloureuse comme jamais auparavant. La musique country diffusée par la radio du pick-up est à peine audible. Le parfum floral de Phoebe m'enivre, faisant des ravages dans mes veines au point que je me sens à moitié délirant.

Je me gare devant la maison, descends et fais le tour du véhicule. J'ouvre la portière et mon cœur cogne plus fort contre ma poitrine.

Les yeux de Phoebe sont remplis d'une sauvagerie que j'ai vue le premier jour où je l'ai rencontrée. Il y a quelque chose d'autre qui s'y mêle.

Je l'aide à descendre et ferme la portière. Je l'observe de plus près et me rends compte qu'elle est un peu tendue.

Je ne réfléchis pas, je réagis. Je la plaque contre le pick-up et lui soulève le menton.

— Hey !

— Hey ! répond-elle doucement, ses yeux brillant sous la lumière de la lune.

— Je crois que j'ai oublié quelque chose au bar.

Elle arque les sourcils.

— Oh ? Est-ce qu'on doit y retourner ?

— Non. Je passe mon pouce sur ses lèvres et je dis : C'est juste là.

Ses lèvres se contractent. Elle inspire profondément.

Je baisse la tête et glisse ma langue dans sa bouche tandis qu'une rafale de vent hurle autour de nous. Je m'enroule davantage autour d'elle, et mon sang devient si chaud que je sens à peine l'assaut de l'air glacial.

Sa langue plonge plus profondément contre la mienne. Elle glisse ses mains autour de mon cou, le caressant comme auparavant. Elle émet un gémissement.

Ce soir, avec elle, je me sens vivant. C'est comme si j'étais mort jusqu'alors et qu'elle m'avait exhumé de la tombe.

Je recule, interrompant notre baiser, restant à un centimètre de son visage, murmurant :

— Je suis content d'avoir récupéré ça.

Elle sourit, ses yeux bleus plus lumineux que jamais, sa peau éclatante, et des mèches de cheveux magenta qui s'envolent autour de son visage angélique.

Je lui donne une bise sur le front, puis je m'avance pour la protéger du vent. Je glisse mon bras autour d'elle et l'entraîne dans la maison.

La cheminée répand un éclairage paisible. Quelqu'un du ranch a dû venir et l'allumer, ce qui n'est pas anormal quand je ne suis pas à la maison. Je laisse la lumière éteinte et demande :

— Tu veux une bière ?

— Bien sûr, mais j'ai vraiment envie d'enlever ces bottes, réplique Phoebe.

— Tu as mal aux pieds ? m'intéressé-je.

Elle les regarde, puis avoue :

— Je pense qu'elles sont trop petites… d'une demi-taille.

— Alors pourquoi les portes-tu ?

Elle grimace, puis avoue :

— Elles sont magnifiques, et c'était si gentil de la part de Willow de me les offrir.

Je la fixe.

Elle dit nerveusement :

— Je n'aurais pas dû dire quoi que ce soit. S'il te plaît, ne le dis pas à Willow.

— Pheebs, tu n'as pas à souffrir au lieu de dire à ma sœur que tes bottes sont trop petites.

— Ça va. Je ne souffre pas. Oublie ce que j'ai dit ! s'inquiète-t-elle.

Je soupire, lui prend la main et l'emmène vers le canapé.

— Asseye-toi ! intimé-je.

Elle obéit mais s'empresse de dire :

— Je ne veux pas la blesser. Je les aime. Je pense que je dois juste les élargir ou quelque chose comme ça.

Je m'agenouille et enlève chaque botte. Je montre le canapé.

— Mets tes pieds sur le canapé !

— Pourquoi ?

— Vas-y !

Elle repositionne son corps, je soulève ses pieds et je me glisse en dessous. Je soulève un pied et le masse.

Elle gémit.

— Oh mon Dieu, ça fait du bien !

Je glousse, me vantant :

— Je suis un homme aux multiples talents.

— Je n'ai jamais pensé que tu ne l'étais pas, déclare-t-elle.

Je me concentre sur son expression, en appuyant sur son pied, en espérant que j'ai encore mes capacités.

— Elle prend une inspiration saccadée et sa bouche se transforme en O.

Je fais rouler mon pouce sur le même point, luttant contre un sourire, raillant :

— Qu'est-ce qui ne va pas, Pheebs ?

— Je... euh... Elle me regarde dans les yeux.

Jésus, je veux l'entendre me supplier.

Je garde la même main sur son pied, puis je prends l'autre. Il me faut deux secondes pour trouver la même zone érogène.

— Oh mon... Oh mon Dieu ! souffle-t-elle, les lèvres frémissantes.

Je l'ai encore. Je me félicite mentalement.

— Tout va bien ? la taquiné-je en serrant la mâchoire, ma bite se heurtant à ma fermeture éclair.

Elle ne répond pas, déglutit difficilement et ferme les yeux un court instant.

Je lâche son premier pied et fais glisser ma main le long de son mollet, puis je masse l'arrière de son genou.

Sa respiration se fait plus saccadée, ses joues s'échauffent. Elle marmonne :

— Qu'est-ce que tu me fais ?

— Tu veux que je m'arrête ? questionné-je.

Elle ouvre la bouche, mais rien n'en sort.

Je glisse mes deux mains vers ses cuisses et la tire pour que sa tête glisse sur le coussin. Elle crie.

Je glousse et appuie sur l'intérieur de ses cuisses.

— Bon sang... Ses joues rougissent. Un frisson la parcourt. Le feu crépite, parcourant ses traits.

— Pourquoi m'as-tu taquiné comme ça toute la nuit, Pheebs ? demandé-je.

— Qu... Quoi ? Elle grimace, puis ferme les yeux et expire lentement.

Je continue :

— Tu m'as bien entendu. Je glisse mes doigts sur ses cuisses, me rapprochant de sa chatte, puis redescendant.

Elle cligne plusieurs fois des yeux.

Je lui pose la question :

— Y a-t-il quelque chose que tu veux de moi ?

Je glisse à nouveau mes doigts vers le haut, m'arrêtant à un centimètre de ce que je meurs d'envie de goûter. La chaleur pénètre à travers son jean.

Elle bégaie :

— Je... Je ne sais pas ce que tu veux dire, prétend-elle, se léchant les lèvres et déglutissant difficilement à nouveau.

Je m'esclaffe.

— Bien sûr que si. Tu m'as torturé toute la nuit.

Elle fronce les sourcils, jette un coup d'œil à mes mains, puis fixe son regard sur moi.

Je glisse mon index sur la fente couverte de sa culotte en denim.

Elle halète.

L'adrénaline se répand dans toutes mes cellules. Je me force à ramener ma main sur le bas de sa cuisse en disant :

— Je pense que tu as été une si méchante fille ce soir que tu me dois une faveur.

Ses yeux s'écarquillent. Elle murmure :

— Comme quoi ?

Je l'attrape par les hanches et la rapproche.

— Alexander ! s'écrie-t-elle.

— Pheebs ! gémis-je en sortant sa blouse de son jean et en faisant glisser mes doigts autour de son nombril.

Elle gémit.

Je fixe mon regard sur le sien.

— Tu veux que j'arrête ?

Elle ne répond pas. Elle secoue la tête par petits mouvements.

Je serre la mâchoire et déboutonne son jean. J'abaisse lentement la fermeture éclair, révélant sa culotte rose vif.

— Oups !

Elle jette un coup d'œil sur le bas de son corps, puis vers moi.

Je fais glisser mes doigts sur la matière humide.

Elle gémit.

Mon pouls monte en flèche. Je retiens mon gémissement, exigeant :

— Je veux ma faveur, Pheebs.

— Qu'est-ce que tu veux ? demande-t-elle, sa peau devenant rouge rosée.

Je mets mes mains sur son jean et le tire en affirmant :

— Je veux que tu me dises que tu veux que je te dévore la chatte.

Elle me regarde bouche bée.

Je tire le jean jusqu'à ses chevilles. Je lui pose la question :

— Qu'est-ce qui ne va pas ? Tu ne t'es jamais fait dévorer par un homme ?

— Je... euh... Elle se mord la lèvre.

— Qu'est-ce qui ne va pas ? Tu n'aimes pas ça ?

— Non.

— Non, tu aimes ou non, tu n'aimes pas ?

— Je... Elle regarde ailleurs, puis de nouveau vers moi, et explose : c'est pas très bien.

Je secoue la tête en arrière, consterné.

— Quoi ?!

Son expression devient embarrassée. Elle hausse les épaules.

— Attends, tu es sérieuse ? insisté-je, incapable de comprendre sa déclaration.

Elle acquiesce.

Je saute du canapé, me penche et glisse mes bras sous son corps.

— Qu'est-ce que tu fais ? s'exclame-t-elle.

Je l'embrasse, glissant ma langue dans sa bouche si rapidement qu'elle met une seconde à me rendre mon affection. Je l'emmène dans la chambre et l'allonge sur le lit. Je me cale sur elle et déclare :

— Il est clair que tu n'as jamais été avec un homme.

Elle prend une grande inspiration.

Je l'embrasse à nouveau, puis approche mes lèvres de son oreille en murmurant :

— Je vais lécher chaque centimètre de ta douce chatte. Si tu veux que j'arrête, dis-moi « stop », mais je te garantis que tu ne prononceras jamais ce mot-là.

— Vraiment ? murmure-t-elle.

Je souris contre sa peau, lèche son lobe et descends lentement le long de son cou. Je tire sur sa blouse en disant :

— Il faut que ça parte ! Je la lui passe par-dessus la tête. Je glisse ma main sous elle et dégrafe son soutien-gorge, puis le fais glisser facile-ment sur ses bras jusqu'à ce qu'elle ne reste plus qu'en culotte.

Je fais glisser ma bouche sur sa poitrine, faisant rouler ma langue autour de son mamelon, puis je m'arrête, fixant son tatouage.

Un jour à la fois.

— Ce n'est pas un nom de mec, lâché-je.

Elle rit.

— Non !

— On en parlera plus tard, ajouté-je, puis j'enfouis mon visage dans sa poitrine, suçant ses seins jusqu'à ce qu'elle se cambre et s'agrippe à mes cheveux.

Je glisse sur elle, embrasse son ventre, puis m'arrête, la tête entre ses cuisses. Je lui jette un coup d'œil.

— Tu veux que j'arrête ?

Elle secoue la tête.

— Dis-le, Pheebs ! Je glisse mon doigt sous sa culotte, je taquine son clito.

Elle halète :

— Ne t'arrête pas, Alexander !

Dieu merci !

J'embrasse sa peau au-dessus du haut de sa culotte, la félicitant : « Gentille fille ! », puis je fais glisser mon doigt et saisis ses hanches. Je respire son parfum, ferme momentanément les yeux, l'eau à la bouche. Je déplace mes lèvres sur le tissu fin, mais je ne franchis pas encore la barrière.

Elle émet un autre gémissement. Elle se tortille, ses doigts se bloquent sur ma tête et sa culotte devient de plus en plus trempée.

— Putain, tu es parfaite ! murmuré-je, puis je déplace le satin mouillé sur le côté de sa cuisse, montrant sa chatte rose et scintillante, en marmonnant : Putain de merde ! Je fais lentement glisser ma langue de son trou à son clitoris.

Elle s'exclame :

— Oh mon Dieu !

Je glousse, puis je fixe mon regard sur elle.

— Je pensais que tu n'aimais pas ça.

Elle me regarde bouche bée.

— Dois-je m'arrêter ? la taquiné-je, en faisant tourner ma langue une fois autour de son clito, sans jamais la quitter des yeux.

— Non !

Je glisse mon doigt à l'intérieur d'elle, je torture encore son clito, puis j'ajoute un autre doigt.

— Alexander ! gémit-elle.

J'introduis mes doigts en elle et je suce son clito.

— Oh... oh... oh !

Mes oreilles n'ont jamais rien entendu de plus doux. La douleur dans mon corps s'intensifie. Je grogne.

— Putain, j'adore ton goût, ma petite fille ! J'effleure son clito, je suce et j'effleure encore.

Elle tire sur mes cheveux et se tortille sur le lit.

Je me fige, je lève les yeux, raillant :

— Dois-je m'arrêter ?

— Ne t'avise pas !

Je lui mordille doucement le clito, puis je la provoque :

— Je croyais que tu n'aimais pas ça.

— Si !

— Tu en es sûre ?

— Oui !

Je fais claquer ma langue dix fois.

— Oh... mon... oh... mon !

— Es-tu sûre de vouloir que je continue ? la taquiné-je, ma bouche contre sa chatte.

— S'il te plaît, n'arrête pas ! Ne t'arrête pas ! crie-t-elle en enfonçant le bout de ses doigts dans ma tête.

Je la suce si fort que ses hanches se soulèvent. Je les retiens et elle émet des sons incohérents.

Je gémis, dégustant chaque minute de son plaisir. Et même si j'ai envie d'être en elle, je sais qu'elle a plus encore à me donner.

J'attends qu'elle descende, je glisse mes mains sous les fines bretelles de sa culotte et je tire. Elle se déchire facilement.

Elle halète.

Je me jette sur elle, glisse ma langue dans sa bouche et l'embrasse jusqu'à ce qu'elle déboutonne ma ceinture.

J'affirme :

— Maintenant, tu vas me monter sur le visage.

Elle se fige.

— Quoi ?!

— Tu m'as bien entendu, Pheebs. Tu vas prendre ta douce chatte humide et dégoulinante et me chevaucher le visage jusqu'à ce qu'il ne te reste plus rien.

Elle me regarde fixement, sans voix.

J'enlève ma chemise, me mets sur le dos et me tapote les épaules en ordonnant :

— Viens ici !

— Euh...

— Ne m'oblige pas à te le dire deux fois, ma petite fille !

Elle cède, saisit le haut de la tête de lit et pose ses genoux près de mes oreilles.

L'odeur de son excitation se répand autour de moi, plus puissante que lorsque j'étais au-dessus d'elle. Je gémis, voulant l'aspirer jusqu'à la dernière goutte.

Elle ne bouge pas.

Je lui serre les fesses et lui ordonne :

— Maintenant, bouge tes magnifiques hanches et montre-moi à quel point tu aimes me chevaucher le visage !

Elle laisse échapper un souffle d'angoisse.

J'appuie mon pouce sur son clito et je fais glisser ma langue autour de son trou.

Elle gémit.

Je saisis sa hanche, la faisant tourner sur moi jusqu'à ce qu'elle broie du noir sans mon aide. Je la félicite :

— C'est ça, Pheebs. Chevauche-moi comme une gentille petite fille ! Fais-toi bien mouiller pour ton étalon !

Elle se fige, me regarde, les yeux écarquillés par mes propos.

— Tu ne pensais pas que je me ferais tatouer quelque chose de faux, n'est-ce pas ? rétorqué-je.

Elle ouvre la bouche mais plus rien n'en sort.

Je lui donne une claque sur le cul.

Elle inspire vivement.

Je préviens :

— C'est un amuse-gueule, ma petite fille. Mon étalon va te faire jouir si fort toute la nuit que tu auras mal le matin. Je fais entrer et sortir ma langue tout en tournant autour de son clito avec mon pouce. Je lève la main sur son sein, puis je caresse son mamelon.

Elle halète :

— Alexander...

Mon corps est en feu, la sueur de mon torse se confond avec la sienne. Je perds patience et accroche ma bouche à la sienne, sans la lâcher.

Des sons incompréhensibles font bouillir mon sang. Du pré-cum s'écoule de moi. Un tremblement de terre l'ébranle, éclate sur moi, et elle me noie dans son jus.

Je suis sûr d'être mort et d'être allé au paradis. Elle est parfaite, et si je pouvais passer chaque instant à la faire réagir comme ça, je le ferais.

Elle crie :

— Je n'en peux plus !

J'agrippe sa hanche et affirme :

— Si, tu peux.

Je ne la lâche pas.

Elle a de nouveau un orgasme, et lorsqu'elle redescend, je la relâche. Sa respiration est saccadée, son visage écarlate et son corps luisant. Elle se détache de moi avec précaution et s'allonge.

Je la prends dans mes bras et l'embrasse sur le dessus de la tête.

Nous ne disons plus rien pendant quelques instants. Elle lève la tête. Elle m'embrasse doucement, puis intensifie son baiser. Elle tend la main vers la boucle de ma ceinture, mais je lui attrape le poignet.

Ses yeux s'écarquillent. Elle me regarde, interrogative.

Je ricane.

— Si tu veux mon étalon, tu dois me dire que tu vas me laisser lécher ta chatte pour le petit déjeuner demain.

16

Phoebe

L e vertige m'envahit. Je ricane, puis je presse mes lèvres contre les siennes, en disant :

— Si c'est ce que tu veux.

Il grogne, m'embrasse, puis se retire en demandant :

— Est-il juste de dire que j'ai changé ton avis sur le fait de te faire lécher la chatte ?

Une autre vague de chaleur brûle mes joues. Je n'ai eu que quelques amants. Pas une seule fois je n'ai apprécié ça. C'était toujours gênant et j'avais toujours envie que ça se termine.

— Phoebe ? insiste-t-il en faisant glisser ses doigts sur mes fesses.

Je le regarde dans les yeux et lui avoue :

— J'aime ça avec toi.

Son expression est remplie d'approbation. Il me fait basculer sur le dos.

Je m'écrie en riant.

Il se glisse hors de son jean, puis se colle à moi. Il m'embrasse avec une intensité nouvelle, mais s'arrête soudain, reculant sa tête et m'observant.

— Pourquoi me regardes-tu comme ça ? demandé-je.

Sa main glisse sur le tatouage de ma cuisse. Il fronce les sourcils et pose la question :

— Es-tu une coureuse ? Je ne t'ai pas vu faire de jogging ou quoi que ce soit du genre.

Amusée, je réponds :

— Non !

La confusion s'empare de ses traits.

— Alors pourquoi ton tatouage indique-t-il « Marathon » ?

Mon amusement s'estompe. L'émotion gonfle dans ma poitrine. J'avoue : — C'est pour me rappeler que la vie est un marathon et qu'il ne faut pas lâcher.

L'inquiétude remplace la confusion.

J'ajoute rapidement :

— Je l'ai fait après que ma mère a été internée dans une maison psychiatrique. Elle a essayé de se faire du mal. J'ai pensé... J'avale la boule dans ma gorge et inspire profondément. Je ne savais pas si je me sentirais un jour aussi désespérée. J'ai donc pensé que mon tatouage pourrait servir à me rappeler que, parfois, la vie est un marathon et qu'il y a des bons et des mauvais moments. Ainsi, si jamais je me sentais comme ma mère, je pourrais le regarder et ne pas lâcher. Je cligne des yeux, souhaitant que ce que ma mère a essayé de faire ne provoque pas en moi tant de souffrance.

Les yeux bleus d'Alexander sont remplis de compassion. Il me caresse la joue et me dit doucement :

— Je suis vraiment désolé pour ta mère.

Je hoche la tête en perdant mon souffle. Des larmes se forment dans mes yeux et j'essaie de les repousser.

Il m'embrasse gentiment, puis me lance un regard sévère.

— Qu'est-ce qui ne va pas ? demandé-je nerveusement.

Ses lèvres tressaillent.

— Rien. Je me disais juste que tu étais plus douée que moi pour prendre des décisions en matière de tatouage.

J'éclate de rire et mes larmes coulent sur mes joues.

Il rigole avec moi et les essuie d'un revers de main.

Lorsque nous nous calmons, j'attire son visage vers moi et je glisse ma langue contre la sienne. Il glisse sa bouche vers mon cou alors que je laisse échapper :

— Je trouve ton tatouage sexy.

Il arque les sourcils.

Mes joues chauffent à nouveau.

Il sourit avec arrogance, se penche à mon oreille et murmure :

— Je suppose que tu devras me dire si j'ai exagéré mes compétences ou si j'en suis digne. Il passe sa langue sur mon lobe et fait glisser son érection sur mon clitoris.

Je gémis bruyamment. Je suis encore sensible à toute l'attention qu'il m'a donnée, et une nouvelle piqure se manifeste.

Il glousse et place ses avant-bras près de ma tête. Son visage est encore plus arrogant, et j'ai des papillons dans le ventre. Son souffle chaud se mêle au mien. Il continue à me taquiner, glissant lentement, puis accélérant.

L'adrénaline s'insinue dans mes cellules. Je ferme les yeux.

— Regarde-moi, Pheebs ! exige-t-il, avant de reprendre un rythme plus lent.

J'obéis, ma poitrine se soulève et s'abaisse plus rapidement. Mes lèvres tremblent. Des gémissements incontrôlables s'échappent de moi, et je ne peux détacher mon regard du sien jusqu'à ce qu'une lente vague d'endorphines se transforme en une vague violente, me frappant d'un choc intense qui me fait rouler les yeux.

— Eh voilà petite fille ! me félicite-t-il, comme si j'avais accompli quelque chose d'une ampleur historique.

Le bout de mes doigts s'enfonce dans ses épaules. Il ne me lâche pas, ce qui me donne le vertige. Je glisse mes doigts sur sa tête et le tire vers moi, rencontrant sa langue avec un besoin désespéré.

— Tu es belle quand tu jouis, murmure-t-il contre mes lèvres.

Je resserre mes bras autour de lui, faisant rouler ma langue plus profon-dément contre la sienne, inhalant l'aphrodisiaque de son parfum.

Il se retire de nos baisers, pose ses deux mains sur mes fesses et recule ses hanches. Il fixe à nouveau ses yeux bleus enflammés aux miens et se glisse lentement à l'intérieur de moi.

— Oh ! m'écrié-je en perdant mon souffle et en voyant des étoiles.

Il gémit, puis entre et sort lentement, en marmonnant :

— Qu'est-ce que tu me fais, Pheebs ?

Je me déhanche, sans effort, pour suivre son rythme, et j'arrive à peine à balbutier :

— Alexander...

Il caresse ma joue, puis baisse son visage, me submergeant dans un assaut passionnel dont je ne soupçonnais pas l'existence.

J'attrape sa fesse d'une main et ses cheveux de l'autre, l'attirant vers moi à chaque fois qu'il s'éloigne.

— Avide fille, serrant sa chatte tout autour de mon étalon ! me taquine-il grognant contre les lèvres, puis il m'arrache la main de son cul et la coince au-dessus de ma tête. Il me nargue encore plus, glissant de plus en plus lentement à l'intérieur et à l'extérieur.

Des picotements courent le long de ma colonne vertébrale, s'enflammant au plus profond de moi.

— Oh... mon... oh...

Le regard d'Alexander ne faiblit pas une seule seconde. Il garde toute son attention sur moi, comme s'il se concentrait sur quelque chose d'important. Il pousse encore plusieurs fois. L'approbation dans ses yeux grandit à chaque son incontrôlable qui sort de ma bouche.

Je me penche et passe ma langue sur ses lèvres. Il les pince, m'empêchant de l'embrasser.

Il accélère le rythme et recommence à m'observer, en déclarant à voix basse :

— Tu es belle, Pheebs.

Mon cœur s'emballe. Personne ne m'a jamais fait me sentir aussi spéciale et désirée. Je ne me souviens pas non plus d'avoir jamais apprécié le sexe comme ça. J'essaie de reprendre mon souffle, mais je n'y arrive pas. Un nouvel orgasme me traverse, et mes yeux se révulsent.

Alexander grogne.

— C'est ça, ma petite fille ! Donne à ton étalon tout ce que tu as !

— Je le fais, répliqué-je, mon dos se cambrant, me rapprochant de lui.

Il gémit et s'enfonce plus profondément encore.

Je tremble plus fort, je gémis davantage. J'essaie d'attraper quelque chose, mais il tient toujours mon poignet coincé.

Il glisse ses doigts entre les miens. Je serre fort, enfonçant mes ongles dans le dos de sa main. Il abaisse enfin ses lèvres sur les miennes.

Nos baisers sont fugaces, nos langues frénétiques, nos yeux rivés l'un sur l'autre, en transe. À chacune de ses poussées, je réponds avec plus d'enthousiasme, désespérée par chaque centimètre de son corps.

La sueur éclate sur nos peaux qui se confondent. L'air s'épaissit du parfum de notre excitation. Les lumières orange scintillantes de Thanksgiving et la lune rayonnante brillent à travers la fenêtre, créant une douce lueur autour de nous.

— Alexander ! crié-je, une vague de chaleur et d'endorphines me frappant si fort que je manque de m'évanouir.

— Chut, lâche-moi ! Ton étalon te tient, murmure-t-il à mon oreille en m'agrippant la hanche. Il pousse plus vite, me faisant bouger jusqu'à ce que je ne puisse plus rien faire d'autre que frissonner et gémir d'une euphorie puissante.

Mon excitation s'estompe, mais il reprend de plus belle. Il relâche ma main et pousse ma cuisse plus haut, s'enfonçant encore plus profondément en moi.

Ma voix devient rauque, et des sons brisés crépitent dans l'air. Mes paupières s'agitent sans cesse, des flammes brûlant mon âme.

Ses gémissements s'intensifient. Sa bite se durcit davantage, étirant mes parois et créant une véritable frénésie en moi. Il abaisse sa bouche sur mon épaule, ses dents s'enfoncent dans ma peau. Un gémissement profond vibre contre moi. Son corps se convulse violemment, et sa bite pompe fort, expulsant son sperme chaud à l'intérieur de moi.

Mon adrénaline monte en flèche. J'enfonce mes ongles dans ses épaules et je crie, mon corps tremblant contre le sien sans aucune pitié.

Son orgasme semble durer une éternité alors qu'il continue à me remplir. L'air entre nous s'épaissit et sa langue retrouve la mienne.

Nos corps ralentissent sous l'effet de l'effort, tout comme nos baisers. Il roule finalement sur le dos, me prend dans ses bras, embrasse le sommet de mon crâne et me caresse la colonne vertébrale.

Nous essayons tous deux de reprendre notre souffle, l'odeur de notre excitation se répandant autour de nous. Un moment s'écoule avant que les battements de son cœur ne reviennent à un rythme normal.

Il glisse sa paume sur mes fesses, en me serrant contre lui, et en caresse le sommet avec son pouce. Il demande :

— Devrions-nous nous mettre sous les couvertures ?

Je taquine :

— Ce n'est pas là que tu me mets dehors ?

— Te mettre dehors ? répète-t-il avec un mélange de confusion et de dédain dans son ton.

Je lève les yeux.

— C'était une blague.

— Oh !

— Désolée.

Il m'embrasse sur le front.

— Mauvaise blague. Il me tapote les fesses et me dit : Je m'occupe des couvertures. Il glisse hors du lit, puis les tire vers le bas pendant que je soulève mes fesses du matelas. Il les enroule autour d'un côté de moi, puis se glisse sous les couvertures. Il s'appuie sur son épaule et m'attire vers lui.

Je chuchote d'un ton taquin :

— Alexander Cartwright, es-tu du genre à te blottir ?

Il fait glisser sa paume sur ma cuisse et embrasse l'arrière de mon oreille. Ses lèvres chatouillent ma peau et il répond :

— Seulement avec la femme qu'il faut.

Mes papillons réapparaissent. Je tourne la tête en souriant.

— Alors, vous chassez certaines femmes de votre lit ?

Il grogne.

— Non, mais je ne ramène pas non plus de femmes à la maison et dans l'espace de mes enfants.

Mon pouls s'accélère à nouveau.

— Alors l'étalon est célibataire ? lancé-je.

Il rit si fort qu'il s'essuie les yeux. Lorsque son rire s'estompe, il dit :

— Je ne pourrai jamais vivre tranquille avec ce tatouage.

— Non, confirmé-je.

Il me murmure à l'oreille :

— Mais tu n'as pas à te plaindre, n'est-ce pas ?

La chaleur me monte aux joues. C'est idiot de se sentir timide après tout ce que nous venons de faire, et pourtant c'est le cas. Je pensais savoir ce qu'était une bonne nuit de sexe, mais je réalise maintenant que je n'en savais rien.

D'un air vulnérable, il s'intéresse :

— Dois-je fournir plus d'efforts ?

Je l'embrasse sur les lèvres et secoue la tête.

— Non, je n'ai rien à redire.

Il ricane.

— Nous verrons si tu ressens la même chose demain matin.

Je cache mon sourire, le feu brûlant mon visage.

Il grogne et me donne un baiser sur les lèvres.

— Tu es mignonne quand tu es gênée.

— Vraiment ?

— Oui. Il me rapproche et pose sa tête sur l'oreiller à côté de la mienne. Je pense que je vais bien dormir cette nuit.

— Moi aussi, confirmé-je et je me blottis un peu plus contre son corps.

— Je me suis beaucoup amusé ce soir. Merci de m'avoir laissé t'emmener.

Mon cœur s'emballe. J'avoue :

— J'ai passé la meilleure nuit de ma vie.

— C'est vrai ?

— Oui !

Il embrasse mon épaule. Elle est sensible à cause de la morsure de ses dents, mais c'est une douce douleur. Il dit :

— Bien. Moi aussi.

Sa déclaration me réjouit.

Le silence s'installe entre nous pendant quelques instants.

Il questionne en s'endormant :

— Que comptes-tu faire de tes gains ?

La culpabilité me frappe à nouveau.

— Je vais te rendre l'argent.

Il grogne.

— Au diable, que non ! Un pari est un pari. De plus, je ne suis pas un homme qui ne supporte pas de perdre, même si je préfère gagner.

— Cela ne me semble pas correct.

— Je te dis qu'il n'est pas question que je prenne ton argent. Maintenant, qu'est-ce que tu veux en faire ?

Je réfléchis à sa question, mais rien ne me vient à l'esprit. J'avoue :

— Je n'en ai aucune idée.

— Essaye d'en faire quelque chose d'amusant ! Ne fais pas quelque chose de responsable !

— Pourquoi pas ?

Il glisse son pouce sur mon épaule et déclare :

— Les gains des jeux d'argent sont là pour s'amuser. Si on les utilise pour payer les factures, on ne devrait pas risquer l'argent. C'est ainsi que l'on sait que l'on a un problème.

— Ce n'était pas mon argent, fais-je remarquer.

— C'est vrai, mais ça reste des gains. Fais-en quelque chose d'amusant ! Sois jeune et insouciante ! Dis-moi quand tu auras décidé sur quoi tu vas le dépenser ! ordonne-t-il.

Je ris.

— D'accord. Je te tiens au courant.

— Bien. Il embrasse ma joue et repose sa tête sur l'oreiller. Dors bien, ma petite fille !

— Bonne nuit ! réponds-je, me sentant en sécurité, satisfaite et presque étourdie par la joie. Je ferme les yeux et m'endors en quelques secondes, me fondant dans les bras d'Alexander.

Alexander

L'odeur florale de Phoebe me brûle le nez. J'ouvre les yeux et cligne plusieurs fois, inspirant plus profondément. Je suis toujours en train de la câliner et elle est blottie contre moi, dormant paisiblement, ses cheveux magenta éparpillés partout.

La nuit dernière a été réelle.

La faible lumière du matin s'infiltre à travers l'obscurité. Le coq chante, signalant qu'il est temps de se lever, mais je suis toujours réveillé à cette heure du matin. Je n'arrive jamais à faire la grasse matinée et j'aime normalement me lever pour commencer ma journée, mais pas aujourd'hui.

Je resterais au lit toute la journée avec Phoebe si je le pouvais. Pourtant, il y a des choses à accomplir, et si je n'y vais pas bientôt, mes frères feront irruption par la porte d'entrée, se demandant pourquoi je ne suis pas dehors.

Je la contemple, me demandant si je dois la réveiller ou la laisser dormir.

J'ai faim.

Elle pourra dormir plus tard.

Je me glisse en dessous elle et la fais rouler sur le dos. Ses paupières papillonnent. Elle sourit et dit timidement :

— Bonjour ! Elle se mord la lèvre.

— Bonjour ! réponds-je, avant de l'embrasser chastement.

Elle demande :

— Quelle heure est-il ?

— Il est environ quatre heures et demie. Il est temps pour moi d'aller travailler.

— Quatre heures et demie ! C'est l'heure à laquelle tu te lèves tous les jours ?

Je m'esclaffe.

— C'est à peu près ça. Je l'embrasse à nouveau, mais cette fois en glissant ma langue dans sa bouche.

Elle m'enlace de ses bras, me rapprochant d'elle, et c'est une sensation agréable que je n'ai pas ressentie depuis longtemps.

Je ne suis pas un saint. Il y a une femme en ville qui s'appelle Cheyenne. Nous avons conclu un accord d'amis avec avantages, et c'est purement sexuel.

C'est la même chose ici.

Vraiment ?

Je jette un coup d'œil à Phoebe, me demandant ce qu'il y a entre nous. C'est différent de mon arrangement avec Cheyenne ; je ne l'ai jamais amenée au ranch. Mes enfants sont ici, et je ne vais pas les perturber en mêlant ma vie personnelle d'adulte à l'équation. Et je suis toujours de retour avant qu'ils ne se réveillent et qu'il soit temps de commencer à travailler.

Pourtant, tout semble différent avec Phoebe.

Elle interagit avec mes enfants.

C'est encore plus dangereux.

— Alexander ? Tout va bien ? demande-t-elle, me tirant de mes pensées.

— Ouais, ma petite fille. J'ai faim, annoncé-je, incapable de me lever et de quitter la pièce.

Ses yeux s'écarquillent.

— Tu veux que je te prépare quelque chose avant que tu ne sortes ?

Je ricane.

— Ce n'est pas de la nourriture dont j'ai besoin.

Elle ouvre la bouche, puis la referme, ses lèvres juteuses se recourbent.

— Je t'avais prévenue, la taquiné-je, alors que je glisse sur le lit.

Elle glousse, et j'enfonce ma tête dans sa chatte, la dévorant rapidement.

— Oh mon... Oh mon Dieu ! gémit-elle en s'agrippant à mes cheveux.

Je ne prends pas mon temps comme la veille. Je la consume encore et encore jusqu'à ce que nous soyons tous les deux trempés.

Je frotte mon doigt sur son clitoris et enfonce ma langue en elle, voulant dévorer chaque parcelle de son intimité.

— Alexander ! crie-t-elle, son corps se convulsant.

Tout ce que je sens et goûte, c'est elle. Et je veux passer la journée à me noyer dedans.

Elle atterrit d'un orgasme, et je me jette sur elle en ordonnant :

— Goûte ce qui rend ton étalon dur comme un roc !

Elle rencontre désespérément ma bouche, faisant rouler sa langue autour de la mienne.

On frappe à la porte d'entrée et je gémis.

Elle se fige, son expression me rappelle celle d'un enfant pris la main dans le sac.

Je me retire de notre baiser en disant :

— Heureusement que j'ai fermé la porte à clé hier soir.

Elle jette un coup d'œil par la fenêtre. On voit Mason et Jagger se diriger à grands pas vers le corral, autour duquel trottent déjà deux chevaux.

— Je dois y aller. Je suis déjà en retard.

— Non ! lance-t-elle en faisant la moue.

Je glousse.

— Repose-toi un peu ! Je te verrai au petit-déjeuner dans la maison principale ?

— Bien sûr, dit-elle, puis elle ouvre la bouche. Elle la referme et me regarde d'un air interrogateur.

Je place une mèche de ses cheveux magenta derrière son oreille.

— Qu'est-ce qui ne va pas, ma petite fille ?

— Comment ça va fonctionner, Alexander ?

— Fonctionner ? questionné-je, et mon estomac s'effondre. Elle m'a demandé la seule chose à laquelle je n'ai pas de réponse et à laquelle je ne veux pas penser maintenant.

Et ce que j'ai fait m'apparaît dans la lumière croissante du matin.

J'ai baisé la nounou de mes fils.

Je ferme brièvement les yeux, le cœur serré.

Qu'ai-je fait ?

— Ce n'est pas exactement l'expression à laquelle je m'attendais, murmure-t-elle.

Je me ressaisis.

— Désolé, je ne voulais pas dire ça.

— Ah non ? demande-t-elle en penchant la tête, la douleur explosant sur ses traits.

Je secoue la tête.

— Non, je m'inquiète juste pour les garçons. Ils ne m'ont jamais vu avec une femme.

Ses yeux s'écarquillent.

—Jamais ?

— Non. Pas depuis que leur mère... Je marque une pause.

Phoebe pose sa main sur mon bras.

Je secoue à nouveau la tête et continue :

— Pas depuis que leur mère est décédée et qu'ils étaient tous les deux bébés. Ils ne se souviennent vraiment pas d'elle, pour être honnête.

L'expression de Phoebe est empreinte de pitié. Elle poursuit :

— Ça a dû être très dur pour vous tous.

Je ne peux pas la fixer trop longtemps. Je déteste la pitié. Les gens me lancent ce regard tout le temps quand ils apprennent que je suis veuf. Je n'aimerai jamais que les autres dirigent ce regard vers moi. Alors j'affirme : — Les garçons et moi allons bien.

Elle ajoute :

— Oui, mais cela ne veut pas dire que c'était facile.

— Non, en effet, confirmé-je en vitesse.

Elle m'étudie de plus près.

— Les garçons t'aiment beaucoup et je pense qu'ils sont déjà attachés à toi. Je ne veux pas qu'ils imaginent des choses s'ils nous voient ensemble.

— Des choses ?! Elle arque les sourcils.

— Oui, ils sont très influençables, balbutié-je. Ils sont très émotifs. Tu viens de Californie et moi d'ici. Je sais que tu as ta vie et que nous avons la nôtre. Je ne veux pas qu'ils s'attendent à quelque chose et qu'ils soient déçus.

Son visage se durcit et elle le tourne vers la fenêtre, respirant plus vite.

— Merde ! Je ne dis pas ça comme il faut, Pheebs, admets-je en m'arrachant les cheveux.

Elle glisse hors du lit et tire le drap autour d'elle.

— C'est bon.

— Non, Pheebs...

— Non, ça va. Ne t'inquiète pas ! C'était amusant. Je ne te sauterai pas dessus ou quoi que ce soit devant eux. Elle me lance un sourire crispé.

— Phoebe, ce n'est pas ce que je voulais dire, déclaré-je.

Elle force un plus grand sourire et gazouille :

— Ça va. Je vais prendre une douche. Je te verrai plus tard à la maison principale. Ne t'inquiète pas ! Ton secret est bien gardé avec moi.

— Pheebs…

— Tout va bien, chante-t-elle en disparaissant par la porte de ma chambre.

Merde, merde, merde !

Je m'assois au bout du lit, en colère contre moi-même, me demandant pourquoi j'ai dit ce que j'ai dit, de la façon dont je l'ai dit.

Qu'est-ce que j'essayais de dire au juste ?

— Bah ! marmonné-je en me passant les mains sur le visage.

C'est un nouveau territoire pour moi. Je n'emmène pas les femmes avec lesquelles je couche au ranch, et je ne couche certainement pas avec des femmes qui jouent un rôle important dans la vie de mes enfants.

Qu'ai-je fait ?

Il faut que je règle ce problème.

Mais je dois protéger mes fils.

Je ne m'y attendais pas. C'est arrivé comme ça.

Ce sont des conneries. Je meurs d'envie de la mettre dans mon lit depuis que je l'ai rencontrée.

Non, ce n'est pas vrai, me dis-je, tout en sachant que c'est un autre mensonge.

Jusqu'à ce que je sache ce que la relation entre Phoebe et moi est et ce que cela signifie, je dois garder les garçons dans l'ignorance.

Je passe dans le couloir et frappe à la porte de la salle de bains, mais la douche est en marche. Je tourne la poignée et la trouve verrouillée.

Superbe. Bravo, Alexander !

Je retourne dans ma chambre, me douche, enfile des vêtements et me brosse les dents. Je retourne à la salle de bains, mais le sèche-cheveux de Phoebe fonctionne à plein régime.

Je décide qu'il vaut mieux nous laisser un peu d'espace à tous les deux pour comprendre ce que j'essaie de dire exactement ou même ce que je veux que nous soyons l'un pour l'autre.

Je me rappelle que ça ne peut aller nulle part. Elle part dans moins de deux mois. Et elle a toujours un genre de petit ami crétin dans sa vie.

Pas pour longtemps.

Elle ne peut pas être avec lui. Elle est avec moi.

Vraiment ?

Qu'est-ce qu'il y a entre nous ?

Mes pensées tournent en rond, ajoutant à ma frustration. Je sors donc de la maison et marche dans l'air vivifiant. La lueur rose du matin illumine le ranch, créant un faux espoir que tout ira bien.

Je retrouve mes frères au corral.

Jagger sourit, raillant :

— Eh bien, eh bien, eh bien ! Comment s'est passé ton rendez-vous avec Phoebe ?

— Ouais, c'est vrai. Est-ce que ton lit s'est balancé la nuit dernière ? s'intéresse Mason.

J'essaie de frapper Jagger et Mason simultanément, mais ils s'esquivent tous les deux.

— Fermez-la ! les avertis-je. Je ne vous répéterai pas deux fois de ne pas manquer de respect à Phoebe.

— Vous aviez l'air très à l'aise en revenant, déclare Jagger.

Je me fige, mon cœur battant fort dans ma poitrine.

— Qu'est-ce que tu racontes ?

Il ricane.

— Je vous ai vus tous les deux. On dirait qu'il y a eu un petit bisou-bisou.

Je vais le gifler à nouveau.

Il recule d'un bond, les mains en l'air.

— Calme-toi ! Je ne te juge pas. Moi aussi je mettrais volontiers la petite Miss Nounou sur mes genoux si elle était chez moi.

Je l'attrape par le col et le rapproche de moi. Je fulmine :

— Ne parle plus jamais d'elle comme ça !

Il me repousse en ordonnant :

— Lâche-moi !

Je ne le lâche pas, je l'avertis :

— Écoute-moi tout de suite ! Tu n'as rien vu. Tu comprends ?

Il me lance un regard sarcastique.

— Bien sûr que non.

Mason nous sépare.

— Calme-toi, Alexander !

— Je ne plaisante pas. Je n'ai pas besoin de ça, intimé-je.

Mason déclare :

— Ce n'est pas grand-chose, alors détends-toi un peu, quoi !

Je me tourne vers lui.

— C'est très important. J'ai deux jeunes garçons qui sont déjà attachés à elle. Je n'ai pas besoin qu'ils se mettent des idées dans la tête. Tu comprends ?

Jagger se moque.

— Ah ! Donc tu admets que tu l'as sautée ?

Je me retourne dans sa direction et assène un coup de poing. Il se penche en arrière et le coup touche son épaule.

— Bon sang, Alexander, calme-toi ! ordonne Mason.

— Tu ferais mieux de faire attention, craché-je, puis je me dirige vers la grange.

Qu'est-ce que j'ai fait ?

Les visions de tout ce que j'ai fait avec Phoebe la nuit précédente envahissent ma tête. Ma bite se durcit et je gémis. Je me suis mis dans le pétrin. Il va être difficile de ne pas vouloir la ramener dans mon lit.

J'ouvre le box et Calypso fait quelques pas en avant. Je le caresse et le salue :

— Hé, mon pote !

Puis je lui fixe son harnais et attache la longe en cuir. Je le fais sortir de l'étable et l'emmène dans le corral.

Mason et Jagger tiennent déjà trois chevaux qui tournent en rond. Ils ne me disent rien d'autre, mais je sais comment ils sont. Tout en travaillant, je n'arrête pas de penser à la façon de cacher ma situation avec Phoebe aux garçons pour qu'ils ne se fassent pas de fausses idées.

La cloche de la maison principale sonne, et Willow crie :

— Petit déjeuner !

Je jette un coup d'œil.

Les cheveux magenta de Phoebe flottent au vent. Elle est emmitouflée dans un pull trop grand et a enfilé son jean moulant et les bottes trop petites qu'elle a portées la veille.

Elle se dirige rapidement vers la maison, et je la regarde fixement, avec l'envie de courir l'embrasser.

Je dois contrôler mes pulsions.

Pourquoi ai-je plongé mon orteil dans le puits de Satan ?

Jagger m'arrache à mes pensées et me lance :

— Ta nounou est très sexy aujourd'hui.

— Je jure devant Dieu que tu es à deux minutes de creuser ta propre tombe, l'avertis-je.

Il s'esclaffe et ajoute :

— Calme-toi ! Nous n'allons rien dire. N'est-ce pas, Mason ?

Mason secoue la tête.

— Non. Nous resterons silencieux.

— Vous en êtes sûrs ? rétorqué-je, sans les croire vraiment.

— Promis, affirme Mason.

— Je suis sérieux. Rien du tout. Pas de sous-entendus, pas de taquineries, rien à dire à Phoebe, aux enfants ou à qui que ce soit d'autre. Compris ?

Jagger acquiesce.

— D'accord. Détends-toi ! D'accord ? N'entre pas là-dedans en faisant la gueule !

J'inspire profondément et lâche :

— Ne vous foutez pas de moi !

Je sais comment sont mes frères, et mon instinct me dit de ne pas leur faire confiance.

Ils ne peuvent jamais garder un secret lorsqu'il s'agit de ma famille. Ils le révèlent toujours aux moments les plus inopportuns.

Mason affirme :

— Nous assurons tes arrières.

— Vous le jurez ? Parce que si vous dites quelque chose, les garçons vont se sentir mal. Ce sont vos neveux, leur rappelé-je.

Les visages de mes frères deviennent sérieux.

Mason répète :

— Nous comprenons, Alexander. On te taquine, c'est tout. Ne t'inquiète pas, nous ne dirons rien !

Je les étudie un instant et me rends compte qu'ils disent la vérité.

Jagger ajoute :

— Tu sais que nous ne ferions rien qui puisse nuire aux garçons.

Le soulagement m'envahit.

— Merci.

— J'ai dit « petit-déjeuner » ! crie Willow en sonnant à nouveau.

— Allons-y ! J'ai faim, affirme Jagger, avant de refermer le portail.

Nous nous dirigeons tous les trois vers la maison. Nous entrons et nous nous lavons.

— Papa, devine quoi ? m'appelle Ace en courant vers moi.

— Hé, mon pote ! Je lui ébouriffe les cheveux. Qu'est-ce qui se passe ?

— Nous avons un projet spécial avec Phoebe.

— C'est vrai ? Qu'est-ce que c'est ? m'intéressé-je.

— Nous ne te le dirons pas. Ce sera une surprise, affirme Wilder en s'avançant à côté de son frère.

— Oh ?! m'exclamé-je, en jetant un coup d'œil à Phoebe et en me demandant ce qu'elle a dans sa manche.

Elle me tourne le dos et parle à Willow dans la cuisine. Mon cœur bat plus vite au fur et à mesure que je la regarde.

— Ouais, tu vas adorer, déclare Ace.

— D'accord, j'ai hâte de découvrir votre secret, répliqué-je, et nous entrons dans la salle à manger.

Tout le monde s'assoit. Je tire une chaise pour que Phoebe prenne place à côté de moi. Elle la regarde, puis va s'asseoir aux côtés de Mason.

Ma poitrine se serre.

Elle m'en veut toujours.

Pourquoi tout ce que j'ai dit doit-il sonner si faux ?

Mon premier devoir est de protéger mes enfants. Si elle ne peut pas comprendre cela, alors je ne sais pas trop quoi lui dire, me dis-je en essayant de justifier notre conversation de tout à l'heure.

Paisley regarde Phoebe et lui demande :

— Comment se sont passées les courses hier soir ?

Phoebe ne me regarde pas et répond :

— C'était amusant.

— Qui a gagné le pari ? s'intéresse Willow.

— Pheebs a gagné, interviens-je.

— Pheebs ?! marmonne Mason dans sa barbe.

Je lui donne un coup de pied sous la table. Il raille et je me rends compte que je n'aurais pas dû laisser échapper ce surnom.

Ce n'est qu'un petit nom. Beaucoup de gens donnent des surnoms à d'autres personnes.

Ouais, quand ils aiment quelqu'un.

Cesse de t'en inquiéter ! m'intimé-je.

— Oui ! Je vous avais dit que *Sweetie Pie* gagnerait ! se vante Wilder.

— Ouais, nous savions qu'elle les battrait tous ! ajoute Ace.

— Phoebe a même gagné à sept contre deux. Et c'était une bonne intuition que vous aviez tous les deux, félicité-je mes fils.

— C'est moi qui l'ai dit en premier, affirme Wilder.

— Non, c'est pas vrai. Je lui ai fait remarquer qu'elle était prête à gagner, clame Ace.

Je gémis.

— Vous n'arrêtez jamais de vous disputer ?

— Il s'attribue toujours tous les mérites. Mais c'est moi qui l'ai dit en premier, poursuit Ace.

— Ça suffit ! Mangeons tranquillement notre petit déjeuner ! grondé-je.

Wilder fait une drôle de tête à Ace, qui lui rend la pareille.

— Allez, arrêtez ! ordonné-je.

— Alors, combien d'argent as-tu gagné ? demande Paisley.

— 4 500 dollars, répond Phoebe.

— Génial ! Qu'est-ce que tu vas en faire ? s'intéresse Willow.

Phoebe sourit.

— J'ai quelques idées, mais je te dirai quand j'aurai trouvé.

— Les secrets ne font pas d'amis, gazouille Willow.

Phoebe rit et mon cœur se serre. Je déteste ne pas pouvoir m'asseoir à côté d'elle, lui tenir la main et être aussi affectueux que je le souhaite.

Elle rayonne.

— Je suis désolée. Je te le dirai dès que j'en serai sûre.

Willow gémit.

— Ça craint, mais ça va.

— Qu'avez-vous fait après la course ? demande Paisley.

— Ouais, Alexander, qu'est-ce que vous avez fait ? ajoute Jagger en haussant les sourcils.

Je vais le tuer.

Je jette un coup d'œil à Phoebe, mais elle picore dans son assiette.

— Nous sommes allés boire un verre chez Boots, réponds-je.

Willow gazouille :

— J'adore cet endroit ! Tu aurais dû m'appeler et me dire de vous retrouver là-bas !

Je grogne.

— J'ai pensé que tu étais sortie avec un cavalier de rodéo.

Elle ricane.

— Je l'étais, mais je l'aurais obligé à m'emmener au bar.

— Willow, passe-moi la saucisse ! ordonne Jagger.

Elle prend le plateau et annonce :

— Maman et Papa rentrent dans deux jours. Nous avons beaucoup à faire pour être prêts pour jeudi.

La conversation tourne autour de la semaine de Thanksgiving qui s'annonce. Je passe tout le petit-déjeuner à essayer d'amener Phoebe à parler avec moi, mais elle le fait à peine.

Je me maudis. C'est ma faute. C'est moi qui ai miné le terrain, et maintenant je vais devoir y remédier. Pourtant, je n'ai pas encore déterminé exactement ce que je veux. De mon point de vue, quelle que soit la voie que j'emprunterai, je suis foutu.

18

Phoebe

Le regret continue à grandir en moi à chaque mot prononcé par Alexander.

Comment ai-je pu être aussi stupide ?

Il n'arrête pas de me poser des questions, mais j'ai du mal à le regarder. J'aimerais pouvoir lui dire de se taire, mais cela ne ferait qu'empirer les choses. De plus, ce ne serait pas bien de dire cela devant ses fils ou le reste de la famille.

Pendant tout le petit-déjeuner, je repense à tout ce que nous avons fait ensemble. Alexander essaie de m'entraîner dans la conversation, mais je réponds rapidement et je redirige les questions vers les autres.

J'ai l'impression que ce repas ne finira jamais. Je peux à peine manger, je ne fais que jouer avec ma nourriture la plupart du temps. Je m'en sors tant bien que mal, en ignorant Alexander autant que possible et en continuant à me sentir mal.

Il voulait juste s'envoyer en l'air.

Alors que je n'avais aucune attente et que je ne pensais pas finir au lit avec lui, il est clair que je ne suis qu'un cran de plus à sa ceinture. Et pensait-il que j'allais courir dire aux garçons que j'avais couché avec lui ? Je sais que c'est un sujet délicat, mais franchement !

Sa voix me hante. Tout ce que j'entends, c'est *: « Tu es de Californie et je suis d'ici. Je sais que tu as ta vie et que nous avons la nôtre ».*

Mes tripes se tordent à chaque fois que cela raisonne dans ma tête. Et il est clair que je ne suis rien pour lui. Alexander ne me voit pas autrement que comme quelqu'un qui joue avec son étalon.

Le dédain m'envahit. J'ai couché avec mon patron. J'aimerais pouvoir remonter le temps. Je ne serais pas allée aux courses ou au bar avec lui. Et il est hors de question que je couche avec lui dans son lit.

Quand tout le monde a fini de manger, j'emporte mon assiette dans la cuisine. J'ai besoin d'air frais et je suis prête à quitter la maison.

Alexander me suit, s'approche si près que ma peau bourdonne. Et je me déteste davantage. Je ne devrais plus rien ressentir à son égard, mais je ne peux pas me défaire facilement de mon attirance.

— Pheebs...

— Ne fais pas ça ! le préviens-je, la voix tremblante.

Il s'arrête et jette un coup d'œil derrière moi. Il baisse encore la voix et affirme :

— Tout ce que j'ai dit sonne faux. Tu ne comprends pas ce que je voulais dire.

— J'ai tout compris, ricané-je. Tu as été parfaitement clair sur ta position. Je dépose mon assiette dans le lave-vaisselle et lui passe devant, sortant de la cuisine et retournant dans la salle à manger.

Je force un sourire et appelle :

— Ace ! Wilder ! Êtes-vous prêts à partir ?

Ils se lèvent d'un bond.

Je leur montre leurs assiettes.

— Vous connaissez la chanson.

Ils prennent leurs assiettes et disparaissent dans la cuisine.

Je me dirige vers l'entrée. J'arrache les clés du crochet ; elles sont pour le SUV que Ruby m'a dit que j'avais le droit de conduire quand je le voulais.

Alexander réapparaît.

— Où allez-vous ?

J'inspire profondément. Je vais devoir m'occuper de lui. Il est toujours mon patron. Peu importe ce qui s'est passé entre nous, j'aime toujours mon travail et les enfants comptent beaucoup pour moi. De plus, je ne suis pas prête à retourner en Californie. Je n'ai nulle part où aller, et je n'ai pas assez d'argent de côté pour verser un acompte sur un appartement.

J'ai mes gains de jeu.

Non, ce ne sont pas les miens, me dis-je.

Je croise son regard.

— J'emmène les enfants en ville. On va faire du shopping.

Il arque les sourcils.

— Du shopping ?!

— Ouais, ça va ? rétorqué-je, puis je grimace. Je soupire. Désolée, je ne voulais pas être désagréable.

Il se rapproche.

— Pheebs…

— Où vas-tu, Phoebe ? demande Jagger en nous interrompant.

Le visage d'Alexander se remplit de contrariété. Il lance un regard noir à son frère.

— Vous partez ensemble ? raille Jagger.

Mon estomac s'agite si vite que je passe la main dessus. Le sang s'écoule de mon visage jusqu'à mes orteils. Puis la chaleur brûle mes joues.

Jagger est au courant.

La chair de poule apparaît sur ma peau. Mes lèvres tremblent. Je regarde Alexander et marmonne :

— Tu lui as dit ?

Les yeux d'Alexander s'écarquillent. Il secoue la tête.

— Non, bien sûr que non, répond-il.

Je ne le crois pas.

Il dépasse son frère.

— Elle va en ville. Je te retrouve au corral.

Jagger nous lance un regard arrogant, et j'ai envie de me cacher dans un trou de souris.

Dès que la porte se referme, je fulmine :

— Tu l'as dit à tes frères ? Comment as-tu pu faire ça ?

Alexander s'approche et m'attrape le bras. Il m'entraîne dans une pièce annexe et ferme la porte en commençant par :

— Pheebs…

— Arrête de m'appeler comme ça ! grogné-je en serrant les dents.

— Phoebe, je ne leur ai rien dit. Je t'assure.

— Eux alors ? Et qui d'autre est au courant ?

Il grimace.

— Qui ça ? insisté-je.

— Juste Mason.

— Espèce d'abruti ! Comment as-tu pu ?

— Je ne leur ai rien dit !

— Alors comment le savent-ils ?

Il incline son visage vers le plafond, secoue la tête et ferme les yeux.

— Comment, hein ? insisté-je, au bord des larmes mais essayant de les retenir.

Il ouvre ses yeux bleus et déclare :

— Il nous a vus nous embrasser dehors quand nous sommes rentrés à la maison hier soir.

Je le regarde bouche bée, me sentant comme une ratée et plus embarrassée que jamais. Je suis sûre que ses frères pensent que je baise mes patrons tout le temps.

Il tente de me rassurer.

— Ils ne diront rien.

— Bien sûr, ricané-je.

Il se rapproche. Avant que je m'en rende compte, ses bras m'entourent et il tient ma tête contre sa poitrine. J'essaie de le repousser, mais il me tient fermement. Il murmure à mon oreille.

— Tout va bien. Tu prends mal ce que j'ai dit. Et je sais que ce que j'ai dit n'est pas bien sorti, mais ne laisse pas Jagger t'ennuyer. Tout va bien.

Je me blottis contre lui pendant un moment, puis je me dégage de son emprise.

— Je suis prête à partir.

— Phoebe...

D'une voix sévère, je lui dis :

— Alexander, je ne ferai pas ça maintenant. Si tu ressens le besoin d'en parler, nous le ferons à un autre moment, d'accord ?

Il m'étudie un instant, puis acquiesce.

— D'accord. Mais je suis désolé d'avoir dit les choses comme je l'ai fait.

Je ne réponds rien. Je me contente de passer la porte et de me diriger vers le 4x4.

Les garçons sortent en courant après moi.

Alexander me suit en posant la question :

— As-tu besoin d'argent pour votre sortie ?

— Non, réponds-je.

— As-tu la carte de crédit ?

— Je n'en ai pas besoin.

— Papa, tout ira bien, intervient Ace.

Alexander nous regarde avec méfiance.

— Allez, les enfants, on y va ! dis-je, puis je monte dans le 4x4.

Wilder saute à l'avant et Ace à l'arrière.

— Mettez vos ceintures de sécurité ! leur intimé-je.

Ils bouclent leur ceinture et nous partons en direction de la ville.

Wilder demande :

— On peut donc choisir la couleur que l'on veut pour nos chambres ?

— Tu sais quelle couleur tu veux ? posé-je la question.

— Mmm, peut-être rouge.

— Je vais choisir du vert, annonce Ace.

— Vert clair ou vert foncé ? demandé-je.

— Je ne sais pas. Peut-être entre les deux.

Je lui souris à travers le rétroviseur.

— Le vert est une bonne couleur. Le rouge aussi. Et toi, Wilder ? Foncée ou claire ?

— Je n'en sais rien. Je te le dirai quand je l'aurai vue, répond-il.

Je souris.

— C'est juste.

Lorsque j'arrive en ville, mes entrailles se sont calmées. Je mets de côté les problèmes entre Alexander et moi et me concentre sur les enfants. Nous entrons dans une quincaillerie et trouvons les échantillons de peinture.

Je leur dis :

— Allez-y ! Choisissez ! les encouragé-je, puis je sors plusieurs couleurs pour voir comment elles se coordonnent les unes avec les autres.

Wilder s'intéresse :

— De quelle couleur vas-tu faire ta chambre, Phoebe ?

— Je ne sais pas encore. Cela dépendra de ce que nous ferons pour le reste de la maison.

Ace demande :

— Tu vas utiliser la même couleur ?

— Non, rétorqué-je, comme si c'était un péché.

— Tant mieux. Ce serait ennuyeux, déclare-t-il.

Je ris et prends plusieurs couleurs vives et quelques couleurs plus discrètes.

Ace choisit un vert pomme et Wilder un rouge cerise. Nous allons voir le vendeur derrière le comptoir de peinture et je pose tous les échantillons, en lui indiquant les couleurs que nous voulons et la quantité pour chaque couleur.

Il montre un tableau.

— Vous voulez du mat, du crépi ou l'une de nos autres finitions ?

J'étudie les finitions et décide :

— Du crépi. Pouvez-vous le faire avec celui qui prétend qu'il ne s'écaille pas ?

Il acquiesce.

— Bien sûr. Il me faudra environ vingt minutes pour mélanger tout cela.

— Ce n'est pas grave, réponds-je.

Les garçons et moi nous promenons dans les différents rayons pour choisir quelques nouveaux luminaires.

Nous retournons au comptoir et chargeons les pots de peinture dans le chariot. Nous nous dirigeons ensuite vers la caisse et je paie avec mes gains des courses.

Nous partons et les garçons chargent toute la peinture à l'arrière du SUV.

— Prêts à aller chercher d'autres choses ? lancé-je.

— Ouais, c'est amusant, dit Ace.

— Papa va être très surpris, ajoute Wilder.

Le visage d'Alexander apparaît dans mon esprit et mon cœur se serre. Je le repousse à nouveau en rétorquant :

— D'accord, allons-y !

Nous remontons dans la voiture et descendons la rue. Je m'arrête sur le parking d'un magasin de décoration. Les garçons et moi choisissons des posters et des œuvres d'art pour leurs murs. J'achète également une poignée de toiles vierges pour que chacun d'entre nous puisse créer quelque chose pour sa chambre.

Ensuite, nous trouvons des rideaux, des draps et des couvertures pour tous les lits, ainsi que quelques plaids pour la pièce principale. Lorsque nous avons terminé, j'ai tout dépensé, à part 820 dollars.

— Je ne pense pas que nous puissions ajouter quoi que ce soit d'autre dans le SUV, déclare Ace.

— Non. Qu'est-ce que vous en dites ? Vous avez faim ? Voulez-vous aller déjeuner ?

— On peut aller au *Piggly's* ? propose Wilder.

Ace acquiesce.

— Ouais, ils ont la meilleure nourriture.

Je ne suis jamais allée chez *Piggly's* auparavant, alors je pose la question :

— C'est où ?

— Nous savons où c'est. Nous te guiderons, explique Wilder.

— C'est moi qui vais devant ! clame Ace en courant vers la portière du passager.

Wilder gémit.

— Les plus jeunes devraient être à l'arrière.

Je lui ébouriffe les cheveux.

— Aucune chance. Monte sur le siège arrière ! C'est au tour de ton frère de monter à l'avant.

Il grogne mais monte à l'arrière. Ils m'indiquent par où aller et nous nous arrêtons au *Piggly's*. C'est un joli petit restaurant et il y a beaucoup de monde à l'intérieur. Nous attendons cinq minutes, puis on nous installe dans une cabine. Ace s'assoit à côté de moi et Wilder en face de moi.

Il demande :

— Pouvons-nous commencer à peindre aujourd'hui ?

Je jette un coup d'œil à ma montre.

— Je ne sais pas. Il se passe beaucoup de choses à cause de Thanksgiving. Il faudra voir ce que Willow et Paisley veulent que nous fassions à notre retour, réponds-je.

Ace ajoute :

— Je suis tellement content qu'il n'y ait pas d'école cette semaine.

— Ouais, j'en ai marre de l'école, lance Wilder.

— L'école n'est pas si mauvaise que ça, surtout la tienne, répliqué-je. C'est un endroit très agréable avec des professeurs formidables. Et puis, tu as besoin d'apprendre. Tu seras content de ton éducation quand tu seras plus âgé.

Wilder hausse les épaules.

— Je ne sais pas à quoi cela servira quand je dirigerai le ranch.

— Eh bien...

— Wilder ! Ace ! C'est un plaisir de vous rencontrer ici, gazouille une blonde aux cheveux bouclés.

— Hé, Cheyenne ! salue Wilder.

— Bonjour ! As-tu rencontré notre nounou, Phoebe ? lui demande Ace.

Elle me regarde et mon estomac se retourne. Elle tend la main et dit :

— Oh, oui ! J'ai entendu dire qu'il y avait quelqu'une d'autre au ranch. Tu étais à Boots hier soir, n'est-ce pas ?

Mon cœur bat fort. Je lui prends la main et lui réponds :

— Oui.

— Elle est allée aux courses avec Papa. Il a perdu un pari et elle a gagné gros ! se vante Ace.

Je jette un coup d'œil vers lui, souhaitant qu'il ne lui dise rien. Je ne sais pas pourquoi, mais elle me met mal à l'aise.

Je me retourne vers elle.

— Comment vous connaissez-vous tous ?

Ses lèvres se courbent en un sourire crispé. Elle répond :

— Je suis amie avec Alexander. Nous nous connaissons depuis longtemps.

Quelque chose dans la façon dont elle le prononce me fait me sentir encore plus mal.

Wilder intervient :

— Ils sont allés à l'école ensemble.

— Oh, c'est mignon ! Enchantée de te rencontrer, répliqué-je.

Son regard dérive sur moi, puis se fixe à nouveau sur mes yeux.

— Oui, j'ai été ravie de te rencontrer. Je suis sûre qu'on se reverra.

— D'accord, ça sonne bien, lancé-je, mais tout au fond de moi me dit que je ne veux pas revoir cette femme-là. Elle a l'air sympathique, mais le mauvais pressentiment que je ressens m'intime que quelque chose cloche à son sujet.

Elle disparaît au moment où la serveuse s'approche de la table.

— Bienvenue chez *Piggly's* ! Je ne vous ai jamais vue auparavant. Je m'appelle Martha, déclare cette dernière, une femme un peu plus âgée.

— Martha, voici notre nounou, Phoebe ! Elle est géniale, s'exclame Ace.

Je ris.

— Eh bien, merci !

Le sourire chaleureux de Martha me rassure. Elle déclare :

— Je suis ravie de te rencontrer. Et je ne vous ai pas vus depuis longtemps, vous deux. Votre père a-t-il été trop occupé pour vous amener en ville ?

Wilder répond :

— Oui, et grand-mère et grand-père ne reviennent pas en ville avant mardi.

— J'ai appris qu'ils étaient partis en mission plus tôt que prévu. J'étais surprise qu'ils partent pendant les fêtes, avoue Martha.

— Ils vont revenir pour Thanksgiving et Noël, lui précisé-je.

Martha sourit en signe d'approbation.

— C'est une bonne chose. Les fêtes sans Ruby et Jacob ne seraient pas les mêmes. Maintenant, que puis-je vous servir à boire ?

Je commande de l'eau et les garçons des sodas.

Martha demande :

— Tu aimes les Reubens ? Nous les avons en promotion aujourd'hui.

J'avoue :

— Je ne crois pas en avoir jamais bu.

Elle feint le choc, mais halète dramatiquement.

— Alors il faut que tu en prennes un ! C'est absolument délicieux. Je te le garantis.

Je ris.

— D'accord, alors un Reuben !

— Je veux un cheeseburger et des frites, s'il te plaît, commande Ace.

Wilder déclare :

— Je prendrai le fromage grillé au bacon avec la soupe à la tomate, s'il te plaît.

— C'est noté. Laissez-moi vous apporter vos boissons et votre repas ne prendra pas trop de temps ! Je le demanderai en priorité. Martha fait un clin d'œil.

Je souris.

— C'est super. Merci.

Elle me tape sur l'épaule.

— Ravie de t'avoir rencontrée, Phoebe ! Je suis contente d'apprendre que quelqu'une s'occupe des garçons.

— Merci.

Elle s'en va et je jette un coup d'œil dans le restaurant. Ma poitrine se serre.

Cheyenne me fixe avec des yeux rétrécis, tapotant ses doigts sur la table. Elle ne se force plus à sourire maintenant.

Je détourne le regard et discute avec les garçons, mais je sens qu'elle me lance un regard noir. Je me retourne et constate que je n'ai pas tort.

Pourquoi me dévisage-t-elle comme ça ?

Mes entrailles frémissent.

Notre repas arrive et Martha le pose juste au moment où Cheyenne se lève. Elle se dirige vers nous et attend que Martha s'en aille, puis dit :

— N'oublie pas de passer le bonjour à Alexander de ma part !

— D'accord, je le ferai, réponds-je en espérant qu'elle partira.

Ses lèvres se tordent en un sourire vicieux.

— Bien. Et fais-lui savoir que je suis prête à monter à nouveau son étalon !

19

Alexander

Tout ce que je veux, c'est me glisser dans mon lit et appuyer sur le bouton « *reset* ». Ce qui a commencé comme une journée extraordinaire est rapidement devenu de pire en pire. J'ai blessé Phoebe, et elle est gênée que mes frères soient au courant pour hier soir. J'aimerais pouvoir réparer les dégâts que j'ai causés, mais je ne sais pas vraiment comment.

La seule chose qui me vient à l'esprit, c'est me jeter à corps perdu dans mes activités. Je fais donc travailler les chevaux à fond, surtout Calypso.

Mason s'écrie :

— Ça suffit ! Tu risques de le blesser.

J'évalue la situation. Il a raison. J'ai déjà fait faire à Calypso quatre tours de plus que d'habitude.

Je soupire et entre dans le corral. J'attrape son harnais, accroche la longe en cuir et tapote sa tête trempée. Je le félicite en lui disant :

— Bon travail, mon pote !

Il niche sa tête contre ma poitrine, essoufflé.

Je sors une pomme de ma poche et la lui tend. Il la prend et la croque. Je le guide vers la mangeoire pleine d'eau et le laisse boire quelques minutes avant de le ramener à l'étable.

Mon téléphone vibre dès que je ferme la porte de son box. Je le sors de ma poche et consulte mes SMS.

> Cheyenne : J'ai rencontré ta nounou aujourd'hui.

Les poils de mes bras se dressent. C'est une petite ville et tout le monde se connaît. Pour les garçons, Cheyenne est mon ancienne camarade de classe, et c'est tout.

Et elle sait ce que je pense à propos de mes enfants. Elle a toujours respecté mes limites en ce qui les concerne, et je ne me suis jamais inquiété lorsque nous l'avons croisée en ville ou lors d'événements.

Avant que je puisse répondre, un autre message apparaît.

> Cheyenne : Elle est mignonne. Un peu artiste à mon goût, mais elle a l'air enjouée.

> Cheyenne : Son pince-nez en diamant est une belle touche.

Je ferme le poing, fixe l'écran et me demande comment répondre.

> Moi : Elle a été géniale avec les garçons.

> Cheyenne : Peux-tu t'échapper ce soir ? Je suis prête à m'amuser un peu.

Moi : Désolé, je ne peux pas laisser les
enfants. Il se passe trop de choses.

Cheyenne : Trop de choses se passent avec la
nounou ?

Soudain, l'air dans mes poumons devient vicié. La dernière chose dont
j'ai besoin, c'est que Cheyenne soit jalouse de Phoebe. Elle ne sait même
pas ce qui s'est passé entre nous. Et même si elle le savait, nous sommes
strictement « amis avec avantages », rien de plus. Elle n'a aucun droit
sur moi. Et quand elle sort avec quelqu'un, je ne m'en mêle pas. Je sais
que notre petit arrangement peut prendre fin à tout moment.

Cheyenne : Je ne pensais pas qu'elle était ton
type.

Moi : Arrête de porter des accusations sur des
choses dont tu ne sais rien.

Cheyenne : Alors viens me punir parce que j'ai
été méchante.

Une photo de Cheyenne touchant sa chatte nue apparaît à l'écran.

Normalement, ça m'échaufferait le sang, et je trouverais un moyen
d'aller la baiser, même si je n'avais que vingt minutes de temps libre.
Là, ça m'agace.

Moi : Je suis occupé. Je dois y aller. On se
parle plus tard.

Cheyenne : Mais j'ai besoin de l'étalon. Et tu
me le dois.

Mon pouls monte en flèche. Le seul endroit où mon étalon veut se
trouver, c'est à l'intérieur de Pheebs.

De quoi parle Cheyenne d'ailleurs ?

Moi : Je te dois quelque chose ?

Cheyenne : Oui. Je t'ai baisé il y a quelques semaines avant de sortir pour la nuit. J'ai dû refaire ma coiffure et mon maquillage.

Moi : Je n'ai pas le temps pour ça. Nous en reparlerons plus tard.

Elle essaie de m'appeler.

Je l'envoie sur la boîte vocale.

Elle m'envoie des émojis de pleurs.

Cela m'agace encore plus. Je glisse mon téléphone dans ma poche et quitte la grange. Je me trouve à mi-chemin de la cour quand le 4x4 franchit le portail.

Ace saute du siège avant et court vers moi.

— Papa, tu vas adorer notre surprise !

— Allez-vous me dire ce que c'est maintenant ? demandé-je.

— Non ! Tu dois t'en aller pour que nous puissions décharger les courses, répond-il.

— Je ne peux pas regarder ?

— Non ! Tu vas tout gâcher !

Je m'esclaffe.

— D'accord. Je m'en vais dans une minute. Vous avez été sages, les garçons ?

— Ils étaient parfaits. Ace, va aider ton frère à tout décharger ! ordonne Phoebe.

Il obéit.

Je la regarde.

— Je suis content que les garçons ne t'aient pas causé de problèmes. J'ai hâte de connaître cette surprise.

Elle sourit, mais il y a une pointe de désapprobation dans ses yeux. Elle ajoute :

— J'ai rencontré ton amie, Cheyenne.

— Nous sommes allés à l'école ensemble.

— Oui, c'est ce que j'ai entendu. Elle m'a dit de te transmettre qu'elle voulait à nouveau monter ton étalon. Le sourire de Phoebe se durcit.

Oh, merde !

Putain, Cheyenne !

J'ouvre la bouche, mais rien n'en sort.

Phoebe me lance un regard noir et tourne les talons. Elle rejoint les garçons qui déchargent le 4x4.

Mes tripes continuent de s'enfoncer. Je respire profondément.

Elle comprendra quand je lui aurai expliqué mon arrangement avec Cheyenne.

En plus, Phoebe est toujours avec M. Connard, pour ce que j'en sais. Elle n'a pas le droit de m'en vouloir pour quelque chose que j'ai fait avant de coucher avec elle.

Je me dirige vers le véhicule, dans l'espoir d'attirer Phoebe à l'écart.

Wilder s'écrie :

— Papa, tu n'as pas le droit de venir ici ! Tu vas gâcher la surprise.

Je me fige, ne sachant que faire.

Ace ordonne :

— Va-t'en ! Nous voulons te faire une surprise !

Wilder ajoute :

— Ne rentre pas à l'intérieur jusqu'à ce soir !

Je dis à Phoebe :

— Il faut qu'on se parle plus tard.

Elle penche la tête et joint les sourcils.

— Vraiment ?!

J'affirme sévèrement :

— Oui, vraiment. Obligatoirement.

Elle gazouille :

— Bien sûr, comme vous voulez, patron. Allez, les gars ! Commençons notre projet ! Elle les emmène, et je me dirige vers le corral.

Jagger demande :

— Qu'est-ce qu'il y a ?

— Rien.

Il penche la tête.

— Ça n'a pas l'air d'être rien.

— Occupe-toi de tes affaires ! lui intimé-je plein de colère avant de filer vers l'écurie. Je place une selle sur mon cheval, Trojan. Je glisse mon pied dans l'étrier et me hisse dessus. Je passe ma jambe au-dessus de lui et m'assois.

Je passe le reste de l'après-midi à faire le tour du lac. C'est la seule chose qui m'a toujours sauvé, sauf aujourd'hui. Je n'arrive pas à me débarrasser du trou dans lequel je me suis enfoncé.

Je me répète une douzaine de fois que je n'ai pas à m'excuser pour Cheyenne, mais j'ai quand même l'impression que c'est le cas. Et je me maudis de m'être laissé aller à agir de manière aussi irresponsable.

Phoebe est la nounou de mes fils. Elle est mon employée et responsable des deux personnes que j'aime plus que quiconque. Mon devoir consiste à les protéger et à me préoccuper de mes propres besoins en dernier, ce que je n'ai pas fait hier soir.

Le soleil disparaît et l'obscurité s'installe. J'aurais dû me calmer, mais je suis encore en train de ruminer trop de choses, je me sens un peu perdu et essaie de ne pas tomber dans le vide que j'évite à tout prix.

C'est l'endroit où je perds tout contrôle et où je m'apitoie sur mon sort, et s'il y a une chose que je déteste le plus au monde, c'est de jouer à la victime. Il n'y a que peu de fois où je me suis laissé aller à cela. Ce soir, je lutte pour ne pas entrer dans l'ombre des « et si », des « pourquoi moi » et des « la vie est injuste ».

Une partie de moi veut rester dehors pour toujours, mais je sais que je dois affronter la situation et essayer d'éclaircir les choses entre Phoebe et moi.

Je fais courir Trojan à fond jusqu'à ce que j'arrive à l'étable. Je bondis à terre, lui enlève sa selle, le frotte, le conduis dans son box, puis je me dirige vers la maison. Les lumières orange et les lanternes extérieures automatiques s'allument, m'éclairant le chemin vers le porche.

Lorsque j'ouvre la porte d'entrée, l'odeur des biscuits faits maison me percute. Des rires retentissent dans mes oreilles et je m'arrête en souriant.

Peut-être que je ne devrais pas aller là-bas et gâcher leur plaisir.

— Papa va adorer ça ! s'exclame Ace, me tirant de ma lutte intérieure.

J'entre dans ma chambre en demandant :

— Qu'est-ce que je dois voir ? Puis je me fige.

Les rires s'arrêtent. Mes enfants et Phoebe me regardent fixement.

Je jette un coup d'œil à ma chambre. Les murs sont d'un bleu paisible. Il y a un nouveau couvre-lit multicolore sur mon matelas et un vase en verre sur la table de chevet. En face de mon lit, une immense toile sur laquelle sont peints une dinde et les noms des garçons est accrochée au mur. Un cheval en métal martelé argenté est accroché au-dessus de mon lit. En dessous, il y a écrit « Étalon ».

Wilder s'écrie :

— Surprise !

Ace demande :

— Tu n'aimes pas ça, Papa ?

Phoebe prend une grande inspiration et offre un petit sourire.

Stupéfait, j'assimile tout et admets :

— C'est génial.

— Nous ferons ensuite ma chambre ; j'ai tiré la paille la plus longue ! J'ai choisi la peinture rouge, déclare Wilder.

— Après nous allons peindre la mienne ! Mes murs seront verts ! renchérit Ace.

Je fixe du regard Phoebe.

— C'est vraiment sympa.

— Tu aimes ?

— Oui.

Son sourire s'agrandit. Elle répond doucement :

— Bien.

Je jette un coup d'œil au cheval de métal au-dessus du lit, puis à elle. J'arque les sourcils, mon cœur s'accélère.

Elle cache son sourire, ses joues deviennent roses.

Pour une raison ou pour une autre, un petit rire s'échappe de moi. C'est peut-être le stress de la journée. Peut-être que je suis tellement hors de mon élément dans ma propre maison que je ne sais pas comment gérer quoi que ce soit en ce moment. C'est peut-être dû à mon attirance indéniable pour Phoebe, même si j'ai passé toute la journée à me dire que je pouvais l'enfouir au plus profond de moi-même.

Et encore, peut-être que je veux juste ressentir le bonheur que j'ai ressenti il y a vingt-quatre heures avant d'ouvrir la bouche et de tout gâcher entre nous.

Quoi qu'il en soit, je continue à rire. Phoebe se joint soudain à moi, et des larmes coulent sur mes joues. Je les essuie, mais je ne peux pas m'empêcher de hurler de rire. Mes côtes commencent à me faire mal.

Ace demande :

— Qu'est-ce qui te fait rire ?

Je ne peux pas lui répondre. Je jette à nouveau un coup d'œil au cheval et Phoebe rigole encore plus fort. Elle essuie aussi ses larmes sur ses joues.

— Je ne comprends pas, ajoute Wilder.

Il nous faut encore quelques minutes pour nous calmer. Je m'agenouille et j'enlace les garçons de mes bras.

— Merci. C'est vraiment bien.

Wilder déclare :

— C'était l'idée de Phoebe.

— Elle a dit que nous devions d'abord faire ta chambre, annonce Ace.

Elle a dit que tu le mérites puisque tu travailles si dur pour nous tous, déclare Wilder.

Je la fixe du regard.

— Merci. C'est très joli.

— Avec plaisir.

Nous nous taisons pendant un moment.

L'estomac d'Ace gronde. Il annonce :

— J'ai faim. Qu'est-ce que tante Willow prépare ?

Phoebe répond :

— C'est la soirée steak.

— Oui ! Ma préférée, s'exclame Wilder en levant le bras en l'air.

— Pourquoi ne pas courir à la maison ? Phoebe et moi vous y rejoindrons. Je dois lui parler une minute.

— Faisons la course ! propose Ace en sortant de la pièce en courant.

— Aucun départ en trombe n'est autorisé ! affirme Wilder en le suivant.

La porte d'entrée claque et je m'avance devant Phoebe. L'anxiété revient dans ma poitrine. Je lance :

— Où as-tu trouvé le cheval ?

Ses lèvres tressaillent.

— Au magasin d'articles ménagers, en ville.

J'y jette un nouveau coup d'œil, en ricanant.

— C'est joli.

— J'ai pensé que tu l'apprécierais, dit-elle en prenant une grande inspiration. Son sourire s'estompe.

Un million de pensées se bousculent en moi. Je commence par dire :

— Écoute, je...

Elle attend.

— J'ai merdé ce matin. J'ai dit les choses de la mauvaise façon.

— Je n'ai pas l'intention d'être un autre cran sur ta ceinture, Alexander.

Je parcours l'espace qui nous sépare et je pose ma main sur sa joue.

— Je n'ai jamais pensé à toi comme ça.

— Ah non ?!

— Non. Pas une seule fois.

La tension monte entre nous.

Je passe mon pouce sur ses lèvres et j'ajoute :

— Je t'aime bien, beaucoup en fait. Mais je ne sais pas quoi penser de nous deux. Je n'ai pas l'habitude de... eh bien, de tout cela. Je ne veux pas blesser mes fils si... Je ne sais même pas si tu es encore avec ce connard.

Ses lèvres se courbent, mais elle reste silencieuse.

Mon pouls s'accélère.

— Tu es encore avec lui ? insisté-je.

Elle hausse lentement les épaules.

— Je ne sais pas ce qui se passe entre nous deux non plus.

Mon cœur s'affaisse.

— Je ne drague pas les femmes qui sont avec d'autres hommes, lâché-je.

Phoebe se racle la gorge.

— Et Cheyenne ? On dirait que tu as beaucoup de choses à faire avec elle.

J'avoue :

— C'est une situation d'amis avec avantages. C'est tout.

Phoebe grimace.

— Les gens font-ils vraiment ça alors ?!

Je hausse les épaules.

— J'exerce beaucoup de responsabilités avec les garçons et le ranch, mais j'ai toujours des besoins… physiques. Que puis-je dire de plus ?

Elle marque un temps d'arrêt, puis répond :

— D'accord.

— C'est compliqué à tous points de vue et je ne sais pas quoi en penser.

— Le fait que j'aie enfreint la règle d'or n'aide pas non plus, d'ailleurs.

Confus, demandé-je :

— C'est quoi ? Être gentille avec les autres ?

Elle secoue la tête.

— Non. Ne pas coucher avec le patron.

— Je ne suis pas vraiment innocent non plus. Cela va dans les deux sens, déclaré-je.

Nous demeurons silencieux pendant un long moment.

Elle pose sa main sur ma paume qui est sur sa joue et ferme les yeux. Puis elle les ouvre et dit :

— Peut-être que c'est mieux si on reste juste amis. Nous avons tous les deux des choses à régler, alors c'est probablement mieux si nous ne franchissons plus la ligne de l'amitié.

Mon estomac se noue, mais je ne peux pas la contredire. Je passe lentement ma main sur la sienne et j'en embrasse le dos.

— D'accord.

Elle sourit.

— Alors tu ne me détestes pas ? posé-je la question.

Elle soupire.

— Non.

— C'est bien. J'ai passé une journée plutôt merdique en sachant que je t'avais causé du mal, avoué-je.

— Je reconnais que j'ai eu de meilleurs jours qu'aujourd'hui, c'est vrai.

Je jette un coup d'œil dans la pièce.

— C'est vraiment gentil de ta part de faire ça, tu sais.

— Merci. J'ai eu une bonne équipe pour m'aider, réplique-t-elle.

— Devrions-nous aller dîner ? demandé-je.

— Bien sûr.

Je lui fais signe de passer en premier et je manque de poser ma main sur son dos, mais je m'en empêche au dernier moment.

Seulement amis.

C'est peut-être difficile de ne pas en vouloir plus, mais Phoebe a raison. Aucun de nous n'est en position de s'impliquer avec l'autre. Tout ce que ça entraînera, c'est blesser quelqu'un, peut-être même mes garçons.

Nous quittons la maison sans rien dire et traversons la cour jusqu'à la maison principale. Lorsque nous entrons, le dîner est prêt. Ma famille est dans le salon, prête à manger.

Nous prenons des chaises l'une en face de l'autre et, contrairement au petit-déjeuner, nous reprenons nos échanges habituels. Cela fait du bien, mais je ne peux m'empêcher de souhaiter que les choses soient différentes, même si je sais que ce n'est pas notre réalité.

20

Phoebe

Jour de Thanksgiving

L'arôme du café frais et du bacon me brûle les narines. J'ouvre lentement les yeux en gémissant, puis je les referme. Mon pouls bat fortement dans mon crâne. Ma bouche est sèche, comme si quelque chose était mort à l'intérieur de moi-même.

Je cligne des yeux plusieurs fois, me redresse lentement puis jette un coup d'œil par la fenêtre. Le givre recouvre les coins de la vitre et de gros flocons de neige tombent dehors.

Je me force à sortir du lit, enfile un peignoir par-dessus mon pyjama et glisse les pieds dans mes pantoufles. Je vais dans la salle de bains, me brosse les dents et me fais un bain de bouche.

Je sors de la salle de bains et me dirige lentement vers la cuisine.

Alexander s'appuie sur le comptoir, une tasse de café à la main. Je vois qu'il est déjà sorti ce matin – il porte ses bottes et son chapeau de cow-boy. Les commissures de ses lèvres s'incurvent et la compassion envahit son expression.

Même si je me sens mal, mon cœur s'accélère à sa vue et à son sourire. J'aimerais qu'il ne soit pas si sexy, mais quoi que nous ayons convenu, mon attirance pour lui n'a pas faibli. Nous avons fait de notre mieux pour que les choses redeviennent ce qu'elles étaient, mais c'est difficile. Plusieurs fois cette semaine, j'ai eu envie de le toucher et j'ai dû me rappeler de ne pas le faire.

— Comment te sens-tu, Pheebs ?

Je gémis.

— Combien de bières ai-je bu ?

Il s'esclaffe.

— Je n'ai pas compté. Surtout après que tu as fait ce pari avec Sebastian.

Quel pari ?

J'essaie de me rappeler les événements de la nuit dernière, étape par étape. Une vision des Cartwright scandant mon nom me vient à l'esprit.

— Oh, Jésus ! lancé-je en secouant la tête et grimaçant sous l'effet de la douleur.

— Doucement ! réplique Alexander. Il se tourne et remplit une autre tasse de café. Il la pose sur la table.

— Assieds-toi !

J'obéis et enroule mes mains autour de la tasse chaude.

Il fouille dans l'armoire, en sort un flacon de comprimés contre les maux de tête et en dépose deux dans sa paume. Il les tend vers moi en ordonnant :

— Tiens, avale-les ! Ça va t'aider à te remettre sur pied.

Je les lui prends et il me tend un verre d'eau.

J'avale les pilules et demande :

— Qu'est-ce que Sebastian m'a fait faire comme pari exactement ?

— Oh, ce n'était pas Sebastian ! révèle Alexander, en essayant de garder son sérieux.

Je fronce les sourcils, avouant :

— Je ne comprends pas. Peux-tu être plus précis ?

L'amusement se lit sur l'expression d'Alexander.

— C'est toi qui as parié que tu pouvais boire une bière plus vite que lui.

Je me passe la main sur le visage en gémissant :

— Vraiment ?

Les lèvres d'Alexander se contractent.

— C'est sûr.

Je bois une gorgée de café. Le liquide chaud coule jusque dans mon ventre mais n'est pas très agréable. Je grimace et mon estomac se serre.

Il s'assoit à côté de moi, pose sa main sur mon dos et se penche plus près. — Pheebs, tu as l'air malade.

— Ça va aller.

Il prend une gorgée de café, puis déclare :

— Si ça peut te rassurer, je n'ai jamais vu personne battre Sebastian. Tu as de vrais talents de buveuse de bière.

Je me souviens à peine d'avoir décapsulé une canette et de l'avoir portée à mes lèvres pendant que tout le monde autour de nous scandait des encouragements. J'étale mes bras sur la table et cache mon visage entre mes mains. Je ferme les yeux et marmonne :

— C'est la faute de ta famille. Il y a trop de pression de tout le monde.

Alexander s'esclaffe.

— C'est l'histoire que tu te racontes, alors ?

Je me force à croiser son regard.

— Ouais.

Il ricane et pose sa main sur ma cuisse. Il se penche plus près.

— Tu sais qu'ils voudront encore faire la fête ce soir, n'est-ce pas ?

Je grimace.

— C'est vrai ?

Il raille.

— Tu veux une bière maintenant ? Tu peux prendre de l'avance en prenant un peu du poil de la bête.

Je gémis :

— Ça a l'air dégoûtant.

— C'est à toi de voir. Il se rassoit, amusé, et avale une nouvelle gorgée de café.

Je me force à décoller la tête de la table et jette un coup d'œil par la fenêtre, puis déclare :

— On dirait qu'il neige beaucoup.

— Ouais. Ça a commencé juste avant qu'on rentre à la maison.

— Ah bon ?! Je lève les sourcils, essayant de me souvenir de mon retour à pied de la maison principale, mais rien ne me revient à l'esprit.

Il demande :

— Tu ne te souviens pas que je t'ai portée dans mes bras, n'est-ce pas ?

Mes joues s'échauffent. J'avoue :

— Non. À quel point étais-je défoncée ?

— Je ne dirais pas « défoncée ». Tu étais juste assez animée, taquine-t-il.

— Je suis désolée. Ce n'est pas très nounou de ma part.

Il rit.

— Tu n'es pas vraiment dans la position de la nounou en ce moment. C'est Thanksgiving. Joyeux Thanksgiving, d'ailleurs !

— Joyeux Thanksgiving ! réponds-je, avant de prendre une autre gorgée.

— Tu veux manger quelque chose ? Des toasts pourraient t'aider, propose-t-il.

Mon ventre se retourne.

— Non. Je pourrais vomir si j'en mangeais.

— Aïe ! s'exclame-t-il en se rapprochant de moi et en m'enlaçant de son bras. Je me sens mal de t'avoir laissée boire autant.

Je ferme les yeux, me reposant contre sa poitrine.

— Ce n'était pas ta faute, marmonné-je.

— Quand même...

— Ça va aller, insisté-je. Puis je demande : Pourquoi m'as-tu portée ?

— Tu aurais pu avoir des problèmes pour marcher dans la neige après ton troisième round avec Sebastian.

Je le regarde bouche bée.

Il ricane, puis propose :

— Pourquoi ne pas dormir un peu plus et laisser les comprimés contre les maux de tête faire leur effet ? Il est encore tôt maintenant.

Je me force à bouger la tête et à lever les yeux.

— Quelle heure est-il ?

— Un peu plus de huit heures.

— Je dois aider à préparer le dîner.

Il grogne.

— Tu ne manqueras pas grand-chose pendant quelques heures. Repose-toi pour profiter de la journée ! D'ailleurs, j'encaisserai mes gains après le repas.

— Tes gains ?!

Il acquiesce et m'observe.

J'ai les tripes qui lâchent. Je crains de lui demander, mais je dois le faire.

— Qu'est-ce qu'on a parié ?

— Quelque chose d'amusant. Tu verras. Il se lève et boit le reste de son café. J'ai quelques choses à faire avant, cependant.

— Tu ne vas pas me le dire ?

Il rince sa tasse et la range dans le lave-vaisselle.

— Non. Comme tu ne t'en souviens pas, je vais garder la surprise. Mais tu m'as dit que tu étais impatiente.

— C'est vrai ?

— Oui.

Je me creuse la tête, mais je ne me souviens de rien de cette conversation-là. Il demande :

— Tu es sûre de ne pas vouloir de toasts ?

— Non, ça va.

— D'accord. Va te reposer !

— Où sont les garçons ? m'intéressé-je.

— Tous les enfants sont dehors et profitent de la tempête de neige texane.

— Il ne neige jamais ici ?

— Cela arrive rarement, mais en général jamais aussi tôt dans l'année. Les enfants ont construit quelques bonshommes de neige avant de se lancer dans une bataille de boules de neige. Les autres sont à la maison principale, mais n'hésite pas à y aller quand tu seras prête ! Tu devrais retourner te coucher et te reposer encore un peu.

Je cède, et accepte.

— D'accord. T'es vraiment sûr ?

— Aucune doute. D'ailleurs, je pense que Paisley et Willow dorment encore.

Un flash-back de nous trois en train de rire, puis de Paisley demandant une bâche dans la grange, me frappe d'un coup.

— Est-ce qu'on a fait quelque chose avec une bâche hier soir ? posé-je la question.

Les yeux d'Alexander s'illuminent.

— Il y a peut-être eu quelques tentatives de glissade dans la neige.

— Une glissade ?!

Il acquiesce.

— Ouais.

Un autre flash-back me traverse le cerveau. Horrifiée, je demande :

— Est-ce que j'ai failli mourir de froid et tu m'as mise sous une douche chaude ?

— J'ai sûrement fait ça, affirme-t-il.

Mon visage se vide de ses couleurs. Je gémis.

— Euh… Je suis désolée.

Il s'esclaffe.

— C'est bon. Relax.

— Les garçons m'ont-ils vue défoncée ?

— Tous les enfants étaient restés dans la maison principale avec mes parents. C'est une tradition.

Le soulagement m'envahit.

— Dieu merci !

Il glousse à nouveau.

— Allez, repose-toi, Pheebs !

Il se dirige vers la porte, et je fixe son cul musclé alors que trop de questions me traversent l'esprit.

Que s'est-il passé sous la douche ?

Des images d'Alexander me mettant en pyjama, de moi jetant mes bras autour de lui et bredouillant « Sors l'étalon ! » m'assaillent.

Je suis encore plus embarrassée. Je me passe à nouveau les mains sur le visage, le cœur battant la chamade et la tête me cognant grave.

Je reste dans la cuisine, essayant de me souvenir d'autres événements, mais rien d'autre ne me revient. Je me force enfin à me lever et à me recoucher. Je règle une alarme pour deux heures et je m'endors rapidement.

Lorsque la sonnerie retentit, je l'éteins et ouvre lentement les yeux. J'attends voir si le mal de tête sévit encore, mais il n'apparaît pas, il semble avoir disparu.

Je glisse hors du lit et me fige.

Une boîte blanche est posée sur ma commode. Un ruban orange et marron l'entoure et une enveloppe orange est glissée sous le nœud extravagant.

Mon cœur s'accélère. J'attrape l'enveloppe et en retire la carte.

La face avant est ornée d'une image de dinde et des mots « Glou, glou ».

Je souris et entrouvre la carte. Y est écrit « Joyeux Thanksgiving ! ». Sur le côté gauche, il y a une note écrite à la main.

> *Pheebs,*
> *Notre secret.*
> *Ne le dis pas à Willow.*
> *Alexander*

Mes papillons s'affolent. Je soulève le couvercle et en sors une paire de bottes identiques à celles que Willow m'avait données. Je vérifie l'étiquette, et elles font une demi-taille de plus.

Mon pouls bat plus fort, mais mon cœur fait aussi un peu mal. C'est un cadeau si gentil. Pour la millionième fois cette semaine, j'aimerais que les choses ne soient pas si compliquées et que je puisse être avec Alexander.

Je pose les bottes sur mon lit, puis emballe celles que Willow m'a offertes dans la boîte. Je la range au fond de mon armoire, puis je vais me doucher, me brosser les dents, me coiffer et me maquiller.

Je m'habille et enfile mes nouvelles bottes. Elles me vont parfaitement. Le bonheur m'envahit. Même si les bottes que Willow m'avait offertes étaient trop petites, je les ai portées tous les jours. Je les adore. En plus, on est dans un ranch. Il y a de la terre partout. Ce serait stupide de porter autre chose que des bottes.

J'enfile le manteau d'hiver, les gants et le bonnet que j'ai achetés en début de semaine, puis me traîne dans l'épaisse couche de neige jusqu'à la maison principale. Lorsque j'entre dans le chaleureux salon, je tape des pieds et enlève mon manteau, mon bonnet et mes gants.

Cela fait toujours bizarre de ne pas enlever mes bottes, mais Ruby m'a dit qu'elle avait renoncé il y a des années à s'inquiéter pour ses sols. Elle a fini par comprendre que ce n'est pas pour rien que les sols des fermes sont en bois.

J'accroche mon manteau. J'entends toutes les femmes discuter dans la cuisine, alors je rentre.

C'est le chaos. La cuisine est pleine et de nombreuses conversations ont lieu en même temps.

Georgia se retourne et son visage s'illumine lorsqu'elle me voit.

— Comment te sens-tu, Phoebe ?

Tout le monde s'arrête et se tourne vers moi.

— Ça va un peu mieux, réponds-je. Alexander m'a donné des comprimés contre le mal de tête.

Elle taquine :

— Je ne pense pas que l'ego de Sebastian s'en remettra un jour.

Je passe ma main sur mon visage, mes joues s'échauffent.

— Je ne veux même pas le savoir, marmonné-je.

Les rires fusent.

— Ne t'inquiète pas ! Paisley a aussi la gueule de bois, annonce Ruby.

Le teint de Paisley est pâle. Sa joue repose sur son avant-bras alors qu'elle s'affaisse sur la table. Elle murmure :

— Ne me parle pas de ça !

— Tu vas t'en sortir, réplique Ruby en lui tapotant l'épaule.

Elle grimace.

— Maman, attention à mon bleu !

— Oh, désolée ! Je suppose que ça t'apprendra à ne pas sortir les bâches dans la neige.

— Tu t'es blessée ? m'intéressé-je.

— Nan. C'est juste un petit bleu.

Evelyn s'ébroue.

— Petit, c'est-à-dire tout son bras et une partie de son dos.

— Ça va, rétorque Paisley en fermant les yeux.

Willow ajoute :

— Je t'échangerais bien l'hématome contre le rendez-vous que Cyril m'a proposé hier soir.

Georgia capte mon regard, cachant son sourire.

— Pourquoi ça ? demandé-je.

Willow fronce le nez.

— On pourrait penser qu'un homme capable de gérer un taureau saurait prendre les choses en main correctement lors d'un rendez-vous.

— Oh ?! m'exclamé-je.

— Tu devrais peut-être lui accorder une autre chance. Il était peut-être timide, déclare Ruby.

Georgia ricane.

— J'ai trouvé qu'il était gentil, interviens-je. Il est arrivé avant que les choses ne deviennent floues pour moi. J'ajoute : Je n'avais pas réalisé qu'il y avait des problèmes.

— Il n'aime pas les bars, alors nous sommes rentrés tôt le jour de la plus grande soirée bar de l'année, se plaint Willow.

— Et c'est une mauvaise chose ? réplique Ruby.

Willow se moque.

— Ben ouais, quoi ! Elle prend une carotte et la pointe vers moi en disant : Phoebe, c'est une leçon sur la raison pour laquelle tu ne veux pas être la première personne à sortir avec un cavalier de rodéo quand il arrive en ville. Tu ne sais pas quels sont leurs problèmes. Si tu laisses quelques autres femmes sortir avec eux d'abord, tu découvriras leurs manies et tu gagneras du temps et de l'énergie. Alors ne sois pas stupide comme moi ! Hier soir, j'ai découvert tous ses problèmes. Elle lève les yeux au ciel.

Georgia demande :

— Quels étaient ses problèmes ?

— Il n'en a pas encore fini avec son ex-copine.

— Oh, ça craint ! compatit Georgia.

— Il n'aime pas la foule.

— Ce n'est pas moi qui vais t'inviter à sortir la veille de Thanksgiving, réplique Paisley, puis elle se lève. J'ai besoin d'un verre de vin pour contrer les effets de la nuit dernière. Quelqu'un d'autre en veut un ?

J'y pense une seconde, mais je ne pourrais pas l'avaler, alors je refuse.

Willow ramasse une branche de céleri et la passe sous l'eau pour la laver. — Je n'ai pas réussi à le faire partir assez vite. J'étais contente que vous soyez tous là pour ne pas gâcher ma soirée.

— Je suis sûre que tu trouveras bientôt un autre rendez-vous, gazouille Ruby.

— Désolée, ce n'était pas le bon, compatis-je. Qu'est-ce que je peux faire pour aider par ici ?

— Je dois éplucher toutes ces pommes de terre, si tu veux participer, déclare Evelyn.

— Bien sûr. Je m'approche d'elle et commence à éplucher les pommes de terre bouillies.

Nous passons les heures suivantes à tout préparer pour le repas. De temps en temps, les enfants se précipitent dans la cuisine et, vers quatorze heures, tout est enfin prêt.

Paisley déclare :

— Je vais aller sonner la cloche.

Il faut encore une demi-heure pour que tout le monde se retrouve à l'intérieur et se soit lavé.

Alexander sort sa chaise et me fait signe de m'asseoir à côté de lui. Mes papillons s'envolent comme ils le font toujours en sa présence. Je m'assois et son aphrodisiaque odeur de musc, de sueur et d'extérieur s'enflamme autour de moi. Je croise les jambes, les serrant l'une contre l'autre.

Il demande :

— Tu te sens mieux ?

J'acquiesce.

— Oui, ça va. Merci pour les comprimés contre le mal de tête.

— De rien.

Je me rapproche et murmure :

— Et pour les bottes.

— Elles te vont bien ?

— Parfaitement !

— Génial ! Il me fait un clin d'œil.

Mes papillons s'affolent.

Jacob prononce une prière, puis, un par un, chacun exprime ce pour-quoi il est reconnaissant.

C'est mon tour alors je déclare :

— Je suis reconnaissante que vous m'ayez donné une chance d'être la nounou d'Ace et de Wilder, et que j'aie été si gentiment accueillie dans votre famille. Je vous remercie. Une vague d'émotion m'envahit et j'en ai les larmes aux yeux.

Je me rends compte que je ne me suis jamais sentie aussi bien accueillie chez quelqu'un. Les Cartwright s'aiment vraiment et ils m'ont toujours mise à l'aise. Je me sens comme chez moi, et parfois c'est difficile parce que je sais que je vais devoir retourner en Cali-fornie dans un peu plus d'un mois ou trouver un autre endroit où aller.

Plus je reste sans nouvelles de Lance, plus je réalise que je ne veux plus être avec lui.

Je veux un homme comme Alexander. Quelqu'un qui me traite aussi bien que lui. Et ça craint qu'il ne soit pas disponible.

Je n'avais jamais ressenti une telle alchimie avec quelqu'un auparavant. Maintenant que je l'ai ressentie avec lui, je sais ce que c'est. Pourtant, je ne sais pas si cela existe ailleurs qu'avec lui, et ça devient de plus en plus clair que je n'ai jamais eu d'alchimie avec Lance et que je n'en aurai probablement jamais. Ce que je pensais être de bons moments est bien différent de ce que les choses devraient être.

Ruby est ravie.

— C'est très gentil. Nous sommes si heureux de t'avoir ici, ma chère.

— Oui, c'est vrai. Tout va beaucoup mieux depuis que tu es là, ajoute Ace, ce qui fait monter mon cœur en flèche.

— Je suis d'accord, ajoute Wilder, avant de me faire un clin d'œil.

Je ris. Il est arrogant et ressemble à Jagger, qui a un très gros ego, mais il semble pouvoir s'en sortir.

Jacob annonce :

— À toi, Alexander !

Il se balance un peu sur son siège et me regarde dans les yeux. Il déclare avec assurance :

— Je suis reconnaissant à Pheebs. Les garçons et moi aurions été perdus ces dernières semaines. Maman, tu as eu raison de me demander de l'embaucher.

Mon pouls monte en flèche. Ma voix se bloque, mais je parviens à dire :

— Merci.

— C'est vrai. Il se concentre sur moi pendant encore quelques secondes, puis se retourne vers la table.

Jagger déclare :

— Je suis aussi reconnaissant à Pheebs.

— Ne fais pas le con ! marmonne Alexander dans sa barbe, et je cache mon sourire.

Jagger s'esclaffe et déclare :

— Je suis également reconnaissant pour toutes les femmes qui ne m'ont pas encore rencontré mais qui en meurent d'envie. Son sourire est plus grand que nature.

Georgia gémit.

— Tu n'as pas dit ça l'année dernière, déjà ?

Il hausse les épaules.

— Ouais. Et il y a encore beaucoup de femmes qui meurent d'envie de me rencontrer et de sortir avec moi.

— Tu es tellement imbu de ta personne, le réprimande Evelyn.

— C'est ce dont je suis reconnaissant et je m'y tiens, affirme-t-il en avalant une grande gorgée de bière.

Le reste de la famille dit ce dont elle est reconnaissante, et le dîner reste jovial. Alexander et moi discutons avec tout le monde, mais je n'arrive pas à me sortir de la tête ce qu'il a dit. J'aimerais que les choses soient différentes entre nous, et j'aimerais aussi ne pas avoir autant envie de lui.

Plusieurs fois, il pose sa main sur ma cuisse et la retire rapidement, comme s'il avait oublié notre accord. Chaque fois qu'il le fait, je serre les cuisses, souhaitant que la palpitation à l'intérieur de moi s'arrête, mais ce n'est pas le cas.

Nous terminons le dîner et le dessert. J'aide les femmes à nettoyer et je sors de la cuisine.

Alexander déclare :

— Il y a quelque chose que nous devons faire, Phoebe.

— Oh ?!

— Oui, viens. Mets ton manteau, tes gants et ton bonnet aussi !

— D'accord, dis-je, incertaine de ce qui se passe. Je m'emmitoufle et il me conduit à l'extérieur.

La neige s'est arrêtée et un épais manteau blanc recouvre tout. Les lumières sont allumées, mais elles ne sont plus seulement de couleur orange. Les couleurs de Noël illuminent le ranch.

Je m'émerveille et déclare :

— C'est si joli !

— Oui. Viens ! Il me prend la main et me conduit vers la grange.

— Ce n'est pas ce que tu voulais me montrer ?

— Non.

— Alors qu'est-ce que c'est ?

— Tu verras.

Nous entrons dans la grange et il ouvre la porte d'une stalle. Il saisit la bride d'un grand cheval.

— Tu as déjà rencontré Trojan, n'est-ce pas ?

— Oui, réponds-je nerveusement en jetant un coup d'œil à la double selle.

— Super. Allons faire un tour !

— Quoi ?

— Il n'y a rien de mieux qu'une balade dans la neige, affirme-t-il.

— Pas question.

— Tu m'as dit hier soir que tu voulais le faire après avoir perdu le pari, déclare-t-il.

Je le regarde bouche bée.

Il s'esclaffe.

— Je jure sur la vie de mes enfants que tu m'as dit ça.

— Pas question.

— Si, tu l'as dit, insiste-t-il.

Je jette un coup d'œil au cheval, ma poitrine se serre.

— Allez, Phoebe ! Tu n'auras peut-être plus jamais cette chance. La neige est parfaite et il n'y a pas de vent en ce moment. Crois-moi, tu ne le regretteras pas ! Tu ne le regretteras pas et je te promets que je ferai tout pour que tu sois en sécurité, affirme-t-il.

Je jette un coup d'œil à Trojan. C'est un énorme cheval. Il a l'air féroce. Je secoue la tête.

— Non, merci.

— Tu ne me fais pas confiance ? demande Alexander, la déception se lisant dans sa voix et son expression.

— Non, je te fais confiance. C'est juste que...

Il s'avance et pose sa main sur ma joue.

— Alors fais-moi confiance ! Je serai sur le cheval avec toi. Tout va bien se passer. Tu vas adorer ça.

Je jette un coup d'œil vers le cheval.

— On ne vit qu'une fois, Pheebs. Et je te promets que je ne ferai rien de fou. Nous irons doucement.

J'inspire profondément, puis je relâche mon souffle.

— Bon, d'accord.

Son visage s'illumine.

— Ouais. Tu veux bien ?

— Si tu me promets que je serai en sécurité.

— Parole de scout ! dit-il en levant trois doigts en l'air.

Je ris nerveusement, n'arrivant pas à croire que je vais faire ça.

— Ok. Comment je monte sur ce truc ?

21

Alexander

rojan blottit son museau contre ma poitrine, renâclant doucement.

— Les chevaux ont-ils des rhumes ? demande Phoebe.

J'arque les sourcils.

— Bien sûr. Pourquoi cette question ?

— Ils ont l'air d'éternuer beaucoup.

Je m'esclaffe.

— Trojan est juste content de te voir.

Il pousse plus profondément contre ma poitrine, puis s'ébroue bruyamment.

Elle taquine :

— Il a l'air de s'intéresser à toi.

— Tu gagnes du temps. Il est temps de monter dessus. J'attrape l'étrier et ordonne : Mets ton pied ici et fais passer ta jambe par-dessus la selle !

Ses yeux se promènent entre Trojan et moi. Elle dit :

— Pourquoi ne pas le laisser se reposer au cas où il aurait un rhume ?

— Il n'est pas enrhumé. Allez, viens ! La neige n'arrive pas souvent par ici.

Elle prend une inspiration anxieuse, puis pose sa main sur mon épaule et son pied gauche dans l'étrier.

Je dis :

— À trois, relève-toi ! Je vais t'aider.

— Tu es sûr de toi ? Elle se mord la lèvre.

— Ouais. Un, deux, trois. J'attrape son cul et le soulève.

Elle pousse un cri et passe sa jambe par-dessus la selle. Elle se penche en avant et enlace le cou de Trojan. Elle ferme les yeux et le supplie :

— S'il te plaît, sois gentil avec moi !

Je glisse mon pied dans l'étrier et saute derrière elle, puis je passe mon bras autour de sa taille, la tirant en position assise et l'approchant de moi. Je lui murmure à l'oreille :

— Ne t'inquiète pas, Pheebs ! Je ne laisserai rien t'arriver. Je saisis les rênes et claque deux fois ma langue.

Trojan se met en marche.

— Waouh ! s'exclame Phoebe.

Je la rapproche de moi.

— Reste calme ! Détends-toi et laisse-moi faire ! Je guide Trojan hors de l'étable, sur la couche de neige. Je le fais avancer lentement, laissant le cheval s'habituer au sol froid et humide.

Lorsque nous approchons des bois, le corps de Phoebe se détend enfin.

— Tu vois, ce n'est pas si mal, n'est-ce pas ? lui demandé-je, surpris d'avoir enfin réussi à la faire monter sur un cheval avec moi.

Elle tourne la tête et sourit. Elle avoue doucement :

— Non. C'est... c'est agréable.

Le bonheur m'envahit. Je lui donne un petit baiser sur les lèvres.

Elle fronce le front.

Mon cœur s'emballe. Elle était peut-être ivre hier soir, mais elle m'a dit qu'elle ne voulait plus être avec Lance. Elle a dit qu'elle voulait être avec moi.

Mon état d'ébriété ne m'a pas empêché de lui avouer mes sentiments secrets. Je lui ai dit que je voulais être avec elle et que je n'avais pas respecté notre accord d'amitié. Pourtant, je ne pense pas qu'elle se souvienne de notre conversation.

Elle m'a supplié de rester dans mon lit, mais je me suis forcé à refuser, car elle était très alcoolisée. Je ne voulais pas qu'elle se réveille et regrette ensuite ce qui se serait passé. J'ai donc gardé mes vêtements et je suis resté avec elle jusqu'au matin, puis je me suis glissé hors de sa chambre.

Je m'empresse de dire :

— Tu m'as fait plaisir en avouant que tu ne détestes pas cette promenade.

Elle rayonne, puis se tourne vers l'avant.

— Tu avais raison. C'est sympa.

— Tu me fais assez confiance pour aller un peu plus vite ? la questionné-je.

Elle prend une grande inspiration, lève les épaules, puis affirme :

— Oui, j'ai confiance en toi. Un peu plus vite, ça ira.

Je donne un léger coup de pied à Trojan et je claque la langue deux fois.

Il accélère. Des vapeurs volent dans l'air à cause de son souffle.

Je vois bien qu'il veut courir jusqu'à ce qu'il transpire, mais Phoebe n'en est pas encore là. Je ne veux surtout pas l'effrayer ou la faire paniquer au point qu'elle ne veuille plus jamais monter à cheval.

Je tends les rênes devant Phoebe et demande :

— Tu veux le diriger ?

Elle secoue la tête.

— Non !

Je m'esclaffe.

— D'accord. Je tourne à gauche sur le sentier, et nous trottons à travers le chemin d'arbres gelés.

— C'est vraiment très beau, affirme-t-elle.

— J'ai pensé que tu aimerais ça. Nous n'avons pas souvent l'occasion de voir ça. Je suppose qu'en Californie, vous n'avez pas non plus beaucoup d'occasions d'admirer une forêt gelée ?

— Non. Merci d'avoir partagé ça avec moi, dit-elle.

Je resserre mon bras autour d'elle, mon cœur s'accélérant.

— Tu devrais me laisser te sortir plus souvent.

Elle se retourne en fronçant les sourcils. Elle taquine :

— Comme un rendez-vous à cheval ?

Je la fixe, inhalant son parfum floral, ma bite se durcit.

Ses joues rougissent. Elle concentre à nouveau son attention sur le sentier et lance :

— Désolée. C'était juste une blague.

Nous devons parler.

— Accroche-toi ! intimé-je, puis je claque deux fois et je donne un coup de pied à Trojan.

Il prend de la vitesse et nous sortons des bois et traversons une petite prairie.

— Qu'est-ce que c'est ? s'intéresse-t-elle en pointant une vieille cabane.

— C'est l'ancien dortoir des ouvriers du ranch, lui réponds-je en arrêtant Trojan à quelques mètres du porche. Tu veux aller voir l'intérieur ?

— Bien sûr.

Je saute de Trojan et lui conseille :

— Mets ton pied dans l'étrier, puis balance ta jambe par-dessus.

Elle maîtrise parfaitement la tâche et je la félicite en lui disant :

— Regarde-toi comme tu te débrouilles bien !

Elle rayonne.

— Je me suis bien débrouillée, n'est-ce pas ?

— Oui, c'est vrai. Je passe les rênes par-dessus le poteau, puis je lui prends la main. Viens ! Je la conduis sur les marches et ouvre la porte.

— Ce n'est pas fermé à clé ? s'étonne-t-elle.

Je m'esclaffe.

— Le ranch est sécurisé en permanence.

— Je sais, mais quand même...

L'amusement m'envahit. Je ne me suis jamais senti autrement qu'en sécurité au ranch. C'est clôturé et il y a un portail. De plus, personne n'essaierait jamais de s'en prendre à ma famille.

Alors je lui lance :

— Tu n'es plus en Californie.

— Je suppose que non, réplique-t-elle.

J'appuie sur l'interrupteur et une ampoule clignote plusieurs fois avant de rester allumée.

— Il n'a pas l'air ni ne sent l'abandon, commente Phoebe en jetant un coup d'œil autour de la pièce.

J'avoue :

— C'est parce que je viens souvent ici.

Elle arque les sourcils.

— Vraiment ?!

— Oui.

— Pourquoi ?

Ma poitrine se serre. Je prends quelques instants, puis je confesse :

— J'aime ma famille, mais parfois, j'ai besoin d'être seul.

Elle m'étudie brièvement, puis déclare :

— C'est logique.

Je pose ma main sur sa joue.

— Tout ce que j'ai voulu faire depuis le matin où je me suis réveillé avec toi dans mon lit, c'est de t'amener ici.

Elle déglutit difficilement puis ouvre la bouche. Rien n'en sort.

Mon pouls s'accélère. Je glisse mon pouce sur son menton.

— Je crois qu'il faut qu'on parle, nous deux.

Elle prend une profonde inspiration, le rouge aux joues.

— Alexander... Elle se mord la lèvre.

— Je pense que nous avons pris la mauvaise décision et que nous devons en discuter.

Elle cligne des yeux plusieurs fois, sa poitrine se soulevant et s'abaissant plus rapidement.

Putain de merde !

Je glisse ma main dans ses cheveux, la tire contre moi et me penche. Son souffle chaud touche le mien et je glisse rapidement ma langue contre la sienne.

Elle halète, puis m'embrasse à son tour jusqu'à ce que nous soyons tous les deux à bout de souffle.

Je recule de quelques centimètres, en murmurant :

— Nous avons besoin d'un autre arrangement.

Elle murmure :

— Arrangement ?!

— Ouais, c'est ça. Toi et moi.

— Toi et moi... Elle détourne le regard, fronçant les sourcils.

Mon estomac se retourne. Je tourne son menton pour qu'elle ne puisse pas éviter de me regarder.

— Je t'aime bien.

— Je ne pense pas qu'il s'agisse de cela, déclare-t-elle, puis elle frissonne.

Je la conduis vers le canapé.

— Assieds-toi !

Elle obéit.

Je la recouvre d'une couverture et déclare :

— Je vais allumer un feu, puis nous allons trouver une solution. Avant qu'elle ne puisse s'y opposer, je m'avance devant la cheminée, dispose le bois et attrape la boîte d'allumettes sur le bord de la cheminée. J'en allume plusieurs jusqu'à ce que le petit bois prenne. Quand je suis sûr qu'il va continuer à brûler, je la rejoins sur le canapé.

Elle s'empresse de dire :

— Je ne pense pas que nous devrions en parler.

L'air dans mes poumons devient vicié.

— Pourquoi pas ?

Elle penche la tête, affichant une expression neutre.

— Je pensais que tu ne voulais pas décevoir les garçons.

— Je ne sais pas.

Elle détourne le regard et tapote ses doigts sur sa cuisse.

J'attrape sa main.

— Pheebs, tu ne comprends pas ce que je dis.

Elle se tourne vers moi, les yeux rétrécis.

— Je comprends parfaitement, Alexander.

Mon cœur cogne si fort contre ma poitrine que je pense qu'il va exploser. J'exige :

— Alors dis-moi ce que tu crois que j'essaie de dire !

— Tu penses que je devrais être ton amie avec des avantages jusqu'à ce que mes deux mois soient écoulés, déclare-t-elle, ses joues devenant rouges comme le feu.

Je secoue la tête en arrière.

— Pourquoi penses-tu cela ?

Sa lèvre frémit.

Cela ne se passe pas comme je le souhaitais.

Je la tire à travers le canapé et la mets sur mes genoux.

— Pheebs, dis-moi pourquoi tu penses que c'est ce que je veux !

Elle cligne des yeux et se détourne.

Je lui dis doucement :

— Tu te trompes.

Elle se retourne.

— Tu as couché avec moi. Quand je me suis réveillée, tu m'as fait remarquer que je venais de Californie et toi d'ici. Tu as dit que tu avais ta vie et moi la mienne. Tu as dit clairement que tu voulais seulement passer une bonne nuit. Eh bien, on s'est amusés. Et puis c'était fini. Ne revenons pas sur les raisons pour lesquelles tu penses que je suis une mauvaise idée !

— Une mauvaise idée ?! Je ne t'ai jamais traitée de mauvaise idée.

Elle ricane.

— Tu pourrais tout aussi bien l'avoir fait. Elle se détache de moi et va à la fenêtre. Elle croise les bras. Sa voix tremble quand elle dit : Pourquoi est-ce que tu parles encore de ça ? Je croyais qu'on avait dépassé ça. Tout est redevenu normal entre nous.

Je me lève du canapé.

— Ce n'était pas le cas hier soir.

Elle se retourne, fronçant les sourcils d'horreur et de confusion.

— Hier soir ?!

Je réduis la distance qui nous sépare.

— Tu voulais rester avec moi toute la nuit.

Elle reste bouche bée, le rouge vif dansant à nouveau sur ses joues.

Je pose ma main sur sa joue et la pousse contre le mur. Je me penche à un centimètre de ses lèvres, cherchant son regard, voulant qu'elle se souvienne de tout ce qu'elle m'a avoué.

Elle prend une respiration tremblante.

— De quoi parles-tu ?

Je regarde ses lèvres, révélant :

— Nous étions tous les deux d'accord pour dire que c'était difficile, et que nous ne devions plus lutter.

Elle se fige, retenant son souffle.

Je passe mon pouce sur sa bouche.

— C'est vrai. Nous sommes tous les deux malheureux. Admettons-le !

Elle reste silencieuse, ses lèvres frémissent sous mon contact.

— Je suis désolé de t'avoir blessée. Je ne l'ai jamais voulu. Et je pensais qu'on avait dépassé ça quand on avait accepté d'être amis.

— Nous l'avons fait, oui. Mais maintenant...

— Je te dis que tu es plus qu'une amie pour moi. Et je sais que tu as encore des sentiments pour moi. Alors arrêtons de lutter ! dis-je en fixant mon regard sur le sien.

Elle plisse les yeux.

— Et Cheyenne ?

— Et elle, quoi ?

La colère envahit l'expression de Phoebe.

— Je ne serai pas l'une de tes filles, Alexander.

Je ricane.

— Je n'ai pas un tas de filles. Et je voulais dire, et elle, quoi ? Je ne l'ai pas vue et je n'ai pas pensé une seconde à elle depuis que tu as mis les pieds au ranch. Et j'ajouterai que je n'en ai plus aucune envie non plus.

Elle me regarde fixement.

— Tu ne me crois pas ? questionné-je.

— Devrais-je le faire ?

— T'ai-je déjà menti ? rétorqué-je, vexé qu'elle pense que j'ai menti sur une telle chose. Je ne suis pas un de ces types qui couchent avec plusieurs femmes à la fois et qui mentent ensuite à ce sujet.

Elle admet :

— Non, tu ne l'as pas fait.

L'espoir m'envahit à nouveau.

— Alors je pense que tu devrais m'accorder le bénéfice du doute.

Elle soupire.

— D'accord. Tu as raison.

Je me rapproche.

— Si Cheyenne n'est pas un problème, quelles sont tes autres objections ?

Elle ferme les yeux et respire lentement.

Je l'embrasse légèrement en murmurant :

— Tu m'as manqué. Maintenant, sois une gentille petite fille et dis-moi combien moi et mon étalon t'ont manqué !

Elle éclate de rire.

— J'aime plutôt ça. Je déteste te voir bouleversée, avoué-je.

Son rire s'éteint.

Je l'embrasse à nouveau. Cette fois, j'attends qu'elle me rende mon affection, puis je me recule.

— Nous sommes plus que des amis, Pheebs.

— Et les garçons ? Tu as dit que tu ne voulais pas les décevoir.

— Je ne sais pas.

— Alors...

Je pose mon doigt sur ses lèvres.

— Je n'ai fait que penser à ça toute la journée. Et je ne veux pas les blesser. Ils t'aiment déjà. Je sais qu'ils t'aiment, et je n'ai jamais amené une femme autour d'eux auparavant. Donc je ne sais pas comment faire. Mais je sais aussi que personne ne se met ensemble en pensant qu'ils ne resteront pas ensemble. Alors peut-être qu'on va y aller doucement. On garde les choses entre nous jusqu'à ce qu'on soit tous les deux sûrs de ce que c'est.

Elle reste silencieuse.

Mon cœur s'emballe.

— Pheebs, j'essaie d'être un adulte responsable. Crois-moi, si je pouvais être un adulte irresponsable, je le ferais ! Mais je ne peux pas. Je suis leur seul parent.

Un autre moment s'écoule. Elle me touche le côté de la tête et me répond doucement :

— Je sais que c'est le cas. Et je ne voudrais jamais leur faire du mal.

— Alors on peut arrêter de faire semblant de ce qu'on ressent et voir comment ça se passe ?

— Tu veux dire en secret ? Prétendre à tout le monde que nous sommes platoniques, mais en secret nous ne le sommes pas ? demande-t-elle prudemment.

Je gémis.

— Ça a l'air si mauvais que ça ?

— Mais c'est ce que tu me demandes de faire, n'est-ce pas ?

Je fais grincer mes molaires. Ce n'est pas juste. Je sais que ça ne l'est pas, mais je ne sais pas comment nous pouvons explorer ce qu'il y a entre nous tout en protégeant mes garçons.

— Je ne te reproche pas de me demander que cela reste entre nous pour l'instant, poursuit-elle.

— Non ?

Elle secoue la tête.

— Non. Je ne voudrais pas faire de mal aux garçons non plus.

— Alors...

Elle se lèche les lèvres, puis se mord doucement.

Je lui demande :

— Ça te va, ou tu veux que je n'esquisse plus jamais un geste vers toi ?

Elle s'esclaffe.

— Esquisser un geste vers moi ? C'est ça ton geste ?

Je la rapproche de mes lèvres et lui réponds :

— Non, c'est ça ! Je glisse ma langue dans sa bouche et saisis ses fesses, la maintenant contre mon érection tendue. Je l'embrasse avec tout ce que j'ai, ne me souvenant pas d'avoir jamais voulu quelqu'un à ce point et d'avoir eu l'impression que je ne l'aurais jamais.

Ses genoux se dérobent. Elle s'agrippe à ma tête et frissonne.

Je me retire, restant près de sa bouche, et j'ordonne :

— Dis-moi que nous sommes sur la même longueur d'onde, ma petite fille !

Ses lèvres s'arrondissent.

— D'accord.

— Ah ouais ? répliqué-je avec enthousiasme.

Elle rit.

— Ouais.

— Bien...

Mon téléphone sonne, me coupant la parole.

Je gémis.

Son expression est empreinte d'amusement.

— Devrions-nous parier que c'est l'un des membres de ta famille qui appelle ?

— Non, je n'ai pas de bonnes chances de gagner, réponds-je, puis je décroche : Salut !

— Papa, où es-tu ? demande Ace.

— J'apprends à Pheebs à monter à cheval, dis-je.

L'excitation emplit sa voix.

— Elle est montée sur un cheval ?

Je souris et lui fais une bise sur les lèvres.

— C'est sûr.

— Génial !

La voix d'Evelyn intervient :

— Dis-lui pourquoi tu l'appelles !

Les poils de mes bras se dressent. Je demande sévèrement :

— Ace, pourquoi m'appelles-tu ?

Un moment de silence s'installe sur la ligne.

La déception l'emporte sur le bonheur.

— Ne m'oblige pas à te le demander deux fois !

Il gémit, avouant :

— Je suis un peu dans le pétrin.

— Dans le pétrin ?

Les yeux de Phoebe s'écarquillent.

Je l'embrasse sur le front, puis lui demande :

— Pourquoi as-tu des ennuis ?

Il hésite.

— Dis-le-lui ! intime Evelyn au téléphone.

Il répond :

— J'ai peut-être mis quelque chose dans le verre de Wilder.

Je me fige.

— Qu'est-ce qui ne va pas ? chuchote Phoebe.

Je mets le haut-parleur et le préviens :

— Ace, tu as cinq secondes pour me dire ce que tu as mis dans son verre.

— Il m'a mis au défi de le faire à l'oncle Jagger, mais Wilder a pris le mauvais verre, déclare Ace.

Les yeux de Phoebe s'écarquillent.

Mes tripes plongent encore plus loin.

— Ace, qu'as-tu mis dans son verre ? Et je ne te le redemanderai pas.

Il avoue :

— C'est la faute de Wilder ! Il a pris le collyre dans l'armoire à pharmacie et m'a mis au défi de le mettre dans le verre d'oncle Jagger !

L'horreur envahit l'expression de Phoebe.

La colère m'envahit.

— Tu pourrais tuer quelqu'un en faisant ça !

La voix d'Ace se brise.

— Je n'ai pas tué Wilder ! Je le jure ! Il fait juste beaucoup caca !

La main de Phoebe se pose sur sa bouche.

J'essaie de contrôler mon agacement en questionnant :

— Pourquoi l'un d'entre vous voudrait-il faire ça à oncle Jagger ?

— Il dit qu'il a un estomac d'acier. Wilder a parié qu'il avait tort, affirme Ace.

— Vous avez fait ça comme un pari ? explosé-je.

La voix d'Evelyn se fait entendre.

— Tu reviens bientôt ? Le médecin a dit que Wilder devrait s'en sortir puisque Ace a admis qu'il ne s'agissait que de deux gouttes, mais il est dans la salle de bains depuis un moment.

Je secoue la tête en disant « Désolé ! » à Phoebe.

Elle hausse les épaules en souriant.

Je dis à ma sœur :

— On arrive. Je raccroche et lui répète : Je suis désolé.

Phoebe laisse échapper un petit rire.

— Je suis désolée. Je ne devrais pas en rire.

— Ils seront tous les deux punis. Je l'embrasse sur le front et éteins le feu. Je la rejoins près de la porte.

Elle l'ouvre.

J'appuie ma main sur la porte et la ferme.

Elle bondit et se retourne pour me faire face.

Je supprime la distance qui nous sépare, enfonce ma main dans ses cheveux et lui fais pencher la tête.

Ses yeux s'enflamment.

Je fixe ses lèvres et l'avertis :

— Tu ferais mieux d'être toujours à l'affût quand nous serons de retour à la maison.

— À l'affût ?

J'acquiesce en passant un doigt sur sa mâchoire.

Elle frissonne.

— Dès que je trouve un coin sombre, je t'y entraîne ! la préviens-je.

22

Phoebe

Une semaine plus tard

Mon téléphone sonne. J'y jette un coup d'œil et mes tripes plongent.

Le nom de Lance s'affiche sur l'écran. C'est la cinquième fois qu'il appelle aujourd'hui. Hier soir, il m'a laissé des messages alors qu'il était bourré, me disant des choses horribles, puis il a bredouillé à quel point il m'aimait, avant de recommencer à m'insulter.

J'en ai fini avec son mauvais comportement. Il est allé trop loin cette fois-ci. Je ne veux plus avoir affaire à lui. Donc, en ce qui me concerne, c'est terminé.

Je décide d'envoyer le même message qu'il y a quelques jours.

Moi : Arrête de m'appeler. C'est terminé.

Lance : Ne sois pas ridicule.

> Moi : Si tu continues à me contacter, je te bloque.

> Lance : Pourquoi me fais-tu ça, Phoebe ?

> Moi : Je ne parlerai pas de ça aujourd'hui. Va cuver ton alcool. Je dois aller travailler. Ne me rappelle plus aujourd'hui, ou je te préviens, je te bloque.

Je mets mon téléphone en mode silencieux et le glisse dans mon sac à main. Puis j'enfile mon jean, mon pull rouge surdimensionné et mes bottes. Je m'observe dans le miroir, appose du gloss sur mes lèvres, me brosse les cheveux une dernière fois et sors de la chambre. Je passe dans le couloir et entre dans le salon.

Wilder lance :

— Viens, Phoebe ! Nous allons être en retard.

— Désolée, dis-je d'un ton penaud.

— Tu mets beaucoup de temps à te préparer, fait remarquer Ace.

— Désolée, répété-je et je note mentalement de me préparer plus vite à l'avenir. Depuis qu'Alexander et moi sommes ensemble, je passe plus de temps à me pomponner.

— Arrête d'embêter Phoebe ! Et elle est belle, n'est-ce pas, les garçons ? lance Alexander sortant de la cuisine, vêtu d'un jean et d'une chemise verte boutonnée.

Mes papillons s'envolent. Je le regarde, essayant de ne pas trop sourire, me rappelant toutes les façons dont il m'a fait jouir avec sa main sur ma bouche la nuit dernière pour que les garçons n'entendent pas.

Mais ensuite, j'ai dû me faufiler dans ma chambre, ce qui, comme toujours, a été une catastrophe.

Wilder me fait un sourire de Jagger et me dit :

— Tu es superbe, Phoebe. On peut y aller maintenant ? C'est la fête.

Je me dirige vers la porte en disant :

— Je suis prête.

— Aujourd'hui, ça va être génial, ajoute Ace en se précipitant vers la porte d'entrée et en l'ouvrant d'un coup sec.

Une bouffée d'air froid me frappe.

Il sourit.

— Après toi !

— Merci ! lui dis-je avant de lui ébouriffer les cheveux. Pui je sors et me dépêche d'aller au pick-up.

Wilder s'avance devant moi et ouvre la portière du passager.

— Merci ! rayonné-je, le cœur gonflé. Alexander apprend aux garçons à être des gentlemen comme les autres hommes de la famille Cartwright.

Les garçons et Alexander montent dans la cabine. Il met le moteur en marche, passe les barrières et s'engage sur la route.

C'est le dernier jour d'école avant la nouvelle année, et les enfants ont parlé toute la semaine de leur fête. L'école avait besoin de volontaires pour les aider, alors j'ai demandé à Alexander s'il pouvait prendre un jour de congé. Je ne savais pas s'il le ferait, mais il m'a surprise et a accepté de venir. Les garçons étaient ravis lorsque nous leur avons annoncé la nouvelle.

Wilder et Ace babillent d'excitation pendant tout le trajet. Alexander et moi sommes en mode « platonique ». Il a été difficile de cacher les choses entre nous, mais nous avons réussi à les garder secrètes. Cela fait une semaine qu'il m'a emmenée à la cabane et nous profitons de chaque occasion pour nous retrouver seuls. Pourtant, la peur que quelqu'un nous surprenne est toujours là, et quelqu'un se trouve toujours à proximité.

Alexander se gare sur le parking de l'école et, avant qu'il n'éteigne le moteur du pick-up, les enfants ouvrent les portières. Il demande :

— Puis-je me garer d'abord ?

Ils ne répondent pas et sortent en trombe.

Wilder ouvre ma portière.

Je me glisse hors du véhicule.

— Merci !

— Avec plaisir. Viens, Phoebe ! dit-il en me prenant la main et en m'entraînant vers l'entrée.

Ace et Alexander suivent de près. Nous entrons dans l'école et allons directement au gymnase.

— Nous n'avons même pas besoin d'aller en classe aujourd'hui. C'est la fête ! déclare Ace.

Alexander glousse et les garçons partent en courant. Il pose sa main sur mon dos et me guide à travers l'école.

Des picotements parcourent ma colonne vertébrale pendant tout le trajet. C'est la même chose qui se produit chaque fois qu'il me touche. Il se penche près de mon oreille et murmure.

— Si tu vois un placard à balais, fais-le moi savoir !

Je ricane.

— Mauvais garçon !

Il me fait un clin d'œil et mes entrailles se transforment en gelée.

Nous entrons dans le gymnase et nous nous figeons tous les deux.

C'est le chaos organisé. L'ensemble des élèves remplit l'espace, ainsi que les enseignants et les bénévoles. Les tables et les chaises sont alignées en rangées, créant ainsi différents ateliers.

Alexander parcourt la pièce, puis dit :

— Le premier arrêt est là-bas.

— Où ça ?

— Dans la zone de survie. Il me guide vers la table et prend deux gobelets en polystyrène. Je suppose que tu veux du café ?

Je ris.

— Bien deviné.

Il remplit un verre et me la tend. Il l'a à moitié rempli lorsqu'un professeur d'école s'approche de nous.

C'est une femme d'un certain âge, aux cheveux gris-roux foncés et aux épaisses lunettes violettes. Elle déclare :

— M. Cartwright, c'est un plaisir de vous voir ici.

Il se tourne vers elle.

— Merci, Mme Linsley. Et voici Phoebe, la nounou des garçons !

Mon cœur se serre. Je ne sais pas pourquoi. Je suis la nounou des garçons, mais j'aimerais bien qu'il dise que je suis sa petite amie.

Est-ce que c'est ce que je suis ?

Oui.

Il ne m'a pas appelée ainsi.

Il ne peut pas.

Il pourrait le faire entre quatre yeux.

Pourquoi est-ce que je me pose des questions pareilles ?

Mme Linsley rayonne.

— Je suis ravie de vous rencontrer. J'ai beaucoup entendu parler de vous. Elle me tend la main.

Je la saisis, surprise.

— C'est vrai ?

— Oui. Ace chante vos louanges tout le temps.

— Ah oui vraiment ? répliqué-je, incapable d'empêcher mon sourire de s'agrandir.

— C'est certain. On dirait que vous avez un ange gardien ici, M. Cartwright. Merci de vous être porté volontaire aujourd'hui, déclare-t-elle, avant de me donner une tape sur l'épaule et de s'en aller.

— C'est une valeur sûre, confirme Alexander, puis il me guide jusqu'à l'endroit où Wilder est assis.

La table est couverte d'ornements en céramique de différentes formes, de colle, de paillettes, d'autocollants et de minuscules breloques. Les enfants sont assis, déjà en train de décorer.

Alexander prend un cheval.

— Je crois que je vais faire celui-là pour toi, Phoebe.

Wilder jette un coup d'œil.

— Oui, il faut que Phoebe ait un cheval, Papa. Tu devrais lui en acheter un.

— Un cheval ? m'exclamé-je.

Wilder acquiesce.

— Oui, c'est vrai. Maintenant que mon papa t'a appris à monter, tu as besoin de ton propre cheval.

Alexander s'esclaffe.

Je déclare :

— Je ne prétends pas savoir monter à cheval.

— Bien sûr que tu sais. Et je peux t'apprendre à t'améliorer. C'est facile. Tu verras. Maintenant que tu n'as plus peur de monter, il n'y plus de limites, insiste Wilder.

J'affirme :

— Un cheval, c'est une grande responsabilité. Je ne suis pas prête pour ça.

— Bien sûr que si, affirme Alexander, l'air malicieux.

Wilder tourne la tête en criant :

— Ace, Papa va offrir à Phoebe son propre cheval !

— Oui ! s'exclame Ace en levant le bras en l'air.

Plusieurs personnes nous regardent.

Je lève les mains en l'air.

— Il n'a pas dit ça. Et je ne suis pas prête pour ça, répété-je, incapable d'imaginer qu'on puisse m'acheter un cheval. Je suis sûre que c'est cher, mais c'est aussi une énorme responsabilité.

Alexander me taquine :

— On dirait que les garçons y tiennent beaucoup. Tu sais que je n'aime pas les décevoir.

— Non ! Il y a plein d'autres chevaux dans ton ranch si je dois remonter à cheval.

— Si ? aboie-t-il secouant la tête vers l'arrière de façon spectaculaire, comme si j'avais péché.

— Je n'ai pas besoin de mon propre cheval, insisté-je.

— Peut-être qu'on t'en offrira un chacun. Il fronce les sourcils, baisse son regard sur mes lèvres, puis me fixe d'un air à moitié effronté.

J'ai déjà vu ce regard-là. La chaleur me monte aux joues. Je serre les cuisses l'une contre l'autre.

— Papa, viens m'aider à faire un chapeau ! ordonne Ace.

Alexander glousse à nouveau et se lève. Il pose sa main sur mon dos.

— Tu t'occupes des ornements, je m'occupe des chapeaux.

J'acquiesce.

— Ça m'a l'air cool.

Wilder et moi fabriquons nos décorations. Il m'attrape par la main, m'entraîne à travers le gymnase et s'exclame :

— Phoebe, allons à l'atelier de maisons en pain d'épices !

Je ris.

— D'accord !

Nous nous mettons à table et nous nous asseyons. Nous passons l'heure suivante à fabriquer une maison en pain d'épices. Wilder trempe son cure-dent dans le glaçage et ajoute les initiales de son père, d'Ace et les siennes près de la porte d'entrée.

— Ça a l'air chouette ! le félicité-je.

Il ajoute mes initiales à côté des leurs et annonce :

— Maintenant, c'est bien.

— Euh, merci de m'avoir ajoutée.

— Ben ouais, normal quoi ! Où devrions-nous aller maintenant ?

La joie et l'amour m'envahissent. Les garçons veulent toujours m'inclure. Je me sens comme si je faisais partie de leur famille.

Peut-être qu'un jour je le serai vraiment.

Je me réprimande pour cette pensée. Je ne devrais pas m'avancer sur la situation dans laquelle nous nous trouvons, Alexander et moi. Aucun de nous ne veut faire de mal aux garçons si les choses ne marchent pas entre nous.

Pourquoi ne pas faire en sorte que ça marche, tout simplement ?

C'est comme ce qu'Alexander a souligné. Personne ne se met ensemble en pensant se séparer.

Ne romance pas ce qui se passe entre nous tant que notre relation n'est pas solide !

Ne l'est-elle pas ?

Cela ne se vérifiera que lorsque nous pourrons être honnêtes avec tout le monde.

Y parviendrons-nous ?

Bien sûr que nous le ferons.

Et si nous n'y arrivions pas ?

Wilder interrompt mes pensées.

— Phoebe, allons à la table des biscuits en sucre !

Je réprime mes réflexions et me concentre sur la tâche à accomplir.

La cloche sonne et quelqu'un annonce dans le haut-parleur :

— C'est l'heure du déjeuner !

Tout le monde se lève, et Alexander crie :

— Wilder ! Phoebe ! Il nous fait signe de les rejoindre, Ace et lui.

Nous les rencontrons à mi-chemin.

Alexander demande :

— Vous voulez rester encore ou rentrer plus tôt ?

— Rentrer ! crient Ace et Wilder en même temps.

Je ris.

— Très bien. Allons déjeuner chez *Piggly's* ! ajoute-t-il.

— Je vais faire la course jusqu'au pick-up, annonce Ace avant de s'élancer.

Wilder lui court après.

Alexander et moi nous arrêtons au bureau. Il signe la feuille d'émargement et nous rejoignons les garçons dans le pick-up.

Ils sont plus enthousiastes maintenant qu'ils ne l'étaient ce matin.

Wilder s'écrie :

— Pause de Noël ! Plus de devoirs !

Ace renchérit :

— Un mois de sans école !

— Je n'arrive pas à croire qu'ils aient fait un mois entier de vacances cette année. Mettez vos ceintures ! leur rappelle Alexander avant de sortir du parking.

— Pourquoi ont-ils ajouté une semaine supplémentaire ? posé-je la question.

Il hausse les épaules.

— Qui sait !

Piggly's n'est pas loin de l'école, et nous voilà bientôt assis dans une cabine avec Martha qui nous apporte à manger.

Le déjeuner dure environ une heure, puis nous retournons au ranch. Nous rentrons dans la maison d'Alexander. Je mets mon sac à main dans ma chambre et rejoins les autres. Alexander se tient devant moi, les mains derrière le dos. Il ordonne :

— Choisis une main !

— Oh, ça c'est de la pression ! dis-je en guise de taquinerie.

Son sourire d'enfant se dessine sur ses lèvres. Je lui tape sur l'épaule droite et il dévoile son poing droit. Il tourne la main et ouvre la paume.

Je fais la moue.

— Oh, c'est vide ! Maintenant, je n'ai rien.

Il remet son bras derrière lui.

— Allez-y, choisis encore !

Cette fois, je tape sur l'épaule gauche.

Il ouvre sa main, et un ornement de cheval s'y trouve. Il y a mon nom sur le devant, en rouge et vert.

— Juste pour toi, dit-il avec un clin d'œil.

Mes joues s'échauffent. Je l'étudie et m'exclame :

— Wow, tu as fait du bon travail en le peignant. Je suis choquée par ton talent.

— J'ai beaucoup de compétences, se vante-t-il.

Mes joues s'enflamment, mais il a dû passer beaucoup de temps à peindre l'ornement. Il est impeccable. Je confirme :

— Oui, c'est vrai.

— Retourne-le ! ordonne-t-il.

Je le retourne et je lis à haute voix :

— Choisis toujours un étalon !

— Tu devrais offrir un étalon à Phoebe ! déclare Ace.

— Ouais ! Trouve-lui un étalon blanc ! ajoute Wilder.

Alexander réplique :

— Les étalons blancs sont difficiles à trouver, mais nous pouvons essayer d'en trouver un.

— Quoi ? Ne sois pas fou ! interviens-je.

Le sourire d'Alexander s'élargit.

— Tu es montée à cheval. Il n'y a plus de retour en arrière possible !

Je secoue la tête mais ne peux empêcher mon sourire de me faire mal au visage. Avec Alexander, tout semble trop beau pour être vrai. Nous avons une alchimie folle. Il me traite comme une princesse. Ses enfants m'aiment et je les aime. Il me protège et prend soin de moi, mais je crains que ça s'arrête. Avec Lance, tout allait bien la première année, puis ce n'était plus le cas.

Non, ce n'était pas génial. Ça n'a jamais ressemblé à ce qui se passe entre Alexander et moi, me dis-je. Je ne devrais donc pas comparer les deux relations.

Nous la gardons secrète.

Cette pensée lancinante refait surface. J'aspire au jour où nous pourrons vivre normalement notre relation sans nous cacher. La semaine dernière a été atroce. Chaque regard, chaque contact, chaque rendez-vous secret a fait monter mon adrénaline, mais m'a aussi mise à cran. Je me dis qu'il faut laisser du temps au temps, mais c'est difficile. Je n'ai pas l'habitude de faire semblant, et notre situation ressemble à un mensonge à certains égards.

— Il est temps de décorer notre maison, annonce Alexander, m'arrachant à mes pensées. Il se dirige vers le placard et commence à sortir des boîtes.

Au cours de l'heure qui suit, nous montons le sapin et le décorons. Ils accrochent des chaussettes de Noël sur la cheminée et Alexander contemple fixement le tout.

— Ça a l'air très bien, dis-je.

— Non ! Il manque quelque chose.

— Quoi ? C'est parfait, m'extasié-je en admirant la guirlande et les chaussettes rouge et blanc portant leurs noms.

Alexander claque des doigts.

— Je sais ce qui manque ! Attendez ! Il disparaît et revient la main dans le dos.

— Qu'est-ce que tu caches ? questionné-je.

Il sourit, puis dévoile une chaussette assortie sur laquelle est écrit « Pheebs », ainsi qu'un porte-renne.

Je le regarde, bouche bée.

Il s'esclaffe.

— Pourquoi as-tu l'air si bizarre en ce moment ?

Je ravale mes émotions et cligne des yeux. La famille de Lance avait des chaussettes assorties à leurs noms. Personne n'en a jamais ajouté une pour moi, et encore moins avec mon prénom.

Wilder dit :

— Accrochons-la ! Il la prend des mains de son père. Il écarte celle d'Alexander et celle d'Ace, puis place le renne en argent entre les deux. Ensuite, il accroche ma chaussette au crochet.

J'étouffe mes larmes et je parviens à articuler :

— C'est très gentil de votre part.

Ace brandit l'étoile et suggère :

— Je pense que Phoebe devrait la mettre sur le sapin cette année.

— Vraiment ?! demandé-je, encore une fois touchée de cette attention.

— Oui, bien sûr, confirme Wilder d'une voix sérieuse.

Alexander tape sur l'échelle.

— Eh bien, viens, alors !

Je prends l'étoile d'Ace et grimpe trois marches de l'échelle.

Alexander se place juste derrière moi, en mettant ses bras de chaque côté.

Je lui jette un coup d'œil.

L'expression malicieuse que j'ai appris à aimer est omniprésente. Il ajoute : — Je vais m'assurer que l'échelle est bien fixée.

Je me concentre à nouveau sur ma tâche, j'attache l'étoile tout en haut et la branche.

Elle s'illumine et Ace déclare :

— Maintenant, c'est vraiment Noël !

— C'est l'heure d'aller chez grand-mère et grand-père ! informe Wilder. Sebastian et Georgia viennent d'arriver ! Il pointe par la fenêtre.

— Allez-y, vous deux ! Nous vous rejoignons là-bas, ordonne Alexander.

Ils se précipitent vers la porte.

Je descends de l'échelle et me tourne vers Alexander.

Il place à nouveau ses bras des deux côtés de l'échelle, plaçant son corps contre le mien. Il murmure :

— Dieu merci ! Nous sommes enfin seuls.

Mes papillons s'envolent. Avant même que je m'en rende compte, ses lèvres sont pressées contre les miennes, sa main est dans mes cheveux et sa langue explore avec insistance chaque partie de ma bouche. Mes genoux se dérobent et il me serre contre lui, sa bite dure contre mon ventre.

Il gémit.

— Nous ferions mieux d'y aller, ou ils vont frapper à la porte.

La déception m'envahit. Je préférerais aller dans sa chambre tout de suite, mais je rétorque :

— D'accord.

Il m'aide à enfiler mon manteau et j'enfile mes bottes, mes gants et mon bonnet. Il me conduit à travers la cour jusqu'à la maison principale.

Lorsque nous entrons, une chaussette à mon nom pend déjà sur la cheminée à côté de celle d'Alexander.

— C'est toi qui as fait ça ? posé-je la question.

Il hausse les épaules, puis disparaît, revenant avec deux boîtes, suivi de ses frères.

Les Cartwright décorent pendant des heures, ce qui est amusant car il y avait déjà beaucoup de décorations autour du ranch.

Je m'excuse pour aller aux toilettes. Quand j'en sors, Alexander m'attend.

Je lui lance :

— Hé !

Il ne répond pas. Il me fait passer dans le cagibi sous l'escalier. Il ferme la porte. Il fait sombre et il n'y a qu'une petite partie où il peut se tenir debout, sinon il se cognerait la tête.

— Qu'est-ce que...

Ses lèvres se pressent contre les miennes, ses mains se glissent dans mon pantalon, son érection s'enfonce contre mon ventre. Il marmonne :

— Putain, que tu m'as manqué ! puis il glisse à nouveau sa langue dans ma bouche, me faisant tourner contre le mur.

En un rien de temps, mon pantalon est baissé, tout comme le sien. Il descend mon jean et ordonne :

— Lève ton pied !

J'obéis et mon pied se libère du jean.

Il me soulève et j'enroule mes jambes autour de sa taille. Il me pénètre d'une seule poussée en grognant :

— Mon étalon a passé la journée à mourir d'envie d'entrer dans ta chatte serrée.

Il entre et sort de moi jusqu'à ce que je tremble tellement et que je gémisse que je craigne que les autres nous entendent.

Il garde ses lèvres collées à mon oreille, sa respiration est saccadée et il ordonne :

— Silence, petite fille ! Il accélère le rythme.

Chaque cellule en moi se déchaîne, remplie d'adrénaline, jusqu'à ce que mes os le ressentent.

Son érection est plus profonde et plus dure encore, puis il gémit, féroce, dans mon oreille, tremblant tellement fort que je me convulse contre lui.

Il me trempe de son orgasme en marmonnant :

— Putain, ma petite fille ! Puuuuutain !

Il pousse jusqu'à ce qu'il n'y ait plus rien, et nous restons ainsi, couverts de sueur, encore tremblants.

La poignée tourne et nous nous figeons.

La voix de Willow appelle :

— Cette porte est-elle bloquée ?

J'en ai le souffle coupé.

Alexander met sa main sur ma bouche. Il me fait lentement descendre au sol, s'accroupit et m'aide à enfiler la jambe de mon pantalon. Il se relève et referme son pantalon, puis me murmure à l'oreille.

— Ça va, Pheebs ?

Je relâche une respiration anxieuse et acquiesce. Il m'embrasse encore une fois et essaie d'ouvrir la porte. Il allume. La lumière apparaît.

Je cligne des yeux plusieurs fois.

— Cette porte est bloquée, ment-il.

— Alexander ? Tu es là-dedans ? demande Willow.

— Oui. Phoebe et moi sommes venus chercher d'autres décorations, mais c'est coincé.

Elle essaie à nouveau de tourner le bouton.

Alexander fait semblant que la porte est toujours bloquée, en faisant claquer la poignée verrouillée.

Willow essaie encore une fois et Alexander fait sauter la serrure. La porte s'ouvre à la volée.

— Dieu merci, il commençait à faire chaud ici ! déclare Alexander en la frôlant.

Elle me fixe, jette un coup d'œil vers lui, puis me regarde à nouveau. Elle plisse les yeux et demande lentement :

— Vous allez bien ?

— Oui, il fait vraiment chaud ici. Et on n'a pas réussi à ouvrir la porte, réponds-je en me sentant coupable. La personne que j'aime le plus, à part Alexander et les garçons, c'est Willow. Nous sommes devenues de bonnes amies. Je déteste lui cacher des choses, surtout quand il s'agit de son frère.

Elle penche la tête.

— Tu es malade ? On dirait que tu es tout en sueurs.

— Comme je l'ai dit, il fait chaud ici.

Elle vient à côté de moi.

— Je n'ai pas l'impression qu'il fait chaud, pourtant.

— Ah non ? Tu dois avoir une tension artérielle basse, alors, plaisanté-je en sortant du placard et en continuant vers la pièce principale, craignant qu'elle ne se rende compte que quelque chose s'est passé.

23

Alexander

Une semaine plus tard

— Jagger, prends le relais ! crié-je, puis je me dirige vers Phoebe, qui vient de sortir. Je la salue : Hé !

— Salut ! Les garçons voulaient aller en ville avec Evelyn et les enfants. C'est d'accord ?

— Bien sûr, confirmé-je. Ça te donnera le temps d'affiner tes compétences.

— Euh...

Je garde une expression sérieuse et dis :

— J'ai un pari à faire avec toi.

Elle penche la tête, rétrécit les yeux.

— Oh ? Qu'est-ce qu'on parie ?

— Il s'agit d'un jeu de Noël.

— Un jeu de Noël ?

— Oui, j'ai besoin de voir à quel point tes compétences en matière de jeux de Noël sont aiguisées.

Elle rit.

— D'accord. Quand et où est-ce qu'on va régler ça ?

— Ce soir.

— Ce soir ?

— Oui, mais j'ai un défi pour toi.

— Et ce serait quoi ? Ses lèvres tressaillent.

Je jette un coup d'œil derrière moi et pose deux doigts sur sa clavicule, les faisant glisser d'avant en arrière.

Elle inspire vivement.

Je me rapproche et j'ajoute :

— Les gains sont importants.

— Est-ce que cela implique plus d'argent que je n'ai pas ? Je n'aime vraiment pas utiliser ton argent pour parier, s'inquiète-t-elle.

Je m'esclaffe.

— Il n'y aura pas d'argent en jeu.

— D'accord, bien.

Je jette un nouveau coup d'œil derrière moi pour m'assurer qu'il n'y a personne, puis je la regarde dans les yeux.

— Si je gagne, je dois lécher ta chatte.

Elle éclate de rire, puis essuie des larmes du coin de l'œil. Elle s'inté-resse : — Et qu'est-ce que j'obtiens si je gagne ?

Je me penche plus près d'elle, effleure ses lèvres à l'oreille et déclare :

— Je peux quand même lécher ta chatte. Je recule, essayant de garder un visage sérieux.

Elle étouffe son rire et demande :

— De toute façon, je gagne ?

— Non. De toute façon, *je* gagne, corrigé-je.

Elle se mord la lèvre, les joues rouges.

— Alors, j'ai un rendez-vous, ou as-tu peur de voir à quel point je suis doué pour les jeux de Noël ?

Elle m'étudie et me dit :

— Je ne savais pas que tu étais si sérieux à propos des jeux de Noël.

— Oh, nous, les Cartwright, prenons très au sérieux les jeux de Noël !

— Est-ce que tout le monde joue avec nous ? s'intéresse-t-elle.

Je secoue la tête.

— Non. Devine qui s'occupe des garçons ?

Elle réfléchit un instant, puis dit :

— Evelyn.

— Non.

— Willow et Paisley dans la maison principale ?

— Non.

— Qui, alors ? poursuit-elle.

— Ace est chez Mason et Wilder chez Jagger, réponds-je.

Elle fronce les sourcils.

— Ils restent chez Mason et Jagger ?

— Oui.

— Ils n'ont jamais parlé de rester chez eux. Le font-ils souvent ?

Je gonfle ma poitrine.

— Non, pas d'habitude. Et c'est parce que mes frères sont généralement dehors la nuit, mais pas ce soir.

Elle me scrute plus attentivement.

— Alors... Ils se sont juste portés volontaires pour prendre chacun un des garçons ? Elle hausse les sourcils.

Mon estomac se retourne. Je baisse encore la voix.

— Eh bien, tu sais qu'ils savent pour nous deux.

Son visage se décompose.

J'ajoute rapidement :

— Tu sais qu'ils nous ont vus nous embrasser le premier soir ?

— Ouais, je sais, admet-elle.

Je continue :

— Ok, donc j'ai fait un pari avec eux, et ils ont perdu.

— Tu as vraiment un problème de jeu, taquine-t-elle.

— J'ai gagné, lui rappelé-je.

— Ouais, mais tu as l'air de toujours parier.

— Seulement pour des risques calculés... des paris que je suis sûr de gagner, rétorqué-je avec confiance.

Elle souligne :

— Mais tu as perdu la course et ton argent à cause de moi.

J'agite la main devant nos visages.

— Petit contretemps. De toute façon, ils ont perdu. Les garçons resteront avec eux pour la nuit, et nous aurons un rendez-vous chaud.

Son visage s'illumine. Elle demande :

— De quelle température parle-t-on ?

— Super chaud, et plein de jeux de Noël.

Elle éclate à nouveau de rire.

Je fronce les sourcils.

— C'était plutôt malin de ma part, hein ? Je fais un plus grand sourire.

Elle ricane.

— Plutôt malin.

Je jette un coup d'œil autour de moi, puis je me penche vers son oreille.

— Alors, c'est un rendez-vous ? Et si je gagne, je prendrai mon prix. Si un miracle se produit et que je perds, alors j'accepterai ma punition comme un bon garçon.

Elle tourne son visage à quelques centimètres de mes lèvres.

— On dirait un rendez-vous.

Je l'embrasse presque, mais je me retiens. N'importe qui pourrait nous voir, alors je me rappelle d'attendre que nous soyons sortis ce soir.

— Je passe te prendre à sept heures. Je lui fais un clin d'œil et me pavane dans la cour, excité à l'idée de passer du temps d'adulte avec Phoebe.

En plus, on aura la maison pour nous seuls ce soir. C'est difficile d'être constamment en train de se faufiler. Quelqu'un de ma famille est toujours dans le coin, prêt à nous interrompre.

Cela fait deux semaines, et je déteste chaque moment où je dois prétendre que nous sommes juste platoniques. Car nous sommes loin d'être de simples amis désormais.

Je me dirige vers le corral. Mason et Jagger sont à l'intérieur et s'occupent de trois chevaux. Je m'adosse à la clôture, j'évalue la situation. Quelques minutes s'écoulent, puis Phoebe s'approche de moi.

— Pheebs, puis-je faire quelque chose pour toi ?

— Ouais. Où allons-nous, pour que je sache comment m'habiller ?

— Porte ce que tu veux... ou rien du tout, suggéré-je, étourdi.

Elle agite son doigt devant moi, me réprimandant :

— Nan, nan, nan, ce ne serait pas vraiment approprié maintenant, n'est-ce pas ?

Je glousse.

— Seulement si nous sommes à la maison avec personne d'autre.

Elle demande :

— Quelle est la tenue vestimentaire, alors ?

— Ce que tu veux. Ce sera dans un bar, alors porte quelque chose de similaire à ce que tu portais quand nous sommes allés à l'hippodrome, d'accord ? Sauf si tu meurs d'envie d'enfiler autre chose qu'un jean.

Elle grimace et admet :

— Je n'ai rien d'autre que des jeans et des vêtements décontractés.

— Parfait. Nous allons dans un endroit décontracté, pas besoin de s'inquiéter. De plus, ajouté-je en jetant un coup d'œil autour de moi, puis en baissant la voix, tu es sexy peu importe ce que tu portes. Ou que tu ne portes pas. Je lui fais à nouveau un clin d'œil.

Elle me pousse du coude.

— Je te vois à sept heures.

— Super.

Je la regarde s'éloigner, fixant son cul et pensant à combien j'ai envie de la faire basculer ce soir jusqu'à ce qu'elle fasse ces bruits que j'aime tant.

Le reste de la journée semble s'éterniser. Je passe chaque instant à penser à Phoebe, excité à l'idée de notre rendez-vous, mais aussi ravi qu'elle puisse rester dans mon lit jusqu'au matin.

Et, je sais que cela peut paraître ringard, mais j'aime vraiment les jeux de Noël. J'adore les fêtes. On ne peut pas être un Cartwright et ne pas les aimer. Pourtant, depuis la mort de ma femme il y a quelques années, les choses ne sont plus aussi joyeuses qu'avant. Cette année, je me sens heureux pour la première fois depuis qu'elle a été atteinte d'un cancer et qu'elle est décédée.

Depuis que Phoebe est entrée dans ma vie, le stress habituel ne me semble plus aussi intense. Elle me fait toujours sourire ou rire, même lorsque nous devons rester platoniques devant les autres. Et le vrai bonheur, je ne l'ai pas ressenti depuis des années.

À l'heure du départ, j'entre dans la maison. Elle est dans la salle de bains, mais la porte est fermée à clé et elle ne me laisse pas entrer. Alors je vais dans ma salle de bains et me douche. Quand je sors, elle se tient debout à la fenêtre, en train de regarder dehors.

Je me place derrière elle, passe mon bras autour de son corps et je fais glisser mes mains sur ses cuisses. J'embrasse son cou.

Elle frissonne légèrement et tourne la tête.

— Tu sens bon et tu es belle, avoué-je, mon regard se portant sur ses lèvres.

Son beau visage s'illumine. Elle taquine :

— Eh bien, tant mieux ! Ce serait un rendez-vous merdique si tu pensais que j'avais mauvaise mine et que je sentais mauvais.

Je m'esclaffe.

— C'est vrai. Je l'embrasse rapidement. Es-tu prête à partir ?

— C'est parti pour les jeux de Noël ! lance-t-elle en levant le poing.

Je glousse et l'entraîne vers la voiture, en faisant attention à ne pas trop m'approcher d'elle. Je déteste devoir être conscient de notre proximité, mais je ne sais pas qui nous regarde.

Nous arrivons au pick-up et j'ouvre la portière du passager. Elle monte et je fais le tour, me pavanant presque, me rappelant de ne pas avoir l'air si joyeux, mais c'est difficile. Je me glisse dans le siège du conducteur et nous nous dirigeons vers la ville.

Elle demande :

— Alors, ces jeux de Noël, c'est quelque chose de sérieux ? Tout le monde en ville est-il impliqué et les enjeux sont-ils importants ?

— Quelque chose comme ça, oui.

— Sommes-nous dans la même équipe ?

— Non. Des équipes opposées. Souviens-toi, si je gagne, je lèche ta chatte. Si je perds, je lèche ta chatte, lui rappelé-je.

Elle rit.

— Oh oui, j'ai oublié !

— Tu as oublié ? Je suppose que je dois faire plus d'efforts pour lécher ta chatte, alors.

Son visage devient rouge et elle me tape sur le biceps.

Je glousse.

Elle déclare :

— D'accord, c'est moi contre toi. Mais ne t'inquiète pas, je connais les fêtes de Noël !

Je grogne.

— On verra bien.

Nous flirtons et nous nous taquinons pendant tout le trajet jusqu'au bar. Lorsque nous arrivons en ville, je me gare, sors du pickup, le contourne et ouvre sa portière. Je l'aide à sortir et je lui tiens la main en entrant.

Le *Stomping Ground* est plein de gens que je connais. Je présente Phoebe à plusieurs personnes et nous nous installons dans une cabine dans le coin arrière. Elle s'y glisse et je m'assois à côté d'elle.

Carrie, l'une des serveuses, s'approche de nous. Elle gazouille :

— Hé, Alexander, ça fait longtemps que je ne t'ai pas vu.

— Carrie, comment ça va ? Voici Phoebe !

— Oh, j'ai entendu parler de toi ! Tu es la nounou, n'est-ce pas ? demande-t-elle.

Le corps de Phoebe se raidit.

Je pose ma main sur sa cuisse et je réponds :

— Oui, en effet. Et elle est géniale avec les garçons. Pheebs, tu veux une bière ?

— Oui, s'il te plaît.

Je me concentre à nouveau sur Carrie.

— On peut en avoir deux bien fraîches ?

— Bien sûr. Enchantée de te rencontrer, Phoebe ! lance Carrie.

— Moi aussi, réplique Phoebe en hochant la tête.

Carrie sourit et se tourne vers le bar.

Phoebe interroge :

— Comment tout le monde en ville sait-il pour nous ? Enfin, pour moi ?

— C'est une petite ville, il ne faut pas s'en préoccuper. Les gens adorent les ragots, réponds-je.

— Et si quelqu'un dit quelque chose aux garçons ?

Mes tripes se retournent.

— Ils ne le feront pas.

L'inquiétude emplit son expression.

— Comment le sais-tu ?

— Tout le monde en ville sait aussi à quel point je protège mes enfants. Ils ne le feront pas, insisté-je.

Elle me regarde comme si elle n'en était pas sûre. Je prends sa main et l'embrasse.

— Arrête de t'inquiéter ! Tu dois commencer à te demander si tu vas gagner ou perdre.

Ses lèvres tressaillent.

— Oh, je vais gagner. Souviens-toi, je gagne dans tous les cas ! ricane-t-elle.

J'insinue ma main entre ses cuisses et fais glisser mon majeur sur sa fente.

Elle inspire vivement.

Je lance un défi :

— Vraiment ? Es-tu sûre que ce soit toi qui gagnes ? Ou est-ce *moi qui* gagne de toute façon ?

Son regard passe à côté de moi.

Je me retourne et me rassieds.

Carrie se dirige vers nous avec deux bières sur un plateau. Je retire ma main avant qu'elle n'arrive à la table. Elle les pose et nous tend deux feuilles de jeu.

— Je suppose que vous jouez tous les deux ce soir ?

— Bien sûr, dis-je, avant d'avaler une gorgée de bière.

— Je vais montrer à Alexander qu'il n'y connaît rien en matière de Noël, déclare Phoebe.

Carrie sourit.

— Je vais vous laisser tous les deux, alors. Je reviendrai plus tard.

J'acquiesce.

— Merci, Carrie.

Elle s'en va et Peter, un gars de la ville que je connais, annonce alors dans le micro :

— C'est de nouveau cette fameuse période de l'année. Qui est prêt pour le jeu de Noël ?

La salle se met à applaudir.

Une chanson de Noël commence à être jouée. Il demande :

— Quelle boisson populaire de Noël s'appelle aussi punch au lait ?

— C'est facile, dit Phoebe en notant sa réponse.

Je note la mienne en affirmant :

— Je suis d'accord. Si on se trompe sur ce point, c'est qu'on ne connait rien à Noël.

— Tout à fait, confirme Phoebe.

Peter demande :

— Qu'est-ce que les autres rennes n'ont pas laissé faire à Rudolph à cause de son nez rouge et brillant ?

Phoebe déclare :

— J'ai l'impression que les enfants se débrouilleraient très bien avec ça.

— Oui, c'est vrai. En général, ils trouvent, admets-je, et nous écrivons nos réponses.

Elle s'inquiète :

— Je suis désolée qu'ils soient absents cette année.

Je grogne.

— Ne le sois pas ! Il y a une soirée familiale à laquelle on peut les amener.

Elle est ravie.

— Génial !

Je brandis ma bière, pris d'un élan de vertige. Je déclare :

— Ce soir, je t'ai pour moi tout seul. Pour un rendez-vous galant.

Une petite rougeur apparaît sur le visage de Phoebe.

— A la soirée en amoureux ! Elle trinque son verre avec moi et nous buvons chacune une gorgée.

La voix de Peter appelle :

— Combien de fantômes apparaissent dans *Un chant de Noël* ?

Je gémis.

— Oh, tu ne connais pas la réponse à celle-ci ? raille Phoebe en tapotant son crayon contre sa mâchoire.

— Cette question me laisse toujours perplexe, avoué-je. J'ai envie de dire quatre, mais c'est trois. Le passé, le présent et le futur.

— Oh, tu connais les temps ! Bon travail, taquine-t-elle.

— Je n'aimais peut-être pas l'école, mais il était difficile de ne pas prêter attention à ma prof d'anglais en troisième année.

L'amusement remplit son expression.

— Oh ? Tu as eu le béguin en troisième année ?

Je hausse les épaules et révèle :

— Elle sortait de l'université et sentait bon.

Phoebe rit.

Je discute, puis je note trois, je raye et j'écris quatre, puis reviens à trois.

La voix de Peter retentit dans le bar.

— Le film *Miracle sur la 34e rue* est basé dans un grand magasin réel. Lequel ?

— C'est facile, réplique Phoebe, et nous écrivons nos réponses.

Peter déclare :

— Elvis ne va pas avoir un Noël blanc. Il va avoir un quoi ?

La foule crie :

— Bleu ! La chanson commence à être jouée.

Phoebe arque les sourcils.

— Wow ! Peter sait comment créer de l'atmosphère.

— Je n'ai pas dit que ça n'allait pas être ringard, admets-je, mais j'aime bien quand même.

— C'était un cadeau pour vous tous ! lance Peter, puis pose la question : Quelle est la chose verte sous laquelle tu te tiens si tu as désespérément besoin d'un baiser et que tu ne peux pas l'obtenir autrement ?

Phoebe s'esclaffe, puis écrit sa réponse.

Peter ajoute :

— Je vais faire une pause le temps d'une chanson, pour boire une bière et je reviendrai. N'oubliez pas de donner un pourboire à vos serveurs ! Et ne trichez pas ! N'oubliez pas que c'est un mauvais comportement à Noël !

La voix de Mariah Carey chantant « *All I Want for Christmas is You* » résonne soudain des haut-parleurs.

— J'adore cette chanson ! déclare Phoebe, avant d'entonner les quelques vers suivants.

Je la regarde avec stupéfaction.

— Désolée, je me suis un peu emportée avec cette chanson, affirme-t-elle.

— Ne t'excuse pas ! Et ne t'arrête pas à cause de moi ! Chante !

Elle avale une nouvelle gorgée de bière.

— Tu as faim ? m'intéressé-je.

— Je pourrais bien manger quelque chose, oui.

— Veux-tu que je commande des amuse-gueules ou veux-tu ta propre entrée ?

— Les amuse-gueules, ça va. Mais je dois aller aux toilettes.

— D'accord, pas de problème. Je me retire et me lève. Je l'aide à sortir de la cabine et elle disparaît dans les toilettes pour femmes.

Je lève ma main en l'air pour appeler Carrie quand Cheyenne se glisse dans la cabine en face de moi en roucoulant :

— Bien, bien, bien, étranger.

Je gémis intérieurement. La dernière personne que je veux voir, c'est Cheyenne. Je lui dis :

— Hé, j'ai un rencard, alors...

Je lui fais signe de s'en aller, je n'aime pas ses pitreries. Ce qu'elle a fait la dernière fois qu'elle a vu Phoebe n'était pas cool. Elle m'a envoyé un texto il y a une semaine, et je lui ai dit que notre arrangement était terminé.

Elle fait la moue.

— Ah, c'est comme ça qu'on traite une vieille amie ? Surtout une amie sympa ? lance-t-elle battant des cils.

— Cheyenne, tu dois partir, répété-je.

Elle se penche et pose sa main sur la mienne.

— Qu'est-ce qui te prend, Alexander ? Je sais que tu aimes cette nounou, mais allez, tu ne t'es pas assez amusé maintenant ? Tu t'ennuies sûrement, non ? Je sais très bien qu'elle ne peut pas faire ce que je te fais.

J'ouvre la bouche, mais la voix de Phoebe perce l'air :

— Cheyenne, c'est un plaisir de te voir ici.

Cheyenne garde sa main sur la mienne et dirige lentement son regard vers Phoebe. Ses lèvres forment un sourire en coin.

Je recule ma main.

— Cheyenne était en train de partir, n'est-ce pas ?

Ses yeux s'écarquillent et prennent une expression innocente.

— Oh ? Vraiment ? Je pensais que tu étais sur le point de me dire que tu étais prêt à partir avec moi plutôt.

Je regarde Phoebe et assène, sans aucune émotion dans ma voix :

— Elle ment. Je me lève et pose ma main sur le dos de Phoebe, lui faisant signe de s'asseoir.

Elle ne le fait pas. Elle continue de fixer Cheyenne d'un regard noir.

— Pheebs, assieds-toi ! intimé-je doucement.

Elle me regarde. Je l'embrasse rapidement sur les lèvres.

— Assieds-toi !

Phoebe prend tranquillement place et Cheyenne reste plantée en face de nous. Je mets mon pouce en l'air et je fais un geste vers la porte.

— Debout, Cheyenne ! Maintenant.

Cheyenne n'obéit pas. Elle s'assoit et regarde Phoebe.

— Alors tu viens de Californie, hein ?

Phoebe ne répond pas.

Cheyenne insiste :

— Oh, tu es devenue muette tout à coup ?

— Cheyenne, ça suffit ! la réprimandé-je.

Phoebe se penche sur la table.

— Je pense qu'il est clair que tu n'es pas la bienvenue ici. Alexander ne veut pas de toi. Et franchement, la seule personne qui ennuie quelqu'un ici, c'est toi. Alors, avant de partir, y a-t-il autre chose que tu veuilles ajouter ?

Le visage de Cheyenne est en état de choc.

Je répète :

— Cheyenne, c'est l'heure d'y aller.

Elle ne bouge pas, fixant Phoebe du regard.

J'aboie :

— Cheyenne ! Vas-y !

— Allez, Alexander, ça suffit avec les jeux ! Je sais que tu veux une vraie femme, déclare-t-elle, et cela peut sembler confiant à d'autres, mais je la connais. Sa déclaration ne me semble que désespérée, ce qui est encore plus décourageant.

Comment ai-je pu être avec elle, ne serait-ce que dans le cadre d'une relation d'amis-avec-avantages ?

Je n'avais pas rencontré Phoebe jusqu'alors.

Elle fait la moue.

— Arrête de jouer ! Je suis prête pour l'étalon. Elle jette lentement un coup d'œil à Phoebe, ses lèvres se tordent.

La colère me prend aux tripes.

Le visage de Phoebe se durcit.

Il est temps de partir. Cheyenne va causer des problèmes toute la soirée si nous restons là.

Je fouille dans mon portefeuille et en sors une liasse de billets. Je prends plusieurs billets de vingt et les dépose sur la table. Je remets mon portefeuille dans ma poche et attrape la main de Phoebe.

— Allez, viens !

Elle lance un regard de dégoût à Cheyenne, sans bouger.

— Pheebs, allons-y ! insisté-je.

Elle interrompt lentement son regard et me prend la main. Elle se glisse hors de la cabine et je l'entraîne hors du bar.

Nous faisons quelques pas et je tends la main pour ouvrir la porte du *The Corral*, en suggérant :

— Essayons ce bar !

— Non, j'en ai assez. Rentrons à la maison ! déclare Phoebe en marchant devant moi et en se précipitant vers le pick-up avant que je ne puisse l'arrêter.

24

Phoebe

La colère, la jalousie et trop de mauvais souvenirs me déchirent. Je restais chez moi à n'importe quelle heure de la nuit, me demandant si Lance me trompait, et tout ce qui concerne la rencontre avec Cheyenne me fait revivre ces vieux fantômes.

Le pire, c'est qu'Alexander est tout le contraire de Lance. Il m'a toujours fait me sentir en sécurité et excitée par ce qui grandit entre nous.

Jusqu'à présent.

Les pensées qui me traversent l'esprit en ce moment même enfoncent le couteau plus profondément encore.

Pourquoi une femme s'efforcerait-elle de séduire un homme s'il lui a dit qu'il n'était pas intéressé ?

Elle ne le ferait pas à moins qu'il n'ait laissé une porte ouverte.

Je me trompe peut-être.

Me trompé-je ?

Ne sois pas stupide comme la dernière fois !

Alexander ne me ferait pas ça.

Je ne pensais pas non plus que Lance le ferait lorsque nous nous sommes mis ensemble pour la première fois.

Je marche jusqu'au pick-up, ouvre la portière et saute sur le siège passager. Je claque la portière avec force, la rage grandissant en moi.

Comment ose-t-elle ?

Pourquoi était-il encore avec elle ?

La trouve-t-il vraiment attirante alors qu'elle est si audacieuse et si insistante ?

L'idée de les voir ensemble me rend malade. D'autres hypothèses angoissantes me viennent à l'esprit.

S'il s'intéressait à elle, comment pourrait-il s'intéresser à moi ?

Pourquoi est-ce que je parle au passé ?

Peut-être qu'il aime toujours Cheyenne et qu'il a seulement fait semblant de vouloir qu'elle parte ?

Les questions et les doutes que je n'avais pas avant l'apparition de Cheyenne tournent de plus en plus vite dans ma tête. Je cligne des yeux plus fort, m'efforçant de ne pas pleurer.

Alexander s'installe sur le siège du conducteur.

— Pheebs…

— Non ! l'avertis-je.

— Tu n'es pas juste, insiste-t-il.

Je souffle.

— Je ne suis pas juste ? Ta copine interrompt notre rendez-vous, s'assoit en face de toi et te tient la main. Et toi, tu restes assis et tu la laisses faire !

— J'ai été aussi choqué que toi. Je lui ai dit de partir. Et j'ai retiré ma main ! Tu m'as bien vu !

— Ouais, dès que tu as su que j'étais derrière toi.

— Je pensais avoir été parfaitement clair sur le fait qu'elle ne m'intéressait plus et que je ne voulais plus rien avoir à faire avec elle. Je le lui ai dit plusieurs fois. Tu m'as entendu. Je ne sais donc pas comment tu veux que je sois plus clair, déclare-t-il.

Je fulmine :

— Elle a clairement dit qu'elle voulait monter encore sur ton étalon !

Son visage devient cramoisi.

J'ajoute :

— Je suis presque sûre que si tu retournes à l'intérieur, elle écartera gentiment les jambes pour toi dans la cabine.

Il gémit.

— Allez, Phoebe !

— Oh, ne fais pas comme si j'exagérais ! Elle n'acceptait pas un « non » comme réponse !

— Oui, mais je l'ai bien dit. J'ai été catégorique sur le fait que je ne voulais plus rien avoir à faire avec elle. Ou bien as-tu oublié cette partie-là ? Il hausse les sourcils.

Je ne le quitte pas des yeux, agacée par toute cette situation. Et je ne peux m'empêcher de me demander comment il pourrait m'apprécier s'il l'a trouvée assez attirante pour faire tout ce que je suppose qu'ils ont fait ensemble.

Alexander m'attrape la cuisse.

Je me rapproche de la portière.

— Ne me touche pas maintenant !

— Pheebs, allez ! C'est fini avec elle, et j'ai été franc avec elle à ce sujet. Et il n'y a aucune raison de la laisser gâcher notre soirée.

Je penche la tête vers lui.

— Il n'y a donc aucune raison de la laisser gâcher notre soirée ? Elle est dans le bar, parlant de ta bite, Alexander.

Il serre la mâchoire et me regarde fixement.

Mes entrailles frémissent plus fort. Je baisse la voix, et elle tremble quand je dis :

— Elle a l'air de penser que vous êtes toujours ensemble.

Il affirme :

— Je ne suis plus avec elle. Je t'ai dit ce qu'était notre relation et qu'elle était terminée.

— Pourquoi pense-t-elle que vous êtes toujours ensemble, alors ? explosé-je. Oh, attends, peut-être parce que vous êtes des amis avec des avantages et que tu ne lui as pas dit que c'était fini. Ou bien que tu la gardes sur la touche pour quand je partirai ?

Ses yeux se transforment en fentes.

— Partir ? Qu'est-ce que tu racontes ?

Je ferme la bouche, me sentant malade tant mes entrailles s'agitent. Je fixe la vitre en serrant mes mains l'une contre l'autre.

Il adoucit son ton et demande :

— Pheebs, tu t'en vas ?

— Mon emploi finit après cette période de deux mois, tu le sais bien.

Le silence envahit l'habitacle. J'attends qu'il me dise que je ne suis pas obligée de partir après les deux mois, que c'est réel entre nous et qu'il veut que je reste, mais plus le silence se prolonge, plus il devient lourd. Je cligne des yeux, mais mes larmes l'emportent.

Et je crains que ce soit vrai finalement. Et si je n'étais qu'une amie avec des avantages pour Alexander, même s'il prétend que nous sommes plus que ça ?

Peut-être que je serai mise de côté comme Cheyenne l'a été.

C'est bien fait pour cette femme.

Comment pourrait-il être avec elle ?

— Pheebs ! Il me tend la main.

Je ferme les yeux, respire profondément et essuie quelques larmes sur ma joue.

Il ordonne sévèrement :

— Phoebe, regarde-moi !

Je tourne lentement la tête vers lui et lui pose la question :

— Qu'est-ce que tu lui trouves ?

Il serre la mâchoire, sans mot dire.

— Quoi ? raillé-je. Je ne suis pas censée demander ? Elle est dans le bar en train de parler de ton étalon, et je ne suis pas censée demander ?

— Arrête de parler de ma bite ! Et elle n'aurait pas dû dire ça, ajoute-t-il.

Je m'énerve davantage.

— Tu crois ? Ou bien elle n'aurait pas dû le dire parce que maintenant je suis en colère ? En fait, combien d'autres femmes en ville connaissent ton étalon ?

Il me fixe pendant quelques minutes, prenant des inspirations superficielles et serrant fort les dents.

Je l'attends.

Il grogne :

— Je ne baise pas tout le monde en ville, Phoebe.

— Non, tu la baises elle ! accusé-je.

Sa voix s'élève.

— Je ne baise plus Cheyenne. Je t'ai dit que c'était fini entre nous.

— Alors pourquoi ne pense-t-elle pas la même chose ? répété-je.

Il expire, frustré, et lance :

— Phoebe, si elle veut continuer à se ridiculiser, je ne peux rien y faire. Mais je lui ai dit que c'était fini.

— Quand lui as-tu dit que c'était fini ?

— La dernière fois qu'elle m'a envoyé un message, après que toi et moi avons décidé de voir où cela nous mènerait. Et pour ma part, j'ai envie de voir où ça va nous mener. Mais qu'en est-il de toi ? Tu ne veux plus être avec moi parce que Cheyenne se comporte comme une gamine ?

Mon cœur bat plus vite. Mon pouls bat fort entre mes deux oreilles. Ma poitrine se serre au point que je peux à peine respirer. Tout ce qui est en moi tremble plus fort. Je me tourne vers la fenêtre et me passe la main sur le visage, incapable d'arrêter le flot de larmes.

Alexander glisse son bras autour de mes épaules.

— Phoebe, voyons, ce n'est pas comme ça que cette soirée est censée se passer. Je n'ai jamais voulu te faire du mal. Je t'ai parlé de l'arrangement que Cheyenne et moi avions, et il n'y a rien d'autre de plus à dire à ce sujet. Je lui ai fait clairement comprendre que notre arrangement était terminé. Je te montrerai le SMS que je lui ai envoyé la dernière fois qu'elle m'a contacté.

Je renifle, essayant d'arrêter de pleurer.

Il tourne mon menton vers lui et me demande :

— Tu veux voir les messages ? Je l'ai répété trois fois, et tout ce que je disais, c'était : « C'est fini. Arrête de me contacter ». Veux-tu les voir ?

Ma voix se brise.

— Je ne sais pas ce que je veux.

Son visage se décompose.

La tension monte entre nous.

Je ne supporte plus son regard sur moi. Je me retourne vers la fenêtre et demande doucement :

— On peut y aller, s'il te plaît ?

— Pheebs... murmure-t-il avec du désespoir dans la voix.

— S'il te plaît, allons-y ! répété-je me détestant d'être si émotive, et la façon dont Cheyenne a agi comme si je n'étais rien du tout a libéré ainsi tous mes vieux fantômes. Je déteste la façon dont Alexander me regarde.

Tout ce que je veux, c'est lui. Mais l'imaginer avec cette femme-là, surtout lorsqu'elle affirme avec tant d'assurance qu'elle sait ce dont il a besoin, me rend folle. Ajoutez à cela ses insinuations catégoriques selon lesquelles je ne suis pas assez bien pour Alexander, et je me demande si je suis effectivement assez bien pour lui.

Et si elle est meilleure pour lui que moi ?

Il s'approche de moi et pose sa main sur ma cuisse.

— Pheebs, regarde-moi !

J'essaie, mais je n'y arrive pas. Je détourne le regard, d'autres larmes roulant sur mes pommettes.

— Regarde-moi, s'il te plaît ! supplie-t-il.

— Je ne peux pas pour l'instant, avoué-je. S'il te plaît, allons-y !

Un autre moment s'écoule. Il retire lentement sa main de ma cuisse et démarre le pick-up. De la musique country retentit dans la cabine et il l'éteint rapidement.

Nous roulons en silence. Je remarque à peine ce qui m'entoure. Il fait sombre et je ne peux pas détourner mon regard de la vitre. J'essaie de me calmer pendant tout ce temps, en respirant profondément et en me disant que Cheyenne et ce qu'elle a dit n'ont pas d'importance.

J'essaie de me convaincre qu'il ne veut rien avoir à faire avec elle, mais c'est difficile. Elle ne semblait pas penser qu'il ne voulait rien avoir à faire avec elle. Et je n'arrive toujours pas à comprendre quel genre de femme reste assise là à continuer à draguer un homme alors qu'il lui a déjà dit que qu'il ne voulait plus être avec elle.

Les questions s'enchaînent, m'assaillent jusqu'à ce que je devienne à moitié folle. Quand Alexander arrête le pick-up, je ne me sens ni mieux ni plus calme. Je pleure toujours en silence.

Il sort et je cligne des yeux plusieurs fois, fixant l'obscurité, ne sachant pas où nous sommes. Il contourne le pick-up et ouvre ma portière.

— Où sommes-nous ? posé-je la question en essuyant les larmes de mon visage.

Il détache ma ceinture de sécurité et me tourne vers lui. Il pose ses mains sur mes joues et répond :

— Nous sommes sur l'un de nos terrains au nord du ranch.

— C'est ici que tu enterres mon corps ? essayé-je de blaguer, mais c'est plein d'émotion.

Ses lèvres tressaillent. Il répond :

— Je n'enterrerai ton corps que si tu es à côté de moi.

— Ne dis pas des choses comme ça ! lâché-je.

Il arque un sourcil.

— Pheebs…

— Ne dis pas des choses pareilles ! Tu sais que tu ne sais pas ce qu'il y a entre nous. Tu es en train de le découvrir. *Je suis en train de* le découvrir. Ne dis pas ce genre de choses de long terme ! réprimandé-je.

Il me fixe. Le silence devient trop pesant. La tension s'intensifie et je me dis que je ne sais pas où cela va s'arrêter.

Au terme de mon contrat de deux mois, va-t-il me mettre à la porte ? Est-ce que c'est fini entre nous ? Vais-je devoir trouver un endroit où déménager et chercher un nouvel emploi avec un cœur brisé ?

Je me réprimande, essayant de convaincre mon cerveau que nous n'avons pas été ensemble assez longtemps pour que j'aie le cœur brisé, mais je me rends compte qu'il est déjà trop tard pour cela.

Je suis amoureuse d'Alexander Cartwright, et même s'il ne m'aime pas, j'espère qu'il m'aimera un jour. Mais il ne le fera peut-être jamais parce qu'il est habitué à la superficialité, et je ne sais même pas comment faire autrement que d'être sérieuse dans une relation.

Il me rapproche de lui pour que mes jambes se retrouvent entre ses hanches. Il passe sa main dans mes cheveux et se penche plus près, s'arrêtant à quelques centimètres de mon visage. Son souffle chaud effleure mes lèvres. Son regard provocateur s'arrête sur mes yeux. Il ordonne :

— Écoute-moi, Phoebe ! Il n'y a rien du tout entre Cheyenne et moi. Je t'ai dit que nous n'étions que des amis avec avantages. Je n'ai jamais *eu de* sentiments profonds pour elle. Je n'*aurai* jamais *de* sentiments profonds pour elle.

— Qu'est-ce que ça veut dire ?

— Qu'est-ce que cela veut dire ? répète-t-il.

— Les sentiments profonds, précisé-je en ayant peur de ne pas obtenir la réponse que je souhaite.

Il n'hésite pas et déclare :

— Cela signifie que je tiens à toi. Ça veut dire que quand je pense à la personne avec qui je veux être, c'est toi, pas elle ou une autre femme. *Toi.* Tu comprends ça ?

Ses mots devraient me faire me sentir mieux et guérir tout ce qui se passe entre nous, mais une petite partie de moi n'est pas encore satisfaite. Je veux qu'il me dise qu'il m'aime comme je l'aime, mais il ne le fait pas, sinon il me le dirait. Et je me demande s'il le fera un beau jour.

Suis-je dans une autre situation où je resterai seule, à me demander où j'ai mal agi avec l'homme de ma vie ?

Alexander presse ses lèvres sur les miennes. J'ai beau vouloir lutter contre lui, je ne peux pas. Sa langue se presse contre la mienne et, en quelques secondes, je me soumets à lui, l'embrassant avec l'air froid qui entoure nos corps.

Il recule.

— Pheebs, je ne vais le répéter qu'une seule fois. J'ai besoin que tu m'écoutes et que tu m'entendes vraiment. Est-ce que tu comprends ?

Je prends une respiration tremblante et j'acquiesce.

— D'accord.

Il affirme :

— C'est toi que je veux, personne d'autre. Je me fiche de ce que Cheyenne dit ou de la force avec laquelle elle le crie. Il n'y a jamais eu autre chose que du sexe entre nous, et il n'y en aura jamais.

— Ça te manque ? rétorqué-je, puis je grimace. Je déteste lui confier toutes mes craintes.

Son visage se décompose.

— À part Cheyenne qui a interrompu notre rendez-vous avec son faux récit, est-ce que je t'ai donné une raison de douter de ce que je ressens pour toi ?

Mes entrailles frémissent plus fort.

— Et le sexe ? demandé-je.

Il grogne et affirme :

— Rien ne me manque de Cheyenne, y compris le sexe. J'aime tout ce que toi et moi avons ensemble.

Il aime tout ce qu'il y a entre nous.

M'aime-t-il ?

Ce n'est pas la même chose que de dire « je t'aime ».

Je dois juste lui donner plus de temps.

Il continue :

— Je suis sérieux, Phoebe. Tu es celle que je veux. Que dois-je faire pour que tu le croies ?

Je déglutis difficilement et repousse la voix de Cheyenne dans ma tête, ainsi que le regard qu'elle m'a jeté, qui me criait que je ne valais rien et qu'elle était tout pour lui.

Alexander insiste :

— Dis-le-moi !

Je réponds doucement :

— Embrasse-moi encore !

Il sourit, et en quelques secondes, je suis de nouveau dans mon nirvana, avec les lèvres et la langue d'Alexander sur moi. Avant même que je m'en rende compte, il retire mon pantalon et un grand bruit résonne dans l'obscurité, la boucle de sa ceinture heurtant le buffet en métal.

Je le serre plus fort, je me noie en lui, je le veux désespérément pour moi toute seule.

Il abaisse son visage, me poussant en arrière pour que mes coudes reposent sur la console. Puis sa langue s'abat sur mon clito avec férocité.

Il gémit et je commence à trembler. Mais cette fois, ce n'est pas de la tristesse. C'est l'adrénaline qui monte dans toutes les parties de mon corps.

Mes doigts glissent dans ses cheveux, les serrent, le poussent plus près de moi. Mes cuisses se pressent contre ses joues, mon corps tremble déjà.

Il me taquine et aspire, me taquine encore et aspire encore, et j'ai l'impression d'être emportée par une tornade qui détruit tout sur son passage.

Des cris incohérents s'échappent de ma bouche. L'adrénaline est omniprésente alors que toutes mes cellules se retrouvent soudain sous l'emprise d'une forte dose d'euphorie et que le monde autour de moi devient flou. Avant même que je m'en rende compte, il est à l'intérieur de moi.

Sa bite entre et sort. Il glisse à nouveau sa langue dans ma bouche avec le goût de mon orgasme. Il murmure.

— Putain, c'est toi que je veux, petite fille ! Toujours toi.

Je gémis, une nouvelle vague d'endorphines se répandant dans mes veines.

Il passe sa langue sur mon oreille et ajoute :

— Toute la journée, je pense à toi et à tout ce que je veux te faire.

— Comme quoi ? haleté-je.

Il grogne :

— Ce que je ressens à l'intérieur de ta petite chatte bien serrée. Les bruits que tu fais, comme maintenant. Tout ce que tu fais. Comment tu me touches, comment tu m'embrasses. Comment tu me regardes secrètement quand personne d'autre ne regarde. Tout ça, Pheebs. Tu comprends ?

— Oui, lâché-je dans un souffle rauque, clignant des yeux devant la lumière blanche qui m'envahit la vue.

Il pousse plus fort, plus profondément, étirant mes parois au point que j'ai l'impression que je vais exploser.

Mes bras l'enlacent. Je faufile mes doigts dans ses grosses mèches de cheveux et tire dessus. Mon corps s'agite violemment contre le sien.

Il gémit et déclare :

— Putain, mon étalon n'aime que toi ! Tu me comprends ? Puis il libère tout ce qu'il a en moi, grinçant avant que je puisse répondre : Putain de chatte avide ! Tu veux tout de moi, n'est-ce pas, petite fille ?

— Oui, tout de toi !

Son souffle chaud halète contre mon cou. Il pousse de plus en plus fort jusqu'à ce que je hurle d'extase.

Tout passe du blanc au noir et au blanc à nouveau. Puis les tremblements s'estompent tandis que sa respiration se ralentit.

Je devrais le lâcher, mais je ne peux pas. Je ne veux jamais plus le lâcher. Et je réalise que je suis complètement foutue.

Si Alexander ne tombe pas amoureux de moi, je n'aimerai plus jamais. C'est loin d'être ce que j'ai vécu avec n'importe qui, y compris Lance.

Il ne bouge pas pendant un moment, et c'est comme s'il ne pouvait pas me lâcher non plus. Lorsqu'il recule enfin, il me regarde dans les yeux en me tenant fermement. Il affirme catégoriquement :

— C'est toi que je veux, Pheebs. Ne l'oublie pas ! Tu comprends ?

— Oui, confirmé-je.

Il sourit lentement.

— C'est bien. Maintenant, rentrons à la maison ! Nous allons avoir un nouveau pari ce soir.

Je m'esclaffe.

— Oh ?!

Son expression est pleine de malice.

— Nous allons jouer à des jeux de Noël tous nus. Mais avec de nouvelles mises.

Je souris, me sentant à nouveau heureuse.

— Qu'est-ce qu'on parie cette fois-ci ? m'intéressé-je.

— Si je perds, je te cuisine le dîner, tout nu. Puis je lèche à nouveau ta chatte.

Je penche la tête.

— Et si tu gagnes ?

Son sourire s'intensifie.

— Tu me prépares le dîner, toute nue. Ensuite, je lèche à nouveau ta chatte.

Je ris plus fort encore.

— Marché conclu.

Il me regarde encore un moment, m'embrasse longuement, puis me caresse la joue.

— Je suis content qu'on ait trouvé une solution. Il me fait un clin d'œil.

— Moi aussi, avoué-je.

Il m'embrasse encore une fois rapidement et m'aide à remettre mon pantalon. Il remonte son jean, fait le tour du pick-up et s'installe sur le siège du conducteur.

Je boucle ma ceinture de sécurité.

Il démarre le moteur, met la musique et me prend la main. Il l'embrasse et tout redevient normal, sauf une chose.

Je fais de mon mieux pour repousser cette pensée, mais je suis amoureuse d'Alexander. Le problème, c'est que je ne sais pas s'il tombera amoureux de moi ou s'il me brisera le cœur en millions de morceaux.

Alexander

Une semaine avant Noël

— À plus tard ! s'écrie Wilder alors que les garçons sortent en courant. Mes sœurs se sont portées volontaires pour les emmener en ville pour une chasse au trésor de Noël, et ils seront absents une bonne partie de la journée.

Je me tourne vers Phoebe et la regarde fixement.

Elle pose sa main sur sa hanche.

— Oui ?

— Pourquoi n'avons-nous pas encore peint ta chambre ?

Elle hausse les épaules.

— Je ne sais pas. Nous avons été très occupés.

— Toutes les autres chambres de la maison ont été repeintes, mais la tienne est toujours aussi terne. Tu as même repeint le salon et la cuisine, fais-je remarquer.

Ses lèvres tressaillent.

— Alors tu penses aussi que c'est beurk ?

— Une fois que tu me l'as fait remarquer, oui, avoué-je.

Elle ajoute :

— Tu aimes vraiment, n'est-ce pas ? Tu n'es pas juste en train de me dire que tu aimes, juste pour me faire plaisir ?

Je m'esclaffe.

— Oui. Je ne mentirai pas en prétendant que j'aime quelque chose. Et tu avais raison. Cette maison avait vraiment besoin de couleurs.

Elle rayonne.

— Bien !

— Tu ne crois pas qu'il soit temps de repeindre ta chambre, alors ?

— Aujourd'hui ? demande-t-elle.

— Oui, aujourd'hui. Il n'y a pas de meilleur moment que le présent. En plus, les garçons sont partis. On peut peindre nus si on veut.

Elle rit.

— Tu veux peindre nu ?

J'agite les sourcils en avouant :

— J'aime faire tout ce qui est nu avec toi.

Elle fronce le nez.

— Nous devrions garder nos vêtements puisque ta famille entre et sort tout le temps.

— Je pourrais verrouiller les portes.

— As-tu oublié qu'ils ont des clés ? Si tu fais ça, ils entreront plus vite que nous ne le pensons.

Je soupire.

— D'accord, nous peindrons habillés. Mais sérieusement, il faut qu'on fasse ta chambre. Quelle couleur as-tu choisie d'ailleurs ?

Elle révèle :

— C'est un jaune pâle.

— Et les pots de peinture sont ici ? Tu les as achetés quand tu étais en ville, n'est-ce pas ?

Elle acquiesce.

— Oui. Ils sont dans le garde-manger.

— D'accord, va mettre tes vêtements de peintre ! Nous allons faire ta chambre aujourd'hui, intimé-je.

Son visage s'illumine. Elle applaudit.

— Youpi !

Je gémis, me reprochant de ne pas avoir insisté plus tôt pour qu'on repeigne sa chambre. Elle m'a clairement fait comprendre qu'elle voulait de la couleur. Je n'aurais pas dû la laisser repeindre toutes les chambres à part la sienne, mais j'étais trop occupé à préparer les chevaux pour la prochaine course.

— Phoebe, on aurait dû faire ta chambre en premier.

Elle proteste :

— Non, il fallait faire ta chambre.

Je m'avance, pose ma main sur sa joue et entoure sa taille de mon autre bras. J'effleure ses fesses et l'attire vers moi.

— J'adore ce que tu as fait dans ma chambre. C'est très gentil de ta part, mais il faut que tu arrêtes de te mettre systématiquement en dernier.

— Je ne sais pas.

Je pose mon doigt sur ses lèvres.

— Chut ! Tu te mets en dernier. Tu nous fais toujours passer en premier.

Elle hausse les épaules.

— C'est mon job de vous faire passer en premier.

Je secoue la tête.

— Non. Ce n'est pas bien, Pheebs.

— Je ne me plains pas. J'aime prendre soin de vous tous.

Mon cœur se réchauffe. J'avoue :

— J'aime que tu prennes soin de nous.

Ses lèvres se retroussent.

— Vraiment ?

— Mm-mmm ! J'aime quand tu t'occupes de mes garçons. J'aime quand tu prends soin de moi. J'embrasse sa mâchoire, puis son oreille, et j'ajoute : J'aime particulièrement quand tu t'occupes de mon étalon.

Elle rit et me pousse la poitrine.

— Garde la tête froide si nous devons peindre ma chambre !

— D'accord, je vais aller mettre des vêtements que je peux détruire. Contrairement à ce que tu pourrais croire, je suis un peintre chaotique.

Elle feint le choc, haletant :

— Vraiment ?!

— Tu devrais couvrir les bords, ou nous devrons trouver du ruban adhésif.

— Non, pas besoin de ruban adhésif. Je suis douée pour les bords, déclare-t-elle.

— Pourquoi ne suis-je pas surpris ? répliqué-je en souriant. Je lui donne une claque sur les fesses. Bon, prépare-toi ! Je te retrouve dans ta chambre.

— D'accord.

Je siffle et vais dans la chambre, excité à l'idée d'être seuls, même s'il s'agit de peindre. J'adore chaque minute passée avec Phoebe, mais nous sommes généralement entourés de gens et nous faisons comme s'il n'y avait rien entre nous. Et comme c'est une semaine avant Noël, les festivités seront plus nombreuses que jamais. Ma famille sera partout, c'est donc le dernier jour où Phoebe et moi pourrons être un peu seuls.

J'ai beau être tenté de la traîner au lit et de jouer avec elle toute la journée, ça m'énerve que sa chambre ne soit pas peinte. Et j'adore tout ce qu'elle a fait pour le reste de la maison. Les chambres des garçons sont exactement ce qu'ils voulaient et ils n'arrêtent pas d'en parler. Elle a patiemment attendu pour faire la sienne en dernier, et je me reproche encore une fois de ne pas avoir plus insisté pour qu'elle la peigne après la surprise qu'elle m'a faite.

J'enfile un short et un vieux tee-shirt auquel je ne tiens plus. Puis je me rends dans sa chambre.

Elle est en train de baisser son tee-shirt sur sa poitrine quand j'entre.

Je la taquine :

— Tu es obligée de mettre ça ?

Elle bat des cils. D'une horrible voix traînante du Texas, elle gazouille :

— Mais, Alexander Cartwright, c'est très déplacé de votre part.

— C'était un très bon accent, mens-je.

— Tu crois ? Puis-je convaincre les gens que je viens du Texas ? demande-t-elle.

Je n'ai pas le cœur de lui dire non, alors je l'encourage.

— Si tu continues à y travailler, tu vas tromper tout le monde.

Elle rayonne.

— C'est vrai ? J'ai toujours pensé que mes accents étaient mauvais.

— Je ne sais pas. Je suis subjectif, dis-je, puis je jette un coup d'œil sur le tas de bâches. Devrions-nous tout déplacer au centre de la pièce et couvrir le sol ? m'intéressé-je.

— Wow ! Mon homme est aussi intelligent ! Elle bat des cils.

— De temps en temps, dis-je.

Nous passons une heure à déplacer le lit, les commodes et le bureau. Nous posons des bâches sur le sol et je déclare :

— C'est l'heure de la peinture.

— Elle est toujours dans le garde-manger.

— D'accord, je vais la chercher. Je vais dans la cuisine et y trouve la peinture. Ensuite, je sors un tournevis du tiroir et je retourne dans sa chambre.

Son expression illumine chacune de mes cellules. Elle gazouille :

— Je suis tellement impatiente.

Je m'esclaffe.

— Je le vois bien, c'est pourquoi tu aurais dû être la première.

Elle secoue la tête.

— Non ! Ce n'est pas comme ça que les choses doivent se passer.

— Mmm... Eh bien, peut-être que je vais devoir t'offrir un cadeau supplémentaire puisque tu as été si patiente.

Elle sourit.

— Encore un autre pari ?

Je lui jette un coup d'œil lubrique de la tête aux pieds, puis la regarde dans les yeux.

— Sans doute.

Son visage rougit, mais son sourire s'élargit, et mon cœur fait presque un bond dans ma poitrine.

Mon nouvel objectif quotidien est de rendre Phoebe heureuse. Je me réveille littéralement en pensant à ce que je peux faire ce jour-là pour la faire sourire davantage. Et chaque fois qu'elle le fait, je me sens étourdi.

— Oh, je dois aller chercher les pinceaux. Attends-moi ! Elle disparaît et revient avec une poignée de fournitures et un bâton.

J'ouvre la boîte et remue le jaune pâle jusqu'à ce qu'il soit homogène. J'en verse ensuite un peu dans un bac.

Elle me tend un rouleau.

— Tu passes le rouleau, je fais les bordures.

— D'accord, mais nous allons avoir besoin d'une échelle.

— Oh, bien sûr ! dit-elle.

Je glousse à nouveau.

— Je vais la chercher. Je sors et me dirige vers le garage. J'attrape un escabeau et l'amène dans la chambre.

Elle est déjà en train de peindre le bas du mur. Je l'étudie pendant une minute, impressionné, en marmonnant :

— C'est fou !

Elle s'arrête et tourne la tête.

— Qu'est-ce qu'il y a ?

Je montre le mur en déclarant :

— Je ne comprends pas comment tu peux faire ça sans ruban adhésif. C'est une ligne parfaitement droite. Il n'y en a pas du tout sur les bords.

— Oui, je sais, chante-t-elle d'un ton enjoué.

— C'est fou ! répété-je, puis j'attrape le rouleau. Je l'enduis de peinture jaune et l'applique sur le mur. Lorsque la moitié du mur est peinte, je recule et demande : La couleur te plaît-elle maintenant qu'elle est dans ta chambre ?

— Je l'adore. C'est super gai !

— C'est vrai, confirmé-je. Tout comme toi.

Elle bat des cils.

— Pourquoi, Alexander Cartwright, ai-je l'impression que vous essayez de me faire rougir ?

— Oh, non ! Je te ferais faire ça toute nue si je voulais que tu rougisses, rétorqué-je en continuant à passer le rouleau sur le mur. Le temps que je finisse un quart, elle a terminé la partie inférieure. Je pose le rouleau et tapote la marche de l'échelle en souriant. C'est l'heure de lever ton popotin.

— Oui, mon cher, roucoule-t-elle en se pavanant vers moi, ses hanches se balançant.

Je gémis, en avertissant :

— Ne fais pas ça, ou tu ne finiras pas le haut !

Elle ricane.

— Pourquoi cela ?

Je lui passe la main autour de la taille et l'attire vers moi. Elle inspire brusquement. J'abaisse mon visage vers le sien.

— Parce que je vais faire des choses à ton cul.

Elle s'esclaffe.

— Ne me taquine pas !

Mon érection se durcit tandis que j'effleure son cul.

Elle me repousse et agite son doigt entre nous.

— Nan, nan, nan ! Il faut que le haut soit terminé.

— Oui, madame, répliqué-je en la redirigeant vers l'escabeau.

Elle y grimpe et je lui embrasse les fesses pendant qu'elle monte.

Elle se fige, puis pointe son bras vers le bas en grondant :

— Ne fais pas ça ! Je vais tâcher le plafond.

Je soupire.

— Quoi ? Tu es douée. Tu peux sûrement gérer ça, non ?

— Sérieusement, Alexander. Je vais toucher le plafond, puis nous devrons le peindre. Il faut que tu te tiennes tranquille !

Je gémis.

— D'accord, je vais m'abstenir.

— Merci ! Elle se concentre à nouveau sur la ligne près du plafond, déplaçant lentement le pinceau.

Je la regarde à nouveau avec stupéfaction.

— Je ne pourrais jamais faire ça.

— Ouais, mais tu peux faire beaucoup d'autres choses que je ne peux pas faire.

— Comme quoi ?

— Des choses viriles, déclare-t-elle.

Je m'esclaffe.

— Des choses viriles ?! Il va falloir être plus précise.

Elle ricane.

— Eh bien, je t'ai vu donner de bonnes claques à tes frères.

Je grogne.

— Oui, ils le méritent quand je fais ça.

— Je me demande toujours ce qu'ils disent quand je jette un coup d'œil dans la cour et que je te vois faire ça.

— Oh, donc tu me regardes toute la journée ?

— Non, je n'ai pas dit ça, clame-t-elle.

Je glousse.

Elle ajoute :

— Tu fais aussi ce truc avec la corde.

— Quel truc avec la corde ?

— Tu sais. Tu fouettes l'air en faisant des cercles avant de le lancer.

Je ris si fort que des larmes s'échappent de mes yeux.

Elle me regarde du haut de l'échelle.

— Pourquoi ris-tu ? Qu'y a-t-il de si drôle ?

Je me sers du revers de mon poignet pour essuyer une larme sur ma joue. — Je n'ai jamais entendu quelqu'un décrire le lasso comme ça. C'est mignon.

— Je peux penser à d'autres choses mignonnes à te faire si tu veux, dit-elle en guise de taquinerie.

Ma bite se durcit à nouveau.

— Vraiment ? Comme quoi ?

Elle jette un coup d'œil vers le bas avec un sourire en coin, révélant :

— Comme cette chose que je fais à ton étalon avec ma langue.

Ma bite palpite. Je gémis en affirmant :

— Tu n'as pas le droit de parler de ça si tu n'as pas l'intention de le faire.

Elle me lance un regard innocent et s'exclame :

— Oh ? Qui a dit que je n'allais pas le faire plus tard ?

Je crie « oui » dans ma tête. J'adore quand Phoebe me fait une fellation. Tout ce qui s'y rapporte est super intense. Elle sait toujours exactement comment me lécher, me sucer et me taquiner jusqu'à ce que je la supplie et que je tienne sa tête baissée sur moi.

Je crois que je n'ai jamais été avec une femme qui me fait ressentir ce que je ressens lorsqu'elle me suce. Il ne lui a fallu qu'une seule fois pour apprendre à m'engloutir en entier, ce qui est une autre chose avec laquelle les femmes ont normalement du mal, alors je l'informe :

— Tu recevras des étoiles supplémentaires pour ça.

— Allez, au travail ! Sors-toi ça de la tête ! ordonne-t-elle.

— Alors fais ton job, rétorqué-je en montrant le plafond.

— Oui, monsieur. Elle remue son cul devant moi et je lui donne une claque. Elle glapit, puis déclare : Je retourne à la peinture maintenant. Pas d'entourloupe !

— Je me tiens tranquille, déclaré-je, et je la contemple en train de créer une autre ligne parfaite entre le mur et le plafond.

Il nous faut une demi-heure pour faire le tour de la pièce. Ensuite, nous allons à la cuisine et mangeons un sandwich pour le déjeuner. Nous retournons dans la pièce et passons une nouvelle couche de peinture. Lorsque nous avons terminé, nous reculons et observons les murs.

Je jette un nouveau coup d'œil dans la pièce.

— Ça a l'air super !

— Je suis d'accord, gazouille-t-elle.

Je claque des doigts.

— Attends ! J'ai quelque chose pour toi.

— Qu'est-ce que tu veux dire ?

— J'ai quelque chose pour toi. Attends ! insisté-je et je vais dans ma chambre. J'entre dans le dressing et en sors une œuvre d'art en métal que j'ai trouvée en ville. C'est un signe de l'infini avec des cœurs enfilés. Je l'emmène dans la chambre et le lui donne. C'est pour toi, précisé-je.

Ses yeux s'écarquillent. Elle le tend à bout de bras devant elle.

— Comment as-tu trouvé ça ?

— Ace m'a dit que c'était quelque chose que tu aimais. Je l'ai vu en ville, alors je l'ai acheté pour toi, réponds-je, même si j'ai cherché sur Internet pendant des jours. Je ne sais pas pourquoi je n'ai pas envie de lui dire ça, mais je m'en tiens à mon petit mensonge.

— Alexander, c'est... Wow ! s'exclame-t-elle en le regardant à nouveau.

— Alors tu aimes ça ?

Elle raille.

— J'aime ça ? Tu te moques de moi ? C'est ma pièce de ferronnerie préférée. J'ai vu cette pièce en ligne, et Ace m'a questionné dessus. Mais... Elle me regarde fixement.

— Quoi ? posé-je la question.

— C'était en ville ?

J'acquiesce, en mentant à nouveau.

— Ouais.

Elle me regarde de plus près.

— Où ça ?

Je m'esclaffe.

— Ce ne sont pas tes affaires. Tu aimes ça ?

— Non, j'adore ça ! Mais là, c'est trop ! déclare-t-elle.

J'agite la main devant elle.

— Non, ce n'est pas trop. Maintenant, où devons-nous la fixer ?

Elle la regarde à nouveau, puis la pose sur le lit. Elle m'enlace de ses bras, m'embrasse, puis dit :

— Je l'adore. Merci.

Je la rapproche et nous nous embrassons longuement jusqu'à ce que je murmure :

— Je vais devoir t'offrir d'autres cadeaux.

Elle se retire du baiser.

— Tu n'as pas à m'acheter de cadeaux. Tu le sais, n'est-ce pas ?

— Bien sûr. Et je sais que tu n'attends rien. Mais j'aime bien t'acheter des choses. Surtout des choses que tu veux vraiment.

Elle me fixe et se mord la lèvre.

— Ne m'en veux pas de t'avoir offert un cadeau ! Tu devrais changer ton point de vue sur l'argent de toute façon, ajouté-je.

— Qu'est-ce que tu veux dire ?

— Tu as une mentalité de pénurie. Tu devrais avoir une mentalité de prospérité.

Elle se moque.

— Ce n'est pas facile d'avoir une mentalité d'abondance quand on n'a pas grand-chose.

— Je ne sais pas. Je parie que nous pouvons changer ton état d'esprit, déclaré-je.

Elle rit et me fait un petit salut.

— À vos ordres, monsieur !

— Je suis content que tu l'aimes.

— J'aime ça, affirme-t-elle.

— Bien. Je l'embrasse à nouveau et, en quelques minutes, je lui retire sa chemise et dégrafe son soutien-gorge.

Son téléphone sonne avec une nouvelle chanson qu'elle a ajoutée à sa sonnerie la semaine dernière. Elle recule d'un pas.

— Tu es obligée de répondre ? l'interrogé-je en la ramenant vers moi.

— Non. Elle m'embrasse à nouveau et la musique s'éteint, mais elle retentit à nouveau. Elle se détache et plisse son front. Peut-être que je devrais décrocher.

— D'accord. Tu devrais peut-être le faire.

Elle se dirige vers son bureau, regarde son téléphone, puis l'éteint en gémissant.

— Qui est-ce ? m'intéressé-je.

— Personne. Reprenons ce que nous faisions ! Elle avance de deux pas vers moi et son téléphone sonne à nouveau. Son visage se décompose, puis l'irritation envahit son visage. Elle saisit à nouveau son téléphone et le met sur silencieux.

— Bébé, qui est-ce ? insisté-je.

Elle lève les yeux au ciel.

— C'est Lance.

Mes tripes s'effondrent, puis la colère m'envahit.

— Lance ? Pourquoi t'appelle-t-il ?

Elle secoue la tête en signe d'agacement.

— Pour m'embêter, pourquoi d'autre ?

Ma jalousie s'enflamme.

— Je ne savais pas que tu étais encore en contact avec lui.

— Je ne le suis pas.

— Alors pourquoi t'appelle-t-il ?

Sa tête se renverse en arrière. Elle lève les mains en l'air.

— Je ne sais pas. Il aime bien m'appeler pour essayer de me récupérer. Mais je ne réponds pas à ses appels.

La jalousie explose en moi.

— Tu as fait tout un plat de Cheyenne, avec qui je n'ai rien fait depuis ton arrivée, et tu es toujours en contact avec Lance ?

— Je n'ai pas dit que j'étais en contact avec lui.

— Alors comment sais-tu qu'il essaie de te récupérer ?

Elle avoue :

— Parce qu'il m'envoie des textos et m'appelle tout le temps, en me laissant des messages sur ma boîte vocale.

Mon cœur bat plus fort.

— Pourquoi ne l'as-tu pas bloqué s'il te harcèle ?

Elle hausse les épaules.

— Je ne sais pas. Je l'ignore.

— Pourquoi le gardes-tu dans ta vie ?

— Je ne le garde pas dans ma vie.

— J'ai l'impression que c'est le cas pourtant, lancé-je alors que le téléphone sonne à nouveau.

Elle jette un coup d'œil à l'appareil, puis vers moi, appuie sur un bouton et l'appareil s'arrête. Elle clame :

— Je ne le garde pas dans ma vie. Je t'ai dit...

Le téléphone sonne à nouveau.

— Réponds ! intimé-je.

— Non, je ne répondrai pas.

— Pourquoi pas ?

Elle appuie à nouveau sur le bouton et éteint son téléphone. Elle le jette sur le lit.

— Voilà ! Il ne va plus nous déranger.

— Pourquoi ne réponds-tu pas, Phoebe ?

— Je ne veux pas lui parler. Je n'ai rien à lui dire.

La haine que j'éprouve pour lui l'emporte sur mon jugement. Je me lance : — Mais tu ne l'as pas bloqué. Tu aimes l'attention ? C'est ça ?

La douleur emplit son expression.

— Qu'est-ce que tu racontes ? Pourquoi dis-tu cela ?

— Tu es toujours en contact avec lui. Tu gardes la porte ouverte entre vous, accusé-je, craignant qu'il ne revienne dans sa vie et ne l'éloigne de moi.

Elle s'écrie :

— Non ! Je ne veux rien avoir à faire avec lui.

— Tu es sûre de ça ? rétorqué-je, ma jalousie s'enflammant.

Je détestais ce type depuis que j'avais entendu parler de lui. Je l'ai encore plus détesté quand je l'ai rencontré. Mais savoir qu'il la contacte encore ? Pourquoi ne l'a-t-elle pas bloqué ?

Elle affirme fermement :

— Alexander, il n'y a rien entre Lance et moi.

— Vraiment ?

Mon téléphone sonne. Elle jette un coup d'œil à son bureau et l'attrape en disant :

— C'est peut-être Cheyenne. Elle me le tend avec un regard noir.

— Ne t'avise pas ! avertis-je avant de répondre au téléphone. Allô ?

La voix de Mason se fait entendre.

— Frère, le petit ami de Phoebe est en ville. Il est complètement bourré. Je pense que tu ferais mieux de venir ici.

Le sang s'écoule de mon visage jusqu'à mes orteils. Les poils de mon cou se dressent.

Elle demande :

— Alexander, qu'est-ce qui ne va pas ?

Mason s'écrie :

— Alexander, tu m'as entendu ?

Je grogne :

— Ouais. Reste là-bas ! Je pars tout de suite.

Phoebe

Le visage d'Alexander rougit de colère. Il raccroche le téléphone, puis me pointe du doigt en ordonnant :

— Appelle-le !

— Je ne l'appellerai pas ! répété-je.

Ses paupières s'abaissent et ses yeux rétrécissent lorsqu'il accuse :

— J'ai dit à Cheyenne que c'était fini. On dirait que tu n'as rien dit à Lance.

Je mets la main sur ma hanche et j'insiste :

— Ce n'est pas vrai. Je t'ai dit que j'avais rompu avec lui.

Il écarte les bras.

— Alors pourquoi t'appelle-t-il encore ? Tu ne vois pas Cheyenne faire sauter mon téléphone, n'est-ce pas ?

— Non, elle te le dit en face. Devant moi, j'ajouterai. Une vraie femme chic que tu as choisie pour traîner avec !

— C'est gonflé venant de la part de la femme qui est sortie avec M. Connard pendant quatre ans ! Et c'était il y a une semaine que nous l'avons rencontrée. J'ai aussi été très clair sur le fait que je ne voulais que toi ! Pas une seule fois je ne suis revenu sur mes intentions devant elle, s'écrie-t-il.

— J'ai dit plusieurs fois à Lance que je ne voulais plus être avec lui et qu'il devait cesser de me contacter !

Il me montre à nouveau mon téléphone.

— Appelle-le ! Il me lance un regard de défi.

Je l'affronte sans broncher, mais je finis par céder. Je dis :

— Tu es ridicule !

Je prends le téléphone.

— Fais-moi plaisir ! grogne-t-il.

— D'accord ! Je prends mon téléphone et l'allume. Je glisse sur l'écran et j'appuie sur le bouton d'appel. Je le porte à mon oreille et il sonne. Mon estomac se retourne.

Des bruits forts se font entendre en arrière-plan. Lance grommelle :

— Phoebe, pourquoi ne réponds-tu pas à mes appels ?

La rage m'envahit. Ce n'était pas grave pour Lance d'ignorer mes appels lorsque nous sortions ensemble, mais maintenant que nous ne sommes plus un couple, il pense que je dois lui répondre. Je lui répète :

— Lance, tu dois arrêter de m'appeler. Ne me contacte plus ! Je t'ai dit que c'était fini.

La musique s'amplifie, je m'apprête à raccrocher, puis je me fige. La chair de poule apparaît sur ma peau.

Depuis quand Lance écoute-t-il de la musique country ?

Il aboie :

— Phoebe, ce jeu auquel tu joues est terminé. Tu reviens avec moi.

La panique me gagne.

Que veut-il dire par « revenir » ? Comme s'il était au Texas ?

La dernière chose que je veux, c'est Lance au ranch. Je ne veux pas qu'il s'approche de moi ; Alexander deviendra fou s'il s'approche.

S'il vous plaît, s'il vous plaît, s'il vous plaît, faites qu'il ne soit pas en ville ! me répété-je en boucle dans ma tête.

Les yeux d'Alexander se rétrécissent davantage.

Je lève le menton et dis à nouveau :

— Lance, c'est fini entre nous. Tu dois laisser tomber. Ne m'appelle plus jamais !

— Phoebe, je ne plaisante pas. Tu retournes en Californie avec moi et nous allons nous marier. Cette histoire de nounou, c'est fini, déclare-t-il.

Je ferme les yeux.

— Lance, tu ne m'écoutes pas. J'expire profondément, puis ouvre les yeux et constate que l'expression d'Alexander est encore plus énervée. Mes entrailles tremblent plus fort. Je déclare : Lance, c'est fini. Ne me rappelle plus ! Je raccroche.

Alexander me regarde fixement.

— Es-tu heureux maintenant ? lancé-je.

Il ne dit rien. Il continue de me fixer.

Je glisse sur mon téléphone et affiche les coordonnées de Lance. J'appuie sur le bouton de blocage, puis je tourne le téléphone pour le montrer à Alexander.

— Je l'ai bloqué. Et ce n'est pas ma faute s'il continue à essayer de me contacter. Je le lui ai déjà dit, et tu viens de m'entendre le lui redire, bredouillé-je, comme si j'avais fait quelque chose de mal et que je devais le convaincre.

Je le fais. Il ne me croit pas.

Je ne comprends pas comment Alexander peut penser que je veux continuer avec Lance. Et pourquoi est-il si contrarié qu'il m'ait appelée ? Ce n'est pas comme si je lui avais accordé de l'attention.

Lance est au Texas, me rappelé-je en paniquant à nouveau.

Il doit retourner en Californie.

Des lumières clignotent à la fenêtre et je tourne la tête. Le 4x4 se gare près de la maison.

Alexander se dirige vers sa chambre.

Je le suis et lui demande :

— Que fais-tu ?

Il enfile rapidement son jean et ses bottes. Il jette son tee-shirt par-dessus sa tête en le tirant vers le bas et se précipite vers la porte d'entrée.

— Où vas-tu ? questionné-je.

Il saisit son chapeau de cow-boy sur le crochet, l'enfonce sur sa tête et enfile sa veste.

— Je vais m'occuper de ce que j'aurais dû faire depuis longtemps.

Les poils de mes bras se dressent.

— Qu'est-ce que ça veut dire ?

— Je te verrai plus tard, Phoebe. Prends soin des enfants pendant mon absence ! Il ouvre la porte et déboule sous le porche.

— Alexander ! l'appelé-je, attrapant mon manteau sur le crochet, enfilant mes pantoufles et sortant.

C'est une grave erreur. Il y a de la boue et mes pantoufles s'y enfoncent immédiatement. J'essaie de sortir mon pied de la vase en criant :

— Alexander !

Il se dirige vers sa voiture en m'ignorant.

Ace s'écrie :

— Papa, on a passé une journée géniale !

Alexander marque une pause lorsque Ace se jette sur lui. Ils s'étreignent et il lui ébouriffe les cheveux en disant :

— Les garçons, je dois aller en ville pour affaires. Restez avec Phoebe et vos tantes, d'accord ?

— Tu ne vas pas sortir avec nous ? Tu as dit que tu ne travaillerais pas cette semaine, se plaint Wilder.

— Je reviendrai vite, ne vous inquiétez pas ! annonce-tt-il, avant d'ajouter : Je dois aller chercher Mason et Jagger. Ils ont trop bu et ont besoin d'être ramenés chez eux.

— Je croyais que tu avais dit que c'était pour le travail, fait remarquer Ace.

Alexander répond :

— Tes oncles travaillent. Je reviens bientôt, d'accord ?

— D'accord, répond Wilder, puis il crie à Ace : Faisons la course ! avant de se retourner et de courir vers la maison principale.

Ace le suit, rapidement sur ses talons.

— Alexander ! l'appelé-je à nouveau, mais il m'ignore et monte dans son pick-up.

Il démarre le moteur et sort la voiture.

Je le regarde passer en trombe devant le portail, puis me fige.

Willow et Paisley me regardent fixement. Les yeux de Willow se rétrécissent et elle ordonne :

— Paisley, va avec les garçons et commence le bricolage ! Phoebe et moi vous rejoindrons dans une minute.

Paisley ne proteste pas. Elle détache son regard interrogateur de moi et se dirige vers la maison principale.

Willow m'attrape l'avant-bras et me tire vers la maison d'Alexander.

Je laisse mes pantoufles sous le porche. Nous entrons, et dès que la porte se referme, je questionne :

— Ai-je des ennuis ? tenté-je de faire une blague, mais je n'y arrive pas.

Elle penche la tête et demande :

— Je ne sais pas, qu'en dis-tu, toi ?

Je cligne des yeux et détourne le regard. Je déteste mentir à Willow. Je déteste qu'Alexander m'en veuille. Je ne sais pas où il va, et je ne supporte pas que Lance s'immisce dans ma vie alors qu'il ne devrait pas le faire.

Le visage de Willow s'effondre. Elle me prend dans ses bras.

— Hé, tout ira bien. Je ne sais pas ce qui se passe, mais crois-moi, tout ira bien.

Je murmure :

— Je ne sais pas si c'est le cas.

Elle se recule et ajoute :

— Je pense qu'il est temps que tu me dises ce qui se passe vraiment dans cette maison.

Mes lèvres frémissent.

— Je ne sais pas de quoi tu parles.

Elle sourit, pose sa main sur sa hanche et penche la tête.

— Tu crois que je suis née de la dernière pluie ou quoi ?

Je ne dis rien, je tremble plus fort.

— Viens ! Elle m'entraîne dans la cuisine, fait glisser la chaise loin de la table et ordonne : Assieds-toi !

Je ne bouge pas.

— Phoebe, assieds-toi !

Ne sachant que faire d'autre, je m'assois.

Elle ouvre le frigo, prend deux bouteilles de bière et les décapsule. Elle en pose une devant moi, puis prend place à côté de moi. Elle avale une longue gorgée et fait un signe de tête vers ma bouteille.

— Vas-y, bois un coup !

Désemparée, je l'imite.

Nous restons assises à boire de la bière jusqu'à ce que la moitié de nos bouteilles soient vides et qu'elle pose la sienne. Elle sourit et demande :

— Es-tu prête à me dire ce qui se passe ?

— À quel sujet ? posé-je la question, essayant de faire l'imbécile mais n'y parvenant pas le moins du monde.

Elle penche à nouveau la tête, me jetant un regard complice.

— Phoebe, je connais bien mes frères. Il se passe quelque chose entre toi et Alexander, alors dis-moi ce que c'est ! Accouche, et allons-y !

— Je ne sais pas de quoi tu parles, répliqué-je, mais elle voit bien que je mens.

Elle boit une autre gorgée de bière, en tapant des doigts sur la table. Elle demande :

— Combien de bières faudra-t-il avant que tu craches le morceau ?

Je pose ma bouteille et regarde par la fenêtre.

Elle me prend la main.

— Phoebe, c'est bon, dis-moi ce qui se passe ! Je sais que toi et Alexander avez une relation amoureuse.

Ma bouche devient sèche. J'avale la boule dans ma gorge, mon cœur bat plus fort. Je me tourne vers elle et mes yeux se remplissent de larmes.

Elle se rapproche et pose sa main sur mon dos.

— Bébé, tout va bien. Dis-moi juste ce qui se passe !

Je ne peux pas m'en empêcher. Je déteste les secrets. Je déteste les mensonges, et je n'ai fait que mentir. Willow est mon amie, et j'ai honte de lui avoir caché des choses. Alors tout sort.

— Alexander et moi avons... Enfin, je veux dire... Nous ne pouvons rien dire à cause des garçons.

Elle arque les sourcils.

— Les garçons ?!

— Il ne veut pas leur faire de mal.

Elle acquiesce.

— Et pourquoi les garçons seraient-ils blessés ?

— Parce que je vais bientôt partir, explosé-je.

Son expression se durcit.

— Phoebe, tu crois vraiment que tu vas partir ?

— Ouais. Tes parents auront terminé leur mission. Je ne sais pas. Les larmes coulent plus vite encore à l'idée de quitter le ranch et les Cartwright, mais surtout les garçons et Alexander.

Willow me frotte le dos.

— Bébé, je peux te dire une chose. Je connais ma famille. Il n'y a aucune chance que tu ailles quelque part à moins que tu nous échappes. Elle fronce les sourcils.

Je ris à travers mes larmes, mais c'est de courte durée. J'avoue :

— Il faudrait qu'Alexander veuille que je reste.

Elle insiste :

— Il le veut.

— Comment peux-tu dire ça ? Tu ne savais même pas ce qui se passait entre nous.

Elle ricane.

— Vous étiez tous les deux sous l'escalier, et vos deux chemises n'étaient pas boutonnées. Vos cheveux étaient en désordre et il y avait du rouge à lèvres sur la joue d'Alexander. Tu crois que je ne sais pas ce que ça veut dire ? Hein ?

J'ai encore plus la chair de poule. Je la regarde bouche bée et l'embarras m'envahit.

Elle avale une autre gorgée de bière, puis se lève et en prend deux autres. Elle se rassied.

Elle se penche plus près.

— C'est bon, tu peux te confier à moi. Je ne le dirai à personne d'autre.

— Donc tu le savais mais tu ne l'as dit à personne ?

Elle raille.

— Tu crois que je suis comme Jagger et Mason ? Tu ne voulais manifestement pas que quelqu'un le sache, et Alexander est allé dans la salle de bains et a nettoyé le rouge à lèvres avant de se retrouver devant les autres, alors... – elle engloutit une gorgée de bière – ton secret est toujours bien gardé.

— Mason et Jagger sont au courant, précisé-je, mon pouls s'accélérant.

Elle hausse les sourcils.

— Ces deux-là savent, et ils ont quand même gardé le secret ? Comment est-ce possible ?

— Je ne sais pas. Ils ont vu Alexander m'embrasser le soir où nous sommes allés à l'hippodrome. Il leur a fait promettre de ne rien dire, confié-je.

Elle s'ébroue.

— Je suis choquée qu'ils aient gardé le secret. Ils finissent toujours par vendre la mèche d'une manière ou d'une autre.

— Mais ils se sont abstenus ? m'inquiété-je, une fois de plus, que les autres soient au courant. Alexander va me tuer quand il découvrira que Willow est au courant.

Elle secoue la tête.

— Non, pas que je sache. Personne ne m'a rien dit. Je l'ai su parce que je vous ai vus tous les deux. En plus, je vois la façon dont mon frère te mate. Il est amoureux de toi.

— Il ne l'est pas, insisté-je.

Elle raille à nouveau.

— Non, pas du tout. Je ne l'ai jamais vu aussi heureux.

— C'est vrai ?

— Oui. En plus, il rêvasse la moitié de la journée.

— Qu'est-ce que tu racontes ? Il ne rêvasse jamais.

— Bien sûr que si. Je le vois jeter un coup d'œil dans le corral au lieu de crier sur Mason et Jagger. Crois-moi, il est amoureux de toi ! déclare-t-elle, comme s'il s'agissait d'une certitude.

Mon cœur se pâme, mais je me souviens de notre situation. Je secoue la tête et j'affirme :

— Non. Il pense qu'il se passe encore des choses entre Lance et moi. Et ce n'est pas ma faute. J'ai dit à Lance que c'était fini, mais il continue d'appeler, et ton frère s'est mis en colère contre moi à ce sujet. Oh, et je suis presque sûre que Lance est en ville, et je crains qu'il vienne ici. Alexander va devenir fou si c'est le cas !

Elle se crispe.

— Où allait mon frère ?

Je secoue la tête.

— Je ne sais pas, il n'a pas voulu me le dire. Il a reçu un coup de fil. Je ne sais pas qui c'était, mais je pense que c'était l'un de tes frères parce que j'ai entendu « Frérot ». Mais c'est tout ce que j'ai entendu.

Elle attrape son sac à main.

— Eh bien, découvrons-le !

— Il ne te le dira pas si tu l'appelles. Et s'il sait que tu sais pour nous deux, il sera en colère contre moi.

Elle agite la main.

— Oh, chut ! Je ne lui dirai pas un mot et je ne l'appellerai pas.

Elle me fait un sourire malicieux qui me rappelle celui d'Alexander.

— Alors comment vas-tu savoir où il se trouve ?

Ses lèvres tressaillent.

— Puisque je connais ton secret, tu peux connaître le mien.

— Lequel ?

— J'ai installé un traceur sur les téléphones de tous mes frères.

Je secoue la tête en arrière.

— Pourquoi ferais-tu ça ?

Elle ricane.

— Ava et Paisley en ont aussi sur les leurs.

— Pourquoi ?

— Tu sais ce que c'est que d'être une fille dans cette famille et d'essayer d'avoir des rendez-vous ? Bien sûr, mes frères se montreront partout où je serai, et cette ville est petite. La dernière chose que je souhaite, c'est de tomber sur eux alors que je suis en plein rencart. Si c'est le cas, c'est parce que je veux les croiser. J'ai donc installé un traceur sur leurs téléphones, qui m'alerte s'ils se déplacent. Si je suis dehors et qu'ils vont ailleurs, je reçois une notification. En général, je peux savoir où ils seront, ce qui me permet de déplacer mon rendez-vous ou de m'arranger avec eux. Cela dépend de mon humeur, de la quantité d'alcool que j'ai bue ou de la chaleur de mon rendez-vous. Elle fait un clin d'œil.

Je ris.

— Tu es folle.

— Non, je suis une femme Cartwright avec quatre grands frères. Crois-moi, c'est un mode de survie ! Sinon, je resterai célibataire pour le reste de ma vie, affirme-t-elle.

— Pas question. Tu es un beau parti, lui dis-je.

Elle sourit.

— Merci. Mais ils continuent à me rendre la vie misérable. Voyons voir... Elle se concentre à nouveau sur son téléphone et tape sur l'écran. Elle fronce les sourcils. Je sais où il va. Et attends... Elle fait glisser l'écran plusieurs fois et annonce : Oui, Mason et Jagger sont là-bas aussi.

— Où va Alexander ? m'intéressé-je.

— Chez Booth.

— Il va au bar ? Le creux de mon estomac s'effondre et un nouveau sentiment de panique m'envahit.

— Oui, en effet. Pourquoi as-tu l'air si mal tout à coup ? demande-t-elle.

Je me souviens de la musique country en arrière-plan de l'appel téléphonique de Lance.

— Quand Lance m'a appelée, c'était très fort. J'ai entendu de la musique country, et il n'écoute jamais ce genre de musique. Il n'arrêtait pas de dire que je devais rentrer à la maison avec lui. Tu ne penses pas... Mes entrailles frémissent plus fort.

Son expression est empreinte d'amusement. Elle déclare :

— Nous ne pouvons absolument pas rester ici pour l'instant.

— Qu'est-ce que tu veux dire ?

— Va t'habiller !

— Pour quoi faire ? répliqué en jetant un coup d'œil à mon short.

— Mets un jean et un tee-shirt ! Allons-y !

— Où allons-nous ?

— Chez Booth, quoi !

— Mais nous avons bu. On ne peut pas conduire.

— Paisley conduira.

— Qui va garder les garçons ?

— Ma mère, idiote. Evelyn et Ava sont aussi à la maison principale.

— Mais Alexander a dit...

— Je me fiche de ce qu'a dit Alexander. Allez, on ne va pas rater ça ! Allons-y !

— Mais, Willow...

— Habille-toi, Phoebe ! exige-t-elle.

En soupirant, je vais m'habiller, et Paisley est déjà assise sur le siège du conducteur lorsque nous arrivons au SUV. Elle me jette un coup d'œil suspicieux et me demande :

— Pourquoi allons-nous chez Booth ?

— Tu verras, répond Willow.

— Willow, je ne sais pas si nous devrions faire ça, lancé-je, désireuse de savoir ce qui se passe en ville mais tout aussi effrayée.

Et si Alexander pense que je suis venue à cause de Lance ?

De plus, il saura que Willow est au courant, et maintenant Paisley aussi.

— Arrête de t'inquiéter ! conseille Willow alors que Paisley s'engage dans l'allée.

Je n'entends presque rien dans la voiture pendant tout le trajet. Mais en moi-même bout un véritable chaos.

Nous nous arrêtons devant Booth et Paisley trouve une place de parking au bout de la rue. Nous nous dirigeons vers le bar et je prie pour que Lance ne s'y trouve pas. J'espère qu'il s'agit d'une situation stupide avec Mason et Jagger dont Alexander doit les sortir. Mais mon instinct me dit qu'il n'en est rien. Et quand j'entre à l'intérieur, c'est pire que ce que je pensais.

Lance est en haut du bar. Il brandit une photo de moi en marmonnant :

— C'est ma femme. Ma fiancée. Texas, tu ne peux pas l'avoir.

— Dégage de mon bar ! crie le barman.

Alexander saisit la jambe de pantalon de Lance. Il le tire du bar et le met debout sur ses pieds.

Lance grommelle :

— Tu ne peux pas l'avoir. Tu la veux, mais tu ne pourras pas l'avoir.

Alexander courbe le poing.

— Non ! m'écrié-je, voulant juste que cette situation prenne fin.

Il ne s'arrête même pas. Il abat son poing sur le visage de Lance.

Le sang gicle partout. Lance s'écroule et la foule l'acclame.

Mason et Jagger trinquent des chopes de bière sur les sièges situés à côté de la scène.

Jagger le félicite :

— Bien joué, mon frère !

Mason se lève de son tabouret et arrache la photo. Il la brandit et demande à Alexander :

— Tu veux que je fasse quelque chose avec ça ?

Alexander ne quitte pas Lance des yeux.

Son visage couvert de sang commence à gonfler. Il crache :

— Elle est à moi.

— C'est ça ! Tu ferais mieux de quitter la ville et de ne jamais revenir. Et si tu la recontactes, je te tue, menace Alexander.

J'attrape la chaise et je tremble plus fort.

Willow passe son bras autour de ma taille. Elle me murmure à l'oreille :

— Tu vois, tu ne vas nulle part. Tu es l'une des nôtres maintenant.

27

Alexander

Le sang recouvre le visage de Lance, mais cela ne me donne pas envie de le laisser s'en tirer avec un seul coup de poing. Je recule à nouveau ma main.

— Alexander, arrête ! s'écrie Phoebe.

Je me fige, puis je serre les poings le long de mon corps et tourne la tête.

Merde ! Qu'est-ce qu'elles font ici ?

Phoebe se tient près de la porte avec Willow, les yeux écarquillés d'horreur, le visage pâle. Willow lui passe le bras autour de la taille. Paisley se tient de l'autre côté d'elle.

Super, maintenant mes sœurs savent pour nous.

— Ne fais pas ça ! S'il te plaît, arrête ! supplie encore Phoebe.

Mason s'avance à côté de moi et suggère :

— Je pense que ça suffit maintenant.

— Je ramasse ce qui reste, Jagger affirme saisissant les bras de Lance.

— Elle est à moi, grogne Lance, dont la joue est tellement enflée que son œil droit reste clos.

Je serre à nouveau les poings.

Mason m'attrape le bras en murmurant :

— Ça suffit. Doucement, frérot ! ajoute-t-il en faisant un signe de tête vers les femmes. Fais-le sortir d'ici ! intime-t-il à Jagger.

Jagger tire Lance vers la sortie arrière.

Les clients s'écartent pour les laisser passer. Ils applaudissent lorsque Jagger et Lance les dépassent.

Je ne bouge pas.

— Alexander, va t'occuper des affaires ! ordonne Mason.

Je jette un coup d'œil à Phoebe. Ses joues se sont vidées de leur sang. Son expression est remplie d'inquiétude.

Je dois la faire sortir d'ici.

J'inspire profondément avant de me diriger vers elle à travers le bar.

— Allons-y ! dis-je à Phoebe.

Elle ne bouge pas.

Mes sœurs restent également plantées sur place.

— Willow, écarte-toi ! exigé-je.

Elle secoue la tête, mais recule.

Je passe mon bras autour de la taille de Phoebe, l'entraînant hors du bar et jusqu'à mon pick-up.

— Alexander ! m'appelle-t-elle, mais je ne lui réponds pas.

J'ouvre la portière du passager et j'intime :

— Monte !

Elle obéit.

Je ferme la portière et me dirige vers le côté conducteur, me glissant à l'intérieur pour essayer de calmer ma colère. Je démarre le pick-up et m'engage sur la route en serrant le volant si fort que mes jointures en deviennent blanches.

— Alexander...

— Je ne suis pas encore prêt à en parler, lui lancé-je en essayant de me calmer.

Je suis toujours furieux que Lance soit en ville, qu'il brandisse sa photo comme s'il avait un droit sur elle. Il a agi comme si elle était à lui et non à moi. Et je l'ai entendue lui dire de la laisser tranquille, alors il n'a pas froid aux yeux de faire ça dans ma ville.

Je n'en veux pas à Phoebe. Enfin, je me dis que je ne le en veux pas, mais une partie de moi est furieux contre elle.

Comment a-t-elle pu m'en vouloir à ce point à propos de Cheyenne alors qu'il la contactait toujours et qu'elle ne me l'a même pas dit ?

Aucun de nous deux ne prononce un seul mot pendant tout le trajet du retour. Je passe devant le ranch.

Phoebe demande :

— Où allons-nous ?

— Loin de tout le monde, réponds-je en prenant un chemin de terre.

J'entre dans le champ où nous nous sommes arrêtés la nuit de Noël, je gare le pick-up et éteins le moteur. Je m'assois, inspire profondément et regarde par la vitre.

Elle rompt le silence et pose la question :

— Tu vas dire quelque chose ?

Je me tourne lentement vers elle.

— Pourquoi ne m'as-tu pas dit qu'il t'appelait ?

— Pourquoi te l'aurais-je dit ? réplique-t-elle.

— *Pourquoi ?* Tu veux faire toute une histoire à propos de Cheyenne et tu me caches ça ? craché-je le morceau.

Ses yeux se rétrécissent.

— Pour quoi faire ? Je ne prenais pas ses appels. Je lui ai dit que c'était fini. Pourquoi te l'aurais-je dit alors que je pensais ne plus jamais le revoir ?

— Tu aurais dû me le dire.

— Pourquoi, pour que tu puisses te mettre en colère comme tu le fais maintenant ?

Je ne réponds pas, je la fixe, j'ai envie de l'embrasser, mais je suis trop furieux. Je ne peux pas laisser passer ça.

— Pourquoi es-tu en colère contre moi ? C'est parce que mon ex-petit ami m'appelle ou parce qu'il se passe encore quelque chose entre toi et Cheyenne, et que c'est ta façon de couvrir ta culpabilité ?

Je ris de manière sarcastique.

— Tu dois te foutre de moi.

— C'est une question légitime. Tu agis comme un fou alors que je n'ai rien fait de mal, affirme-t-elle.

— Un fou ? Parce que j'ai frappé ton copain parce qu'il était un connard ?

Elle me lance un regard plus dur.

— Ce n'est pas mon petit ami.

— Ah oui ? Alors ne porte pas d'accusations sur Cheyenne et moi alors que tu sais très bien que la seule personne qui m'intéresse, c'est toi.

Elle me lance un regard noir.

— C'est valable dans les deux sens, Alexander. Il ne se passe rien entre Lance et moi non plus. Alors pourquoi suis-je censée te croire, alors que tu n'es pas obligé de me croire ?

— Je n'ai pas dit que je ne te croyais pas, rétorqué-je.

Elle ricane.

— Tu viens de m'accuser d'être encore avec lui.

J'essaie de respirer profondément, mais la capacité de mes poumons semble s'être réduite. L'air devient vicié. Elle a raison, mais je suis aussi un homme fier. Alors je lance :

— Je t'avais dit de surveiller les garçons.

Ses yeux s'écarquillent, puis ses joues deviennent rouges. Elle me pointe du doigt.

— Ne fais pas semblant d'être contrarié parce que je ne surveille pas les garçons en ce moment !

— Si. Je t'ai dit de surveiller les garçons. Tu n'étais pas censée aller en ville.

Elle soupire.

— Pourquoi ? Pour que je ne puisse pas te voir faire un carnage dans un bar avec le visage de mon ex-petit ami ?

Mon cœur s'accélère. Je serre le volant si fort que mes articulations deviennent blanches.

— Pourquoi cela te dérange-t-il tant ? m'intéressé-je

— Je ne suis pas une adepte de la violence, déclare-t-elle.

Tout ce stress me fait éclater de rire jusqu'à en avoir les larmes aux yeux.

— Pourquoi ris-tu comme ça ?

— Tu es au Texas, pas en Californie. C'est comme ça qu'on fait ici. On se comporte en homme ou on ne survit pas.

— Donc tu l'aurais tué si je n'étais pas entrée dans le bar et si Mason ne t'avait pas arrêté ? demande-t-elle.

— Ne sois pas ridicule !

— Alors, tu devrais peut-être arrêter d'être ridicule. Elle croise les bras et fixe son regard provocateur sur le mien.

Je ne bronche pas.

— Il ne s'agit pas d'être violent. Tu es fâchée que j'ai blessé ton petit ami.

— Ne t'avise pas de déformer cela, Alexander ! Et arrête de l'appeler mon petit ami !

— Je ne déforme rien. Il se tenait sur le bar avec ta photo à la main, affirmant que tu étais à lui ! m'écrié-je, la colère et la jalousie montant en moi.

Elle secoue la tête.

— Est-ce que tu t'écoutes une seconde en ce moment-même ?

— Oui, j'entends bien toute cette conversation, réponds-je, même si j'aimerais pouvoir cesser d'être en colère et arranger les choses entre nous.

Mais je ne peux pas.

La rage tourbillonne en moi, se mêlant à la jalousie, jusqu'à ce que je me sente sur le point d'exploser.

Je déteste l'idée qu'elle soit avec lui. Je l'ai toujours détesté depuis que j'ai entendu parler de lui quand elle m'a dit qu'ils faisaient une pause. Mais à la minute où il est entré dans le ranch avec son sourire arrogant et son ego démesuré, une nouvelle haine s'était emparée de moi.

Elle baisse la voix.

— Je ne contrôle pas les autres, surtout pas Lance. Je lui ai dit que c'était fini entre nous. J'ai rompu avec lui. Ce n'est pas ma faute s'il s'est pointé.

— Il a prétendu que tu étais sa fiancée !

— Tu sais que je ne l'ai jamais été, alors pourquoi laisses-tu ça te déranger à ce point ?

Je prends une autre grande inspiration, puis je la relâche lentement. J'avoue :

— Je pensais qu'il n'était plus dans notre vie.

— Moi aussi.

— Mais ce n'est pas le cas, n'est-ce pas ? accusé-je.

— Si, insiste-t-elle.

Un silence tendu s'installe entre nous. Je n'arrive pas à me sortir de la tête la vision d'elle avec lui. Je lance :

— Comment as-tu pu être avec lui ? C'est un loser.

Sa tête se relève d'un coup.

— Ne t'avise pas de me demander avec qui j'ai eu des rendez-vous dans le passé alors que tu as parcouru toute la ville avec ton « amie avec avantages » !

Je fulmine :

— Voilà que tu recommences ! Tu me juges comme si tu étais une sainte.

Elle cligne des yeux et se détourne.

— Tu dépasses les bornes, Alexander.

Je démarre le moteur.

— Cette conversation ne mène nulle part.

Elle se retourne vers moi, affirmant :

— Non, en effet. Ramène-moi à la maison !

— Volontiers. J'emprunte encore quelques chemins de terre, puis j'arrive au portail de derrière. Je le franchis et me dirige vers la maison.

Dès que je me gare, Phoebe saute du véhicule et se précipite dans la maison. Je reste dans l'habitacle, je m'appuie sur l'appui-tête en fermant les yeux.

Il faut que je règle ce problème.

Elle aurait dû lui faire comprendre qu'elle n'était plus à lui.

Elle l'a fait. Ce n'est pas sa faute.

Il montrait sa photo dans toute la ville.

Ce n'est toujours pas sa faute.

Je ne sais pas combien de temps s'écoule avant que je n'entre enfin dans la maison et dans la cuisine.

Phoebe s'assoit à la table avec une trousse de secours, un bol d'eau et une serviette.

Elle dit doucement :

— Tu saignes. Assieds-toi !

Mon poing me fait mal et il est couvert de sang. Je m'assois donc, mais je reste silencieux.

Elle prend un gant de toilette, le trempe dans l'eau et nettoie soigneusement mes articulations. Elle met ensuite de la pommade sur ma peau abîmée et enroule de la gaze autour de ma main. Elle demande :

— Que vas-tu raconter aux garçons ?

— À propos de quoi ?

Elle fait un geste vers ma main.

— La raison pour laquelle tu as de la gaze autour de ton poing.

— Je vais leur dire que j'ai tabassé ton ex-petit ami, répliqué-je.

La colère brille dans ses yeux.

— Tu vas leur dire que tu as tabassé mon ex-petit ami, mais tu ne leur parles même pas de nous deux ?

— J'étais sarcastique, admets-je.

— Oui, bien sûr.

— Ne commence pas à me parler des garçons, Phoebe ! Tu connaissais le deal.

Elle ricane.

— Tu veux expliquer ta réaction ? intimé-je.

Elle me lance un regard noir.

— Le deal. Le deal pour quoi faire ?

Je gémis.

— Tu connaissais le deal. Je ne veux pas que mes garçons en souffrent.

Elle me défie, avec du dégoût dans le ton :

— D'accord, donc tu peux me virer quand mon contrat sera terminé, n'est-ce pas ?

— Je n'ai pas dit ça.

— Non ? Es-tu sûr de cela ? Parce que d'où je suis assise, c'est ce que je ressens, affirme-t-elle.

— Alors, tu ne penses qu'à ça tous les jours ? posé-je la question.

Elle reste silencieuse.

— Tu ne connais vraiment rien de moi, n'est-ce pas ?

Elle jette un coup d'œil par la fenêtre et répond :

— Je suppose que non.

J'ajoute :

— Eh bien, c'est dommage ! Je pensais avoir essayé de te montrer qui j'étais.

— Ouais, eh bien, ce que *je* suis ne doit pas être assez bien pour toi, rétorque-t-elle.

Frustré, je me passe les mains sur le visage.

— Pourquoi dis-tu ça ?

Sa voix se fait plus forte.

— Vraiment, Alexander ? Dois-je tout t'expliquer ?

— Apparemment, c'est le cas, parce que tu parles dans une langue poétique que je ne comprends pas, la nargué-je.

Elle me lance un regard noir.

— Ne fais pas l'idiot !

— Alors, parle anglais ! intimé-je, plus sévèrement que je ne le devrais.

La douleur emplit son expression. Elle cligne à nouveau des yeux, qui se remplissent de larmes.

— Ne pleure pas ! dis-je, sincèrement, mais ça sonne mal.

Elle se lève et ramasse la bassine et le chiffon. Elle se dirige vers l'évier, jette l'eau, puis entre dans la buanderie. Elle réapparaît sans le chiffon et s'adosse au mur en croisant les bras.

Je ne dis mot.

Elle continue à me fixer du regard, ce qui me met encore plus en colère.

— J'attends toujours que tu me dises pourquoi tu m'en veux tant, à part d'avoir frappé ton petit ami.

— Arrête ! Ce n'est pas mon petit ami, affirme-t-elle.

— Il a l'air de penser qu'il l'est, répété-je, sachant que je m'enfonce encore plus, mais je ne peux pas m'abstenir. Tout ce que je vois, c'est cet enfoiré qui brandit sa photo devant tout le monde.

— Cela ne mènera nulle part, affirme-t-elle.

Je pense qu'elle parle de la conversation, alors réponds-je :

— Je suis tout à fait d'accord.

La tristesse envahit son visage. Elle déglutit difficilement, puis cligne des yeux et se tourne à nouveau vers la fenêtre en marmonnant :

— C'est bon à savoir.

— Exactement, confirmé-je, pensant toujours que nous parlons de notre dispute et ne réalisant pas qu'elle veut dire autre chose.

Le temps passe. Je n'entends que le tic-tac de l'horloge.

Je romps le silence, contrarié qu'elle m'ait vu frapper Lance. Je sais que Phoebe déteste la violence. Elle est enseignante, après tout. En plus, je suis frustré qu'on se dispute. J'adoucis mon ton et je répète :

— Tu n'aurais pas dû partir quand je t'ai dit de surveiller les garçons.

Elle s'emporte :

— Ta mère surveillait les garçons. Ils vont très bien. Tu peux me retenir un peu de salaire si tu veux.

Je secoue la tête.

— N'en fais pas une question d'argent !

— Je ne parle pas d'argent. N'est-ce pas ce que tu insinues, que je ne fais pas bien mon travail ?

— Je n'ai rien dit de tel.

Elle soupire.

— Mais ce n'est pas ce que tu fais, vraiment ? Y a-t-il autre chose que tu as sur le cœur sur la façon dont je m'acquitte de mon job ?

Je fais grincer mes molaires.

Elle inspire profondément, sa poitrine se soulève et s'abaisse plus rapidement, sans me regarder, continuant à fixer la cour.

Je ne sais pas quoi faire. Je veux revenir en arrière, à l'époque où nous peignions et nous amusions, avant qu'elle ne reçoive ces appels téléphoniques. Maintenant que nous nous sommes disputés, je n'arrive pas à trouver le moyen de m'en sortir.

Je ne me suis jamais senti aussi impuissant. Je dois arranger les choses, mais pour l'instant, je n'y vois pas clair.

Elle se dirige vers la porte et annonce :

— Je vais voir comment vont les garçons. Tu pourras me rappeler à l'ordre lorsque je serai en service.

— Je ne voulais pas dire ça, Phoebe.

Elle se retourne pour me faire face.

— Ouais, c'est ça. En fait, je pense que tu pensais beaucoup des choses que tu as dites.

Un silence tendu s'installe à nouveau entre nous.

Elle secoue la tête.

— Je vais y aller maintenant. Elle ouvre la porte de la cuisine.

— Attends ! appelé-je.

Elle s'arrête, puis se retourne lentement. Je vois l'espoir sur son visage, et c'est le moment que je dois saisir pour que tout s'arrange.

Mais au lieu de cela, je lâche :

— Qu'as-tu dit à mes sœurs à propos de nous deux ?

$$28$$

Phoebe

Le dégoût m'envahit. Il m'a jeté plein d'insultes à la figure, et maintenant il s'inquiète à nouveau que les autres soient au courant pour nous deux.

Je suis son secret. Sa maîtresse qui vit dans sa maison.

Il dit que c'est pour les enfants, mais ce n'est pas le cas. Il ne se soucierait pas que ses frères et sœurs sachent pour nous deux si c'était seulement pour protéger les garçons.

— Phoebe, qu'as-tu dit à mes sœurs ?

Mes entrailles s'agitent plus fort.

— Je ne leur ai rien dit. Willow le savait déjà.

— Ne me mens pas ! De toutes les personnes, j'espère que tu ne me mentiras pas, accuse-t-il.

— Je ne mens pas ! Willow était au courant.

Il grogne.

— Elle vient tout juste de comprendre qu'on couchait ensemble ?

Je pose ma main sur ma hanche.

— Non, elle a vu du rouge à lèvres sur ton cou et ton visage la nuit où nous étions sous l'escalier. Et ne fais pas l'idiot ! Elle m'a dit que tu étais allé dans la salle de bain, que tu en étais ressorti et qu'il n'y en avait plus, puisque tu l'avais essuyé. En plus, ma blouse n'était pas dans mon pantalon. J'avais l'air un peu débraillée après notre aventure là-dedans. Mets les choses au clair, Alexander ! hurlé-je.

Il secoue la tête en serrant la mâchoire.

— Tu n'as pas le droit de m'en vouloir pour ça. Tu es autant en tort que moi pour que Willow soit au courant.

Il murmure :

— Je n'ai pas besoin que mes sœurs sachent pour nous.

— Pourquoi ? Parce que mon temps ici est presque écoulé ? m'écrié-je.

Ses yeux se rétrécissent.

— Tu connais le deal, Phoebe.

Je ricane.

— Le deal ! J'en ai marre que tu parles de deal. Je ne suis pas un « deal », Alexander. Je ne suis pas quelque chose que tu peux aller négocier.

— Nous en avons discuté. Tu sais ce que je pense de mes garçons. Je ne veux pas à leur faire du mal, affirme-t-il.

Je ris de façon sarcastique. Quelques larmes coulent et je les essuie.

— Je suis tellement fatiguée d'entendre cette excuse-là, raillé-je.

— Ce n'est pas une excuse. Je n'ai pas le luxe d'être insouciant. Il serre la mâchoire.

Je lui lance un regard noir.

— Ne me regarde pas comme ça ! ordonne-t-il.

— Comment suis-je censée te regarder ? Tu viens de dire que tu n'as pas le luxe d'être insouciant. Et ça craint vraiment puisque je suis amoureuse de toi, alors merci de m'éclairer sur ce que tu penses que je représente pour toi !

Ses yeux s'écarquillent.

Oh, merde ! Qu'est-ce que j'ai dit ?

Je me retourne et regarde par la fenêtre, en m'agrippant à la porte pour me stabiliser.

Il dit tranquillement :

— Je n'ai pas dit que c'est ce que tu représentes pour moi. S'il te plaît, ne mets pas de mots dans ma bouche !

Encore gênée d'avoir dit que je l'aimais, et blessée qu'il l'évite, je grogne : — Je ne mets pas de mots dans ta bouche. C'est ce que tu viens de dire.

— Je suis un parent isolé. Leur mère est morte. Ils n'ont que moi. C'est tout ce que je voulais dire, affirme-t-il.

Je croise les bras sur ma poitrine et lutte contre mes émotions. Je le pointe du doigt en déclarant :

— Ils n'ont pas que toi. Ils ont toute une famille qui les aime. Ils sont entourés de plus d'amour que la plupart des gens n'en connaîtront jamais.

Il soupire.

— Phoebe, tu sais que je suis leur seul parent. Je ne peux pas me permettre d'être insouciant.

Mes entrailles tremblent davantage. Je lance mes mains en l'air en criant :

— Arrête de me désigner comme une chose pour laquelle tu agis avec insouciance !

Un silence tendu envahit la pièce. Aucun de nous ne bouge.

La douleur m'envahit au point que j'ai l'impression de pouvoir à peine respirer. Je baisse la voix.

— Alors c'est comme ça que tu nous vois ? Juste une aventure insouciante, hein ?

Il passe ses mains sur son visage, le frottant, puis se retourne vers moi, rejetant ma déclaration.

— Phoebe, ne crée pas des choses qui n'existent pas.

— J'utilise tes mots, Alexander. Ce sont des choses que tu dis ici et maintenant. Alors ne fais pas comme si j'étais une folle qui invente des choses ! rétorqué-je.

Il secoue la tête, fixe la table en tapotant le bois avec ses doigts. Le temps passe et il croise à nouveau mon regard, répétant :

— Tu connaissais le deal lorsqu'on s'est mis ensemble.

La douleur s'enfonce dans mon âme et une autre larme coule sur ma joue. Je l'essuie.

Il poursuit :

— Je n'essaie pas de te faire pleurer.

Je ne réponds pas.

Il ajoute :

— Nous ne devons pas oublier les enfants. Nous avons mis en place des paramètres, et nous les avons créés lorsque nous avons conclu notre deal.

Je me sens mal. Je me passe la main sur l'estomac, détestant que la vérité soit si dure et qu'elle me regarde en face. Je ravale la boule dans ma gorge et relève le menton.

— Ne t'inquiète pas, Alexander ! Et tu as raison. Je connaissais le deal. Alors, je crois que j'ai dépassé les bornes. Je vais me mettre à la recherche de mon prochain employeur. J'apprécierais que tu m'écrives une bonne recommandation.

— Phoebe, ne sois pas folle !

— Ne me traite pas de folle !

Il lève les mains en l'air.

— D'accord, c'est un gros mot, mais tu n'as pas à démissionner.

Ma voix tremble.

— Je ne démissionne pas, mais dans quelques semaines, mon job se termine, alors je dois m'assurer que j'ai du travail. Vas-tu me donner une bonne lettre de recommandation ou non ?

— Bien sûr, je te donnerai une bonne lettre de recommandation, insiste-t-il.

— Très bien. Merci.

— Pheebs...

Je le fixe, attendant avec l'espoir au cœur, mais il ne dit rien d'autre.

Il ne m'aimera jamais.

Je suis son aventure insouciante, et maintenant c'est fini.

Je me force finalement à dire :

— Merci. J'apprécie la lettre. Revenons au mode normal employeur-employé ! Ce deal ne fait que nous nuire.

— Pheebs... commence-t-il, mais une fois de plus, aucun mot ne sort de sa bouche. Il se contente de me fixer avec un mélange de colère et d'impuissance dans les yeux, et je n'en peux plus.

— C'est ce qu'il y a de mieux, et tu le sais, ajouté-je.

Il continue à rester silencieux.

Pendant tout le temps où je le fixe, tout ce que je veux, c'est qu'il me dise de ne pas m'en aller, qu'il me veut pour toujours.

Il ne le fait pourtant pas. Il reste assis là, sans rien dire en me regardant fixement.

Je n'en peux plus. J'essuie les larmes sur mon visage et sors silencieusement de la cuisine. J'attrape mon manteau et l'enfile, sors de la maison et me précipite dans le froid jusqu'à la maison principale.

Une fois à l'intérieur, j'entre dans la salle de bains, je me passe un peu d'eau sur le visage et m'assure que j'ai l'air d'aller bien.

Dix minutes s'écoulent avant que je pense qu'il est prudent d'aller faire mon job. Je force un sourire et trouve les enfants dans la salle familiale. Des tables remplissent l'espace et ils sont tous en train de préparer des décorations de Noël. Les sœurs d'Alexander, Georgia et sa mère sont également dans la pièce.

Willow et Paisley me regardent et j'ai envie de m'effondrer. Elles n'arrêtent pas de me scruter avec des questionnements dans les yeux, mais j'essaie de les éviter.

Je travaille à la confection d'une couronne avec Isabella. Nous avons terminé et Willow me prend à part. Elle m'entraîne dans le couloir et, à voix basse, me demande :

— Chérie, qu'est-ce qui se passe ?

— Rien, mens-je.

— Tu n'as plus à te cacher, Phoebe. Dis-moi simplement ce qui se passe ! insiste-t-elle.

Je lève le menton et redresse les épaules, ma voix tremble quand je dis : — Tout va bien. Alexander et moi, c'est fini. Je vais terminer mon job ici, puis je passerai à mon prochain employeur. S'il te plaît, garde tout ce dont nous avons discuté entre nous !

Elle écarquille les yeux et recule la tête.

— Ne sois pas bête ! Vous vous disputez, c'est tout. Tous les couples se disputent.

— Nous ne sommes pas un couple.

— Vous l'êtes !

Je secoue la tête.

— Non, ce n'est pas le cas. C'est fini, répété-je, mes entrailles s'agitant plus fort alors que j'essaie de me convaincre que tout ira bien.

— Phoebe...

— Je ne veux pas en parler, Willow. Promets-moi de garder les choses secrètes entre nous ! Et s'il te plaît, fais en sorte que Paisley se taise aussi ! intimé-je sévèrement.

Elle m'étudie.

— S'il te plaît, la supplié-je.

Elle acquiesce.

— Bien sûr. Tu as ma parole.

— Merci. Je la dépasse et retourne dans la salle de bains. Je verrouille la porte et m'y adosse.

Des larmes glissent sur mon visage et je me couvre la bouche, essayant de rester silencieuse. Je ne sais pas combien de temps je reste là. Tout ce que je veux, c'est courir jusqu'à la maison et supplier Alexander d'arranger les choses entre nous – peu importe à quoi cela ressemblerait, d'ailleurs – mais je sais que cela n'arrivera pas.

Il a été clair.

Je ne suis qu'une aventure pour lui.

Je suis son aventure insouciante.

Je suis son amie actuelle avec avantages, et j'aurais dû le savoir.

Et je l'ai vu sur son visage quand j'ai accidentellement avoué que je l'aimais. Il ne m'aime pas, et il ne m'aimera jamais. Je me trompais moi-même en pensant que j'étais plus que Cheyenne ne l'était pour lui. J'étais juste plus à portée de main, c'est tout.

Je garde les yeux fermés, et l'idée qu'il revienne vers elle en courant me rend malade.

Ensuite, je pense à quitter les garçons et tous les Cartwright. Cela me déchire et je ne sais pas combien de temps je vais continuer à pleurer comme ça.

Je me force enfin à me nettoyer, mais mes yeux gonflés ne peuvent être cachés.

Je sors de la salle de bains et tombe sur Ruby.

— Oh ! Je suis désolée !

Son expression est empreinte d'inquiétude. Elle m'attrape le bras.

— Chérie, tu vas bien ?

— J'ai peut-être mangé quelque chose de mauvais. Je suis juste malade. Je vais aller me coucher pour le reste de la journée, si ça ne te dérange pas, mens-je, bien que je ne me sois jamais sentie aussi malade.

Elle pose sa main sur mon front.

— Tu n'as pas de la fièvre. Une intoxication alimentaire ?

J'acquiesce.

— Je pense que c'est ça.

— Tu viens de vomir ?

Je me déteste de lui avoir menti. Ruby est une autre personne qui n'a été que bonne pour moi. Elle m'a traitée comme si j'étais l'une de ses propres enfants, et ça m'étouffe.

Avoir une mère me manque, et même si j'essaie de ne pas y penser, Ruby a été comme une mère pour moi. Cela fait longtemps que ma propre mère n'est plus mentalement capable d'être une mère, et je n'avais pas réalisé à quel point notre relation me manquait.

De nouvelles larmes roulent sur mes joues. Je les essuie, mais elles sont trop nombreuses.

— Phoebe, dis-moi ce qui ne va pas ! demande Ruby en posant sa main sur ma joue.

— Je suis juste malade. Je dois y aller, dis-je en la frôlant, incapable d'en supporter davantage.

J'attrape mon manteau en arrivant à la porte d'entrée. Je sors, traverse la cour en trombe, le vent glacial me frappant le visage.

Alexander fait son apparition sur le porche dès que j'arrive à la porte.

Je me fige, incapable d'arrêter les larmes.

— Phoebe, qu'est-ce qui ne va pas ? demande-t-il avec inquiétude.

Qu'est-ce qui ne va pas ? Comment peut-il me poser cette question ?

Parce que je n'ai rien signifié pour lui.

Je n'étais qu'un « deal ».

— Je ne me sens pas bien. Je vais me coucher pour le reste de la nuit, dis-je en le dépassant. Je me précipite dans ma chambre et ferme la porte à clé.

Il frappe.

— Phoebe ?

— Je ne me sens pas bien. Peux-tu me laisser tranquille ?

— Phoebe, laisse-moi entrer ! intime-t-il en tournant la poignée de la porte, mais elle est bien verrouillée.

— J'ai juste besoin de dormir, répliqué-je, ne voulant pas discuter de quoi que ce soit.

Cela ne sert à rien.

Je suis amoureuse d'Alexander Cartwright, mais il n'est pas amoureux de moi. Je ne suis pour lui qu'un amusement et un jeu, une relation insouciante qui ne fera rien d'autre que blesser ses enfants. Et je me maudis d'avoir jamais pensé que nous pourrions être quelque chose de plus.

Peut-être que ce n'est pas dans ses gènes d'aimer quelqu'une d'autre que sa femme décédée.

Peut-être que je ne suis pas assez bien et qu'il cherche une femme qui peut lui en offrir plus. Je ne connais pas le motif exact.

Mais quelles que soient les raisons, Alexander ne sera jamais vraiment à moi. Je ne peux pas continuer à faire ce que nous faisons, sachant que cela ne mènera nulle part.

Il dit à travers la porte :

— D'accord. Je viendrai te voir plus tard dans la soirée pour m'assurer que tu vas bien.

Je préviens :

— Non. Je vais dormir. Laisse-moi tranquille ! Je mets mes écouteurs pour étouffer toute nouvelle tentative de sa part de me parler.

Je passe de la musique triste, pleurant silencieusement dans mon oreiller, souhaitant que les choses reviennent à ce qu'elles étaient plus tôt dans la journée, lorsque nous avons repeint ma chambre. Je regarde la belle couleur jaune qui m'a donné tant de joie, et qui repré-sente maintenant mes jours comptés dans cette maison.

Je dors à peine pendant la nuit. Finalement, je ne supporte plus la musique et dois enlever mes écouteurs.

Quand le coq chante, j'entends Alexander se lever. Il frappe douce-ment à la porte, mais je ne réponds pas.

J'attends d'entendre la porte d'entrée se fermer et jette un coup d'œil par la fenêtre.

Il traverse la cour jusqu'au corral. Mason et Jagger sont déjà en train de guider deux chevaux à l'intérieur.

Je sors du lit et vais dans la salle de bains. Je prends une douche, j'es-saie de me débarrasser de mes yeux gonflés et m'habille. Je me coiffe et me maquille, m'efforçant d'être la plus belle possible pour le bien des garçons.

Je me répète sans cesse que, quoi qu'il arrive, je dois rester à l'écart d'Alexander. La communication que je dois maintenir avec lui doit être strictement professionnelle.

Toute la journée, je me plonge dans toutes les activités de fêtes avec les Cartwright, en faisant semblant d'être joyeuse tout le temps. J'évite tout moment où je pourrais être seule avec Willow, ne voulant répondre à aucune de ses questions. Dès qu'elle me regarde, son visage est bouleversé. Ruby est tout aussi inquiète, mais je lui assure que je n'ai eu qu'une intoxication alimentaire et qu'aujourd'hui, je vais bien.

Chaque moment passé avec les garçons me fait mal au cœur. Je ne pensais pas pouvoir aimer autant deux enfants, mais c'est le cas. Je les aime comme s'ils étaient les miens. Bientôt, je vais les quitter. C'est aussi douloureux qu'Alexander qui ne m'aime pas.

L'agonie atroce s'enfonce dans mon âme, se mêlant à la souffrance dont je ne peux me débarrasser. À la fin de la journée, je retourne dans ma chambre, évitant à nouveau Alexander, et je sors mon ordinateur portable.

Je cherche un job, mais je ne sais pas où aller. Je me demande si je dois rester au Texas ou trouver quelque chose dans un autre État, mais je décide qu'il vaut mieux que je m'éloigne le plus possible d'Alexander.

Un poste de professeur d'arts plastiques apparaît. Je clique dessus et mon cœur s'emballe. C'est en Alaska, un endroit où je ne suis jamais allée. L'État glacé me semble être un bon endroit pour disparaître. Je postule donc à plusieurs postes de nounou et à quelques postes d'enseignante.

Avant même que je m'en rende compte, les gens me répondent, même si c'est la semaine de Noël. Il y a une pénurie d'enseignants et on cherche désespérément à pourvoir les postes pour le début de la nouvelle année.

Je n'ai pas vraiment envie de retourner en classe. Dans un monde parfait, je resterais ici ou je trouverais une autre famille pour laquelle je ferais la nounou, mais je dois être rusée. Je ne suis pas encore indépendante et je ne peux compter que sur moi-même. Je ne peux pas me permettre de faire la difficile en ce moment.

L'une des écoles propose non seulement un job, mais aussi une subvention pour un appartement et de la nourriture. C'est une bonne affaire sur le papier. Je dépose ma candidature.

Je fais les cent pas dans ma chambre pendant cinq minutes, puis mon ordinateur émet un bip. J'y jette un coup d'œil et mon estomac frémit. Il y a une réponse de l'un des directeurs d'école.

Chère Mademoiselle Love,

Êtes-vous libre pour un entretien vidéo ? J'aimerais beaucoup discuter de tout ce que notre école peut offrir à une personne possédant vos qualifications. De plus, l'Alaska a tant à offrir à ses habitants.

Sincèrement,

Mme Corrine Dillard

. . .

$\mathcal{M}$on cœur cogne fort contre ma poitrine. Mes doigts tremblent lorsque j'y réponds.

$\mathcal{C}$hère Madame Dillard,

Oui, je peux organiser un entretien vidéo. Et j'aimerais beaucoup venir en Alaska. Quel est le bon moment pour un tel entretien ?

Vous remerciant pour votre attention,

Phoebe Love

29

Alexander

Deux jours avant Noël

Ces derniers jours ont été horribles. Je ne peux ni manger ni dormir. Chaque fois que j'essaie de parler à Phoebe, elle m'évite. Et même si elle me parlait, je ne sais pas trop ce que je lui dirais.

Je ne veux pas qu'elle parte, mais je ne peux pas non plus risquer que mes garçons souffrent de tout ça. Elle compte plus pour moi que Cheyenne, mais je ne sais pas comment concilier ma vie amoureuse et mes enfants. Ils ont assez souffert quand leur mère est morte. Je ne veux pas tout gâcher avec Phoebe et qu'ils en pâtissent encore.

J'ai déjà détruit notre relation.

Non, elle a juste besoin d'un peu de temps pour se calmer. Une fois qu'elle sera prête à parler, nous réglerons ça en adultes.

445

Je meurs d'envie de la prendre dans mes bras et d'essayer d'arranger les choses, mais nous avons dépassé ce stade-là. Cela ne s'arrangera pas sans une conversation à froid.

Elle m'a dit qu'elle m'aimait.

Je grimace en pensant à la façon dont j'ai évité de reconnaître son aveu.

Je l'aime aussi. Mais si nous parlons de nous deux à mes fils et que les choses tournent mal ? Non seulement je serai dévasté, mais ils seront anéantis. Et je ne peux pas supporter l'idée de leur faire du mal.

Pourtant, je déteste reconnaître l'expression de Phoebe chaque fois qu'elle me regarde.

Plusieurs fois, j'ai failli l'attraper et la serrer dans mes bras jusqu'à ce qu'elle me rende mon affection. Mais l'avertissement dans ses yeux m'a arrêté dans mon élan.

Il faut que j'arrête de faire ma chochotte et que je trouve une solution.

Je remets Calypso dans son box et verrouille la porte. Il blottit son museau contre ma poitrine au moment où mon téléphone sonne.

Je le sors de ma poche et jette un coup d'œil à l'écran.

Il s'agit d'un numéro avec un indicatif que je ne reconnais pas. Normalement, je renvoie les appels inconnus à la boîte vocale, mais quelque chose me dit de décrocher. Je réponds donc :

— Allô ?

Une voix de femme se fait entendre dans le téléphone.

— Est-ce M. Alexander Cartwright ?

Je soupire et je dis :

— En effet, mais ça ne m'intéresse pas.

— Attendez ! Je ne suis pas une télévendeuse, s'écrie la dame.

— D'accord. Puis-demander qui êtes-vous ?

— Je m'appelle Corrine Dillard. J'appelle au nom de l'*Alaskan Higher Hopes Charter School.*

Les poils de mes bras se dressent. Je demande prudemment :

— D'accord, et pourquoi m'appelez-vous ?

— On m'a dit que vous étiez l'employeur actuel de Phoebe Love, est-ce exact ? s'intéresse-t-elle.

Mes tripes s'effondrent et mon pouls s'accélère d'un coup. L'air devient épais. J'attrape le poteau et je réponds :

— Oui, c'est vrai.

— Génial ! dit-elle.

Je regarde Calypso, j'ai l'impression que mon monde s'écroule sous mes pieds. Je ne pensais pas que les choses pouvaient empirer après ces derniers jours, mais j'avais tort.

Elle poursuit :

— J'ai fait passer un entretien à Mlle Love pour un poste d'enseignante dans notre école. Elle est hautement qualifiée et semble être une jeune femme charmante.

Je dois me forcer à accepter, non pas parce que ce n'est pas la vérité, mais parce que je ne veux pas que Phoebe parte, et encore moins qu'elle aille en Alaska. Ma voix se fissure lorsque je confirme :

— Oui, elle l'est.

— Elle m'a dit qu'elle s'occupait de vos fils, Ace et Wilder.

— C'est exact, affirmé-je en fermant les yeux.

Elle ajoute :

— On dirait que vous élevez deux jeunes hommes merveilleux.

Je me racle la gorge.

— Merci.

— Sur une échelle de 1 à 10, quelle note donneriez-vous aux performances professionnelles de Mlle Love avec vos enfants ?

Je grince mes molaires, sans répondre.

— Monsieur, vous êtes toujours là ? demande Corrine.

— Oui.

Un autre moment s'écoule.

Elle reprend :

— Voulez-vous que je répète la question ?

— Non, madame. Je lui donnerais un dix. En fait, non, je ne lui donnerais pas ça. Je lui donnerais un cent. Elle est formidable avec mes enfants, mes nièces et mes neveux. Elle est très douée pour l'art. De plus, elle comprend tout ce qui a trait à l'école et que la plupart des adultes d'aujourd'hui ne comprennent pas, comme les mathématiques TEKS. Mais elle fait aussi en sorte que mes enfants s'amusent à faire leurs devoirs. Elle ne se contente pas de leur donner des cours particuliers et de les aider à apprendre, elle leur donne envie de faire ça, bredouillé-je en expirant.

J'imagine cette femme rayonnante avec sa voix enjouée lorsqu'elle dit :

— Super ! Merci beaucoup, M. Cartwright.

— Vous l'embauchez alors ? explosé-je sentant que je vais vomir.

— Je ne suis pas censée vous dire quoi que ce soit avant de lui en avoir parlé.

— Je ne dirai rien, rétorqué-je, sentant la perte se répandre dans mes veines.

Corrine baisse la voix.

— D'accord, M. Cartwright. Ce sera notre petit secret. Mais s'il vous plaît, ne lui dites pas que je vous l'ai dit, mais oui. Je suis ravie de lui offrir le poste. Je suis ravie de l'accueillir en Alaska.

Phoebe va en Alaska.

Mon estomac se retourne et la bile remonte dans ma gorge. Je l'avale en serrant les yeux. Des vertiges m'assaillent et je serre le poteau plus fort.

— Merci beaucoup pour votre temps, M. Cartwright. Passez une bonne journée !

Je lui réponds :

— Merci. Vous aussi ! Je raccroche. Je fixe Calypso, avec l'impression que le monde entier vient de basculer devant mes yeux.

La voix de mon père m'arrache à mes mauvaises pensées.

— Quand vas-tu sortir ce bâton de ton cul, fiston ?

Je me tourne vers lui en grognant :

— Ce qui veut dire ?

Il secoue la tête, ferme la porte de la grange et s'approche.

— Je pense qu'il est temps que nous parlions, nous deux.

— Je n'aime pas qu'on me fasse la morale, Papa.

Il croise les bras.

— Mets ton pantalon de grand garçon, fiston !

— Quoi ? explosé-je, n'ayant pas envie de faire face à quoi que ce soit en ce moment, surtout de me faire emmerder par mon vieux père.

Il grogne.

— De mon point de vue, il faut te frapper sur la tête.

— Ne commence pas avec moi ! rétorqué-je, ne sachant toujours pas de quoi il parle, mais m'en fichant de toute façon.

Phoebe va en Alaska.

Il croise les bras.

— Vas-tu laisser cette fille sortir d'ici et aller en Alaska ?

Ma poitrine se serre.

Il s'esclaffe.

— Tu crois vraiment que tout le monde ici ne sait pas ce qui se passe entre vous deux ?

Le choc m'envahit. Comment mes parents le sauraient-ils ? Ils étaient absents la plupart du temps depuis que Phoebe est ici.

Il agite la main devant lui.

— Allons, mon fils ! Ta mère et moi ne sommes pas nés de la dernière pluie. Il est clair comme l'eau de roche que vous vous êtes sentis un peu à l'aise tous les deux pendant notre absence. Bon sang, vous étiez si tactiles quand nous étions ici pour Thanksgiving !

Mon estomac s'agite, mes pensées se bousculent.

Il se rapproche.

— Quel est exactement le problème ? Tu as une femme qui est formidable avec tes enfants et qui est folle de toi. Et c'est une chose difficile à trouver, d'ailleurs. Tu n'es pas facile à vivre tous les jours.

— Merci, Papa, marmonné-je.

Il ricane, puis poursuit :

— Tout le monde dans la famille l'aime. Pourquoi diable lui donner une recommandation pour aller en Alaska alors qu'elle a sa place ici ?

L'idée de Phoebe emmitouflée, debout dans la neige, se gelant le cul en

Alaska avec un autre homme essayant de la réchauffer est un nouveau cauchemar qui me hante.

Il déclare :

— Je ne vais pas vivre éternellement, mon fils. Tu veux cracher une réponse à ma question ?

— C'est compliqué, répliqué-je.

Il grogne.

— Ce n'est compliqué que si tu le rends compliqué, toi.

— Ce n'est pas le cas. J'ai deux enfants qui ont perdu leur mère. Je n'ai pas le luxe que d'autres hommes ont. Je n'ai pas le droit de commettre des erreurs.

Il secoue la tête.

— Fiston, tu te donnes beaucoup trop d'importance.

— Qu'est-ce que ça veut dire ? craqué-je.

Il se rapproche encore plus et me frappe du poing dans la poitrine.

— Est-ce que je dois tout t'expliquer ?

— Apparemment, oui, rétorqué-je.

— Tes enfants vont bien. Ils adorent Phoebe. Elle ne leur ferait jamais de mal.

— Je n'ai pas dit qu'elle leur ferait du mal. Mais s'ils apprennent que nous sommes ensemble et que ça ne marche pas entre nous, ils vont être anéantis, fais-je remarquer.

Papa hausse les épaules.

— Ouais, en effet. Mais ils seront aussi anéantis si elle part, et tu resteras anéanti, toi, pour le reste de ta vie si tu ne l'arrêtes pas.

Je reste silencieux, mon pouls s'accélère davantage.

Papa continue :

— Wilder et Ace vont bien. Ils iront bien de toute façon. Mais toi, tu es dans le pétrin, fiston. Tu peux soit les anéantir maintenant et la laisser partir, soit prendre un risque et suivre ton cœur pour une fois dans ta vie.

— Pour une fois dans ma vie ? Je l'ai déjà fait, lui rappelé-je.

Il adoucit son ton.

— Alexander, nous avons tous souffert lorsque Clara est morte. Mais tu ne peux pas t'empêcher d'aimer quelqu'une d'autre juste à cause d'une tragédie. Et je vous ai vus ensemble. Toi et Phoebe, c'est comme le beurre de cacahuète et la gelée. Vous allez bien ensemble. Alors arrête de faire l'idiot et fais quelque chose ! Parce que si cette fille part, tu n'en trouveras pas d'autre comme elle. Garanti.

Je le fixe, le cœur serré à l'idée que Phoebe s'envole pour l'Alaska et que je ne la reverrai jamais. Puis je comprends enfin.

Je ne peux pas la laisser partir.

— Tu as raison, lancé-je, et je passe devant Papa pour ouvrir la porte de la grange.

— Bien, mais elle n'est pas là. Elle a emmené les enfants chez Evelyn. Tu devrais y aller, m'informe-t-il.

— Ce n'est pas grave. Je dois d'abord me rendre quelque part, dis-je en me dirigeant vers le pick-up. Je me glisse sur le siège du conducteur, je démarre le moteur et sors de l'allée en franchissant rapidement le portail.

Je vais en ville, me gare devant la bijouterie et inspire profondément. Mon cœur bat plus vite.

Et si elle me dit non ?

Ne sois pas une putain de mauviette ! m'intimé-je alors que je sors du pick-up.

J'entre chez le bijoutier, l'estomac noué, mais sachant que c'est ce que je veux.

Le vieux Denny lève les yeux. Il sourit et ses rides se creusent. Il s'exclame à ma vue :

— Alexander, c'est bon de te voir. Tu cherches des cadeaux de Noël de dernière minute ?

— Ce n'est pas un cadeau de Noël, réponds-je. J'ai besoin d'une bague de fiançailles.

Ses yeux s'écarquillent. Il s'esclaffe.

— Qui est l'heureuse élue ? C'est la nounou avec laquelle tu as été vu en ville ?

Je gémis et secoue la tête.

— Est-ce que quelque chose dans cette ville reste secret ?

— Non. Tu sais comment c'est ici, déclare-t-il avant d'ouvrir une vitrine. Il en sort une boîte contenant une douzaine de bagues et demande : Quel genre de bague ta fille aime-t-elle ?

Je m'approche et j'avoue :

— Je ne sais pas. Elle ne me l'a jamais dit.

Il s'esclaffe.

— Eh bien, c'est une discrète. Combien de femmes ne disent pas à leur homme quel type de bague elles veulent ?

— Elle ne sait pas vraiment que je suis ici.

— C'est une bonne chose. Elle n'est pas censée savoir que tu es là, m'assure-t-il.

Mes paumes transpirent en regardant les anneaux.

Denny dit :

— Laisse-moi t'aider, fiston ! Parle-moi d'elle !

— Elle est belle. Elle est géniale avec mes enfants. Ils l'aiment et elle les aime. Elle prend soin de nous tous. C'est une artiste super talentueuse, amusante et toujours heureuse. Enfin, sauf quand je l'énerve. Mais c'est la personne la plus extraordinaire que j'aie jamais rencontrée. Je m'arrête et me rends compte de l'impression que je donne. Je détourne le regard et inspire profondément.

Denny tapote le verre.

— On dirait que tu as trouvé la perle rare. Maintenant, je pense que tu devrais jeter un coup d'œil à cette bague-là. Il brandit un anneau en or avec un motif floral serti de diamants.

Je le lui prends et l'étudie, avant d'admettre :

— C'est magnifique.

Il demande :

— Tu le vois sur son doigt ?

Je l'imagine.

— Oui, je pense.

— Tu vois son visage s'illuminer quand elle le voit ?

Je pense à la façon dont le visage de Phoebe s'illuminera lorsque je lui présenterai la bague, ce qui me fera me sentir bien pour la première fois depuis des jours. Alors j'acquiesce.

— Ouais, je pense qu'elle s'illuminera.

Il prend une autre bague. Elle a une grosse pierre et est plus voyante. Il demande :

— Et celle-ci ?

J'essaie de l'imaginer sur le doigt de Phoebe. Je secoue la tête.

— Non, ce n'est pas elle.

Il passe les anneaux un par un jusqu'à ce qu'il ne reste plus que celui qu'il avait choisi à l'origine.

— Comment savais-tu que c'était la bonne bague ?

Il s'esclaffe.

— Fiston, cela fait près de quarante ans que je fais ce métier. Tu crois que tu es le premier homme à venir ici sans savoir quel genre de bague leur femme veut ?

— Touché, répliqué-je.

— Très bien. Tu veux que je l'emballe joliment ? Que ça ressemble à un cadeau de Noël ?

Je secoue la tête.

— Non. Je lui ai déjà acheté un autre cadeau pour Noël. C'est juste de ma part.

Il ricane.

— Bien vu ! Il le met dans une boîte noire et me la tend. Prends-en bien soin ! Elle est unique en son genre.

— Je le ferai, monsieur.

Je paie la bague et pars. Je glisse l'écrin dans le vide-poche de mon pick-up et me rends chez Evelyn.

— Papa, qu'est-ce que tu fais ici ? me questionne Ace en entrant.

— J'ai besoin de vous voler, toi et ton frère, pour un petit moment, réponds-je.

— Où allons-nous ? s'intéresse Wilder.

— C'est une surprise. Allez, venez !

Phoebe me regarde, interrogative, et ma sœur aussi.

Evelyn demande :

— Où les emmènes-tu ?

— Ce ne sont pas tes affaires. Prends un peu de temps pour toi, Phoebe ! dis-je, me retenant à peine de tendre la main, de l'attraper et de l'embrasser.

Elle me jette un autre regard confus, et j'emmène les garçons au pick-up.

Nous nous rendons chez moi et ils descendent du véhicule. Je prends la bague et j'entre. Je les fais asseoir à la table de la cuisine.

Wilder demande :

— Papa, tu nous as éloignés de l'amusement pour nous faire la morale ?

Je m'esclaffe.

— Non, je vous ai emmenés ici pour parler de quelque chose de sérieux.

Ace se penche plus près.

— As-tu trouvé un étalon pour Phoebe ?

Je glousse à nouveau.

— Non. Pas encore, mon fils.

— Oh, mec ! C'est ce qu'il faut lui offrir pour Noël. Tout ce qu'on lui a offert ne semble pas assez cool, affirme-t-il.

— Je sais qu'elle va adorer les cadeaux que vous lui avez offerts. Et j'ai un autre cadeau pour elle. Mais ce n'est pas pour Noël.

— Qu'est-ce que c'est ? s'intéresse Wilder.

Je fouille dans ma poche et pose la boîte sur la table.

Les garçons jettent un coup d'œil, puis se regardent. J'ouvre la boîte et j'attends, essayant de jauger leurs réactions.

Ace la saisit en premier.

— C'est ce que tu veux donner à Phoebe ?

— Oui.

— Tu vas lui demander de t'épouser, Papa ? questionne Wilder.

— En effet. Qu'est-ce que vous en pensez, les garçons ?

— Oui ! s'exclame Ace. Il se lève d'un bond et lève la main en l'air.

— Elle ne va donc pas partir ? demande Wilder.

Je lève les mains.

— Je ne suis pas sûr. Ne vous réjouissez pas trop vite !

Les yeux de Wilder se rétrécissent.

— Pourquoi ?

— Rassieds-toi ! intimé-je à Ace.

Il obéit et l'expression des garçons devient sérieuse.

— J'ai peut-être un peu foiré un truc ou deux avec Phoebe, confessé-je.

— Comme si tu l'avais emmenée à un mauvais rendez-vous ou quelque chose comme ça ? questionne Ace.

J'acquiesce.

— Ouais, quelque chose comme ça.

— Qu'as-tu fait, Papa ? interroge Wilder, la désapprobation se lisant sur son visage.

— C'est entre Phoebe et moi. Je ne sais pas si elle va accepter ma proposition. Je ne veux pas que vous soyez déçus si elle ne l'accepte pas. Et si elle ne veut pas m'épouser, c'est ma faute, pas la sienne. Mais j'ai pensé que vous deviez le savoir. Je ne veux plus vous cacher que je l'aime.

Ace sourit.

— Alors, fais-la rester, Papa !

— Ouais, toutes les femmes aiment les diamants. Il suffit de lui donner la bague. Elle l'acceptera, déclare Wilder.

Je glousse et lui ébouriffe les cheveux.

— Tu as beaucoup à apprendre sur les femmes, mon fils.

— Papa, va lui demander maintenant ! ordonne Ace.

Je secoue la tête.

— Ces choses doivent être faites de la bonne manière.

Ils me regardent fixement.

— Alors vous allez garder le secret, n'est-ce pas ? demandé-je.

Ils acquiescent tous les deux.

Ace dit :

— Ton secret est en sécurité avec nous.

— Je m'assurerai qu'il ne le crache pas, ajoute Wilder.

Ace lui donne une tape sur l'épaule.

— Je ne cracherais pas le morceau.

Wilder lui fait son sourire de Jagger.

— Ouais, ouais, ouais.

— D'accord, le secret reste entre nous trois, leur intimé-je.

Ace demande :

— Qui d'autre sait ?

— Personne. Le bijoutier est au courant. C'est tout. Il n'y a donc que nous trois. Aucun autre Cartwright n'est au courant, répété-je.

Wilder sourit, tout comme Ace.

— Mais Papa, demande-le-lui bientôt ! intime Ace.

— Ouais, avant Noël, donc ce n'est pas ringard. Parce que tu lui offres un autre cadeau, n'est-ce pas ? Cela ne devrait pas être son cadeau de Noël aussi, déclare Wilder.

— En quoi cela est-il important ? demande Ace.

— Ben quoi ! Parce qu'elle reçoit alors plus de cadeaux et qu'elle veut rester, affirme Wilder.

— Je ne pense pas que Phoebe décidera de rester ou de partir en fonction du nombre de cadeaux qu'elle recevra, rétorqué-je.

— Je le ferais à sa place, déclare Wilder.

Je secoue la tête et soupire.

— Ce n'est pas bien, et un jour, quand tu seras grand, tu t'en rendras compte.

Il hausse les épaules.

— D'accord. Je vous ramène chez Evelyn, mais motus et bouche cousue. Okay ?

Ils confirment et je les redépose là-bas. Je ne rentre pas. Le reste de la journée, j'essaie de déterminer quand je vais demander à Phoebe de m'accompagner. Je pense à toutes les choses spéciales que je pourrais faire et que j'essaierais de réaliser, mais je ne peux pas faire la plupart d'entre elles avant Noël.

Je sais aussi que mon temps est compté. L'horloge tourne. Je ne sais pas quand Phoebe partira pour l'Alaska. Mais si elle accepte un poste d'enseignante, je pense qu'elle devra être là-bas au début de l'année.

Toute la journée, je me demande comment lui faire ma demande. À l'heure du dîner, tout le monde est dans la salle à manger.

Pendant tout le repas, je fixe Phoebe, mais elle continue à m'éviter, clignant plusieurs fois des yeux.

Je sais qu'elle souffre et ça me tue. Lorsque la table est débarrassée et que le dessert est apporté, je me lève et me racle la gorge.

— Est-ce que tout le monde peut faire une pause ?

Tout le monde me regarde.

Je me déplace pour être en face de Phoebe et je lui tends la main.

— Lève-toi une minute, Pheebs !

Elle joint ses sourcils, la peur se lit sur son visage. Elle dit :

— Qu'est-ce que tu fais ?

— Lève-toi, c'est tout ! S'il te plaît ? supplié-je.

Elle prend prudemment ma main et se lève.

Mon estomac se retourne et je déclare :

— Il faut que je te dise quelque chose, et j'aurais dû te le dire il y a longtemps. Et j'aurais certainement dû te le dire l'autre jour.

La confusion remplace la peur lorsqu'elle jette un coup d'œil à ma famille, puis à moi.

Je pose ma main sur sa joue.

— Je t'aime. Ma famille t'aime. Les garçons t'aiment. Mais surtout, *je* t'aime. Et je ne suis pas doué pour les mots. Tout le monde le sait. Je sors la boîte de ma poche et enlève le couvercle. Je me mets à genoux.

Elle se met la main sur la bouche et me regarde bouche bée.

Je garde sa main dans la mienne.

— Pheebs, dès que tu es entrée ici, ma vie s'est améliorée. Toutes nos vies se sont améliorées. Et je sais que j'ai merdé la semaine dernière.

Crois-moi, je le sais ! Mais je t'aime, et tu es plus que toutes les femmes que j'aurais pu imaginer.

Une larme glisse sur sa joue et ses lèvres tremblent.

Je continue :

— Je veux que tu me pardonnes et que tu sois ma femme. S'il te plaît, pardonne-moi ! Veux-tu m'épouser ?

Elle me fixe, tremblante, en jetant un coup d'œil entre la bague et moi.

— Si tu n'aimes pas la bague, je peux en prendre une autre, annoncé-je.

— Non ! J'adore la bague, répond-elle.

Ma poitrine se serre.

— Alors, veux-tu m'épouser ?

— Oui, je vais t'épouser, affirme-t-elle, et de nouvelles larmes glissent sur sa joue.

Ma famille applaudit à tout rompre.

Je me lève et l'attire dans mes bras, l'embrassant jusqu'à ce que Wilder s'écrie :

— Papa, c'est dégueulasse ! Allez !

Je me recule.

Elle me regarde en riant.

Le reste de la soirée se passe à faire la fête avec ma famille et ma future femme qui me regarde avec de l'amour et du bonheur dans les yeux. Tout ce que j'ai toujours voulu se trouve enfin devant moi.

30

Phoebe

Veille de Noël

lexander se glisse derrière moi et passe son bras autour de ma taille. Il murmure à mon oreille :

— Qu'est-ce que tu fais ?

Je tourne la tête et regarde en l'air, souriant, ressentant tant de joie et de bonheur. Je n'arrive toujours pas à croire qu'il m'a demandé de l'épouser.

— Je dois me changer, réponds-je.

— Phoebe, j'ai une question sérieuse à te poser.

— Pourquoi cela me rend-il nerveuse ?

Il ricane.

— Pourquoi tes vêtements sont-ils encore dans cette pièce ?

Je jette un coup d'œil à l'armoire, puis à lui :

— Je ne sais pas. Ils ne sont pas censés s'y trouver ?

Il secoue la tête.

— Non, ils sont censés être dans ma chambre. Ne t'inquiète pas, j'ai fait beaucoup de place dans mon dressing !

— Vraiment ?! répliqué-je, en souriant comme une imbécile.

— Oui, les garçons m'ont aidé toute la matinée.

— Ah oui vraiment ?

— Bien sûr. Maintenant, on va déménager tout ça. Il me lâche et se dirige vers mon armoire, saisissant une grosse brassée de vêtements sur des cintres.

— Je vais prendre ses chaussures, déclare Ace en courant dans la pièce.

— Dois-je me charger de ta commode ? demande Wilder.

— Non, je vais m'occuper de la commode, réponds-je, ne voulant pas qu'il fouille parmi mes culottes.

Alexander réprimande :

— Oui, ne fouille pas dans sa commode. C'est privé.

Wilder lève les mains.

— Désolé, j'essayais juste d'aider.

Je lui ébouriffe les cheveux.

— C'est bon. J'apprécie. Si ça ne te dérange pas, aide ton père à ranger mes vêtements dans l'armoire !

— D'accord. Il se dirige vers l'étagère et en sort une pile de blouses.

Alexander s'avance devant moi. Il m'embrasse sur les lèvres. Puis il me fait un sourire malicieux. Il me taquine :

— Tu veux que *je* fouille dans ta commode ?

Je ricane.

— Non, je m'en occupe.

— D'accord. J'ai aussi fait de la place dans ma commode. Il fronce les sourcils.

J'éclate de rire et la joie m'envahit. C'est comme si je vivais un conte de fées. J'ai deux garçons que j'aime et un homme qui représente bien plus que ce que j'aurais pu espérer.

Il suffit d'un peu de temps pour que toutes mes affaires soient bien rangées dans le dressing et la commode d'Alexander.

Wilder demande :

— Qu'est-ce qu'on va faire de ta chambre maintenant ?

— Elle redevient la chambre d'amis, ben voyons ! déclare Ace.

— Peut-être que cela pourrait être ma caverne d'homme, déclare Wilder.

Alexander arque les sourcils.

— Tu as besoin d'une caverne d'homme ?!

— Oui, chaque homme a besoin d'une caverne.

— Selon qui ? demande Alexander.

— TikTok, ben voyons !

Alexander gémit.

— Je t'ai dit de ne pas aller sur cette application. Il y a de la folie là-dessus.

Wilder hausse les épaules.

Alexander croise les bras.

— Je suis sérieux. Je t'ai dit que tu n'avais pas le droit d'utiliser les réseaux sociaux avant d'être plus âgé. Comment es-tu entré là-dedans, d'ailleurs ?

— Ah, Papa, tout le monde à l'école est dessus ! se plaint Wilder.

— Je m'en fiche. Comment t'es-tu inscrit dessus ? répète Alexander.

Wilder ne répond pas.

Alexander prévient :

— J'attends une réponse.

Il finit par admettre :

— Oncle Jagger et moi cherchions des trucs quand je suis allé chez lui.

Alexander soupire.

— Tu ne resteras plus chez lui.

— Oh, Papa, allez quoi !

J'étouffe un rire.

Alexander se tourne vers moi.

— Tu trouves ça drôle ? Il y a des choses inappropriées sur ce site que des enfants de onze ans ne devraient pas voir.

J'essaie de garder mon sérieux et secoue la tête.

— Non.

— J'ai presque douze ans ! proteste Wilder.

Alexander rétrécit encore les yeux.

— Ce sera quand même inapproprié.

— Bah ! C'est tellement injuste. Les autres enfants de ma classe...

— Je te suggère de changer de sujet, menace Alexander.

Wilder souffle.

— D'accord, mais est-ce que je peux transformer la chambre en ma caverne d'homme ?

Alexander secoue la tête.

— Il est temps de s'occuper des chevaux. Les garçons, vous voulez venir ?

Ils sortent pratiquement en courant.

Alexander me tire vers lui et glisse sa main dans mes cheveux, me donnant un autre long baiser jusqu'à ce que je sois à bout de souffle.

— N'oublie pas que tu es à moi, Phoebe ! intime-t-il en me serrant les fesses.

Je ricane et pousse son torse.

— Je ne l'oublierai pas. Maintenant, vas-y !

Il me prend la main et regarde la bague.

— Elle te va bien. C'est exactement comme je l'avais imaginée.

Je cache mon sourire. C'est vraiment la bague parfaite. Je n'avais jamais imaginé à quoi ressemblerait ma bague de fiançailles, mais Alexander a réussi à me surprendre.

— Admets-le ! Je me suis bien débrouillé sur ce coup-là, taquine-t-il.

Je me hisse sur la pointe des pieds et lui donne un autre baiser.

— Tu as fait mieux que bien. Elle est parfaite, assuré-je.

Il sourit, m'embrasse à nouveau et me tapote les fesses.

— Je te verrai au petit déjeuner.

— Trop bien.

Je me dirige vers la maison principale et vais dans la cuisine. Georgia a cuisiné toute la semaine et ce matin, elle prépare des muffins sans sucre pour Sebastian.

— Hey ! me salue-t-elle, rayonnante.

— Salut ! Où sont les autres ?

— Paisley et Willow sont sorties hier soir. Elles ne sont rentrées que tard. Les lèvres de Georgia tressaillent. Elle ajoute : Ruby est allée leur apporter des médicaments contre les maux de tête et les sortir du lit. Evelyn a appelé pour dire qu'elle avait un peu mal aussi. Elle sera là plus tard.

J'avoue :

— C'est étrange de ne voir qu'une seule personne dans cette cuisine.

Elle acquiesce.

— Ouais, je sais. Je ne pense pas y avoir déjà été seule auparavant.

— Vraiment ?!

Elle secoue la tête.

— Non, pas que je me souvienne. Au fait, je suis heureuse que tu rejoignes la famille.

— Merci, moi aussi.

Elle gazouille :

— C'est une famille formidable.

— Ouais.

Elle ajoute doucement :

— Nous avons de la chance, et un peu de tristesse traverse son expression.

— C'est vrai, confirmé-je prudemment. Tu vas bien ?

Elle force un sourire et répond :

— Oui, je suis parfois un peu nostalgique au moment des fêtes, en pensant à mes parents et à mes grands-parents.

Une vague de tristesse m'envahit à mon tour.

— Je peux le comprendre.

Elle penche la tête.

— Sebastian a dit qu'Alexander lui avait dit que ta mère et ta sœur étaient dans des endroits différents ?

Je prends une grande inspiration et la relâche, avouant :

— Oui, j'aimerais qu'elles soient plus proches. Elles étaient aussi loin de moi quand je vivais à Pismo Beach, mais je pouvais au moins aller les voir en voiture. J'étais en quelque sorte au milieu de la distance qui les sépare toutes les deux.

— Oh, je suis désolée de l'apprendre ! dit-elle en me lançant un regard compatissant.

Je force un sourire et déclare :

— Ce n'est pas grave. Je m'y suis habituée.

— Eh bien, je suis heureuse que tu rejoignes la famille. Elle me serre dans ses bras et je lui rends la pareille.

— Je te remercie. J'ai entendu dire que ton entreprise de muffins marchait bien. Cela a dû être effrayant de démarrer une affaire toute seule.

— C'est vrai, mais j'avais Sebastian à mes côtés. C'est un as des affaires.

— Il dit que tu l'es aussi, lui fais-je remarquer.

Elle rit.

— J'apprends beaucoup, mais je n'aurais pas pu faire tout ce que j'ai fait sans lui.

— C'est bien que vous travailliez si bien ensemble.

— Ouais, c'est vrai. Elle met en marche le mixeur.

J'ouvre le réfrigérateur et sors le bacon, les œufs et les autres ingrédients pour commencer à préparer le petit-déjeuner.

Les autres femmes arrivent pour aider, et nous passons la matinée à cuisiner et à rire. Vers dix heures, je sonne la cloche et je crie :

— Petit déjeuner !

Les hommes rentrent peu à peu et nous nous retrouvons bientôt tous autour de la grande table de la salle à manger, y compris les enfants. La joyeuse atmosphère habituelle des Cartwright remplit la pièce, et je m'imprègne de chaque détail, n'arrivant toujours pas à croire qu'il s'agit désormais de ma famille. Je vais rester ici avec Alexander, les garçons et tous les autres, et rien ne m'a jamais rendue aussi heureuse.

Après le petit-déjeuner, Alexander me prend à part et me dit :

— J'ai une surprise pour toi.

— Vraiment ?

— Oui, confirmé-je. Mais nous devons aller quelque part.

— La veille de Noël ? répliqué-je.

Il jette un coup d'œil à sa montre.

— Ne t'inquiète pas ! Nous ne manquerons rien, et tu seras contente, je pense.

— Tu crois ? m'intéressé-je, mon estomac se remplissant de nervosité.

Son expression devient anxieuse.

— Oui, j'en suis presque sûr.

— Pourquoi suis-je nerveuse tout d'un coup ? insisté-je.

Il s'esclaffe.

— Il n'y a aucune raison de l'être. Viens ! Il me baise la main et me conduit jusqu'à la porte d'entrée. Il m'aide à enfiler mon manteau et nous sortons pour monter dans son pick-up.

Il enclenche de la musique country et nous chantons sur le chemin vers la ville. Puis il se gare sur le parking d'un établissement appelé *Crossroads,* près d'un bâtiment décoré pour Noël.

— Où sommes-nous ? posé-je la question.

Il me jette un coup d'œil, l'air à nouveau tendu.

— Tu me donnes l'impression d'être dans un film policier, taquiné-je, mais mon inquiétude s'agrandit.

Il sourit, puis son sourire tombe, son expression devient sérieuse. Il me caresse la joue.

— Tu sais que tu as dit que ta mère et ta sœur étaient loin ?

— Oui, confirmé-je, ne sachant pas où il veut en venir et trouvant étrange que je parle d'elles deux fois dans la même journée alors que je n'en parle pas souvent.

Il m'observe attentivement.

Mon pouls s'accélère.

— Alexander, que se passe-t-il ?

Il relâche son souffle.

— J'ai organisé une visite de cet établissement. C'est une maison de retraite. Ils ont différentes solutions pour différents besoins. Et c'est la meilleure du comté.

J'ai la chair de poule. Je jette un nouveau coup d'œil au bâtiment, puis à lui. Encore confuse, je dis prudemment :

— D'accord, et ?

Il annonce :

— J'ai pensé que nous pourrions installer ta mère et ta sœur ici.

Je le regarde bouche bée, le sang s'écoulant de mon visage.

— Cela te plairait-il ?

— Tu es sérieux ? parviens-je à articuler, la voix tremblante d'émotion, les yeux remplis de larmes.

— Oui. Je ne plaisanterais pas avec ce sujet-là.

— Mais je ne peux pas payer cet endroit. Ça a l'air vraiment bien, m'inquiété-je.

Il grogne.

— Ne t'inquiète pas pour l'argent, Pheebs ! Nous en avons beaucoup.

Je le regarde comme s'il était fou.

Il déclare :

— Tu vas devenir ma femme. Ta famille doit être près de nous, comme la mienne.

Les larmes coulent sur mes joues.

— Alexander, tu es sérieux là ? Je jure devant Dieu que c'est une blague vraiment cruelle si tu n'es pas sérieux.

Il secoue la tête.

— Non, ma petite fille. C'est réel. Tant que tu l'approuves. Mais allons-y, d'accord ?

Je ne trouve plus rien à dire. Je suis trop sous l'emprise des émotions que je reste sans voix. Il sort du véhicule et vient ouvrir ma portière. Il m'aide à sortir, m'attire contre lui et m'embrasse rapidement.

— Tu vas bien ?

— Je n'arrive pas à croire que tu veux vraiment les faire venir ici.

— Je le veux, oui.

— Et nous pouvons nous le permettre à long terme, pas seulement pour une semaine ou quelque chose comme ça ?

L'amusement illumine ses traits.

— Oui. Et nous n'avons pas encore examiné les finances, mais nous devrions le faire bientôt. Pourquoi ne pas le faire après les fêtes ? Je n'aime pas mélanger les affaires avec les plaisirs de Noël.

Je le regarde comme s'il était fou. Je commence à calculer le coût d'un tel établissement pour une journée, voire un mois, une année ou plusieurs, et je le multiplie par deux.

— Viens, ma petite fille ! lance-t-il, m'arrachant à la feuille de calcul qui se forme dans ma tête. Il glisse son bras autour de ma taille et m'entraîne dans l'établissement.

Shawna, la directrice, me fait signer des documents pour transférer les dossiers de ma mère et de ma sœur afin que nous puissions discuter plus en détail de leurs besoins. Nous passons plusieurs heures à visiter les lieux, puis nous retournons à son bureau.

Son assistante lui tend deux dossiers.

— Voici les informations que vous avez demandées sur les besoins médicaux de base.

Je reste bouche bée.

Shawna les prend.

— Merci.

Son assistante sort et ferme la porte.

— Comment les avez-vous obtenues si rapidement ? m'empressé-je de poser la question.

— Nous savons comment faire les choses soigneusement ici, répond-elle avec un clin d'œil.

Je la fixe, n'arrivant toujours pas à croire que je suis en train d'avoir cette conversation et que ma mère et ma sœur seront peut-être bientôt juste à côté de chez moi.

Elle prend le temps d'examiner leurs dossiers.

Je suis tendue, espérant que rien n'empêchera ma mère et ma sœur de déménager dans cet établissement. C'est plus qu'agréable, et il n'y a aucun doute dans mon esprit qu'elles recevraient de meilleurs soins ici.

Alexander me tient la main. Son autre bras est ferme autour de mes épaules. Il embrasse le sommet de mon crâne.

Je lui jette un coup d'œil.

Il ordonne :

— Arrête de t'inquiéter !

Shawna nous regarde et pose le dossier. Elle déclare :

— Il semble qu'il n'y ait rien ici que nous ne puissions gérer.

— Vraiment ? répliqué-je.

— Oui. Voulez-vous que votre mère et votre sœur vivent ici ? M. Cartwright m'a assuré que vous pouviez payer pour un transfert accéléré.

Je le regarde à nouveau, bouche bée. C'est comme s'il avait pensé à tout.

Il s'esclaffe.

— Pheebs, tu dois répondre.

Je lui demande :

— En es-tu sûr ? Parce qu'une fois que nous aurons fait ça, je ne sais pas si je pourrai les réintégrer dans l'établissement où elles se trouvent actuellement.

Son visage devient sérieux.

— Oui. Tant que ta mère et ta sœur auront besoin de soins médicaux, nous nous en occuperons. Elles resteront ici, près de nous, si c'est ce que tu veux. Elles bénéficieront des meilleurs soins possibles. Maintenant, est-ce que c'est ce que tu veux ?

Des larmes s'échappent et roulent sur mon visage. Je peux à peine répondre. Je suis submergée par les émotions, principalement la gratitude et le choc.

— Tu n'as qu'à dire oui, ma petite fille.

— Oui. S'il te plaît, balbutié-je en pleurant plus fort.

Il m'attire contre lui et me serre dans ses bras, en disant à Shawna :

— S'il vous plaît, démarrez la procédure !

Shawna sourit.

— Très bien. Je vais vous laisser un moment. Elle se lève et quitte son bureau en fermant la porte derrière elle.

Je suis frappée par une vague de soulagement. Je sanglote contre son torse, me demandant comment j'ai pu avoir autant de chance. Des années de culpabilité et de frustration tourbillonnent en moi.

Il me laisse pleurer pendant un moment, et je me dégage finalement de son étreinte. Il prend des mouchoirs en papier sur le bureau de la directrice, me tamponne les joues, puis me taquine :

— Ne t'inquiète pas ! Ce n'est pas ton cadeau de Noël. Il me fait un clin d'œil et son expression s'illumine de malice.

— Ne sois pas fou ! C'est plus qu'un cadeau de Noël. Tu n'auras plus jamais besoin de m'offrir un autre cadeau, m'empressé-je de répliquer, tout en le pensant sincèrement.

Il rit.

— Ne sois pas bête !

— Alexander, je ne sais pas comment je pourrai te rendre la pareille. C'est d'une générosité inouïe, déclaré-je.

— Pheebs, tu vas être ma femme. Il n'est pas question de me rembourser. Nos familles sont là l'une pour l'autre, et nous allons prendre soin de nos familles respectives. Tu comprends ?

D'autres émotions m'assaillent. Il essuie une nouvelle larme qui s'échappe de mon œil.

— Plus de larmes. Je ne voulais pas te faire pleurer. Je suis désolé.

— Tu n'es pas très doué pour ne pas me faire pleurer, taquiné-je, avant d'en essuyer une autre. Je cligne des yeux jusqu'à ce qu'ils s'arrêtent de me piquer, puis je respire profondément.

Il se lève et me tend la main. Je prends sa main et me place à côté de lui. Il ajoute :

— Rentrons à la maison, ma petite fille ! Après tout...

J'arque les sourcils.

— C'est Noël ! crie-t-il joyeusement.

Je ris, me demandant comment cet homme, qui m'aime si fort, a pu croiser ma route.

ÉPILOGUE

Alexander

Début juin

— **P**ar le pouvoir qui m'est conféré par le grand État du Texas, je vous déclare M. et Mme Alexander Cartwright. Monsieur, vous pouvez embrasser votre épouse, déclare Santiago, l'officiant du mariage.

Je déborde de bonheur. Je regarde ma femme rayonnante, qui est une mariée plus belle que je n'aurais jamais pu l'imaginer.

Ses cheveux sont coiffés en une torsade à la française s'enroulant autour de son visage. Sa robe ajustée en dentelle blanche est décolletée dans le dos et avec une petite traîne, parfaite pour le mois de juin. Le soleil brille sur le lac et notre famille nous entoure.

Je l'embrasse jusqu'à ce que ses genoux faiblissent, je la serre contre moi et les autres applaudissent à tout rompre.

Je recule et réalise que je ne l'ai jamais vue aussi heureuse. Elle illumine ma vie comme elle l'a fait depuis la première fois que je l'ai vue, même quand je ne m'en rendais pas compte.

Nous marchons sur le tapis rose jusqu'au bout. Les invités nous félicitent à tour de rôle, puis nous entrons dans la tente immense.

L'intérieur est parsemé de tables ordinaires et de plusieurs tables de cocktail hautes. La musique joue doucement en arrière-plan et ma fiancée continue de rayonner en parlant à sa mère.

Une aide-soignante est à ses côtés pour s'assurer qu'elle va bien. Mais depuis qu'elle est arrivée au Texas, le foyer que nous avons choisi pour elle offre de meilleurs soins médicaux. Elle a été autorisée à sortir plus souvent avec une aide-soignante, et c'était important pour Phoebe qu'elle soit là.

Les garçons courent vers nous, chacun prenant la main de Phoebe.

Ace s'exclame :

— Nous avons une surprise pour toi !

— Ouais, tu vas l'adorer, ajoute Wilder.

Les yeux de Phoebe s'écarquillent.

— Oh, qu'est-ce que c'est ?

— Tu dois venir avec nous, insiste Wilder.

Elle me regarde. Je lève les mains en l'air et mens délibérément en disant :

— Je ne sais rien de tout ça.

Ses yeux se rétrécissent.

— Pourquoi ai-je l'impression que tu mens ?

Je remue les sourcils.

Elle rit.

— Ok, on va où ?

— En fait, il faut fermer les yeux, proposé-je.

Je sors un foulard blanc et le noue autour de sa tête, lui couvrant les yeux.

— Je ne sais pas si je dois être nerveuse ou impatiente.

— Sois enthousiaste ! Sois vraiment, vraiment enthousiaste ! répond Ace.

— Ouais. Tu ne trouveras ça nulle part dans le monde. Enfin, dans très peu d'endroits, confirme Wilder.

Elle rit à nouveau. C'est à la fois un rire anxieux et enthousiaste, et j'aime tout cela.

Le photographe s'avance devant nous.

— Puis-je prendre une photo ?

— Bien sûr, réponds-je en me plaçant derrière Phoebe. Les garçons se rapprochent d'elle.

Elle demande :

— Est-ce que je me fais prendre en photo maintenant ?

— Oui. Souris, ma petite fille !

Le photographe prend plusieurs photos. Il dit :

— Oh, elles sont superbes ! Vous allez les adorer, Mme Cartwright.

Son sourire s'agrandit.

— Merci.

Je lui tapote les fesses et elle sursaute légèrement.

Je dis :

— Je pense qu'il est temps de révéler cette surprise.

— Allez, Phoebe ! Ne t'inquiète pas ! On va s'assurer que tu ne tombes pas, rassure Ace.

— Pourquoi, merci ?

— Ouais, nous ne voulons pas d'une mariée couverte de sang, déclare Wilder.

Je gémis.

— C'est une façon d'aller vers le pire scénario possible.

Il sourit, me lançant à nouveau son regard de Jagger arrogant.

Les garçons la conduisent à la voiturette de golf.

Ace ordonne :

— C'est l'heure de monter.

Elle tend la main devant elle.

Je l'informe :

— Tu es près de la voiturette de golf. Assieds-toi prudemment ! Je l'aide à s'asseoir.

Les garçons et moi montons également dedans. Ils sont à l'arrière et je m'assois à la place du conducteur. Je manœuvre la voiturette parmi les arbres et en direction de la grange. Je sors des bois et me gare, en lui disant :

— Attends que je descende ! Je ne veux pas que tu te fasses mal.

— D'accord.

Je sors, me déplace rapidement à ses côtés et l'aide à se lever avec précaution.

Ace et Wilder affichent des expressions excitées sur leurs visages, et je ne peux m'empêcher de sourire. Ils mouraient d'envie de révéler leur surprise. Je les ai appelés Mason et Jagger plus d'une fois, en leur disant qu'ils seraient comme leurs oncles s'ils ne pouvaient pas garder le secret. Mais ils ont réussi finalement.

Les garçons reculent à côté de Phoebe, et chacun prend à nouveau une de ses mains. J'ouvre la porte de la grange.

Elle s'approche et fronce le nez. Elle demande :

— Pourquoi est-ce que je sens le foin et le fumier ?

— Nous ne dirons rien, répond Wilder.

— Fais attention à tes talons ! lui conseillé-je puis j'ajoute : Attends une minute ! Je me rends compte que ses belles chaussures blanches ne sont pas faites pour une grange. Je la prends donc dans mes bras.

Elle crie, en riant.

— Je te tiens, ma petite fille.

— Merci, réplique-t-elle en riant à son tour.

— Ces talons aiguilles vont se casser si tu essayes de marcher par ici.

— D'accord. Pourquoi sommes-nous dans la grange ?

— Tu verras. Sois patiente, comme tu nous le dis toujours ! gronde Ace.

Elle met les mains en l'air.

— D'accord, d'accord.

Je l'embrasse sur les lèvres et j'ai hâte de l'emmener à la cabane où nous avons décidé de passer la première nuit. Je n'ai qu'une envie, c'est de faire l'amour à ma femme, mais je sais que je vais devoir attendre toute la journée pour cela.

Nous entrons enfin dans la grange et je demande aux garçons :

— Êtes-vous prêts ?

L'un des chevaux pousse un hennissement bruyant et Phoebe tressaille dans mes bras.

Je ris.

— Ne t'inquiète pas ! Tu ne te feras pas mordre par un cheval.

Elle penche la tête, le sourire aux lèvres.

Elle est devenue une véritable cavalière. Nous faisons des promenades presque tous les jours. Parfois, je ne peux pas y aller, mais elle y va avec les garçons après l'école. Mais le plus souvent, elle monte à cheval.

Wilder lui dit :

— Ok, enlève le bandeau !

Je le défais.

Phoebe cligne des yeux plusieurs fois.

Ace lui intime :

— Regarde ! Il est à toi !

Elle reste bouche bée devant le cheval blanc.

Wilder annonce :

— Ce n'est pas n'importe quel étalon. C'est un étalon rare ! Regarde comme il est blanc !

Elle admire l'énorme animal.

Mon estomac se retourne.

— Il te plaît ?

J'ai cherché partout l'étalon, et je serai aussi effondré que les garçons si elle ne l'aime pas.

Elle reste figée.

— Tu n'es pas excitée ? Tu as un étalon désormais, s'étonne Ace.

Elle me regarde encore un peu, puis se retourne vers moi.

— Tu es sérieux ?

— Oui, je pensais que tu avais besoin d'un étalon, affirmé-je avec arrogance, puis je fais un clin d'œil.

Elle rit et se retourne vers le cheval.

Wilder suggère :

— Tu devrais te mettre dessus... le sentir.

Je grogne.

— Phoebe ne montera pas sur le cheval dans sa robe de mariée.

Elle regarde à nouveau l'étalon.

Il s'avance.

Elle tend la main et le caresse, puis finit par prononcer :

— Wow ! Vous l'avez vraiment cherché pour moi ?

Ace répond :

— Oui, mais Papa n'a pas voulu qu'on lui donne un nom. Il a dit que c'était à toi de le nommer.

— J'ai le droit de lui donner un nom ?

— Oui, c'est ton cheval, réplique Wilder.

Elle fixe son cadeau et le caresse.

Il essaie d'approcher son museau, mais je la fais reculer.

— Je ne veux pas que tu sentes le cheval le jour de ton mariage.

— Comment vas-tu l'appeler ? s'intéresse Wilder.

— Je ne sais pas. Est-ce que je peux y réfléchir ? C'est une grande décision, répond Phoebe.

— D'accord. Est-ce que tu l'aimes ? insiste Ace.

Elle acquiesce.

— Tout à fait. Je n'arrive pas à croire que vous ayez fait ça pour moi.

— Oui ! Nous savions que tu l'aimerais, annonce Wilder, et Ace lui tape dans la main.

Elle se penche en arrière pour me chuchoter à l'oreille :

— Je suis tellement excitée. Maintenant, j'ai deux étalons. Elle bat des cils en souriant.

Je ricane.

— Ouais, et le plus important t'attend. Il t'attend depuis longtemps.

Elle me regarde et mon cœur se gonfle.

Tout est parfait dans ma vie. J'ai mes enfants, ma famille, et maintenant, j'ai ma femme. C'est une femme dont j'ignorais l'existence jusqu'à ce que ma famille me force à l'engager, mais j'ai découvert que j'avais besoin d'elle plus que je ne l'aurais jamais imaginé.

***

Petite annonce de Maggie Cole

Merci beaucoup d'avoir lu Embauchée pour les fêtes ! J'espère vraiment vous avoir fait voyager grâce à la magie des fêtes ! J'ai adoré imaginer et construire les personnages d'Alexander et Phoebe, et j'espère sincèrement que vous avez aimé lire leur histoire.

Vous n'êtes pas encore obligé de dire adieu à Alexander et Phoebe si vite. Vous pouvez les retrouver, ainsi que le reste de la famille

Cartwright, dans le livre de Willow - Rodéo de Noël - qui sortira le 1er novembre 2025.

Mais avant de partir, avez-vous lu l'histoire de Georgia et Sebastian dans Canular de Noël ? Si ce n'est pas le cas, lisez-la maintenant !

Saviez-vous que vous pouviez obtenir vos livres brochés, ebooks et audiobooks à petit prix en visitant la librairie de Maggie ? https://maggiecolebookstore.com/

RODÉO DE NOËL

Êtes-vous prêt pour l'histoire de Willow Cartwright ?

Préparez-vous, car cette romance de Noël va être torride, torride, torride !

Vous avez sûrement remarqué que Willow est obsédée par les cowboys de rodéo.

Elle l'EST !

PUIS-JE VOUS DEMANDER UNE ÉNORME FAVEUR ?

Accepteriez-vous de me laisser un commentaire ?

Je vous en serais éternellement reconnaissante, car un avis positif sur Amazon équivaut à acheter le livre une centaine de fois ! Le soutien des lecteurs est l'élément vital pour les auteurs indépendants et nous fournit les informations dont nous avons besoin pour donner aux lecteurs ce qu'ils veulent dans les histoires à venir !

Votre commentaire positif est très important pour moi ! Merci du fond du cœur !

<u>CLIQUER POUR LAISSER UN COMMENTAIRE</u>

PLUS DE MAGGIE COLE

Disponible en français

https://authormaggiecole.com/france/

Livres de Noël

Canular de Noël-Faux Mariage avec un Milliardaire
Embauchée à Noël-Une romance entre un père milliardaire et une nounou
Rodéo de Noël-1 novembre 2025

Guerres des Mafias Irlande

Roi illégitime (Brody)
Ravisseur illégitime (Aidan)
Héritier illégitime (Devin)
Monstre illégitime (Tynan)

Guerre des Mafias New York - Sombre Romance

Toxique (L'histoire de Dante) - Tome 1

Immoral (L'histoire de Gianni) -Tome 2

Folie (L'histoire de Massimo) - Tome 3

Charnel (L'histoire de Tristano)- Tome 4

Imparfait (L'histoire de Luca) - Tome 5

Guerre des Mafias - Une saga mafieuse sombre

L'inconnu Impitoyable (L'histoire de Maksim) - Tome 1

Le Combattant Brisé (L'histoire de Boris) - Tome 2

Le Bourreau Cruel (L'histoire de Sergey) - Tome 3

Le Vicieux Protecteur (L'histoire d'Adrian) - Tome 4

Le Traqueur Sauvage (L'histoire d'Obrecht) - Tome 5

Le Chef Indésiré (L'histoire de Liam) - Tome 6

Le Parfait Criminel (L'histoire de Nolan) - Tome 7

Le Sauveur Brutal (L'histoire de Killian) - Tome 8

Le Hacker Déviant (L'histoire de Declan) - Tome 9

Le Chasseur Implacable (L'histoire de Finn) - Tome 10

Livres en anglais

Wilted Kingdom Duet (A Dark College Billionaire Romance)

Seeds of Malice (Book One)

Thorns of Malice (Book Two)

Club Indulgence Duet (A Dark Billionaire Romance)

The Auction (Book One)

The Vow (Book Two)

Behind Closed Doors (Series Four - Former Military Now International Rescue Alpha Studs)

Depths of Destruction - Book One

Marks of Rebellion - Book Two

Haze of Obedience - Book Three

Cavern of Silence - Book Four

Stains of Desire - Book Five

Risks of Temptation - Book Six

Together We Stand Series (Series Three - Family Saga)

Kiss of Redemption- Book One

Sins of Justice - Book Two

Acts of Manipulation - Book Three

Web of Betrayal - Book Four

Masks of Devotion - Book Five

Roots of Vengeance - Book Six

It's Complicated Series (Series Two - Chicago Billionaires)

Crossing the Line - Book One

Don't Forget Me - Book Two

Committed to You - Book Three

More Than Paper - Book Four

Sins of the Father - Book Five

Wrapped In Perfection - Book Six

All In Series (Series One - New York Billionaires)

The Rule - Book One

The Secret - Book Two

The Crime - Book Three

The Lie - Book Four

The Trap - Book Five

The Gamble - Book Six

STAND ALONE NOVELLA

JUDGE ME NOT - A Billionaire Single Mom Christmas Novella

AUTEUR À SUCCÈS
INTERNATIONAL

Maggie Cole s'est engagée à offrir à ses lectrices des petits amis alpha. Auteur de best-sellers internationaux, elle est surnommée la "reine littéraire de la romance torride". Ses livres sont chargés d'émotions brutes, de suspense, et vous tiendront toujours en haleine. Elle est une conteuse magistrale de romance contemporaine et adore écrire sur des personnages brisés capables de renaître de leurs cendres.

Maggie vit en Floride avec son fils. Elle aime le soleil, tout ce qui a trait à l'eau et les plaisirs coquins.

Newsletter de Maggie Cole
Inscrivez-vous ici !

Rejoignez le groupe de lecture de Maggie
Les Romance Addicts de Maggie Cole

Suivez-nous pour des cadeaux
Facebook Maggie Cole

Instagram
@maggiecoleauthor

TikTok
www.tiktok.com/@maggiecole.author

Tous ses romans sur Amazon
La page Auteur de Maggie

Trailers des livres
Abonnez-vous à Maggie sur YouTube

Commentaires or suggestions ?
Email: authormaggiecole@gmail.com